U0133894

〔英〕温斯顿·丘吉尔

二战回忆录

战胜意大利

〔英〕温斯顿·丘吉尔◎著

蔡 亮◎译

吉林出版集团股份有限公司 | 全国百佳图书出版单位

图书在版编目（CIP）数据

战胜意大利 /（英）温斯顿·丘吉尔著；蔡亮译
. -- 长春：吉林出版集团股份有限公司，2023.7
（二战回忆录）
ISBN 978-7-5581-7134-5

Ⅰ .①战… Ⅱ .①温… ②蔡… Ⅲ .①丘吉尔（
Churchill，Winston Leonard Spencer 1874–1965）—回忆
录②第二次世界大战—史料 Ⅳ .① K835.167=5 ② K152

中国版本图书馆 CIP 数据核字（2022）第 005050 号

审图号：GS（2021）134 号

二战回忆录
ZHANSHENG YIDALI

战胜意大利

著　　者：〔英〕温斯顿·丘吉尔
译　　者：蔡　亮
出版策划：崔文辉
项目统筹：郝秋月
责任编辑：李金默
出　　版：吉林出版集团股份有限公司（www.jlpg.cn）
　　　　　（长春市福祉大路 5788 号，邮政编码：130118）
发　　行：吉林出版集团译文图书经营有限公司
　　　　　（http://shop34896900.taobao.com）
电　　话：总编办 0431-81629909　　营销部 0431-81629880/81629900
印　　刷：三河市兴国印务有限公司
开　　本：720mm×1000mm　1/16
印　　张：28
字　　数：390 千字
版　　次：2023 年 7 月第 1 版
印　　次：2023 年 7 月第 1 次印刷
书　　号：ISBN 978-7-5581-7134-5
定　　价：75.00 元

印装错误请与承印厂联系　　电话：0316-7151807

致　　谢

我应该再次感谢丹尼斯·凯利先生、伍德先生、迪金上校、艾伦海军准将、陆军中将亨利·博纳尔爵士。我之前的各卷就是在他们的帮助下完成的。我也要感谢其他许多审阅过原稿并且提出了意见的人。

在关于空军的资料方面，空军元帅盖伊·加罗德爵士给了很大帮助，很感谢他。

在本卷的写作中，伊斯梅勋爵和其他朋友依然给了我帮助。

我能将某些官方文件的原文复制在本书中，有赖于英王陛下的同意，我在这里表示特别感谢。按法律规定，这类文件的王家版权属于英王陛下政府文书局局长。本书所刊载的某些电文，考虑到保密的因素，应英王陛下政府的要求，由我根据原来的意思加以改动，但是并没有改变原来的含义。

我要感谢罗斯福财物保管事会以及我的一些其他好友，前者同意了我在本书中引用总统的一些电报，后者同意发表他们的一些私人信件。

温斯顿·斯宾塞·丘吉尔

序　言①

在 1942 年冬天到 1943 年春天，我们的命运有了决定性的转变。从 1943 年 6 月到 1944 年 6 月一年间，西方盟国攻克了西西里岛，发起了对意大利的进攻，推翻了墨索里尼的政权，从而让意大利倾向于我们，这一切都得益于海面已经被我们控制，德国的潜艇被我们制服，我们的空中优势不断加强。希特勒和他占领的周边国家因此而变得孤立无援，更加因为德国从东边发起的大规模进攻而完全被包围。与此同时，日本也在无可奈何的情况下由攻转守，这让他们无法保全所占领的大片地域。

联合国家面临的危险现在已经是僵局，而不再是以前的失败。攻入德国和日本这两个侵略国家的国境，从他们手里解救出被征服的人民，是联合国家当前所面临的艰巨任务。在夏季的时候，英国和美国在魁北克和华盛顿召开了会议，11 月，英国、美国和苏联三个主要盟国又在德黑兰开会。开会的目的，都是为了面对这个世界性问题。除了在方法和侧重点方面有很严重的分歧外，三个国家的目标、为共同事业全力以赴的决心是一样的。而之所以会在方法和侧重点上有不同看法，是因为三个主要盟国总是很自然地站在不同角度考虑需要做出决定的问题。但在重大问题上，我们仍然达成了一致意见，这也是我即将要加以叙述的事情。这

---

① 本册及下册《从德黑兰到罗马》在英文原版中同属一卷。——译注

一叙述，一直会持续到解放罗马，以及英国和美国横跨英吉利海峡攻入诺曼底半岛之前。

我仍然准备站在英国首相兼国防大臣的立场上为历史添砖加瓦，即沿袭在上几卷所用的方法。我能够做到这一点，是因为我的指令、电报和备忘录都是在当时写的，而不是在事后写的。我没有接受一些人的建议，即在本卷中同时加入对上述大部分文件的回复。我这样做，完全是因为我认为这一卷应该更加精准和紧凑。此时，我认为还需要再写一卷，全部历史的叙述才能完成。因此，我必须对那些认为本卷不能充分表现他们看法的人士表示歉意。

本卷所叙述的事件，从发生到现在已经有七年多时间。在这七年当中，国际关系瞬息万变，许多往日的敌人成了朋友，甚至是盟友，而昔日的同伴之间却出现了深深的裂缝，或许更加严重的危机正在酝酿。既然如此，一些国家的读者，难免会对本卷引用的电报、备忘录和会议报告所包含的一些情绪和措辞感到不快。关于这个问题，我只能给出如下答案：这些文件具备历史价值；在当时，我们进行的是一场残酷而骇人的战争，没有谁会在事关生死存亡的战争中，用更加柔和的语气对待想毁灭自己的敌人；何况，倘若把当时对敌国说的那些尖锐的话改得更加温和，将无法重现当时的真实情况。所幸，一切伤痛都会被时间和事情的真相治愈。

温斯顿·斯宾塞·丘吉尔
写在肯特郡韦斯特勒姆的恰特威尔庄园
1951 年 9 月 1 日

目　　录

纳粹德国失去了盟友，遭到围攻。

第一章　控海权，瓜达尔卡纳尔岛与新几内亚

控海权——地中海得以解放——与德国潜艇决一死战——大西洋之战是战争至关重要的条件——举行大西洋护送航行会议——对德国潜艇先决性的战斗与大捷——空中掩护保卫了我们的商船队——1943年4月的巅峰——期盼已久的短暂停歇——新武器——配备通气管的潜艇——回忆太平洋战争——抢占新几内亚的战斗——所罗门群岛——瓜达尔卡纳尔岛——显著的功勋——我们为协助美国而做的努力——日本攻势的终结——日本在新几内亚的败绩——形势的变化

　　我在前几卷末尾处讲过：欧洲和亚洲之地的侵略者已经不得不展开防守。1943年2月发生的斯大林格勒之战，转变了苏联的形势。德国和意大利的官兵们在5月的非洲大陆上或遭枪杀，或被俘获。去年美国在珊瑚海和中途岛的胜利制约了日本在太平洋的推进。澳大利亚和新西兰从被侵略的厄运中逃脱出来。英美的攻击谋划了很长时间，在今后的欧洲，轴心国一定会期盼、等待他们的进攻。在能力上和素质上，美国庞大的陆军每月都在进步，但是，想要直捣希特勒控制的欧洲，最终赢得战争的胜利，还需要一个特大的好时机。英美在1943年的控海权（包括水面和水下）都具有显著优势。"控海权"是一个新兴词汇，意思是海军和空军联合作战的实力。德国的潜艇在今年4月和5月才败下阵来，那条横跨大西洋的生

命线，终于在我们的掌控之下了。这场大范围的两栖战争十分必要，旨在解放欧洲，如果没有这个控海权，就无从实施。当希特勒将欧洲的大多数地方控制在手中时，苏联只得独自应对希特勒的所有残余军队。

位于地中海的德国潜艇也败下阵来。我们正在汇聚兵力，参加西西里岛和意大利的战役，目前已经越过海洋，向希特勒控制下的欧洲的下腹区域发起攻击。对于英国来说，地中海还有别的功能——重要的交通枢纽。在北非，轴心国的兵力已被消灭一空，因此，无论是埃及、印度，还是澳大利亚，我们的护舰队都可以直达。从直布罗陀海峡开始，一直到苏伊士运河，沿线布满了我方新占领的基地，海军和空军可以从这些基地出发，保卫这条航道。往日，我们绕道好望角，漫长的航行曲曲折折，在时间和精力上，都给我们造成了很大损失，用不了多久，这种局面就会结束。所有驶向中东的运输船队平均提前了四十五日，我们的海上运输能力有了显著的提高。

*   *   *

我们已经讲过，在开战的前两年半时间内，英国独自对德国的潜艇、磁性水雷以及海上袭击舰所展开的斗争。日本偷袭珍珠港，美国因此加入我们的作战阵营，这是一个重大事件，我们已经期盼了很长时间，可刚开始好像多了一些海上的损失。我们在1940年有四百万吨商船受损，1941年却超过了四百万吨。自1942年美国与我们结成同盟以来，盟国船舶的数量见长，但是，接近八百万吨船舶被击中、沉没。截止到1942年末，相比生产的船舶数量，被德国潜艇击中、沉没的数量更大。美国列出了一项巨大的计划——造船，这寄托着我们所有的希望与计划。在1943年间，造船量快速上升，损耗量下滑。我们船舶的新增吨位于1943年末超过了种种因素导致的海上损耗，而德国潜艇在这一年的第二季度，损耗量首次高于增加量。大西洋短期内就会出现一种现象：相比被击沉的商船数量，被击沉的德国潜艇数量更多。但是，要在经历了持久、艰辛的战斗之后，

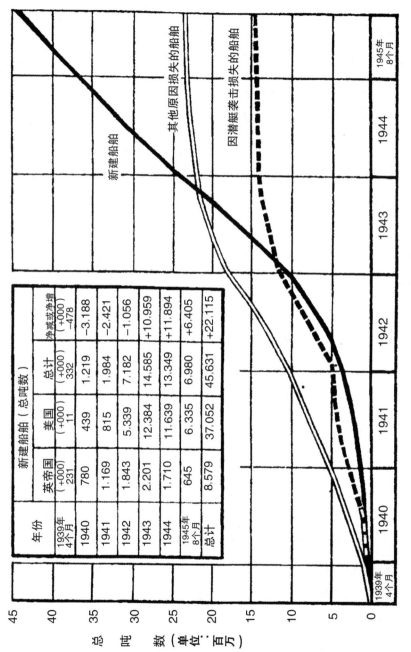

年份	新建船舶（总吨数）			净减或净增 (+000)
	英帝国 (+000)	美国 (+000)	总计 (+000)	
1939年4个月	231	11	332	−478
1940	780	439	1.219	−3.188
1941	1.169	815	1.984	−2.421
1942	1.843	5.339	7.182	−1.056
1943	2.201	12.384	14.585	+10.959
1944	1.710	11.639	13.349	+11.894
1945年8个月	645	6.335	6.980	+6.405
总计	8.579	37.052	45.631	+22.115

1939—1945 年，不受敌人制约的商船总增加量和总损耗量（超过 1600 吨的船舶）

才能最终实现这一目标。

*   *   *

大西洋之战在整个战争中始终是关键所在。我们始终都记得，大西洋之战的最终结果决定了别的区域的陆、海、空所发生的所有事情。当我们在忙着做别的事情时，始终怀着忐忑的心，一天天地观察着大西洋之战的变化。周围经常出现一些难以预料的灾难，人们很长一段时间都在极其苦闷、饱受磨难的条件下艰辛劳作，突发的戏剧性事件经常使生活于其间的人们精神大振。但是，对于在反潜艇之战中的所有水军和空军来说，他们的内心一直焦躁不安，生活平平淡淡，振奋人心的战斗少得可怜。他们始终紧绷神经。令人畏惧的危险不知道什么时候就会降临在他们身边，有时带来辉煌灿烂的幸事，有时则带来危及生命的悲剧。那些英雄事迹和匪夷所思的坚定不移的丰功伟绩被记录下来，但是那些死难者的事迹却永远被湮没了。在我们的商船中，品格高尚的海员们兄弟情深，特别是在他们抱着同一个决心时——打败德国潜艇。

*   *   *

在作战指挥部，我们做出了至关重要的调整。以前，我国海军代表团团长上将安德鲁·坎宁安爵士驻扎在华盛顿，1942 年 10 月才奉命回到国家，对参加"火炬"作战计划的盟国海军进行指挥。从 1941 年初，海军上将珀西·诺布尔爵士始终在位于利物浦的西部海口总部的德比大厦指挥大西洋之战，他在德国潜艇方面知识丰富，此时，他来到华盛顿，由海军上将马克斯·霍顿爵士接任他在利物浦的职位。霍顿海军上将以前指挥英国潜艇参加战斗，曾表现出优异的能力。空军中将斯莱塞在 1943 年 2 月担任空军海防总队总司令一职。事实表明，这些都是英明的抉择。

卡萨布兰卡会议曾经宣布，我们的首要目标是打败德国潜艇。为了把盟军的所有力量集中起来，投入到大西洋，海军上将金于 1943 年 3 月在华盛顿主持召开了大西洋护航会议。这种制度并非意味着指挥的完全统一。

我们与美国在各级之间都有着紧密合作，高层领导间也和睦相处，但针对这个问题，两个盟国采取了不同的方式。美国不像我们，他们没有类似于空军海防总队的机构，而在英国或者说在大西洋上，需要援助的地方，可以通过空军海防总队由一个单独的司令部对空军的行动进行指挥，因此具有很高的灵活性。空军编队能够以极快的速度实现从安全区域到危机区域的转移，而且美国也常常大量援助司令部。一些被叫作"沿海前哨岗"的独立的附属司令部在华盛顿实施指挥，并且所有司令部都配备一定数额的飞机。

*　　*　　*

受到冬季风暴的影响，我们的护送舰艇遭受了巨大损害，德国潜艇的进攻也因此暂停。冬季风暴于1943年2月消散，在北大西洋，敌人迅速增加潜艇的数量。虽然德国海军上将邓尼茨掌控的潜艇损失惨重，但是在1943年初，其数量却增加到212艘。同年3月，海上常常有一百多艘潜艇时隐时现，想要靠灵活地改变航行路线逃脱一群群潜艇的追寻，是无法实现的。想要解决这个难题，就得依赖护航舰队的海空协同作战。接近七十万吨世界各地的潜艇在那个月里被击中、沉没。

迫于压力，我们在华盛顿协商通过了一项新的约定，英国和加拿大要全权负责沿着北大西洋首要航线前往英国的运输舰队。如今，我们与德国的潜艇展开决斗，最终将其打败，指挥战斗的是两个协同作战的海空司令部，其一是英国海军上将指挥的位于利物浦的司令部，另一个是加拿大海军上将指挥的位于哈利法克斯的司令部。英国与加拿大舰队从此开始护卫大西洋上的船只，美国舰队依然护卫他们通往地中海的商船，以及他们自己运输军队的船只。对于利物浦和哈利法克斯的联合司令部的命令，英国、加拿大和美国的空军都悉数服从。

远程"解放者"式飞机中队原先驻扎在纽芬兰和冰岛基地，如今，他们填补了格陵兰东南面的北大西洋上空的空白。为了在白天护卫领空，飞机整个4月都在航线上飞行。成群出行的德国潜艇被迫潜入海底，但是他们在海底受到的攻击也从未间断。为了阻击敌人的袭击舰，运输船队调动了空中护航机，以及水面之上的护航舰。目前，我们无须护航，因为我们已经具备了足够的实力，可以组成一组组的独立小舰队，像骑兵师那样行动自如。这是我已经期盼了很长时间的事。

*　　　*　　　*

之前描述过的"硫化氢"盲目轰炸器此时起到了明显的作用。我们的轰炸机司令部将一些盲目轰炸器提供给海防总队使用，不过心里并不太情愿。以往，我们使用的雷达电波太长，德国已经掌握了侦察技术，在我们的飞行员还没来得及攻击德国的潜艇时，他们就已经沉入海底。现在，我们采用了能发出非常短的电波的新型方式。等德国人窥探到它时，那都是几个月以后了。希特勒牢骚满腹，他觉得潜艇大战失败是因为这项发明。这种说法有些夸张了。

英美在比斯开湾展开空中袭击，这使从此处经过的德国潜艇恐惧到极点。在那个时候，由于我们从飞机内发射的火箭威力极大，敌人的潜艇就一群群地驶过水面，他们为了打退飞机，还在白天开动大炮。这种试验是在铤而走险，没有一点儿好处。在1943年3月和4月，仅在大西洋，德国潜艇就被摧毁二十七艘，其中被飞机摧毁的数量超过一半。

1943年4月，比较双方实力，我们可以发现变化。德国往战场上投入的潜艇最多有二百三十五艘，但是他们的水兵心里已经觉得不踏实，开始犹豫起来。他们在形势大好的情形下依然无法发起致命的袭击，而且在这个月里，我们在大西洋上的船舶损耗量减少了近三十万吨。而单单在5月份，德国潜艇在大西洋上就被摧毁了四十艘。德国海军部惴惴不安地关注着己方的战报，为了休养生息，海军上将邓尼茨在5月末时就命剩余潜艇舰队撤出北大西洋，或者调到比较安全的海域参加战斗。自美国加入战斗以来，我们的船舶损失量在1943年6月降到最低。大西洋上的运输船终于能够

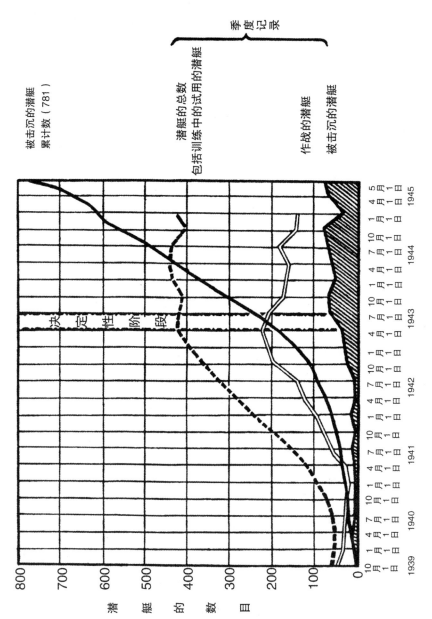

1939—1945 年，德国潜艇舰队的兴盛与衰败

安全航行，供应线得到了保障。

下面的表格"大西洋"提供了一些数据，可以从中了解那几个月艰难战斗的情形：

大西洋[①]

1943	盟国沉没的船舶（吨）		德国沉没的潜艇（艘）				
	遭受潜艇击中而沉没	因各种因素而沉没总计	被海军击中而沉没	被空军击中而沉	被海空协力击中而沉没	其他因素	总计
3月	514，744	538，695	4	7	—	1	12
4月	241，687	252，533	6	8	1	—	15
5月	199，409	205，598	12	18	7	3	40
6月	21，759	28，269	6	9	2	—	17

*　　*　　*

此处，关于打败德国潜艇的事件，我有必要多说几句，因为后面的所有事件都受到它的影响。如今，空中武器开始发挥它的作用。英美双方思考问题的方式已经改变，不再用单纯的海军作战法，也不再是海上的空军作战法。他们竭尽全力想成立一个巨大的海上机构，在这个机构中，海军和空军协同作战，英国和美国协同作战，更便于了解彼此的实力与不足。只有领导具有宏韬大略，并且矢志不移，才能打胜仗，同时各级还要有至高标准的训练和技术效能。

1943年6月，残存的德国潜艇舰队被打败，在大西洋上，他们无法攻击我们的商船队，我们有了一个值得高兴的休养生息的机会。敌人在某一时期内的活动遍布大西洋和印度洋的广阔水域，在那些水域中，我们的防御能力非常差，所幸的是，我们并没有在那里暴露太多目标。在比斯开湾，我们向德国潜艇基地的出入口加紧了空中打击。7月，德国有三十七艘潜艇被摧毁，其中三十一艘毁于空中袭击，而且在比斯开湾被摧毁的超过一

---

① 在地中海，七艘德国潜艇与三艘意大利潜艇于同一段时间被击沉。——原注

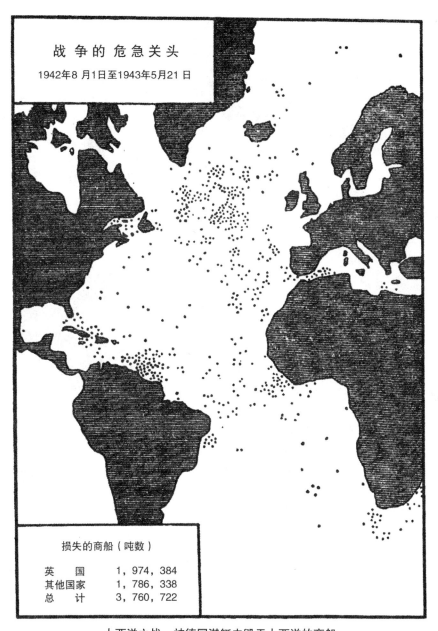

战 争 的 危 急 关 头

1942年8月1日至1943年5月21日

损失的商船（吨数）	
英　　国	1，974，384
其他国家	1，786，338
总　　计	3，760，722

大西洋之战：被德国潜艇击毁于大西洋的商船

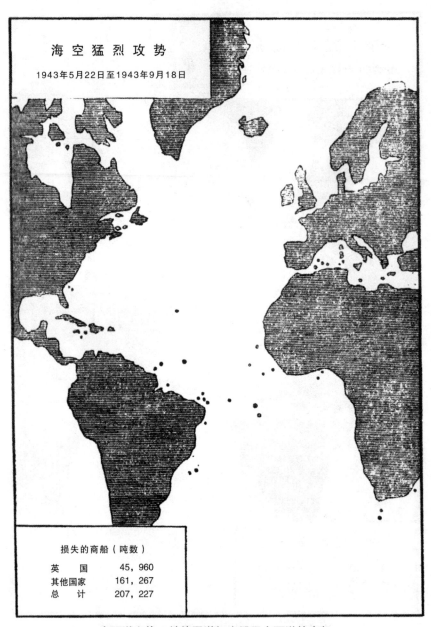

海 空 猛 烈 攻 势

1943年5月22日至1943年9月18日

损失的商船（吨数）	
英　　国	45,960
其他国家	161,267
总　　计	207,227

大西洋之战：被德国潜艇击毁于大西洋的商船

在护航线上的第三次袭击

1943年9月19日至1944年5月15日

损失的商船（吨数）

英　　国　　　119，854
其他国家　　　194，936
总　　计　　　314，790

大西洋之战：被德国潜艇击毁于大西洋的商船

半。在 1943 年的最后三个月内，我们仅以四十七艘商船的代价，摧毁了敌军五十三艘潜艇。

在北大西洋，为了再次占上风，德国潜艇在风暴频发的秋天也一直都全力以赴，最终却以失败告终。潜艇向船队发起的每次攻击都蒙受了巨大损失，而收益却微乎其微，因为在这个时候，我们的海军和空军协同防御的能力已经十分强悍。空中武器在反潜艇之战中已与水面的舰艇旗鼓相当。海上的护航舰给予了我们的运输船队更多、更有力的保护，能够提供近程和远程的空中保护的护航航空母舰，也支援了这些护航舰。我们此时还具备了搜索潜艇的技术，有能力摧毁那些被发现的潜艇。护航队由航空母舰和护航舰联合组成，又得到空军海防总队的远程飞机和美国空军中队的协助，这在战斗中意义重大。英国皇家海军沃克上校是一名非常优秀的潜艇歼灭奇才，在他的指挥下，这支护航队仅在一次巡逻的航行中，就把敌方的六艘潜艇击毁。

商船航空母舰于此时出现。即在一艘平常的货船或油船上配备了起飞甲板，方便海军飞机起飞，这个创意来源于一名英国人。这样的船可以像商船一样运输货物，也可以护卫它所在的商船队。此种船只共计十九艘，其中有两艘挂着荷兰国旗，在北大西洋上活动。早在商船航空母舰被发明之前，就有一种上面装着弹射起飞的飞机的商船出现了，在技术装备方面，二者存在差异。海域大战随着这两种商船的问世而迈入崭新的阶段。如今，运输船不只防御敌舰的袭击，还主动向敌舰发起进攻。与战斗舰相比，非战斗舰本就没有太多不同之处，如今几乎已经没有区别了。

在这个时候，美国庞大的战时生产已经渐趋高峰。美国的飞机场不间断地输送着远程飞机，造船厂不停地输送着种类繁多的舰只，我们迫切需要的护航航空母舰也在其中。为了给我们的工业提供援助，很多产品与特殊的设备（尤其是雷达）都供应给我们使用，美国的海军、空军还在此时到各个战场参战。

面对严峻的形势，海军上将邓尼茨只能一次次后退，但是，他依然安排了与往常数量同样多的潜艇。不过，潜艇减弱了攻势，很少试着冲破我们的防守。他在此种情况下仍然没有丧失希望。他在1944年1月20日发表言论："在防守上，敌人已经占了上风。我迟早有一天要让丘吉尔知道什么是高水平潜艇战。1943年，潜艇遭到重创，但是并没有因此而完全消失。它的威力反而变得更大。胜利与艰辛都会在1944年出现，为了打断英国的供给线，我们将在这一年采用新型潜艇武器。"

这种信念绝非没有一点儿凭据。为了研制出一种新型潜艇，德国在1944年初时下了一番苦功。这种新型的潜艇能以非常快的速度在水里航行，持续航行的距离也更远。为了在安装"通气管"后活动于英国沿海领域，德国在这个时候撤回了很多老式潜艇。当潜艇沉潜到水中时，只有一个小管子露出水面吸气，这种新型装置能够重新装上炮弹以备发射。这种潜艇不用费多大力气就可以避开来自空中的侦察。我们可以清楚地预见，这种配置了"通气管"的潜艇可以趁盟国展开袭击之机，袭扰英吉利海峡的航道。

*   *   *

那些发生在1942年的惊天动地的战役，扭转了远东的整个战争局面，为了唤起读者的记忆，我有必要在此处做出一番回忆。

英国海军的主力分布在大西洋和地中海，因此，只有美国一个国家扛起与日本作战的一切繁重负担。从印度到美国西海岸之间，整个辽阔的海域上供我们驱使的只有弱小的澳大利亚和新西兰海军力量，别无外援。驻扎在东非的东方舰队已经成了空架子，仅能短期内护卫我们的商船队。但太平洋的战局已经得到扭转。美国的海军再次占了上风，此时，日本忙于巩固其在印度东部侵占的领土，没有多余的精力向印度洋发起攻击。1942年夏，珊瑚海和中途岛的战役爆发，从那时候开始，太平洋上又出了很多事。海军上将尼米兹在珍珠港设立总部，把太平洋的北部、中部和南部掌控在手中。1942年3月，麦克阿瑟将军离开菲律宾群岛，抵达澳大利亚，太平洋西南部的军队都交由他指挥，掌控的海域包括菲律宾群岛、俾斯麦群岛、新几内亚、澳大利亚东部沿海一带，以及所罗门群岛等。

日本皇家海军又一次转战太平洋西南部，因为他们非常明白，他们已经在太平洋中部惨遭失败。这里与美国海军的主力军相距很远，因此他们盼望着能重新取得胜利的进展。敌人向新几内亚的莫尔斯比港展开进攻，却因为珊瑚海之战而以失败告终，这促使他们下定决心翻越欧文·斯坦利山脉，以便从陆地上展开攻击。抢夺新几内亚的战役就这样爆发了。所罗门群岛作为一个国家，受到英国的保护，他们此时下定决心将其占领。图拉吉岛已经被他们侵占，他们不久后就可以开始在不远处的瓜达尔卡纳尔岛筑造一个空军基地。他们希望在将莫尔斯比港和瓜达尔卡纳尔岛据为己有之后，把珊瑚海纳入自己的海域，这样便可与澳大利亚的东北部接壤。日本的飞行员能够从瓜达尔卡纳尔岛起飞，抵达遥远之处的海岛群，袭扰美国和新西兰之间的重要海上交通线。在反击这两次进攻的过程中，美国和澳大利亚凭借海军的实力，实施了海空协同作战，贡献巨大，值得称颂。

敌我双方都要抢占所罗门群岛。作为海军上将，身在华盛顿的金很久以前就计划抢占这些岛屿。1942 年 7 月 4 日，空中侦察显示敌军已经把空军基地修建在瓜达尔卡纳尔岛上。负责指挥南太平洋地区作战的格姆利海军上将在预定任务还没有完成的情况下，就于 8 月 7 日调用已经抵达新西兰的海军陆战队第一师展开攻击。日本的空军基地还没有完工，就已经被占领，自此，瓜达尔卡纳尔岛之战打响了。直到六个月之后，这场大战才结束。

* * *

日本人如果从加罗林群岛和拉包尔的主要舰队基地发动攻势，将在这些海域占有极大的海空优势。身处拉包尔的日本指挥官，随即调遣一支强悍的舰队开往瓜达尔卡纳尔岛，这支舰队由巡洋舰和驱逐舰组成。8 月 9 日早晨，狂风大作，暴雨肆虐，日方趁机展开偷袭，几乎把守卫在码头周围海域的盟国海军全部消灭。他们以微不足道的代价，仅用了四十分钟左右的时间，就把三艘美国重巡洋舰和澳大利亚"堪培拉"号巡洋舰击沉。假如日本的海军上将在打了一场大胜仗之后马不停蹄地继续攻击，就能占领海峡的东面，把美国那些依然在卸着物资和军队的运输舰击毁。然而在这次战斗中，日军错过了一次难得的机会。

美国的指挥官没能够为本次登陆提供持续增援。但凡能够卸掉的东西，他都卸了下来，接着就撤退了，一万七千名海军陆战队员被放置在敌占岛屿的岸上，没有任何支援。他们可能要应对地面上的致命一击，却没有任何空军来护佑。这个危急的时刻，美国海军陆战队却丝毫没有畏惧。来自空中的袭击始终摧残着他们，但是他们依然坚守，巩固了己方阵地，还在海面上打开了一条应急供应线，被占领的机场也投入使用。海军陆战队员驾驶的战斗机和俯冲轰炸机在瓜达尔卡纳尔岛开始起飞，立即支援作战。

日本人妄图于此刻在海上决一死战。8月24日，所罗门群岛北面爆发了一场势均力敌的大战。我方空军打退了靠近瓜达尔卡纳尔岛的敌方运输舰。8月31日，"萨拉托加"号美国航空母舰被一艘潜艇击中负伤，两周后，名扬地中海的"黄蜂"号英国航空母舰也被击沉。作战双方都在增加兵力。我们在10月初的一次夜战中打退了日本的一支强悍的巡洋舰队，还把其中的一艘击沉。然而，敌军的两艘战列舰向飞机场一阵炮击，不久后四千五百名士兵又登陆支援。另一场危机即将来临。

* * *

尼米兹海军上将和麦克阿瑟将军提议，缩减在欧洲的行动，向太平洋战场倾斜，这很合情理。身在华盛顿的金作为海军上将，非常赞成他们的提议。如今，至关重要的是向西北非发起攻击，也就是所谓的"火炬"作战计划，这是最主要的策略，凌驾于所有事务之上。陆地上的战役此时已经迈进高潮。自1942年10月19日开始，投入丛林战场的海军陆战队已经在他们的阵地上死守了十天，把日本人打得招架不住。第二场战争爆发在所罗门群岛的北面，空军是这场战争的主角，"大黄蜂"号航空母舰取代了"黄蜂"号的位置，无奈被击中沉没。美国的航空母舰"企业"号和战列舰"南达科他"号以及两艘巡洋舰也被击中。日方的两艘航空母舰也丧失了继续战斗的能力。

海军上将哈尔西接替海军上将格姆利的位置，在这个时候，他察觉到己方连一艘航空母舰都没有，便请求海军上将尼米兹提供一艘或多艘英国航空母舰支援他。美国在太平洋上有何打算，我们不是十分清楚，但是我们十分清楚一点——所罗门群岛之战已经千钧一发。很明显，航空母舰想要抵达指定战场，还需要好几个礼拜。在这场勇猛的战斗中，我非常乐意贡献自己的绵薄之力，可是，我们要担负起那些重要的海军职责，英美陆军将在西北非实施登陆，我们即刻做出提案很不现实。直到 12 月，"火炬"作战计划告一段落，情势也舒缓下来，我此时向罗斯福总统发出电报，把我们的航空母舰的现状事无巨细地汇报一遍，并且尽可能把我们最合适的意见告知于他。

前海军人员致罗斯福总统   1942 年 12 月 2 日

接到你们关于让我们调派航空母舰，给太平洋舰队以援助的要求后，我们始终竭尽所能地让你们的构想得以实现。为了加入"火炬"作战计划，我们的航空母舰被指派到指定水域，已经进入危险之地，这仅有的几艘战舰弥足珍贵，我们对它们在当地的详细状况还不了解，所以很难指挥它们。虽然我们已经把海岸作为基地，组建了飞行大队，但是那两艘航空母舰如今已经加入"火炬"作战计划，短期内根本无法抽身，"火炬"作战计划依然处于危险之中。我们很清楚，你们在太平洋战场急需航空母舰的援助，因此，我们如今打算铤而走险，力所能及地调遣一些可供支配的舰艇。

我们的航空母舰，由四艘具有很强的续航力的装甲舰组成。我们计划把"光辉"号从东方舰队中抽调出来，连同"独角兽"号和一艘辅助航空母舰一并交由海军上将萨默维尔指挥。我们还打算把"胜利"号调离本土舰队,假如贵方的小型航空母舰"突击者"号能够加入本土舰队,我们打算调派"胜利"号和"光辉"号支援你们。考虑到大西洋航线举足轻重,对苏联北部商船队也有所帮助,我们打算在岁末调遣"齐博林伯爵"号。考虑到"无畏"号和"可畏"号的现状,在"突击者"号尚未加入本土舰队之前,我们还不能把"胜利"号和"光辉"号调派出来。

假如条件允许,我更乐意派遣两艘航空母舰以供你们驱使,这样既强化了你们的战斗力,又能把这两艘航空母舰组建成一个战略小组,从而便于展开行动。每一艘航空母舰上配备的飞机都不够充足,独自开展行动的目标无法实现,所以这种规划才是切实可行的。在你的手下,有很多军官与海军上将里斯特相识,所以我提议让他来指挥作战。为了弥补飞机匮乏的缺陷,我们已经决定调派两艘航空母舰前往珍珠港,预计抵达时间在 12 月末。不知你是否认同这种调派,如果认同,一些细节问题将由庞德和金共同商讨。

最终,时任海军上将的金不肯把"突击者"号调出来,我方不得不把"胜利"号调出来。12 月,"胜利"号被调离本土舰队,往珍珠港进发。

*　　　*　　　*

11 月,海战和空战接连爆发于所罗门群岛周围,敌我双方都蒙受了巨大损失。回顾起来,这些战役的意义都非常重大。一场激烈的战斗于 11 月 13 日晚打响,美国的两艘巡洋舰、四艘驱逐舰惨遭毁灭,同时,美国损失了两名海军上将。日方则损失了一艘战列舰和两艘驱逐舰。此时,日方调派十一艘运输舰开往瓜达尔卡纳尔岛,上面载着强悍的增援军。一场激战随即爆发,持续了三十六个小时才结束,美军击沉了日军的一艘战列舰、一艘巡洋舰和三艘驱逐舰,甚至还击沉了七艘满载士兵的运输舰。而美国付出的代价仅是一艘驱逐舰。至此，日军对自己的冒险行动丧失了信心。美方的援军持续增加，他们的到来解救了被围困的英勇的海军陆战队。战斗还在继续，对于这场战斗，敌军已经没了取胜的信心。1943 年 1 月 4 日，东京帝国大本营命令日军从瓜达尔卡纳尔岛上撤走。敌军在撤退过程中并没有付出特别大的代价。2 月 9 日，海军上将哈尔西终于做出声明，我军已经控制住瓜达尔卡纳尔岛。

这件事情意味着日军的攻击浪潮已经结束。美国经历了六次重要的海战，以及数目繁多的小范围战役，其间损失了两艘航空母舰、七艘巡洋舰和十四艘驱逐舰，澳大利亚的"堪培拉"号巡洋舰也惨遭摧毁。日军总共丧失了一艘航空母舰、两艘战列舰、四艘巡洋舰和十一艘驱逐舰。敌我双方在陆海空上都付出了惨痛的代价。我读了一篇很有吸引力的报道，它出自一位美国目击者之手，报道中这样写道："瓜达尔卡纳尔岛对我们这些曾经亲历战场的人而言，并非一个地名，而是一种情感。有了这种情感，人们的脑海中就会浮现出那些在高空中的拼死搏杀、晚上惨烈的海战、为供给和修筑做出的努力、于丛林间殊死搏斗，还有被凄惨的炸弹声打破的寂静夜间和因炮轰而发出惊天动地的爆炸声的军舰。"身处这个共和国的人民应永远牢记这个英勇的事件。

*　　　*　　　*

新几内亚的战争形势有所好转。日方于 1942 年 7 月 22 日从北海岸出发，由陆地进军莫尔斯比港。从中东调派过来、隶属于澳大利亚第七师的两个旅负责这个港的守护工作。欧文·斯坦利山脉足足有一万三千英尺之高，在新几内亚岛，它成了这片陆地的脊梁。在这片山脉中，一条狭窄的小路从各个隘口和原始森林穿过。日方遭到澳大利亚的一个独立民兵营的殊死反抗，等他们的五个营迫近莫尔斯比港时，时间已经是 9 月的第二周。但在伊米塔山脊，敌人已因受到阻击而被迫停下。

在大岛南端弥尔恩湾周围，有三个小型机场正处于修建之中，两千名日本海军陆战队员趁着战火四起从海上登陆，妄图在 8 月 26 日将其侵占。沿海领域的战役持续了两个礼拜，消灭了一半以上的入侵者，剩下的也已经溃散。日军今后在新几内亚只得只守不攻。他们妄图将新几内亚和瓜达尔卡纳尔岛一举拿下，不想竟然一个都没打下来。澳大利亚的陆军和空军此时紧追不舍，他们只能顺着山路撤走，疾病和饥饿折磨着他们，很多人因此失去生命。美澳方面正在不断加强空军实力。飞机将美国的第三十二师输送到目的地，日军的输送舰装载着援军，却遭到巨大打击。在布纳，一万名守军背靠大海，拼死保卫最后一道防线。1943 年 1 月的第三个礼拜，虽然日军负隅顽抗，但仍被彻底击败了。日军仅剩几百名士兵活了下来。超过一万五千人或死于枪炮，或死于饥饿，或死于疾病。2 月，盟国牢牢地掌控了新几内亚的东南端以及瓜达尔卡纳尔岛。日军组建了一支运输队，由十二艘运输舰编制而成，并调派十艘军舰实施保护，打算向其在莱城的重要前哨营地提供援助，我军在俾斯麦海发觉了正在航行中的他们。这支由运输舰和护航舰组成的舰队载着近一万五千名士兵，却在 3 月 2 日和 3日遭遇空中袭击，最终被毁灭。

*　　*　　*

1943 年 6 月，在本卷叙述开始时，太平洋形势一片大好。日军的最后一轮进攻也被击退了，如今，各个地方的敌军都只守不攻。为了向他们在新几内亚攻占的阵地提供援助，尤其是对驻扎在萨拉马瓦和莱城的守军的增援，以及沿海岸线修建一系列供增援之用的飞机场，他们只得付出惨痛的代价。很明显，美国已有了进军菲律宾群岛的势头。如今，麦克阿瑟将军沿新几内亚北岸向西挺进，海军上将哈尔西沿所罗门群岛前行，一步步靠近拉包尔。美国的实力迅猛发展促使了这种现象的出现。自从发生了珍珠港事件，日方统治阶层在这十八个月终于明白了一些事实上的差距，曾经，他们对这些毫不关心。

第二章　攻克西西里岛

1943 年 7—8 月

筹备攻占西西里岛——亚历山大将军的最终谋划——战斗序列——将分散的军队汇聚——希特勒于 5 月 20 日召开的会议——我们攻克潘泰莱里亚岛——有效的掩护计划——7 月 10 日发起攻击——世事难以预料——空军损失惨重——海上胜利登陆——英美军队平稳进击——我们接下来的作战行动——我于 7 月 16 日向史默兹将军发去电报——战斗的发展——艾森豪威尔宣告向意大利进击——英美三军参谋长之间的讨论——巴顿将军的巧妙进攻——琴图里佩、卡达尼亚与墨西拿——亚历山大的汇报——三十八天内解放西西里岛

1943 年 1 月，卡萨布兰卡会议召开，会议决定在攻占突尼斯后进攻西西里岛。这项代号为"哈斯基"的伟大计划，提出了新的重要问题。在北非之战中，我们登陆前并未考虑过会遭到殊死反抗，如今，数量众多的意大利陆军出于护卫祖国的目的，也许会拼死一战。德国的地面军队和空军十分强悍，肯定会无条件增援。而且拥有六艘装备精良的现代化战列舰的意大利舰队，参战的概率很高。

在艾森豪威尔将军看来，假如我们的目的是在地中海的航路清除异己，那么向西西里岛发起攻击就是必要的。要想实现打败并占领意大利的最终

目标，撒丁岛和科西嘉岛就成了最适合的第一步目标。"意大利的半岛像一只长筒靴，这些海岛就位于半岛的一侧，相比只攻占地处半岛趾形山区的西西里岛，它们更能分散敌军在意大利境内的兵力部署。"①对于这种军事观点，虽然我无法认同，但是它无疑特别有权威。各种政治力量都发挥作用了。将西西里岛占为己有和向意大利发起直接攻击，都在促使我们更快地达到目的，并且具有深远的影响。

攻占西西里岛的行动意义最为重大。虽然它远远比不上攻占诺曼底的计划，但是我们依然不能小看它的重大意义，任务的艰巨性也不容小视。此次登陆借鉴了北非之战中获得的经验，拟定了"霸王"战斗计划的人也从"哈斯基"战斗计划中吸收了众多教训。大约有三千艘战舰和登陆艇在最初的突击阶段参战，它们装载着十六万部队，配备的车辆多达一万四千辆，坦克多达六百辆，大炮一千八百门。这些部队必须在地中海、英国和美国广泛分布的基地集合、训练并装备，然后用船把他们和一切用于两栖作战的巨大辎重一同输送到前线。三方总部的下级指挥官来制订具体的计划，他们彼此相距几千英里。最后，驻守在阿尔及尔的最高统帅将所有计划整合到一起。为了审核、完善所有的预备工作，此处设立了一个专门的盟军参谋部。很多问题随着计划的开展而出现，只有联合三军参谋长委员会才能解决这些问题。最后，必须将船队汇聚到一起，在军舰的护航下越过海洋，从窄窄的海域穿过，等时机成熟，就在前线集合。

*　　*　　*

2月，艾森豪威尔将军的总部开始制订计划。是时候任命他的主要部属了。与盟军协同作战的每一场战争中，往往都由兵力充足的一方指挥作战。这一点可能因政治因素或其他战场上有关的作战行动改变，但由兵力充足的一方指挥作战的原则依然是正确的。过去，我们在西北非之战中受

---

① 参阅《欧洲十字军》。——原注

到政策的影响，把作战指挥权拱手让给了美国。刚开始，他们在数量和局势上都稳占上风。"火炬"作战计划开始后的几个月中，因为第八集团军获胜后从沙漠区域转战于此，英国又在突尼斯组建了第一集团军，我们在那儿与美国的比例变成十一个师对四个师。但是，我仍然坚持美国实施"火炬"作战计划是一次远行征战行动，因而，在各方面都要维护最高指挥官艾森豪威尔将军的地位。在实际操作上，大家彼此体谅，亚历山大将军时任艾森豪威尔的副帅，他在战争的指挥上拥有充分的权力。正是在这些情况下，我们在突尼斯打了胜仗，而对于美国人以及世界上的所有人来说，他们脑海中首先浮现的是美国在这场战争中占主导地位。

我们如今已经迈入了一个崭新的阶段，目标是攻下西西里岛，以及其后采取进一步的行动。我们已经达成共识，如何对付意大利由西西里岛的战场形势而定。这场规模大、风险高的行动引起了美国人的兴趣，本年内拿下撒丁岛已经无法满足他们的胃口。同时由于即将开展另一次协同作战，我认为，一定要将英国人的地位提升到与我们的盟国相同的水平。英国和美国的军队在7月的比例是八个师对六个师。在空军方面，美国占百分之五十五，英国则占百分之四十五。在海军方面，英国占百分之八十。除了这些，英国还有很多军队分布于中东、地中海东部以及利比亚，由开罗的英军总部直接领导，由梅特兰·威尔逊将军独立指挥。鉴于此种情况，我们要提出一个合理的要求，在最高指挥权上，我们最起码要拥有一个平等的地位。对于我们提出的要求，值得信赖的盟军愉快地接受了，甚至把战争的指挥权直接交给了我们。第十五集团军群（美国第七集团军与英国第八集团军都包括在内）交由亚历山大指挥；盟国的空军交由空军上将特德指挥；盟国的海军交由海军上将坎宁安指挥。艾森豪威尔将军是海陆空三军的总指挥官。

蒙哥马利将军以及他的第八集团军指挥英军的突击行动，美国的第七集团军则任命巴顿将军做指挥官。海军上将拉姆齐在"火炬"之战中策划过英军登陆，美国海军上将休伊特与巴顿将军协同执行过卡萨布兰卡的登陆任务，所以，海军的指挥权交给他们两个。在空军方面，上将特德之下有几个主要的空军司令官，包括斯帕茨将军、科宁厄姆中将，布罗德赫斯特少将则负责指挥军队配合第八集团军在空中展开作战行动。近期，空军少将布罗德赫斯特为西部沙漠空军打下新战功。刚开始时，仅依赖想象来思考计划以及有关部队的部署，因为指挥官与参谋们依然把注意力停留在突尼斯之战上。到了4月份，我们才判断出适合参战的部队有哪些。为了向已经登陆的军队提供援助，尽快攻占港口和机场成了重中之重。巴勒莫、卡达尼亚和锡拉库萨都可以，而最理想的港口是墨西拿，只是我们的实力还不够。总共有三组重要的飞机场位于西西里岛的东南部、西部以及卡达尼亚平原。空军上将特德提议，缩小攻击范围，首先将位于东南部的一组飞机场攻克下来，再向卡达尼亚和巴勒莫发起攻击。也就是说，暂时仅有锡拉库萨、奥古斯塔和利卡塔这些小港口可以投入使用，陆军所在的海滩一点儿遮掩物都没有，只能依赖支援。幸好，美国投入了新的两栖运输车，它能在水中和陆地上使用，再加上一些登陆艇的投入使用，使得一切顺利进行。英国人于1940年最先设计出这种型号的船只，随后又加以改进。美国人根据英国人的经验又研发出一种新型号船只，还将其批量生产，并在西西里岛战役中首度使用。在今后的战场上，它将是两栖作战的基础，还经常对两栖作战起到限制作用。

＊　　　＊　　　＊

为了让敌方的海军和空军丧失作用，亚历山大将军制订出最终计划，打算先狂轰滥炸一个礼拜。在蒙哥马利将军的指挥下，英国第八集团军准备向木罗·迪·波尔科角和波扎洛之间的地方发起攻击，还要把坐落于锡拉库萨和帕齐诺的飞机场抢占过来。打响头战后，第八集团军便和左翼的美军会合，准备向北进军，直捣坐落于奥古斯塔、卡达尼亚和杰尔比尼的飞机场。第七集团军由巴顿将军指挥，目标是占领利卡塔港和杰拉东面和

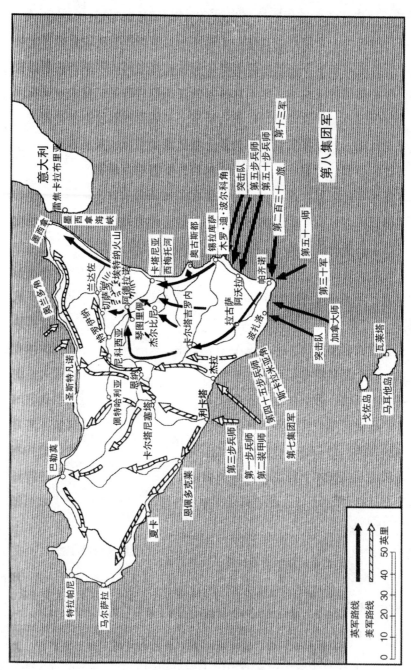

攻占西西里岛

北面的一组飞机场，他们准备选取斯卡拉米亚角和利卡塔之间的区域作为登陆点。这样做是为了保护第八集团军的侧翼在拉古萨地区往前进军。为了抢占据点，顺利登陆，强悍的英美空运部队从滩头堡穿过，靠降落伞或滑翔机登陆。七个步兵师、位于马耳他要塞的一个步兵旅、两个装甲旅以及若干突击队共同组建成第八集团军。美国的第七集团军指挥的部队共有六个师。德国的两个师（其中有一个装甲师），意大利的四个步兵师，还有实力较差的意大利海防部队的六个师，共同组成了敌军的防守阵营，他们驻扎在西西里岛上，最初由一个意大利将军任指挥官。出于强化他们的同盟军、展开反击的考虑，德国师又被分成了无数作战小队。由于误解了我们的想法，敌人向这个岛屿的西海岸投入了大量兵力。在空军方面，我们稳占上风。我们有四千多架战机（一百二十一个英国的空军中队和一百四十六个美国的空军中队）投入西西里岛、撒丁岛、意大利和法国南部，而敌人仅剩一千八百五十架战机可供驱使。如果我们胜利会师，并成功登陆，未来的形势将一片大好。然而，海军与空军分散于各个地方。加拿大从英国把他们的第一师调派过来，美国也将他们的一个师从美国调派过来，只是在路过奥兰时稍作停留。某些已经抵达地中海的部队在北非的领土上分布于各地。第十三军由登普西将军指挥，此刻，他们有些在埃及受训，有些在叙利亚受训，运河区和亚历山大港，以及贝鲁特和的黎波里之间的各个小港口，都在装运他们的船只和登陆艇。第三十军由利斯将军指挥，他们将第一次会师于战场之上，驻扎在英国的加拿大第一师、驻扎在突尼斯的第五十一师，以及驻扎在马耳他岛的第二百三十一独立旅，都是其中的组成部分。美国也是如此，他们的兵力在突尼斯和阿尔及利亚的所有区域均有分布，在大西洋的彼岸也分布着一些兵力。

下级司令官和参谋人员很有必要乘飞机赶往各个距离较远的地区，亲自查看计划实施的情况，监督他们军队的训练。通常情况下，他们无法亲自将这些计划付诸实践，这就给制订计划者增加了负担。联合王国、地中海以及红海都是水上练兵场。已经抵达中东的重要飞机、船舶和装备数量还只是象征性的，甚至可以说根本就没有。当初预备这些物资时，只是把它们设想成合格品，并未进行检验，却已经将它们算作计划中的一部分。结果供应部门最终几乎履行了他们的每一个承诺。联合参谋的工作做得很到位，这个计划被顺利地付诸实践，虽然原先人们对它没信心。

＊　　　＊　　　＊

希特勒于5月20日举行了一次会议，凯特尔、隆美尔以及外交部长纽赖特等人都受邀参加。宾夕法尼亚大学图书馆中珍藏着这次会议以及德国的其余会议的秘密记录的原稿，美国将其翻译成英文，费利克斯·吉尔伯特先生为它做了注解。对于第二次世界大战的历史，这些译文贡献巨大。

希特勒：你曾经去过西西里岛？

纽赖特：对，元首。我曾经去过那个地方，还约见了驻扎在西西里岛的意大利第六集团军司令洛艾塔将军。他向我透露了很多事情，说自己并没有太大自信守住西西里岛，还说自己的实力太弱了。至于他的军队，连合适的武器都没有。他手中仅有一个摩托化师，剩下的部队都没有配备车辆，这才是最要命的。英国人十分清楚，把供于维修、装配的材料输送过来，实现的概率不大，甚至根本就无法实现，所以他们天天不惜代价地向西西里岛各条铁路上的机车开炮。我从乔凡尼渡海来到墨西拿，一路上看到了这样的景象：在这短暂的距离中几乎一切交通都是瘫痪的。我觉得那儿最初应该有六艘渡船，而如今却只看到了一艘。这艘渡船完全成了博物馆中的展品，听人说他们是出于更好的目的才留下的。

希特勒："更好的目的"是什么？

纽赖特：元首啊！有些意大利人阐述道："等到战争结束时……"

也有人说："接下来发生什么，你永远都无法知晓。"大家对驻扎在西西里岛的德国军队已经没了好印象。原因很明显，西西里岛人觉得，他们身处战火之中，是因为我们把战争带给了他们。我们抢占了他们的所有食物，如今，英国人也因为我们而将要被吸引过来。虽然——我有必要做出说明——其实西西里岛的农民对英国人将要到来这件事表现得无所谓。在他们看来，苦难会因此终结。在意大利南部，每个人都持有这样的观点：战争会因英国人的到来而结束，而因德国人的驻守而延期。

希特勒：意大利政府是否对这种态度而展开了什么行动？

纽赖特：元首，对于还在驻守在那里的地方官，我做了一番了解，他们没有展开太多行动来应对这种情况。我每次提醒他们留心，向他们反映德国士兵在街上被人诅咒、辱骂时，他们都推说这些都由民意而定，他们也无可奈何。他们还说："人们就是这样的情绪！你们抢光了所有东西，还把所有的小鸡都吃了，失去民心完全是你们咎由自取。"不过，在我看来，那些地方官本可以加把劲儿，通过审办比较严重的案子来警示大家。

希特勒：难道他们不打算展开行动？

纽赖特：想要让他们展开行动确实不容易。在性格上，西西里岛人与意大利北部的人有差别。就整个情形来说，他们任由这些事情发展，颇令人生气。在西西里岛，敌方的空军就是噩梦。

紧接着，大家开始探讨洛艾塔将军和别的意大利领导人忠不忠心的问题，探讨墨索里尼的处境越来越艰难的问题。这些事情展现出的画面令德国的元首忐忑不安。

*　　*　　*

有一个叫潘泰莱尼亚的小岛，它位于突尼斯和西西里岛的海峡之间，敌军把它当做基地，以供飞机和快速鱼雷艇使用。我们在1941年1月打算攻占这个小岛，然而却错失良机，马耳他岛后来被围攻，这个小岛在那段艰难至极的时期一直都像一根扎进肉中的刺。我们如今一定要把它攻下了，让它成为我们的基地，为我们的战机服务。空军和海军随着突尼斯被攻占而开始发动攻击。直到6月8日，轰炸与炮击才停下来，我们要求敌人无条件投降，但是却遭到了拒绝。海上登陆于6月11日开始，出于为其打掩护的目的，空军和海军进行了一场轰炸。我们登陆前非常重视这次危险重重的行动，考虑了它的规模之大以及各种风险。这是一场没有任何伤亡的成功登陆，据水兵传说只有一个士兵被骡子咬了一下。我们俘获了一万一千多人。周围的兰佩杜萨和利诺萨这两个岛屿在随后的两天内相继投降。西西里岛以南已经没有敌人的前哨阵地了。

我们在7月3日发动了一场凶猛的空中袭击，把西西里岛和撒丁岛的很多飞机场都轰炸得瘫痪了。在这种压迫下，敌军的战机只得开始防守，他们的远程轰炸机不得不把基地撤回意大利。墨西拿海峡共有五艘火车渡轮，但是四艘都被击毁。在我们的船队逼近这个岛屿时，空中优势已经确立，轴心国的军舰和飞机并没有做出太大的努力抵抗从海上来的袭击。敌人在整个战斗过程中都不清楚我们要在什么地方发起攻击，因为我们的攻击策略是声东击西。在埃及，我们对海军做出调整，进行了军事准备，似乎暗示了一个信息——我们将远征希腊。他们在突尼斯被占领以后往地中海调派了更多的飞机，但增加的空中中队没有被调往西西里岛，而是被调往地中海东部、意大利西北部和撒丁岛。在船队向目标敌人逼近的这个紧要关头，艾森豪威尔将军组建起自己的司令部，地点在交通便捷的马耳他岛。在这个地方，他与亚历山大将军以及坎宁安海军上将相聚。空军中将特德在迦太基的周围留了下来，联合空军的战斗就由他指挥。

7月10日是发起攻击的日子。大舰队从东方和西方开来，于7月9日清晨在马耳他岛南面汇聚。是时候出发了，所有舰队全速行驶，向西西里岛的海滩开进。海军上将坎宁安发电报说："这次罕见的船队集结体现出极高的准确性，只有一点不够完美——德国潜艇击毁了船队中的三艘船只。大多数船只逃过了敌机的侦察，船队的航线得到了良好的保护。"

我前往郊外官邸契克斯等待战报的到来，途中，我在海军部的指挥部里待了一个小时。整个墙壁上都挂着地图，巨大的船队、护航舰和前来援助的分遣队都被标注在图上，它们都在逼近目标海滩。在历史上，这次两栖之战规模空前。但是否成功还取决于天气。

*　　　*　　　*

9 日上午还是晴天，中午就刮起了一场西北风，十分威猛、反常，风在下午时变得迅速、猛烈，傍晚时分，翻滚的海浪给登陆带来很大隐患，美军登陆点西海岸更是险象环生。在马耳他岛和比塞大与班加西之间，有很多非洲口岸，登陆艇船队就从这里向北进发，这是一段震荡的航行。

原先已经做出计划，在必要时，就延缓登陆时间，如果要延缓，就要在中午之前拿定主意。在海军部里，第一海务大臣心神不宁地等待着，用电讯询问天气状况。海军上将坎宁安在晚上八点时说："天气不太好，但是，行动继续！"他说："如今再去延缓登陆时间为时已晚。我们也非常担忧，为迎着翻滚的海浪航行的小船队担惊受怕。"它们确实遇到了很大的阻力，队形也被打散了。很多船都没能准时抵达，所幸的是，并没有产生很大的损失。坎宁安说："值得宽慰的是，大风在晚上减缓了，到了 10 日清晨，风停了，只有一些令人厌烦的海浪在西海岸上翻动。"

我们能出奇制胜，多亏了糟糕的天气！海军上将坎宁安说："掩护做得很好，船队把敌人搞得晕头转向。敌方因天气不好而麻痹大意。后来，一场大风刮了起来，差点儿破坏某些登陆行动，幸好不是所有的登陆行动都受到了影响。意大利人严加戒备了很多个晚上，由于这些糟糕的因素，他们已经十分劳累。他们满怀感激地躺在床上，还翻身感慨道'他们今天晚上怎么着都不会来'，没想到'他们'竟然真的来了。"

但是，空降部队很不走运。超过三分之一的滑翔机被美国的拖航机过早甩脱，我们第一空降旅就在滑翔机里，乘坐在机中的很多士兵都被丢进海里，最后被淹死。剩下的人在西西里岛的东南部零零散散地分布着，滑翔机的目的地是一座意义重大的桥梁，最后抵达的仅有十二架。攻下这座桥梁的有八名军官和六十五名士兵，他们坚守了十二个小时，在他们之中，仅有十九名在援军到来时还活着。空降部队用生命换取了战斗的胜利。身在前线的美国空降兵着陆的地点零零散散，幸运的是，很多小分队在内地制造了混乱，把意大利防守海岸的师团打得落花流水。

在战机的掩护下，这次登陆处处传来捷报。英军前线的锡拉库萨、帕齐诺与美军前线的利卡塔、杰拉都被攻占。12 日，奥古斯塔被第八集团军攻占。德军的一些装甲师向美军前线的美国第一师展开迅猛的反击。形势一度相当严峻，敌军最终在一场苦战中败下阵来。为了把杰拉东面具有重要地位的飞机场攻占下来，我们的盟军向前进发。

如今，第八集团军集中主要兵力，向卡达尼亚和杰尔比尼的飞机场逼近。这时候跳伞着陆的空降兵更多了，海上的突击队员也开始登陆。具有重要意义的桥梁被他们占领。他们援助陆军从西梅托河渡过。在这个时候，为了援助意大利，德军从遥远的西方赶来，致使渡过河的陆军停了下来。第八集团军的左翼于 16 日抵达卡尔塔吉罗，与此同时，美军沿着海岸一路向西进发，他们已经攻占下恩佩多克莱港，二者始终联系紧密。

如今，已经有十二个飞机场被我们攻占，德国在 7 月 18 日时岛上仅剩下二十五架飞机可供驱使。共计一千一百架敌军飞机掉落在战场上，有的被击毁，有的受到了损伤，其中一多半都是德国飞机。敌方军队意欲离开意大利，转而向墨西拿进发，我方空军竭力阻击。敌军与凶猛的高射炮对抗，仅获得了部分胜利。

亚历山大将军于 7 月 16 日指挥第八集团军向埃特纳火山的西侧发起攻击，第七集团军向恩纳周边的公路发起攻击，还把佩特哈利亚东西方向的道路截断。英国的第五十师行动迟缓，德军把支援部队从意大利调来，极其凶猛的第一伞兵师的六个营也在其中。我们攻克了在它的左翼的某些地方，但是就形势上看来，做出新的部署并增派援军都很有必要。在第七十八师从突尼斯调来之前，英军前线可以获得短暂的宁静。

*　　*　　*

接下来如何部署？我们还没有拿出确定方案。是应该从墨西拿海峡渡过，向意大利的趾形区域发起攻击，还是应该将地处踵形区域的塔兰托攻克下来？是顺着意大利西海岸抵达萨勒诺湾，把那不勒斯占据，还是只把撒丁岛占据？这个问题难以抉择，为此，我们在 6 月请教过森豪威尔将军。我们曾在 5 月举行的华盛顿会议——"三叉戟"会议——上做出决定，把那些将在西西里岛参战的大多数攻击舰艇和一些空军在 8 月左右调遣到印度。同时我们也曾经知会艾森豪威尔将军，一定要把美国的四个师和英国的三个师在 11 月 1 日之后调派到英国，才能在 1944 年从英吉利海峡横渡过去。他在 6 月 30 日提出，攻占西西里岛之后，我们一定要向意大利的趾形区域或撒丁岛发起攻击。假如选定进攻撒丁岛，大约 10 月之前他能预备好。他预计不可能在 11 月前向意大利发起进攻，而且那时的气候也许会变得非常不利于开展两栖登陆。要确保我方军队有理想的行进速度，才能推迟向意大利发起攻击。西西里岛战事的进展使得这种局势变得清晰起来。7 月 16 日，我向史默兹发出电文，从中能够看到，相比如今的局势，当时的局势是另一番景象：

1943 年 7 月 16 日

1. 在 5 月召开的华盛顿会谈中，我们察觉到美国人忧心忡忡，生怕我们沉迷于地中海之战。于是，他们盘算着以攻占撒丁岛为由，催促我军结束这场战役。我们在这一点上持相反意见：在地中海中，我们的军队比美国多得多，所以我们有权保留意见，等到攻克西西里岛之后再共同商定。不仅如此，我还向罗斯福总统提出请求，让他指派马歇尔将军和我一起去北非，当场劝说艾森豪威尔等人，要想实现今年的作战目标，至少还要把罗马攻占了。我们达成共识，等到西西里岛的形势明朗了，再做出决定。假如那是一场持久战，并且打得比较猛烈，我们就只把撒丁岛攻克下来。假如意大利的抵抗不那么猛烈，我们的进攻比较顺当，就即刻向意大利发起攻击。

2. 就要到了做出选择的时机。无需多言，我会将其看做一件非常重要的事情来做。我认为，罗斯福总统会和我达成共识，艾森豪威尔也会在心里认同我的观点。在地中海，我怎么着都无法容忍强悍的英国军队以及英国指挥的军队没有事情做。波兰军队非常卓越，我正将其调离波斯，让其进军叙利亚参战。

3. 巴尔干半岛战局一片大好。中东统帅部的一份报告说，意大利军队就要走向覆灭，我把这份报告寄给你。我们理应攻占罗马，全力进军意大利北部，还要向巴尔干半岛的爱国者提供援助。如果在时机成熟时开展行动，以上种种都有很大的概率变成现实。我们必将取得一个完美的结果，为了赢得我们盟国的支持，我将付出最大努力。我们的兵力充足，假如彼此意见冲突，我们也将独自行动。

4. 你打算什么时候到这个地方来？你知道自己会受到热烈的欢迎吗？我们在作战的构想方面非常接近。上面所说的话都是作战的机要，请不要把它告诉别人。

*　　*　　*

敌人在意大利南部的交通线、机场与那不勒斯港口都在受到盟国空军的袭扰。罗马火车站的停车场与罗马飞机场于7月19日被一个强悍的美国轰炸机队轰炸。这是一次破坏性十分强的轰炸，使人陷入深深的惊恐之中。英勇的巴顿将军指挥着美国军队在西西里岛不断取得胜利。这个岛屿西端的扫荡工作由第三步兵师和第二装甲师负责，在那个地方，如今只有意大利的军队。第二军由第一师和第四十五师组建而成，接到命令后，他们开始向北面的海岸发起攻击，再顺着通向墨西拿的两条重要公路一路向东进军。7月22日，巴勒莫被攻克，美军在月末时抵达尼科西亚到圣斯特凡诺的一线。他们的第三师在把西西里岛的西部工作做好后，作为援军被派遣过来，沿着海岸线追击敌军。第九师也在这个时候从非洲被调回，就像我们的第七十八师一样作为后备军。

在这个时候，决战场已经部署完毕。这定是一场惨烈的激战，参战方除了意大利的防守军之外，还有超过三个师的德军，德军的指挥官是具有丰富作战经验的胡贝将军。意大利极有可能溃散，而且溃散的速度也会很快。在白厅中，我方人士在情绪上的变化非常明显。为了攻克那不勒斯，我们已经下定决心，直接向意大利的西海岸发起攻击，这个计划更大胆一些。华盛顿支持这一计划，却不同意增派更多军队，只允许在"三叉戟"会议上商定的兵力参战。美国人认为，不能让更加猛烈的地中海之战损伤到别的地区的战役，尤其是"霸王"作战计划。当进行萨勒诺登陆时，这个条件令我们非常焦虑。

如今，艾森豪威尔将军与他的重要司令官都已经认可：接下来应向意大利发起攻击。他们的登陆舰和飞机都不充足，所以想要先从趾形区域登陆。他们首次同意开始向那不勒斯发起直接攻击。近期，我们攻占了西西里岛的空军基地，那不勒斯相距那儿还有一段遥远的距离，所以战机掩护登陆的效果会被减弱。尽管如此，攻克那不勒斯成了大家关注的焦点。迅速打败意大利的好时机来了，这好像成了延缓攻克缅甸的理由。海军部已停止将进攻的舰艇从地中海调往印度。

英国的参谋长委员会于7月22日督促他们的美国同事，让他们拿出一个向那不勒斯发起直接攻击的计划，制订计划时假定有充足的船舶和航空母舰。美国人持不同观点，关于发起攻击的计划，他们给予肯定，但是不改变他们最初的决定：美国不能因为这次进攻或别的目标再次向向艾森豪威尔将军增派军队。艾森豪威尔将军应该做的是，用他手中的军队全力以赴。他们提出要求，一定要把他们的三个重轰炸机大队调派到英国去。矛盾就这样产生了。美国的三军参谋长认为，就算攻克了意大利，德国也不会受到威胁，他们害怕德国撤军导致我们无功而返。在他们看来，在意大利南部的机场出发，向德国的南部发起进攻，效果不会太好。尽管英吉利海峡在十个月之内都不会有战事，他们依然希望将进攻德国的所有力量，在横渡英吉利海峡的捷径上集结。

英国的参谋长委员会宣告，在华盛顿会议中，大家已经达成协议，盟国最重要的目标就是在战争中摧毁意大利。想要实现这个目标，最好的办法是向那不勒斯发起攻击（行动代号是"雪崩"）。摧毁意大利能够使得横渡英吉利海峡的成功率大大提高。完成这一目标意义重大。空军参谋长波特尔着重告诉大家，必须要依赖意大利飞机场的帮助，才能向德国工业，尤其是向生产战斗机的工厂发起规模空前的进攻。想成功攻克法国，就要首先攻克意大利那些机场，这一点至关重要。但美国人对这些好像一点儿都不在乎。我们下定决心，要竭尽全力保证"雪崩"作战计划的成功，因为它由英国军队作为主力。四艘护航航空母舰与一艘轻型舰队航空母舰受海军部的调遣，前来支援登陆；我们原计划提前撤走的三个轰炸机中队也受到空军部的调遣，交由艾森豪威尔将军指挥。这样，远程战斗机方面的弱点也就得以弥补。

当这些讨论正在激烈进行时，7月25日，局势因墨索里尼的下台而变得好起来。向意大利发起进攻的呼声明显变高。德国人很快就做出应对，就像下面的文章中所说的那样。攻占意大利并不简单，尤其是向那不勒斯发起攻击。"雪崩"作战计划费了很大的力气才顺利完成，这多亏我们增派了英国海军和空军。在我们看来，只有增加船舶的数量，才能在登陆后使整个部署变快，假如我们可以运用这些船舶，就不会遇到太大危险。美国并未在这些方面听从我们的建议，很多美国船舶在战斗还没打响时就已经撤退，某些英国攻击舰也被调遣到印度。

＊　　　＊　　　＊

我们如今应该重回西西里战场。8月3日，亚历山大发出电报：

> 开始进攻了，进展得很顺利……就在刚才，我拜访了勇猛、爽快的巴顿将军。在工作上，美国第七集团军十分优秀，在战争中表现得非常优异。加拿大人刚参战就得到众人的认可，在战场上表现卓越。虽然进展比较缓慢，但如果不是亲眼所见，谁能想象那个地方的形势？在这个岛上，仅有几条山道从峡谷中穿过，绕过悬崖。它们容易防守，也更容易破坏。

第七十八师是我们刚开到的一支部队，他们在攻克琴图里佩的战役中表现得很优秀，他们的抵达意味着战斗接近了尾声。5日，攻占了卡达尼亚，整个英军战线从此延伸到埃特纳火山的南面和西面的山坡。美国第一师经历了一场殊死搏斗，在8月6日成功攻克特罗伊纳，第九师穿过了第一师，在8日那天抵达切萨洛。美国第四十五师沿北海岸向前进发，第三师也随后而至，经过小范围、巧妙的两栖战斗分两路包抄，于8月10日抵达奥兰多角。13日，兰达佐被攻下。在每一条战线上，敌方都采取了避让策略，为了掩护撤退，在墨西拿海峡，他们发出了凶猛的防空炮，于几天后的晚上往本土方向逃窜。我们的军队以很快的速度朝墨西拿方向进发。敌军从卡达尼亚开始，把那里的海岸公路摧毁，第八集团军因此步履迟缓，美国人以微弱优势抢占了胜利的果实。8月16日，美军将墨西拿攻克。

亚历山大将军致首相 　　　　　　　　　　1943 年 8 月 17 日

　　下列事实非常有意思：

　　7 月 10 日进攻西西里。8 月 16 日，将墨西拿攻克。整个岛屿在三十八天之中被全部攻克。西西里的海岸线长达六百英里，总面积一万平方英里。整个岛屿到处都是混凝土碉堡和铁丝网。轴心国驻扎着意大利的九个师和德国的四个师，共计十三个师。其中意大利的驻军总数为三十一万五千名，德国军队为九万名，共计四十万零五千名。我方的兵力：第七集团军六个师，包括空降师；第八集团军七个师，包括空降旅和装甲旅，盟军总计十三个师。

　　我们能够得出结论：7 月 10 日，所有驻扎在岛上的意大利军都被消灭，虽然可能有某些溃兵已经向本土方向逃窜。总共收缴了多少战利品和军用物资，如今还无法测算出来。整个岛上处处都散落着大炮、坦克、步枪和机关枪。

　　空军在战斗的前后过程中一直控制着领空，所以在战场上，它们的战术空军部队能够集结起空前的力量来援助陆军。在飞机场，一千多架敌机被收缴。海上的道路在皇家海军的保障下没了一点儿阻碍，我们需要的每一样物资都得到了供应。

　　他不久后又发来电报：

亚历山大将军致首相 　　　　　　　　　　1943 年 8 月 17 日

　　德国的最后一名士兵于 1943 年 8 月 17 日上午十时被驱逐，离开了西西里岛。如今，我们已经掌控了整个岛屿。

＊　　　＊　　　＊

　　这场英勇的战斗最后以胜利告终，前后共历时三十八天。敌人最初十分惊讶，等他们缓过神来也进行过顽强的抵抗。地形使得作战困难重重，军队只有通过徒步的方式才能从狭窄的田野道路上通行。埃特纳火山上的崇山峻岭挡住了第八集团军的去路，我们的活动都处在了敌人的监控之下。在卡达尼亚平原的洼地上，一直驻扎着第八集团军，疟疾在此处盛行开来。就算处于这种情况，待我们的登陆行动顺利实施，我方空军就能利用攻克的机场采取行动，也就很容易确定胜负。在马歇尔将军的报告中指出，敌军有十六万七千人丧失生命，其中德国人占三万七千名。盟军总共有三万一千一百五十八人死、伤、失踪。

第三章　墨索里尼下台

墨索里尼陷入困境——向意大利人民发出联合公告——墨索里尼与希特勒会晤于里米尼附近——戈兰迪登场——法西斯大委员会于 7 月 24 日召开会议——通过了戈兰迪关于罢免墨索里尼的提案——墨索里尼于 7 月 25 日被抓获——二十一年的独裁统治宣告终结——希特勒无知地将军队分散——他收到来自意大利的信息——我于 1942 年 11 月 25 日做出预测——我致电罗斯福商讨意大利即将求和这件事情——我关于墨索里尼垮台的感悟——在意大利的英国俘虏的命运——英美商讨停战条件

多年来，墨索里尼对意大利进行统治，最终陷国家于危难之中，如今，他负有不可推卸的责任。他不能让王室、议会、法西斯党或总参谋部担负责任，因为他始终都是个独裁者，理应担负所有责任。在意大利，认定战争会以失败告终的情绪在消息灵通的圈子里蔓延开来，那个导致国家误入歧途、走向失败的人理应受到惩罚。这些控诉于 1943 年的前几个月中慢慢形成，并盛传于各个地方。独裁者掌握着至高无上的权力，而军事上的失败和在苏联、突尼斯和西西里岛的意大利人惨遭杀害等事件，都意味着同盟军将要向意大利发起直接攻击。

他把政界和军事界上的一些领导做了一些调整，这都是白费力气。

在卡瓦勒罗之后，埃布罗西奥将军于2月任意大利总参谋长一职。国王的私人助理由埃布罗西奥和宫廷大臣阿奎罗拿公爵两个人担任，王室对他们很信任。几个月以来他们盼望着把法西斯党的领袖推翻，使法西斯政权终结。但墨索里尼却像一位主角，依然留在欧洲的政坛上。他那新上任的军事首长建议，让意大利师团从巴尔干半岛即刻撤退，他此时觉得被人侮辱了。在他看来，德国在欧洲的力量占有优势，这些军队加强了这种力量。由于他在国外打了败仗，在国内失去了民心，已经不配做希特勒的同盟者，而他还没有意识到自己的这种处境。事情已经有了变化，而他还沉醉在幻想之中，仍然醉心于权力和个人崇拜。所以他回绝了埃布罗西奥的重要要求。他的权力与威信依然深入人心，人们害怕他采取的极端行动，意大利社会上的各方势力在很长一段时期内都在犹豫，不知道该如何把他赶下台。在猫的脖子上挂上铃铛，谁肯去冒这样的风险呢？春天已然过去，敌军十分强悍，在海陆空上都占上风，他们向意大利发起攻击的日子越来越近。

高潮在7月到来。寡言少语、小心翼翼的立宪国王和因在1940年打了一场大败仗丢了职位的巴多格里奥元帅，自2月开始就一直保持着联系。立宪国王最终意识到，可以委托巴多格里奥元帅来掌控国家大权，便做出了一个清晰明了的计划，准备在7月26日把墨索里尼抓捕起来。对于安排人完成这一计划，埃布罗西奥将军表示同意，还创造条件来完成这项任务。埃布罗西奥将军的计划无意间得到了一些法西斯老兵的帮助：他们蓄意使法西斯党再次兴盛起来，在他们之中，很多人都不会在再次兴盛的过程中沦为失败者。法西斯大委员会自从1939年以来始终都没有召开会议，这是法西斯党的最高组织，他们准备通过召开这种会议的方式向他们的领导发出最后通牒。他们于7月13日会见了墨索里尼，劝他在7月24日召开大委员会的正式会议。从表面上看，上面所说的两个活动彼此没有任何联系，是相互独立的，不过它们的意义非凡，因为二者在时间上保持一致。

*　　*　　*

在意大利内部，政治局势十分紧张，我们那个时候对此并没有一个确切的认识，不过有时候，盟军总部会接到报告，说那里士气衰落与政治局势多变的情况一天比一天更严重。我们向意大利北部的各个城市展开空中袭击，在此之后，罢工与骚动在这些城市爆发。我们得到消息，意大利的铁路瘫痪了，粮食运输供应的情况一天比一天糟糕。我们登陆西西里岛的时候就是向意大利人民发出呼吁的时机。罗斯福总统曾提出一个宣言稿，在我们看来这个宣言给予了美国很高的地位，这对同样参加意大利之战的英国有失公允。7 月 5 日，我向罗斯福总统发了下面这封电报：

1. 在战争时期组建的临时政府，打算用我们两个国家的名义向意大利人民发布一个联合声明。在"火炬"作战计划中，我们的协议表明，这场美国的远程作战，英国也派出了分遣队参战，我又一直都是你的副手，所以我觉得"哈斯基"之战和"哈斯基"之后的几次战役都是我们两个国家的联合作战，我们在这些战役中享有同等地位。参战的陆军、海军、船舶以及飞机等的比例也表明了这种说法的合理性。我对你的那个著名的言论非常赞成："没有哪个合作伙伴高人一头。"

2. 相比你们与意大利，我们与意大利发生冲突、战争的时间更长一些，同时一个人起草这种类型的文件会更完善一些，比大家一起写要好，我们因此烦请你考虑我们双方的共同利益，在紧要关头向意大利人民发表声明。

3. 我们双方建立了深厚友谊，彼此可以坦诚相告，我冒昧地就其中的几点修正意见向你说明。这些修改事关重大，若不修改，英国人民与英国军队也许会变得愤怒。他们会觉得自己的奉献没有被给予同等的认可与适当的评价。实际上，只有一个地方提到了他们，美国或盟国却在各个地方被一遍又一遍提起。

4. 我们提出如下几点修正意见：（1）把"我还代表了英王陛下，并用他们的名义发表声明"这句话加在"1941年12月11日，你们的政府向它们宣布开战"后面。（2）把"与他的副总司令亚历山大"添加到"在艾森豪威尔将军指挥下"这句话里。（3）把"盟国巨大的空中战机编队控制着意大利的天空"这句话改成"受到美国和英国巨大的空中战机编队的控制，意大利的海岸受到了英国和盟国集中在地中海地区强悍的海军的威胁。"（说到底，战争的主角是美国和英国，所以我敢肯定你应该明白做出这样的修正才最妥当。）

5. 最后，我们建议，在尚未初步打赢西西里岛之战之前，先不要向意大利人民发表公告，因为假如我们以失败告终，发表公告就太不恰当了。在战火中，它毕竟无法吸引住大家的目光，也无法让轴心国的参战部队及时获悉以致分裂。

对于我们的建议，罗斯福觉得合情合理。我便把一份自认为不错的修正后的文件发给他。

这是美利坚合众国总统与英国首相致意大利人民的公告。

如今，美国和英国的联军受艾森豪威尔将军和他的副总司令亚历山大将军的指挥，已经向你们的国家腹地进军。这些恶果归咎于墨索里尼和他的法西斯政权，你们迫于无奈，才受到那些愚蠢领导的摆布。墨索里尼把你们当做仆人，将你们卷入这场战争，致使你们的国家变成一个野蛮之国，误导你们将各国人民残忍地杀害，剥夺他们的自由。墨索里尼觉得希特勒一定可以取得战争的胜利，所以把这场战争带给你们。德国想要把英国、苏联和世界各国变成它的领土，你们的法西斯领袖为了给德国提供援助，不惜将你们国家的人民、船只和空军调遣到远方的战场，让他们饱受从空中和海上展开的袭击。在自由和文化方面，意大利历史悠久，与英国和美国两个国家的人民也保持着深厚的友谊，如今却勾结野心勃勃的纳粹德国，这是极不相称的。你们的军队走上战场只是成全了纳粹德国，却没带给意大利任何好处。在苏联前线上，以及从阿拉曼到邦角的非洲各个战场上，德国人出卖、抛弃了勇猛作战的他们。

如今的德国在每一个战场上都不可能实现侵占世界各国的野心。美国和英国数量巨大的空中战机编队控制了意大利的天空。英国和盟国在地中海集中起空前强悍的海军，威胁着意大利的海岸。为了粉碎纳粹德国的势力，我们拼死一战，你们如今抗拒的正是这样一股力量。以前，德国人是统治者，他们的势力无情地奴役、摧毁了一切拒绝承认德国人是统治种族的人们，剥夺他们的生命。向盟国的武装部队光明正大地投降，是解救意大利的唯一希望。假如你们依然支持法西斯政权，顺从于纳粹党的黑暗势力，就不得不为自己的选择付出惨痛的代价。攻克意大利的领土势必给意大利人民带来沉重的灾难，我们不希望这样，然而我们坚决要摧毁那些伪善的领袖和他们那导致意大利走到了今天的地步的主义。在抵抗盟国联军的过程中，你们度过的每一分钟，你们流出的每一滴血，只不过是为法西斯和纳粹领导争取更多的时间，令他们逃脱他们应该为那些罪恶付出的代价。你们的国家领导伪善、腐朽，与德国一起背叛了你们的利益与传统。在欧洲，要想让意大利获得令人尊重的地位，必须把上面说的两者摧毁，重新建立一个政权。对于意大利人民而言，你们的尊严与利益如今都掌控在自己的手中，是时候重新找回国家的尊严，实现安定和平的愿望了。如今，你们要拿定主意：意大利人民到底是要用自己的生命成全墨索里尼和希特勒，还是给意大利的生存和文明找到一条活路。

罗斯福

丘吉尔

盟国的飞机于 7 月 17 日飞到罗马与意大利的其他城市上空，把这篇通告的传单散发出去。

＊　　　＊　　　＊

两天后，在埃布罗西奥将军的陪伴下，墨索里尼乘飞机飞往里米尼附近的菲尔特雷，在那里的一个别墅里，他与希特勒相见。墨索里尼写的《回忆录》里记述："一座十分漂亮的公园坐落在那儿，郁郁葱葱的树荫遮挡住太阳，带来阴凉；一个像迷宫的建筑物让人觉得非常神秘。它如一所房子，由纵横字谜拼凑而成。"准备了很多东西来招待德国元首，原以为他最起码会在这个地方待两天，却没想到当天下午他就离开了。墨索里尼说："我们像以前一样怀着一颗真诚的心与他们约见，然而那些随行人士、高级空军将领和军队表现得很冷漠。"

德国元首一遍又一遍地表达着自己的观点，提出要竭尽全力。他宣称到了冬季就可以运用新型秘密武器向英国发起进攻。一定要守护好意大利，"西西里岛对于敌人的意义正如斯大林格勒对于我们的意义。"[①] 除了自己供应人力和组织外，意大利别无它法。德国没法响应意大利的号召或对意大利提供援助和装备，因为它在苏联前线承受着巨大的压力。

埃布罗西奥催促他的首相，请他向希特勒直言，意大利要从这场战争中抽身而退。这种表现不知道能带来多大的利益。但是，墨索里尼显现出一副手足无措的样子，埃布罗西奥与别的意大利将领看到这一幕之后，终于拿定主意：让墨索里尼做领袖已经不可能了。

一名意大利军官情绪激愤地来到房中，向正在谈论军情的希特勒报告说："敌军如今正在向罗马进行狂轰乱炸。"当墨索里尼返回罗马时，只带回一个消息：德国向他许诺，准备再次向西西里岛调派援军。除此

---

① 节选自《希特勒与墨索里尼：信件和文件》，由佐利编著。——原注

之外再没有任何有价值的消息了。在李特利奥火车站，几百辆客车正在焚烧着，黑烟滚滚，墨索里尼的飞机在将要抵达罗马时钻入黑烟之中。他觐见国王时看到国王"紧紧地皱着眉头，表情严肃"。国王说："我们无法在如此严峻的形势下维系太长时间。如今，西方国家掌控着西西里岛，我们会被德国人抛弃。军队纪律涣散……"据记载，墨索里尼盼望于9月15日这天之前让意大利摆脱轴心国联盟。此日期反映出他已经完全脱离现实。

压轴戏的主角于此时登上舞台。蒂诺·戈兰迪是法西斯党的元勋，也是前外交部长和驻英大使，他是一个顽强的人，当意大利宣布向英国开战时，他曾经表示过厌恶，但又不得不屈服于主流势力。他如今已经抵达罗马，计划出任法西斯大委员会的领导人物。7月22日，他在拜访自己的老领导时义正词严地表示，他准备提出建议，组建一个联合政府，武装军的最高指挥权依然交到国王手中。

＊　　＊　　＊

24日下午五时，法西斯大委员会会议召开。很明显，为了防止会场受到暴力袭扰，警察总监已经做了防备工作。枪兵团作为墨索里尼的私人卫队，不再负责威尼斯宫的守卫工作，现在的威尼斯宫外军警随处可见。就目前的状况，领袖做出一番说明，每一名与会成员都身着黑色的法西斯制服，展开讨论。在会议的最后，墨索里尼声称："通常情况下，政党才是战争的主人，发起战争的是盼望战争的政党；有时候，个人也是战争的主人，发起战争的是宣布战争的那个人。假如把如今的战争叫作墨索里尼的战争，那么1859年爆发的战争就应该被叫作加富尔的战争。如今已经到了强化统治和负担起应负的责任的时刻。此刻，他人正在入侵我们的国家，我可以用国家的名义随意任免别人，强化制约和调遣那些还没有运用过的力量。"

戈兰迪接下来提出一条希望增加国王权力的建议，把国家大事和一些职责交给国王承担。墨索里尼把戈兰迪发表的演讲叫作"强烈抨击的演讲"，还称其为"一个把怨愤积压了很久的人最终通过发表演说来疏导他的愤怒"。大委员会成员与宫廷彼此紧密接触。齐亚诺——墨索里尼的女婿——支持戈兰迪。政治上的大变革即将到来，与会的所有人员都意识到这一点。夜半时分，辩论依然没有停止，法西斯党秘书斯克尔扎突然建议暂时结束会议，等到第二天再继续进行。这个提议引起戈兰迪的不满，他蹦了起来，高声喊："我不同意这个建议。今天晚上必须要结束这场辩论。"凌晨两点时才开始投票表决。墨索里尼记述道："还没有投票，就已经可以清晰地获悉大委员会所有成员的态度：某些叛徒勾结国王，他们还有一些同谋者，另有一些人由于不了解真实情况而意识不到投票表决多么重要，不过他们最终依然做出了表决。"十九人支持戈兰迪的议案，七人反对，还有两人弃权。墨索里尼起身喊："就是你们这些人，使政权陷入危险之中。真是坏透啦！结束会议吧！"法西斯党的秘书刚要向墨索里尼敬礼就被他阻止说："用不着啦！我会宽恕你的。"大家沉默地散场而去。所有人在那个夜晚都没有回家睡觉。

这个时候正在秘密进行着一项计划——抓捕墨索里尼。宫廷大臣阿奎罗拿公爵指派埃布罗西奥完成这项计划，由他在警察和军事警察中的代表和亲信立即行动。警察局和内政部的办公组织悄无声息地控制了重要的电话接线站。在王宫别墅的周围，一小队军事警察将岗哨安排在暗处。

一个星期日的上午——7月25日上午——墨索里尼留在办公室中，接着巡查了罗马的一些被炸毁的地方。他请求觐见国王，国王在下午五点时接待了他。"1940年6月10日，国王把指挥武装部队的权力授于我，我觉得他会撤销我的这项权力，我前不久也想过舍弃这项权力。当我进入别墅时，并没有意识到有一丁点儿的危险，如今想来，那时一点儿防备都没有。"当他抵达国王的住处时，他看到，所有地方的军事警察在数量上都提升了。国王在门口站着，身上穿着大元帅制服。他们二人迈入客厅。国王说："我敬爱的领袖啊！现在形势很糟糕。意大利就要土崩瓦解。军士们士气低落，不肯再参加战斗……法西斯大委员会的决议令人十分恐惧，竟然高达十九人支持戈兰迪，其中四人都获得过天使报喜勋章！……你如今在意大利成了最让人憎恨的人。你至多只剩下一个朋友可以依赖，我就是你的那个仅剩下的朋友。所以我要让你知道，你无须忧虑自己的安全，我一定会保护你。我想让巴多格里奥元帅来接替你如今的职位……"

墨索里尼回答说："你现在做出的抉择非常重大。在当前的危急形势下，人们会因为宣战者被解雇而想当然地认为和平就要到来。对于军队的士气而言，这是致命的打击。丘吉尔与斯大林一方——特别是斯大林一方——会被别人想当然地以为是最终的赢家。关于人们的愤恨，我能意识到。我在昨晚的法西斯大委员会会议上轻易地察觉到这一点。我被人怨恨是可以理解的，因为在很长一段时间内，都是我一个人统治着国家，还给大家带来深重的灾难。无论怎么样，我都向如今的执政者致以问候，希望他比较走运。"在国王的陪伴下，墨索里尼来到门口。墨索里尼记录道："他的脸色煞白，与往常相比，身材显得更小了，就像一个侏儒。他和我握了握手，道别之后就走了进去。我从台阶上走下来，朝着我的汽车迈步。一名国家警察上尉此时拦住了我的去路，告诉我：'接到国王陛下的命令，由我来保卫您的人身安全。'我朝自己的汽车走去，那名上尉指着一辆停在附近的救护车告诉我：'不行，我们一定要乘坐那辆车。'我与秘书登上了那辆救护车。除了那名上尉，还有一名中尉、三个国家警察，以及两个便衣警察都上了车，手中拿着机关枪在车门口的位置坐下来。救护车在关上车门后就飞速开走了。我依然觉得他们这样做是想要保障我的人身安全，正如国王许诺的那样。"

国王在那天下午晚些时候令巴多格里奥组建了一个新内阁，其中包含军事首脑与文职官员，巴多格里奥在那天晚间把这个新闻通报给了全世界。巴多格里奥元帅在两天后发布命令，把这个法西斯领袖囚禁在蓬察岛上。

＊　　　＊　　　＊

在意大利，墨索里尼专制统治了二十一年，最终走向覆灭。在墨索里尼执政期间，意大利的地位上升到空前的高度。民族的生命迎来了新的生机。在北非建立了意大利帝国。在意大利的国土之上，建立起很多宏伟的公共工程。这个法西斯领导于1935年凭借自身的坚毅控制住国际联盟——"五十个国家由一个国家领导"——还战胜了阿比西尼亚。意大利人民实在承担不起他的政权的巨大耗费，不过在他的政权赢得胜利时，大部分意大利人的确从内心中予以支持。在法国溃败时，我拿"为意大利立法的人"来形容他。1940年6月，希特勒取得战争的胜利，墨索里尼便宣布向法国和英国开战，这是他犯的致命错误。如果他不这样做，就可以使意大利的地位变得无比重要，接受两方面的逢迎与酬谢，并趁别的国家彼此征战的机会赢得丰厚的财富，使意大利昌盛起来。即使在战争形势已成定局的情形下，盟国依然欢迎墨索里尼。他的出面可以令战争结束的时间提早到来。他原本能够机敏、谨慎一些，找到一个合适的机会向希特勒宣布开战。然而他却选择了一条截然相反的错误道路。对于英国的实力，他什么时候都不会了解，也不了解岛国在抵御侵略上的持久性和海军的力量。因此，他最终走向失败。尽管如此，他的伟大历程将成为他的个人权力和长时间的统治的纪念碑。

＊　　　＊　　　＊

在这个时候，希特勒在战术和指挥作战上犯了一个非常大的错误。意大利背言弃信，苏联获胜后继续进军，英国和美国即将横渡英吉利海峡，受到这种种现象的影响，强悍的德国陆军应该集结起所有兵力，组建成一个中央后备军。他只能依赖此种方式才能够将德国指挥部和作战部队的优秀素养利用起来，同时再充分利用地处中心位置的地理优势，利用内线作战的优越条件与便捷的交通路线。当冯·托马将军被我方军队俘获时，他说："营造一种我们能够利用的陆军形势，是我们仅剩的机会。"在前一卷，我说过，其实希特勒编织了一张蜘蛛网，但是把里面的蜘蛛忘了。对于获得的所有东西，他都妄想占为己有。巴尔干半岛和意大利损耗了他太多兵力，不过战局的主要形势不会受到这些地区的丝毫影响。假如他将具有高素养与机动性的三十个师或四十个师组建成一支中央后备军，就能抵御每一个前来进犯之敌，还能制造一场胜算很大的大规模战役。比如一年后，英美军队实现了诺曼底登陆的四五十天之后，他可以调用稳占上风的军队来抵御进攻。将兵力浪费在意大利和巴尔干半岛是毫无必要的，他受别人蛊惑而做出了这种举动，从而错失了最后的良机。

我了解他可以选择从意大利左翼发起攻击，或者从左翼横渡英吉利海峡，或者两个行动同时进行，我期望他能做出这样的选择。我们得益于他那错误的指挥，我们才在前景更好、胜算更大的情况下发起主要的正面攻击。

*　　*　　*

希特勒参加完菲尔特雷会议后，坚信必须要肃清法西斯党中的某些人，让德国施压给法西斯党，才能把意大利重新拉回战场。墨索里尼在7月29日过六十大寿，利用这个机会，戈林作为代表趁机正式访问了他。但在7月25日，一个令人震惊的消息却从罗马传出，传到希特勒的总部中。真相在晚间浮出水面，墨索里尼辞去了工作，或者说被解雇了，接替他的职位的是意大利国王任命的巴多格里奥。德国最后决定，从东线撤出防御苏联进攻的军队，向意大利新成立的政府发起大规模进攻。在这个时候，一些计划被制订出来，准备把墨索里尼救出来，攻克罗马并竭尽所能地援助意大利的法西斯主义。假如巴多格里奥要和盟国签订停战协议，则一定要制订出全新计划，攻取意大利舰队，占领意大利在全国上下的紧要之地，威胁巴尔干半岛和爱琴海的意大利驻守军队。

7月26日，希特勒向他的顾问宣称："我们一定要展开行动。不然盎格鲁萨克森人就会赶在我们之前攻克飞机场。如今，意大利的法西斯党晕头转向，但在抵达我们战线后方时，他们会恢复理智。我们一定要使法西斯党重回以前的辉煌，因为只有法西斯党决心加入战斗。所有提倡继续延缓时间的做法都是不正确的，如果那样，我们可能就要眼睁睁地看着盎格鲁萨克森人侵占意大利。这在军人看来是毫无道理的事情。只有懂政治的人才能看清形势的发展。"

*   *   *

在过去很长一段时间内，我们一直都在思索意大利的溃败会引发什么样的后果。我在八个月前写过：

意大利的走向

首相向战时内阁上交的备忘录

1942 年 11 月 25 日

1.我觉得，如果现在说意大利内部爆发的所有动乱都无法形成一个有能力独自缔结条约的政府，确实为时过早。假如我们向意大利施加更大的压力……那么包括法西斯党员在内的所有意大利人，都会非常渴望摆脱战争的困扰，实际上他们的确如此。我们要向意大利发起空中袭击，不久后，还要通过两栖作战的形式不停地袭击它，假如它觉得实在承受不了，就不得不选择两条路中的其中一条：其一是组建一个政府，交由戈兰迪这种人领导，以图单方面地结束战争；其二是对德国人的侵占不管不问，从而在战争中陷得更深。

2.对于意大利被德国人侵占、统治对我们有帮助这种观点，我持反对态度。可能我们阻止不了这种局面的形成，不过我还是期待意大利人能凭借自己的力量阻止这种局面的形成，我们也会竭尽全力促成这种局面。不过可以说，假如革命在意大利爆发，掌控大权的人是那个签署停战协议的政府，德国人不顾意大利人民——也许只是临时政府——的反对，担负起意大利的所有防守工作所得到的好处，与固守伯伦纳山口得到的好处是差不多的。

3. 在战争中，假如一个国家打了场败仗，它也许会做出许多出人意料的事。我还清楚地记得 1918 年，保加利亚的政府、军队和人民突然溃败，全国上下在同一时间猛然土崩瓦解，十分凄惨。在那个时候，军人已经顾不上他们的未来与安全，一心只想逃离战场，回到各自的老家，斐迪南德国王也逃跑了，只剩下一个由农民做领袖的政府，听凭战胜国发落。

4. 所以我觉得意大利也许会突然选择以和平的方式解决问题，对于美国想区分对待意大利人民和政府的策略，我也持支持态度。就算提前做好了准备工作，墨索里尼的垮台也有很大可能严重影响意大利的舆论。从此以后，法西斯的统治将终结。一段新的历史会随着一段旧历史的结束而开启。我觉得应该在上空把传单散发到每一个正在遭遇轰炸的城市，在传单上写着"墨索里尼是始作俑者，是他把灾难带给你们"。

5. 就算被征服者希望我们向他们提出条件，我们也不应该这么做，这是应该注意的一点。我们只能在他们向我们提出投降请求时才能这样做。现在，我们一定不要做出承诺，不能像美国进行宣传的某些传单中向他们许诺的那样。

如今，某些消息从罗马传过来，再次引发这些问题，我因此向罗斯福总统发出电报：

前海军人员致罗斯福总统　　　　　　　　1943 年 7 月 26 日
　　意大利发生了变动，这也许是它就要提出和平解决条件的象征。

为了便于展开联合行动，我们理应协商一下。也许如今这段时期不过是一个过渡时期。但是，不管怎么说，希特勒会因为墨索里尼的全面垮台而意识到自己的力量薄弱。谁也不敢肯定此种情形不会进一步变化。

在我发出以上电报的同时，罗斯福总统也发了一封电报给我：

罗斯福总统致首相   1943 年 7 月 26 日

今天下午，当我再次返回香格里拉时，刚巧罗马传来消息，不过这一次传来的看起来是真实的消息。假如我们收到求和的请求，就要利用好意大利的所有领土、运输条件和每一个飞机场，从而应对北面的德国人和巴尔干半岛。我觉得咱们理应全力做到令对方无条件投降，再好好对待意大利的人民。只不过，我也想过令他们把那个罪魁祸首与他的重要同谋交出来。就算是一般性的条件，只要你和我没有批准，我们那些身处战场的军事人员无论在什么情况下也不能做出决定。劳烦把你的意见告诉他们。

*　　　*　　　*

战争之后的发展局势由我们开展联合行动的结果决定。对于意大利的戏剧性的事件，我把自己的观点以书面的形式写了出来，为此，我那天花费了一些时间。战时内阁那天下午召开了会议，就新的形势进行了一番探讨，审议了我写出的稿件。在晚上时我寄给了罗斯福总统一份，想要听一下他的看法。

前海军人员致罗斯福总统   1943 年 7 月 26 日

我把这封已经向战时内阁提交，还得到了他们的高度认可的建议书寄给你。

该用什么样的态度来对待那些非法西斯政府呢？我的观点是，就算我们对那个政府没有一点儿好感，也不能带着十分苛刻的态度。墨索里尼此时已经垮台，我可以和任何意大利政府谈判，只要它能够遵守约定，并且是非法西斯政府。在备忘录里，我列出了各种条款，我的同事们也给予支持。

首相就墨索里尼下台一事的某些观点

1. 法西斯政权很可能随着墨索里尼的下台而解体，为了单独签订一份停战协议，意大利国王和巴多格里奥组建的新政府想要和盟国举行和谈。假如这件事得到证实，我们就得首先明确自己要提出什么样的条件，再弄明白需要哪些措施与条款才能使这些条件被接受。

2. 粉碎希特勒、希特勒主义和纳粹德国成了我们的首要任务，我们有必要好好想一想这项任务，如今，这才是重中之重。一定要想办法，让我们在意大利投降上获得的军事利益都服务于这一任务。

3. 如罗斯福总统说的一点："对于意大利的每一片领土、每一个运输条件和每一个飞机场，都要利用好，从而应对北面的德国和巴尔干半岛。"撒丁岛、多德卡尼斯群岛和科孚岛也包括在内，都要交由我们的军队控制，意大利领土上的所有海空军基地也要在条件允许的情况下交由我们的军队控制。

4. 还有一点非常重要：把意大利舰队即刻交给盟国掌控，或者把它解散掉，使其无法采取任何行动。还要裁撤意大利的空军和地面武装力量，达到一个我们认可的有效标准。一旦意大利的舰队投降，英国的强悍海军就没了羁绊，可以被调遣到印度洋上，与日本相抗衡。美国会十分乐意看到这样的局面。

5. 还有一点也非常重要：即刻撤出意大利在科西嘉岛、里维埃拉（包括土伦），以及巴尔干半岛（也就是南斯拉夫、阿尔巴尼亚和希腊）等地方的军队，或责令他们投降。

6. 还有一点最为重要，英国人最重视这一点：把每一个由意大利人关押的英国俘虏即刻释放，而且不能把他们往北方的德国输送。我觉得应该赶快接回我们的亲人，不让他们在战争快要结束时还在德国的监狱中忍受令人畏惧的折磨，这关系到我们的荣誉，也是人道主义行为。

7. 德国人也许会因为他们在意大利（尤其是在罗马以南）的命运而与意大利的军民打起来。我们有必要让他们投降，还要让与我们签订合约的意大利政府竭力做好这项工作。无论意大利的武装军要做些什么，德国的各个师都会采取突围行动，往北进军。我们要想尽一切办法，令他们彼此之间产生摩擦，然后果断调遣军队和空军对意大利人实施援助，使身处罗马南面地区的德国人不得不投降。

8. 我们可以一边关注着这方面的发展形势，一边思考要不要在罗马北面展开行动。我们需要想出个办法，将意大利东西海岸的铁路线上的据点攻克下来，还要尽可能胆大一些，向北面进军。是时候放开胆量采取行动了。

9. 当与希特勒和德国陆军相抗衡时，对那些可以打击德国力量给我们提供援助的人，我们应该接受。德国侵略者把沉重的灾难带给意大利，却只带来了微不足道的帮助，如今，意大利人民已经把愤怒投向他们。我们要促进这个过程，尽快促使一个全新的、解放的、反法西斯的意大利为我们营造一个安全和平的地方，我们可以以此为根据地向德国南部和中部发动空袭。

10. 此种空袭具备新的优势，具有非同寻常的意义，在这个地方，地中海地区的所有空军都可以展开空中袭击，西线的整个防空线都受到这个地方的影响，德国战时生产中心一直往外部拓展，目的是逃脱由英国展开的空中袭击，这种空中袭击能让德国无所遁形。当务之急是调派特工人员、突击队，并输送供给物资，从亚得里亚海经过，抵达希腊、阿尔巴尼亚和南斯拉夫。在巴尔干半岛，我们不能忘了德国还有十五个师的兵力，其中机动师占十个师。只要我们将意大利半岛和亚得里亚海掌控在自己手中，并且意大利驻在巴尔干半岛的军队一旦撤回或放弃抵抗，就有很大概率迫使德国人往北撤退，一直退到萨瓦河和多瑙河防线，进而解救出希腊和别的饱受磨难的国家。

11. 墨索里尼下台和意大利投降对保加利亚、罗马尼亚和匈牙利造成了什么影响，我们尚无法测算出。也许，这是一种十分深远的影响。对于溃败的意大利，我们要加以利用，把握时机，以向土耳其施加最大的压力，迫使它遵照同盟条约的精神采取行动。无论是联合，还是单独行动，英国和美国在此方面都要尽可能团结苏联，最起码要赢得它的支持。

12. 我们一定要把交出罗斯福总统说的"那个罪魁祸首和他的重要同谋者"的提议当成首要目标，还要竭尽全力促使这一目标变成现实，但是，不能为了实现这个目标，而使前几节所说的那个美好的未来遭受破坏。这些战犯极可能朝着德国或瑞士的方向逃窜。他们也许会自己来投降，也许会被意大利政府押解过来。假如我们现在可以掌控他们的命运，在拿定怎样发配他们的主意之前，一定要先和美国一起协商，等到意见统一之后，再和苏联一起协商。也许有人觉得不需要对他们进行审判，应该直接处决他们，除非是要通过他们找出别的战犯。也有人也许希望把他们囚禁起来，等到欧洲战争结束时，再拿主意如何对待他们以及别的战犯。我个人不太看重这个问题，只希望不要因为想要即刻报仇而破坏到军事方面的利益。

罗斯福总统于 7 月 30 日向我回复道："关于怎么处理摆在我们面前的意大利局势以及未来的走势问题，你的来电基本上表达了我的意思。"

他提议做出某些修改，而这些修改影响不大。我很高兴地采纳了他的修改提议，因为本质上，这些修改并没有改变文件的内容。31日，我回复了他的电报："我还没来得及与我的同事们协商，不过我坚信经过修改后的联合草案定会非常完美，在那些将要依从的多数政策上，这份草案体现出我们在那些将要贯彻的普遍政策上的一致立场。这好像是'双方思想统一'的例证。"

8月2日，我把做了修改的文件上交到战时内阁手中，这份两国政府的草案在他们的支持下，用以指导联合三军参谋长委员会。在去往魁北克的途中，为了最后再与罗斯福总统商议一下，我就把这份草案也带上了。它的最大价值是反映出我们对墨索里尼下台一事的共同态度。

＊　　　＊　　　＊

如今，我们面对着一些繁杂的问题。意大利以很快的速度土崩瓦解，我们一定要想想应该拿出什么样的态度来对待这件事，必须草拟出投降条件的细则，必需要不仅记住意大利本身的反应，还有德国内部的反应。前面所说的事件具有什么样的战略意义，我们一定要想清楚，还要计划好如何在爱琴海和巴尔干半岛采取进一步行动，这些地方并非意大利领土，但是如今还在意大利军队的掌控之下。

罗斯福总统于7月27日寄给我一篇广播稿，那是他帮艾森豪威尔将军拟定的广播稿，要对意大利人民做出广播。美国参谋长联席会议已经通过了这篇广播稿，在这篇广播稿之中，有这样一段话："你们的士兵可以继续过平常人过的生活，做回他们以前做过的生产性工作。在我们的战俘营中，意大利俘虏有数十万之多，他们将重返那些期待着他们回归的家庭中。你们的国家还会重新回到往日那些历史悠久的自由和传统。"

我很在乎这份联合宣言的草稿，也非常在乎我们的那些由意大利人控制的俘虏前途会怎么样。

前海军人员致罗斯福总统　　　　　　　　　1943 年 7 月 28 日

1. 意大利俘获了七万四千名英国俘虏，除此之外，南斯拉夫人和希腊人也多达三万名。在德国还没有将我们的士兵与盟国的士兵释放，并通过意大利交回我们手里之前，我们无法承诺释放"我们控制下的数十万意大利俘虏"。

2. 我们控制下的意大利俘虏最起码有二十五万，其中不仅包含那些被俘于突尼斯和西西里岛的士兵，还包含韦维尔将军于两年前俘获并安顿在世界各个地方的士兵。我们的意见是这样的：把那些在战争刚开始时就俘获的众多俘虏也一并释放的提议有些不合理，也并非只能这样做。为了换回以上所提到的英国的以及盟国的士兵，我们计划释放掉被俘于突尼斯和西西里岛的一切俘虏。

3. 所以我们提议，让艾森豪威尔在通告上做出如下修改："你们的士兵可以继续过平常人过的生活，做回他们以前做过的生产性工作。如果你们现在把关押在你们那里的英国以及盟国士兵安全地交给我们，而不是把他们运送到德国，我们将释放在突尼斯和西西里岛被俘的数十万意大利俘虏，他们将重返那些期待着他们回归的家庭中。"

我在第二天向艾森豪威尔将军致电：

首相致在阿尔及尔的艾森豪威尔将军　　　　　1943 年 7 月 29 日

敌方国家提交停战协议时还想要收买人心，这对我们不利。遵循惯例才是最好的方式，要让敌方政府了解到我们的每一个要求，还要让他们知道他们提出的条件上限在哪里。如今，我们把另一个草案提交给你们的政府，我们会抓紧时间与他们磋商，也一定会取得一致的协定，由你们或我们来主持这场会谈都可以。

在你的率领下，亚历山大就要在西西里岛东部展开一次大规模战役。我们的全部注意力如今已经集中在这场战役上面。假如在此时打败与第十五集团军相抗衡的三个德国师，那么无论在哪个方面，都会产生至关重要的影响。

我也向罗斯福总统致电：

前海军人员致罗斯福总统　　　　　　　　　　　　1943 年 7 月 29 日

1. 我非常高兴能够在电话中再次听到你那欢快的声音。

2. 我已经向艾森豪威尔表明，我们非常赞同由他发表那篇增添了关于英国和盟国俘虏这一段话的通告。

3. 我没有遵循惯例，而是经由瑞士向意大利国王直接致电，着重告诉他我们非常看重、关心这个问题。我十分感谢你承诺通过教皇或别的方式来施压。假如德国那些野蛮的家伙要带走我们的士兵和要职人员，意大利国王和巴多格里奥却对此不闻不问，不竭尽全力予以阻止（我想说的是不采取武力予以阻止），就一定会激起人们的愤怒，导致舆论的力量推翻与新政府进行的所有谈判。

4. 停战协议。战时内阁非常明白不该由我们向敌方主动提出停战条约；而是他们政府的相关负责人要无条件投降，向我们提出停战请求。我觉得那时再选派代表和选定会晤地点也为时不晚。如今，我们上交的意见书都在你们手里。你们也看到了，这篇意见书符合艾森豪威尔在草案中提出的主要政策，而且说得更清楚明了，它不再是收买人心的呼喊，而是适于全权代表参与讨论的形式。在药物的外面涂上一层果酱再让病人吃掉，这是一种风险很大的做法。

5. 我们觉得民事和军事两个方面的要求都应该包括在内，也不能让参战将领来提出条件，而是要让我们两国政府选派的代表来提出。当参战将领控制下的敌军提出部分投降请求时，参战将领理应具备做出处理的权力。

6.我们所有的注意力最终都会集中在一场大规模的战役上。发动这场大规模战役的是英国第八集团军和美国第七集团军。这场战役旨在袭击在西西里岛东部驻守的六万五千名德国士兵，他们是一支精锐部队。就其对意大利和全世界的影响来说，如今是打败这支部队的最佳时机。我们的士兵就像兄弟，他们生死与共，期待着胜利时刻的到来，大家想到此处就十分高兴。

艾森豪威尔提议不向敌军宣告停战的条件，罗斯福总统对这个提议予以支持，但是他特别希望授权艾森豪威尔提出停战条件，以防意大利政府要求艾森豪威尔必须拿出停战的条件，也避免对意大利做出一些不必要的以及要付出很人牺牲的斗争。艾森豪威尔的军队只在西西里岛才与敌人直接接触，并且仅与德军直接接触，我认为意大利政府不会向艾森豪威尔提出这种要求。我觉得意大利政府经由梵蒂冈、土耳其或瑞士进行谈判的概率更大。为了尽快结束战斗，我支持采纳下面的方式：假如某个代表告诉艾森豪威尔，他们要求和解，艾森豪威尔回复时理应拿出清楚明了的条件，其中包括无条件投降。我们历经数次商谈，最终就以下条款达成共识：

1.意大利的武装军理当即刻终止所有抵抗行为。

2.意大利理当竭尽所能拒绝供应给德国任何有可能不利于盟国的条件。

3.要把俘获的盟国所有人员即刻移交给盟军总司令。自从开启谈判那天起，不能往德国输送任何一名俘虏。

4. 意大利舰队以及意大利空军要遵照盟军总司令的指示，在特定地点办理交接手续，依从指定的详尽方式解散部队。

5. 为了使盟军总司令完成在海陆方面的作战任务，意大利理当配合他调派意大利商船。

6. 盟国有权控制住科西嘉岛和所有意大利领土，其中包括岛屿和本土，进而在合适的时机用作作战大本营，或者满足别的目的。

7. 德军从意大利领土上撤退得快也好，慢也罢，都要即刻把意大利领土上的所有机场和军港交由盟国自由支配。在盟国将其控制之前，还要调派意大利军队对这些机场和军港严加防护。

8. 无论这次参加战斗的意大利武装军此时在何地驻守，都要即刻将他们从战区撤回到意大利。

9. 意大利政府还要做出承诺，如有需要，必须调派已有的所有武装军来维护停战协议中的所有规定，并且要以最快的速度和严肃的态度来执行。

10. 如果盟军总司令觉得某项行动对盟军有好处，对作战有帮助，他将有权力做出这样的行动。意大利政府理当在总司令的指挥下，做一些行政工作或别的工作。为了满足盟国在军事上的需要，总司令也许会在意大利的一些地方设立盟国的军政府。

11. 在废除武装、解散军队以及废弃军用设备方面，盟军总司令有权强行执行。

我于7月31日向罗斯福总统致电：

……上面所说的就是最紧要的。为了让我们在这些条款上达成广泛共识，我们期盼你快些审核我们提交的"关于投降问题的文件"。在这份文件里，好多地方的语言风格都没有采用紧急条款的用语，而是用了一种更精准的、正规的法律上的专业用语，我仔细斟酌过这些用语。我们觉得这份文件是紧迫的停战协议的草稿，只是更加慎重，更为细密，所以我们不太清楚你为何一直对它闭口不谈。你对这份文件有何意见，不妨让我们知晓，我会非常感激。我们一定要以最快的速度把这份文件预备好。

罗斯福给予认可，只是他说需要进一步听取美国三军参谋长和国务院的见解。我们觉得美国人与我们在向意大利人民发表的所有声明方面，签署一份正规的协定才是至关重要的，只让阿尔及尔的盟军总部发布是不行的。将领们怎么着都要继续采取军事行动，假如没让他们提出停战条件，最好也不要追问。

＊　　＊　　＊

也许，意大利人会让我们提出和解的条件，不过，我们怎么对待巴多格里奥领导下的新意大利政府，取决于意大利什么时候向我们提出求和条件。针对这个问题，我们考虑了一次又一次，大西洋两岸的报纸都报道过这一点。

罗斯福总统致首相　　　　　　　　　　　　　1943 年 7 月 30 日

对于萨伏伊王室或巴多格里奥政府，假如我们想要予以认可，这里的好事之徒就会鼓捣出一些乱子来。正是这些人在北非的问题上没事找事。

今天，我已经向新闻记者透露，我们一定要和意大利的某个人或某几个人共同协商，让他或他们满足我们两条要求，其一是解散军队，其二是维持社会安定。我想过寻找一个合适的时间，谈论一下意大利民族的自决问题，这些要在咱们签订了停战合约之后再进行。

前海军人员致罗斯福总统   1943 年 7 月 31 日

　　我提议，墨索里尼和法西斯党垮台之后，我们可以与任何能够履行契约的意大利政权一起协商。我只想实现这个目标，不会在乎别人把我看成萨伏伊王室或巴多格里奥政府的支持者，我觉得只要能让意大利人遵照我们的战略目标行事，由谁执政都无所谓。我们与他们的交涉肯定会受到动乱或内战的冲击。我们也不能给我们的军队增加太重的担子。接下来也许会出现这样的局面：意大利人对投降一事深恶痛绝，停战协议签订之后，意大利国王和巴多格里奥会因此丧失威信，也许会选出来一位王储和一个新的首相来接管意大利的政治。

　　大西洋的宪法中并没有就自决问题做出说明，所以我不支持现在就发出这样的宣告。正如你所说，我们不能将所有问题都一股脑儿地提出来，而是要非常小心。

首相致外交大臣   1943 年 7 月 31 日

　　在生活中，很多事情都要分成两个阶段来解决，比如，一个人必须要先说："嫁给我好吗，亲爱的？"才能得到一个由家庭律师拟定的婚约，并把它珍藏在衣服上的口袋里。相比我们拟定的"关于投降问题的文件"这样繁杂的法律句式，我觉得艾森豪威尔提出的条件令对方代表明白的概率更大一些，因此也更易于被接受，它们可以在公布于众时显得更正规一些。假如它们认可了这些紧急条款，也就意味着意大利人选择了投降，把枪机、枪托以及枪筒这一整套武器上交。这样一来，我们再令他们上交擦枪布，以及别的清洁用品就顺理成章了。

罗斯福总统致首相 　　　　　　　　　　　1943 年 8 月 3 日

　　我已经看过了"关于投降问题的文件"。从整体上看,文件用语方面还挺好的,但是我觉得它并不实用。那个寄给艾森豪威尔的投降协定应该非常妥当,它已经得到了双方的认可。没必要用那些条条框框去束缚他的手脚,不如让他随着时局的变化而变化。

　　这些都是为将要举办的魁北克会议服务。

第四章 人造港，往西去吧！

在"玛丽皇后"号船上——准将温盖特——"霸王"作战计划——作战联盟——"科萨克"的任务——在何处开始进攻？——港口与码头的重要意义——"桑葚"计划的问世——实施计划——一项伟大的计划——漂浮的防波堤——浮动机场的相关构想——"霸王"作战计划的三大构想——将缅甸的最高统帅授予蒙巴顿——我在8月7日关于远东战场军事行动的备忘录

西西里岛就要取得胜利，受到意大利局势和战争发展的影响，7月，我觉得应该和罗斯福总统再次会晤，再次启动英美会谈。罗斯福建议把会谈地点定在魁北克。麦肯齐·金先生支持这个建议，我们也觉得这是最好的选择。历史悠久的魁北克城堡在这意义非凡的时刻成了最适合的会谈场所，它位于加拿大的门口，可以俯瞰壮丽的圣劳伦斯河，给那些策划西方世界战争策略的人们提供了最完美的会谈场所。加拿大很有诚意，罗斯福总统非常高兴地接受了，然而，他因为担心盟国中的巴西和某些美洲国家反对加拿大的加入，所以觉得无法使加拿大正式成为会议的一员。有关澳大利亚和其他自治区域的请求，我们不得不考虑到。加拿大总理和政府处事宽宏大度，使这个微妙的困难迎刃而解。因为一切主要问题均与英国和美国有关联，所以我个人坚持认为，这次会谈应该限于我们和美国。将来可以举行三巨头会谈，与会方是三个大国的首脑，而如今，这次会谈的主角只能是英国和美国。我们给这次会谈取了个名字，叫"四分仪"。

我于8月4日晚上乘火车从伦敦出发，目的地是克莱德湾，与我同行的有很多工作人员，整整载满了一车。"玛丽皇后"号在克莱德湾停下来等我们。我觉得我方的人数多于两百人，其中还不包括五十名左右的皇家海军陆战队的勤务兵。本次会议讨论了已经迈入首次高潮的地中海之战，还讨论了计划于1944年横渡英吉利海峡的相关筹备，如何指挥好印度之战，以及我们需要在与日军的征战中担负起什么责任。还没有最终确定由谁来担任最高统帅，但此前盟军最高统帅的参谋长是摩根中将，他调派出三位军官，与我们共同前往解决横渡海峡的相关问题。他协同英美联合参谋成员，已然为我们制定出联合计划的纲要。韦维尔将军的军事作战处长特意从印度乘飞机过来，因为我们正在对印度战场和远东战场做一些审查工作，所以我就让他和我待在一块。

同样和我待在一块的还有一位青年准将，名叫温盖特。他是非正规军队的领袖，他在阿比西尼亚闻名遐迩，还在缅甸的丛林战中取得过卓越的战绩。在某些他曾经服役过的陆军部队里，大家因他创造出来这些新的卓越战绩而把他叫作"缅甸的科莱弗"。我听到过很多他的相关故事，也听说过犹太复国主义者为了找到一位准备在将来组建的以色列军队的总司令，就想要把他挖过去。在去魁北克之前，为了见他一面，我就把他召唤回国。8月4日夜晚，我在唐宁街刚打算一个人吃晚饭，就听到他已经乘飞机抵达的消息，而且人已经在往唐宁街宫殿的方向赶来了。我随即邀请他和我一起吃晚饭。在半个小时不到的时间里，我通过他的言谈就已经感觉到，站在我对面的是一位十分优秀的人才。他见了我后马上侃侃而谈，主要讲述如何在丛林战中调派远程突破军队，空降到敌军的后方，最后打败日本人。我对他谈到的内容非常好奇。我期待他向我讲述更多的故事，也希望三军参谋长们都来听听他的故事。

我随即拿定主意：在本次航行中，要让他留在我的身边。我把火车将在十点钟开动的消息告诉他。那时，时间已经接近九点。温盖特才乘了三天的飞机从前线赶回来，除了身上穿的这身衣服，什么都没有。很明显，他十分愿意与我们一块儿走，只是觉得无法回到家中与自己的妻子见上一面有些遗憾。他妻子在苏格兰住着，对他回来的消息一点儿都不知道。面对这种情况，我的私人办公室立刻做出反应，处理了这个问题。警察到温盖特的家里接上他的妻子，然后送到爱丁堡来，这样就能让她在我们的火车经过此地时上车，和我们一起去魁北克。她稀里糊涂的，什么都不知道，等到了早晨，她在韦弗利车站看到了自己的丈夫才明白过来。他们厮守一处，旅途中非常开心。

我请求盖伊·吉布森空军中校和我一块儿去，因为我了解罗斯福总统，他很愿意见到那些年轻有为的人。在吉布森的指挥下，空军近期对默纳和艾德尔水坝进行了一场毁灭性的袭击。鲁尔区的工业用水需要依赖这些水坝，大面积的田地、河流和运河都以这些水坝为源。一种特殊型号的水雷被研制出来，旨在毁坏这些水坝，这种水雷仅在晚上才能使用，且要在低于六十英尺的高度往下面投掷。持续不断地演习了几个月之后，5月16日晚上，皇家空军出动了第六百一十七中队的十六架"兰开斯特"式轰炸机，展开了一场空中袭击。一半飞机都损坏了，不过吉布森始终没有放弃。他在迅猛的炮火中穿梭，盘旋在目标的上空对机队进行指挥。如今，他戴上了许多令人眼花缭乱的勋章——维多利亚十字勋章、殊勋勋章和功勋线，以及特殊功勋飞行十字勋章和功勋线——但是没有其他绶带。这些都是无人比拟的。

我的妻子和我一同前往，我的女儿玛丽是我的侍从官，她如今是高射炮连的尉官。8月5日，我们开始航行，此次的目的地并非纽约，而是诺瓦斯柯夏的哈利法克斯港。

*　　*　　*

"玛丽皇后"号冲破风浪一路前行，在船上，我们过着舒服的生活，伙食的标准，就和战前一个样子。我们就像往日的几次航行一样忙忙碌碌地工作。无论何时，我们都可以获悉外界的重要事情，因为我们有很多密码电务人士，还有对外拍发电报的护送巡洋舰。每天，我都要与三军参谋长一起讨论各个方面的问题，都是一些要与美国友人一起探讨的问题。其中"霸王"作战计划是重中之重。

在这五天闲散的航行中，我要好好想想横渡海峡的伟大蓝图，这项作战计划已经进行了很长时间。1940 年，战斗在挪威和法国沿海一带打响，我们从那时候开始做一些研究工作，而且规模一天比一天大。我们学会了很多有关两栖作战技术的知识。我在那时候组建了联合作战部门，让我的好朋友——海军元帅罗杰·凯斯爵士——主持事务，这个部门做出过突出的贡献，还研制出一种全新的技术。突击队展开了小范围的突击行动，为大规模的进攻奠定了基础，我们因此有了自信和经验，还向全世界传达了一个信息：就算敌军已经把我们团团围困住，我们也不能只是一味地防守。美军那时候还保持中立，不过已经意识到了新局面的到来，在后来的日子里，他们用自己的方式大规模发展起来。

海军上校路易斯·蒙巴顿勋爵于 1941 年 10 月取代凯斯就任海军元帅一职。强悍的敌军还在压迫着我们，而苏联作为我们唯一的盟国，似乎就要濒临溃败。但是，我已经下定决心，在局势出现好转时向欧洲大陆发起攻击。我们首先要做的是加强进攻力度，扩大进攻范围，再把这些经验用到更大范围的作战计划上面。只有研发新型武器，并使参战三军都被训练得在战斗中表现得和作战计划一样，才能从联合王国出发，在进攻中取得胜利。为了进行一场史无前例的海上进攻，要得到全国工业的援助，还要武装英伦三岛，把它变成一个兵营。

蒙巴顿记载，他出任新职务之前，先来契克斯拜访了我，我对他说了一句指导他行动的话："你要想着主动进攻，在你的总部里，决不能想着防守。"我授予他三军参谋长委员会委员一职，还授予他海军中将的临时军阶和别的军种里的同等的名誉军衔，让他掌握必要的权力，以便完成任务。在必要时刻，他可以直接向我反映情况，因为我是国防大臣，有责任管理他的总部。突击队在挪威的瓦格梭、布伦艾瓦、圣那泽尔等地的战役中贡献越来越大。1942 年 8 月，我们在迪埃普展开进攻，使得进攻达到高潮，但是我们在这场战斗中付出了惨痛代价。后来在局面转到英美大规模进攻时，在北非登陆以及两栖之战中，都应用了我们的经验。蒙巴顿的机构在每一场战役中都战功卓著，是必不可少的。

针对这个问题，我们打算让"联合司令部"研究——这是一个 1942 年 5 月成立的一个部门，本土的总司令是这个部门的其中一员，蒙巴顿也是其中一员，对驻守在英国的美军部队进行指挥的艾森豪威尔将军后来也加入进来。1943 年 1 月，卡萨布兰卡会议召开，为了做好"霸王"作战计划的准备工作，我们打算组建一个盟军联络参谋部，以英国的军官为首。这个部门简称为"科萨克"，工作在伦敦展开，由担任最高盟军司令部参谋长的摩根中将负责。

选择大规模登陆的最佳地点是首要问题。荷兰海岸、比利时海岸、加来海峡、松姆河口与塞纳河口之间的区域、诺曼底以及布列塔尼半岛都是很好的选择。这些地方有它们的优点，也有它们的缺点，要根据项目的不同与各种因素（有时是不可预测的因素）的变化来权衡这些优点和缺点。其中主要的是：海滩、天气与潮汐、机场修筑地、航程的距离、周围可攻占的港口、登陆后可以继续运用的海岸内地的属性、本土基地上的飞机做出的保护、敌军的安排、敌军的雷区和防御工事都是其中很重要的。

地点选择的范围一直收缩到只有加来海峡或诺曼底。其中加来海峡能够为我们提供最优秀的空中掩护，然而，敌人在这个地方设置的防御工事也是最牢靠的，只有一个表面上的好处——海上的航行距离比较短。相比威特岛到诺曼底的距离，多佛尔和福克斯通到加来和布洛涅的距离近了很多，不过无法在加来和布洛涅的港口上展开进攻，因为它们都特别小。我们只能在海上航行很远的距离，因为多数舰艇都要从英国南部沿海区域的港口出发。摩根将军和他的顾问提出了在诺曼底海岸登陆，蒙巴顿一开始就给予了支持。现在看来，这绝对是一个正确的决定。诺曼底让我们看到了希望。敌人在诺曼底的防御工事没有在加来海峡的防御工事强大。波涛和海滩基本上比较适合登陆，从西方吹来的狂风被科汤坦半岛遮挡。大部队可以在海岸内地快速疏散，并且离敌军的主力非常远。在战争刚开始的阶段，可以孤立瑟堡的港口，将其攻克，等过了一段时期，还可以围住布雷斯特并将其攻克。

勒阿弗尔和瑟堡之间的海岸上到处都是用来防御的要塞和碉堡，它们是用混凝土做的，我们觉得德国人不会为了向海岸前线提供援助而调派大量军队，因为在这个只有五十英里的半月形海滩上，没有哪个港口可以担负起大量军队。毫无疑问，他们的最高司令部一定这样想过："这是一个好地方，进行攻击的人数最多一两万。那些担负入侵任务的军队，无法成功登陆，也无法获得补给，除非在瑟堡依然可以运用的条件下将其攻克。这个海岸只能进行攻击，却无法开展大规模战役。"一旦我们拥有一个足够大的港口来容纳我们的多军队，就可以把这儿当做前线，展开进攻。

*　　　*　　　*

读者将会注意到，我时刻都在密切关注登陆舰和坦克登陆舰的每一个构想。很早以前，我就提倡建造一种一端漂浮于水面上的码头。早在 1942 年 5 月 30 日，我就在讨论中发放过一份备忘录，从那个时候开始就已经在这方面做了很多工作。

首相致联合作战部司令官

　　它们必须随着潮水的涨潮和退潮上下浮动。一定要解决锚的问题。
一定要在船上设置一个舷侧吊门，还要有一个长度超过码头上的系船
设备的吊桥。请制订出一个详细的计划（它一定要是最好的解决方法）
给我。不需要去争论这件事情。困难本身已经表明了所有东西。

　　随后大家转变了思想，开始想创造一个隐蔽的大规模水域，一道防波
堤在很多艘沉船上筑起，保护着这片水域，凭借自身动力，这些船开到了
现场，在计划好的地方被凿沉。1943 年 6 月，在摩根将军的机构中任海军
参谋长的休斯·哈里特海军准将首先想出这个设计。通过大家不停地想象、
设计和实验，到了 1943 年 8 月，便有了打造两个规模齐全的临时港的整
套计划。刚开始登陆的前几天，就可以把这些人造港牵引到那里投入使用。
这些人造港被我们叫作"桑葚"计划，它的特性和目标都不会因为这个密
码代号而暴露出来。

＊　　＊　　＊　　＊

　　在航行的一天早上，我躺在宽阔的船舱中的床上，麦克莱恩准将和摩根
将军部下的两名军官受到邀请，来和我相见。他们把一幅巨大的地图摆放好，
紧密、严凑、颇具信服力地展现出为横渡海峡将法国攻克而做出的计划。也
许，读者已经熟悉这个紧要问题在 1941 和 1942 年之间争论的种种观点，不
过我却是首次听到这个全面、层次分明的计划，它具有确切、详尽的人数和
吨位。英国和美国两个国家的军官经过长期研究，最终得出这个结果。

　　在此后的几天中，我们展开了深入探讨，其中谈到一些偏技术性的细
节。当潮汐在英国海峡出现时，浪涛的高度高于二十英尺，海滩沿线都受
到冲刷。天气变幻莫测，无论是大风还是小风，仅在几个小时之内都可以
掀起巨大的波涛，这种力量对人类生产出来的脆弱的机械来说是不可撼动
的。那些愚蠢或无耻的在刚刚逝去的两年间拿粉笔在我们的墙上写"即刻

拓展第二战场"的家伙是不可能遇到这样的问题。很长一段时期内，我都在认真考虑这些问题。

我们不能忘记，在"桑葚"计划中遇到了各种各样的繁杂问题。计划涉及在英国制造很多特殊设备，总共需要一百多万吨钢铁和混凝土。我们的机械工业和船舶修理工业已经不堪重负，如果在处理这项工程时，将其放于首要位置，必将对这两个工业造成更大的负担。想要把这些设备输送到战场上，只能采用海运的方式，还要冒着遭受敌人攻击的危险，忍受变化万千的气候，用最快的速度在那里做好装配工作。

这是一项伟大的设计。海滩上坐落着庞大的码头，码头向海的一端在掩护下漂浮于海面上。不管潮汐怎样涨潮或落潮，沿着海岸行驶的海船和登陆艇都可以在这样的码头上卸载。一定要把防波堤做成一个庞大的弧形，一直延伸到海上，把一大片水域遮掩围绕起来，才能防护好这些码头，使其免受暴风与骇浪的冲击。在这种遮掩下，吃水深的船舶可以停驻、卸载，各种类型的登陆舰也能在海滩上任意往来。代号为"不死鸟"的淹没于水里的混凝土结构与代号"醋栗"的沉船，是这种防波堤的组成部分。我在此书的前几册里谈论过这种类型的结构，在第一次世界大战中，我原以为这种结构可以用于赫尔戈兰湾中建造人造港。现在，它们也要变成这个伟大计划中的一个重要部分。

＊　　　＊　　　＊

"桑葚"计划就是这样的。我们的船只找不到停驻之地，所以这样的计划尚且不够完善。很多船只只能在港外完成卸载工作。出于对这些船只以及参战的许多军舰进行防护的考虑，又一项计划被提出来——筑造"漂浮"的防波堤。为了这个目的，我们对几个设计进行了审核，其中有一项是把很多管子安装在海底，气泡从管内喷出来，变成一道连绵不绝的屏障，把波涛阻隔在外。我们不想让波涛继续起起伏伏，就寄希望于这道屏障。还有一种叫作"利洛"的设计方法，是在很多个膨胀的气袋之下坠上用混凝土做成的帘幕，把帘幕沉浸在水下面。在"不死鸟"防波堤向海的一面，这些气袋固定成一条平行线，把一片面积更大的海域圈起来。上面所说的这两种设想都没有变成现实，最终一种带有"利洛"特征的被叫作"喇叭"的设计被采纳。它由钢制成，十字形，二百英尺左右长，二十五英尺左右高，水面上只露出十字形最上面的部位。结果，我们发现，这种设计不一定有价值，我们在后面会提到。

在我的全力支持下，罗斯福总统了解了这个计划，我对此感到非常欣慰。最起码，美国当政者会觉得我们绝不是对"霸王"作战计划缺少诚心，我们不惜耗费时间，一次又一次地思考，才做出准备工作。伦敦和华盛顿的一些专家非常了解这些问题，我计划把他们一齐请到魁北克来。通过汇总各种意见，他们可以找出很多技术问题的答案。

我坚信，如今向勒阿弗尔至瑟堡这个地区发起进攻非常有利，如果在刚开始时，就把这些海港出其不意地攻占下，就能够让拥有很多现代装备和辎重的一两百万军队成功登陆，一路前行。这象征着每天最起码有一万二千吨的重载可以被卸下。

*　　*　　*

我还想过另一个问题，即如何保证我们在战区始终具有空中优势。假如我们能建造一种具有漂浮功能的飞机场，就可以在足以袭击登陆点的范围内给战斗机加油，我们在战斗中的空军的威力就会在至关重要的时刻加强。我们在这次忙碌的航行过程中商讨了各种设计方案，其中有种方案，我们把它叫作"哈巴卡克"。这个设计方案出自派克先生，他是蒙巴顿的一名手下。他计划用冰做成一种面积巨大的物体，足以供飞机当作跑道使用。这种物体的模样像船，具有一百万吨的排水量，能够徐徐前行，自身具备防空设施、车间以及修理设施，为了保证自身的存续，还拥有一座特别小的散热工厂。大家注意到一个规律，如果在平常的海冰里掺入一定比例的木浆，就能制出一种非常坚固的混合物，这种混合物不像冰块那样容易碎裂。我们把这种混合物叫做"派克里特"，也就是发明家的名字。无论在欧洲西北部，还是在别的地方，它都在很大程度上满足了我们的需求。我们还发现一个现象：纤维物质在冰融化时形成的外层毛茸茸的，能把热量隔绝在外，从而在很大程度上减缓了冰块的融化。在后来的日子里，研究人员，在加拿大做了很多相关的研究实验，却因为各种原因均以失败告终。

＊　　　＊　　　＊

做出计划的人与英国的三军参谋长一起做出三种至关重要的设想，我非常支持这些设想。后面我们会看到，美国人赞扬了这些设想，苏联人也给予认可。

1. 必须首先削弱德国位于欧洲西北部的战斗机的战斗力，再发动攻击。

2. 一定要在开始战斗时把德国位于法国北部的机动师控制在十二个以内。还要在接下来的两个月中使德国的军队控制在十五个师以内。

3. 英吉利海峡风急浪高，很多军队驻扎在滩头，一定要解决好他们的长期供给问题。我们一定要建造人造港，并保证其数量在两个或两个以上，才能实现这一目标。

＊　　　＊　　　＊

我和三军参谋长们就印度战场和远东战场的一些事情探讨了很多次。在这些方面，很少有能够令我们满意的情况。一个师于1942年底沿着缅甸的阿拉干海岸一路前行，计划把阿恰布港口夺取过来。尽管欧文将军指挥着把军队增加到一个军，最终还是以失败告终，我们的军队迫于无奈，只能往印度边境撤退。

尽管情有可原，但我还是觉得一定要检查英军最高司令部对日作战出现的问题。对我们而言，全新的方法和全新的人员都是必要的。我早期就已经发现，对印度战场总司令的安排非常不合理，他不仅要担负很多重大职责，还要指挥缅甸战场。我觉得只有创立一个独立的最高盟军司令部，才能向东南亚地区的日军采取大范围的打击行动。对于我的提议，参谋长委员会给予绝对的支持，为了在魁北克地区与美国的同僚展开讨论，就依照这个方针做了一份备忘录。谁来做新战场的司令官这个问题还有待商议，不过我们觉得应该由英国人担任。我非常清楚，蒙巴顿海军中将在众多人员中资历最优秀，足以担任这种重要的指挥职责，一旦遇到合适的时机，我就会向罗斯福总统提出来。主战场的最高司令官由一个实际军阶只是皇家海军上校的军官来担任非同小可，不过我提前准备好了充分的理由，所以总统对这一提议给予充分肯定也在我的意料之中。

＊　　＊　　＊

我做了一份有关计划和策略的备忘录，是为参谋长委员会做的，以下就是其中的一部分：

1943 年 8 月 7 日

我们和美国人相见之前一定要明确：1.有关东南亚司令部和它的最高司令官的总计划；2.有关向敌人发起攻击，并且宣告我们要在这个战场上做出一番成就的建议。某种程度上，以往在战场上蒙受的失败与指挥不当已经受到了相应的责备。

我觉得有关温盖特准将的事迹，理应让他本人向我们说一说，为了取得美国三军参谋长们的信赖，有必要向他们上交很多份他的报告文件，对于东南亚战场地带，我们的态度很严谨。阿拉干海岸沿线的兵力在与敌军展开斗争时，要采取以逸待劳的策略。不过如今应该停下向阿恰布发起的两栖战役。地中海之战占据最重要的位置，这种做法对其有利，更何况这是一种有差错、不完善的军事行为。它意图向敌军发起攻击的地方，敌军已经做足了准备工作，很容易受到敌军的疯狂反击。战略的首要目的无法实现。

*　　　*　　　*

假如某个人在航行的过程中始终保持清醒状态，并且一直都忙于工作，他就根本感觉不到时间的流逝。我原先希望休息一段时间，从战争的纷扰中跳出来，改善自己的生活状态。我们的行驶离目的地很近时，假期已经结束了，尽管我们觉得它还没有开始。

第五章　魁北克会议："四分仪"

抵达哈利法克斯港——我于8月11日向国王致电——去海德公园——我8月17日提出的备忘录——8月19日开幕的"四分仪"会议——英美联合参谋长委员会关于"霸王"作战计划的报告——我建议任命一个美国司令官——与意大利有关的战术——东南亚最高司令官——对日作战的首要战术——建议英国军队向苏门答腊发起攻击——我于8月22日向艾德礼先生致电——英国提议分担攻击日本的任务——一个有意思的插曲——任命蒙巴顿为东南亚司令官——我于8月25日向艾德礼先生致电——我将联络官调遣到麦克阿瑟将军总部和蒋介石处——艾森豪威尔计划向意大利发起攻击——一定要将那不勒斯攻克——我对英国增援部队的推测感到担忧——我下令大量增加援军部队的数量

　　我们于8月9日抵达哈利法克斯港。巨大的海轮朝着登陆码头的方向靠近，我们登陆后就上了火车。虽然已采取了严格的保密措式，人们依然聚拢过来。我和妻子在列车的最后一节车厢坐下，这节车厢是餐车，人们为了欢迎我们，在餐车附近聚拢着。我请他们在我们出发之前唱两首歌曲，分别是《枫叶》和《啊！加拿大！》。我十分肯定，如果我们把乐队带过来，他们就能听到《不列颠统治颂》这首曲子，不过我担心他们对这支曲子比较陌生。经过二十分钟左右的握手、合照和签名后，我们才往魁北克方向驶去。

我在两天后向国王致电：

首相向国王致电　　　　　　　　　　　　　　　　1943 年 8 月 11 日

1. 在很多方面魁北克城堡都让人觉得高兴，它与我们本次到来的目标十分吻合。对罗斯福总统做出的安排也很妥帖。他将住在上面那层，那里设置了很多坡道，方便了他的生活。对于国王的这种安排方式，我非常感激。为了向总督的辛苦与盛情款待表达感激之情，我向他致电以示问候。

2. 在加拿大（特别是魁北克），很多人都已经焦虑不安，如今正是召开会议的最好时机，我坚信，用不了多长时间，这样的情绪就会烟消云散。我打算把和加拿大内阁会见的时间定在今日上午，把和魁北克市政府各位领导会见的时间定在今日下午，之后再去海德公园。

3. 我把蒙巴顿的相关问题已经提交给副首相和外交大臣，也许陛下已经看到了。我还没有收到他们的回信，不过我想把此问题的解决方式上交给罗斯福总统的想法越来越强烈。在航行的过程中，温盖特准将令每一个人都印象深刻。我希望，在缅甸之战中出现新的机会。

4. 陛下应该已经发现"大熊"写给我的信件，我们再次变成可以相互聊天的朋友，最起码，我们能够彼此倾诉自己的不满情绪。

我也向罗斯福总统发出电报：

前海军人员致罗斯福总统　　　　　　　　　　　　1943 年 8 月 11 日

我经历了一次短暂而又愉快的旅行，才刚抵达这个地方，我可以在旅行的过程中依然保持工作状态。沃顿一家急欲访问海德公园，我们的抵达时间预计在 12 日下午。据说那里很热，不知道我们能不能仅带最薄的衣服？

我的妻子只能在城堡中待着休息，玛丽和我第二天去海德公园。在旅途中，我们欣赏了尼亚加拉大瀑布。新闻记者向我询问对这个大瀑布的所思所想，还把我们的聊天记了下来，以下就是聊天记录："'我欣赏这个大瀑布时，你们还没有出生。那是 1900 年，我首次到这个地方。''与往日相比，它们有什么不同吗？'我回答，'呃，它们具有相同的本质，水都是往下流。'"在 8 月 14 日之前，我们一直在罗斯福总统家里作客。天太热了，我在某天夜里因为失眠而起床，呼吸都很困难。我来到屋外，在悬崖边上坐下来，可以俯瞰赫德森河。我在这个地方待着，看到东方的天空发出了亮光。

＊　　　＊　　　＊

与此同时，我做了一份说明材料，总结了战争前后的策略。在这份材料中，许多地方都在讲述缅甸和印度洋的战役，也提到了它们在对日作战上所起到的作用。我今后再说这方面的内容。8 月 17 日，这份材料被写好。我的思想集中在一个地方：我们在西西里岛获得了胜利和墨索里尼最终下台。这两件事情应该促使我们进一步行动，向意大利展开攻击。

假如在不久之后，我们攻克那不勒斯（运用所谓的"雪崩"作战计划），那么在意大利，我们就会拥有一个上等的港口，紧接着，我们还会攻克布林迪西和塔兰托等港口。假如我们把战场一直往北拓展，于 11 月份拓展到里窝那—安科纳战线，最终站稳脚跟，就会使位于地中海的登陆艇得到运用。在西西里岛之战中，我们曾见过两栖作战的迂回运动，为了进行类似的运动，我们一定要从登陆舰队中调派出一个分遣队，还要从亚得里亚海跨越过去，在小范围内进行攻击，我们要采取与之相像的军事行动，比如"武士爵位授予式"作战计划，即攻克爱琴海中的罗德岛和别的岛屿。在地中海，我们能够大大削减海军的实力，因为意大利舰队已经被消灭，正如利用头等的港口，就可以替代登陆艇的需要一样。如此一来，在晚秋时节我们就可以召回登陆舰和突击舰，为参加"霸王"作战计划做好准备，还能派出一支力量强大的分遣队，从苏伊士运河穿过，前往印度战场。但我要再强调一遍，登陆艇一批最多只能运输三万人。

我经常说期望在今年攻克意大利的波河战线或阿尔卑斯战线，不过至今都看不到希望。假如我们在里窝那—安科纳战线驻扎下来，定会取得很大的收获。如果我们止步于里窝那—安科纳这条战线，我们就能避免威尔逊将军所说的危险，一旦越过，前线阵地就会过于铺开。据估算，前线阵地的拓展会导致大约二十二个师的投入。要投入多少部队才能做好里窝那—安科纳战线的防御工作？我们就算没有达到最完美的结果，但至少能够达到相对不错的结果。我们从这个阵地出发，在飞机的帮助下，向萨瓦和法国阿尔卑斯山区即将爆发的起义提供援助。也许，法国青年也会争先恐后地加入起义的阵营，同时，我们可以从右方跨越亚得里亚海，支援巴尔干半岛的爱国活动。为了保护"霸王"作战计划的完整性，我们只能接受限制。

*　　　*　　　*

罗斯福总统和哈里·霍普金斯于8月17日抵达魁北克，艾登和布伦丹·布拉根也乘飞机从英国来到这里。各个代表团汇聚一处，在这个时候，我们听到意大利和平运动的最新消息。在我们看来，意大利不日就会投降。我们抱着这样的态度，展开了会谈。8月14日开始，英国三军参谋长和他们的美国同僚们始终在城堡工作，还起草了一份详细的战争进展汇报，主题是1943年和1944年的未来战略问题。"四分仪"大会其实是一种技术性的参谋会议，在这两次大会中，由罗斯福总统、我们的三军首脑们和我共同审查其结果。

8 月 19 日首次召开全体会议。会议将"霸王"作战计划的重点确定为对德国展开联合轰炸，这是"霸王"作战计划成功的关键。在很长一段时间的讨论之后，会议结束，参照在伦敦的摩根将军做出的联合计划做了总结。在这之后，三军参谋长们做出以下报告：

"霸王"作战计划

1. 本次战役于 1944 年 5 月 1 日开始，首要任务是用美国和英国的地面军队和空军向欧洲的轴心国发动攻击。某些区域有利于地面军队和空军向敌军发起攻击，一旦得到的海峡港口满足数量上的要求，就要把这些区域抢夺过来。当强悍的盟军在法国站稳脚跟，理当立即拿出计划，向德国的重要区域发起攻击，使它的军事力量被粉碎。

2. 实力均衡的地面军队和空军理应被组建起来，为"霸王"作战计划做好准备，为了让联合王国境内的现有军队能够抓住时机，从海峡横渡过去，突击法国，理当为它们做出计划，并提供支援。

3. 在"霸王"作战计划与地中海之战中，在分派、调用已有的人力和物资时，要想到现在的人力、物资都很匮乏，要把完成"霸王"作战计划放在首位。5 月，"三叉戟"会议在华盛顿召开，要遵照会议的分配要求，来决定往地中海战场上投入多少兵力，若联合参谋长委员会决定增减则另外计算。

摩根将军为"霸王"作战计划列出了提纲，我们给予支持，并授权他负责做出进一步的详尽规划，并做好准备工作。

我们在会议上讨论了这几节中的内容。我提出，是否能运用相关力量去创造更好的条件，决定着"霸王"作战计划能不能取得胜利。我着重提出，虽然我并没有在 1942 年支持"痛击"作战计划，也没有在 1943 年支持"围剿"作战计划，但是在 1944 年，我给予"霸王"作战计划充分的肯定。如今，我已经没了像过去那样的反对理由，不再反对横渡海峡进行战斗。我提议全力以赴，最起码要在原有力量之上再增加百分之二十五。登陆舰的数量要有所提升。计划将于九个月之后实施，在此之前，我们还有很多事情要做。选择的海滩已经很理想，不过，如果在科汤坦半岛的内部海滩也实施登陆，会变得更好。我提出："巩固好原先的据点才是至关重要的。"

美国享有非洲战场的指挥权，因此罗斯福总统起初与我达成一致，决定由英国人担任"霸王"作战计划的指挥官。我建议让帝国总参谋长布鲁克将军担任这一职务，以实现最初的目标，罗斯福总统给予了支持。也许，读者还记得，撤退到敦刻尔克的过程中，一场决战展开了，那时布鲁克将军指挥一个军作战，亚历山大和蒙哥马利还只不过是他的副将。我在1943年就把自己的想法向布鲁克将军透露。在这场战役开始时，英国和美国的军队数量持平，此种安排是理所当然的，因为它的基地被选定在英国。1943年已经过去几个月，大规模的进攻计划也已经确定，我越来越明显地感觉：在前期阶段的登陆中，两个国家的军队情况持平，之后的阶段中，美国军队占了上风。如今到了魁北克，我主动向总统提出了一条建议：向法国发动进攻时，由美国司令官担任指挥。他非常支持我的建议，我觉得他早就有了这样的打算。我们因此达成一致意见，让美国军官指挥"霸王"作战计划，英国指挥官接管地中海的指挥权，由战斗的发展形势来决定具体的接管时间。我非常相信布鲁克将军，在1943年8月，我把这些变动告诉他，还告诉他为什么要做出这样的变动。他感到特别失望，不过他碍于军人的尊严接受了这种变动。

＊　　＊　　＊

在之后的战役中，参谋长委员会就意大利问题提出三方面的建议：首先，我们要让意大利退出战斗，在罗马周围建设飞机场，不过如果是在北面距离更远的区域就更好了。我指出，大家应了解，我认为应止步于安科纳—比萨这条线。其次，我们要把撒丁岛和科西嘉岛攻克下来，施压给半岛北部的德国人，阻挠他们对"霸王"作战计划进行反击。除了这些，还有一些作战计划，例如在法国南部土伦和马赛周围实施登陆的"铁砧"作战计划，以及沿罗纳河谷向北挺进的进军计划。等到了后来，人们对这项计划有了各种分歧，在很多地方都持有不同意见，如：如何向巴尔干半岛和法国的游击队提供空中援助，强化反潜艇战，增加作为海军和空军基地的亚速尔群岛的使用频率等众多问题。

*   *   *

东南亚司令部提出重大问题，会议核定了英国三军参谋长原先的提议。对于最高指挥官的计划，会议给予支持，还提出了下列建议：

    1. 英国和美国联合参谋长委员会有绝对的权力来决定东南亚战场的战斗策略，对于在中国战场与东南亚司令部之间如何分配英国和美国的人力资源和物质资源问题，可以全权处理。

    2. 英国三军参谋长委员会有权在作战的所有问题上做出决定，发给最高指挥官的一切指令也要通过这个机构。

*   *   *

在首次全体会议中，我们就远东战斗策略问题进行了激烈的讨论。三军参谋长在今后的几日内会一直把工作重点放到这个问题上。只有注重海军实力，才能捣毁日本这个岛上的帝国。我方陆军在没能将日本的海域掌控在手中之前，不能参加战斗。人们在怎样才可以运用空中武器的问题上产生了很大的分歧。罗斯福总统身边的人提议通过缅甸重点进攻中国境内，必须利用中国的港口和空军基地，持续不断地狂轰滥炸日本。虽然美国人觉得这项计划在政治上很具诱惑力，但是他们忘记了下面的这些事实：无法将数量众多的军队投入到缅甸的丛林里，还要由英国征调其中的大多数军队。强悍的日军占据中国各地，他们在各条交通线上展开作战活动。最为重要的是，美国的海军力量日益分散，他们在这项攻击行动中的作用非常有限。

还有一种方案是，我们从海上出发，向日方位于太平洋中部和南部的岛屿堡垒发起直接进攻。可以将这项工作交给海军和海岸空军，由他们做主力。菲律宾把所有美国人的目光都吸引过来，所以它将最先成为突击目标。美国人只要再次控制住菲律宾，日本就只得与他们的很多供应地相隔绝，还会切断与他们驻守在荷属东印度的偏僻岛屿上的军队的联系，从而无法得到外援。最终，我们不需要进行代价很大的战斗，他们自己也会一点点走向覆灭。

可以把菲律宾当作基地，进而包围日本本土。也许，很有必要在日本南面的各个岛屿建立新的基地，要想向日本发动大范围攻击，就要等这些基地建成。这是一项很具诱惑力的计划，因为它建立在美国厚实的海军实力之上，胜算很高。强悍的美国海军实力必不可少，陆军在后期阶段也成为一股不可或缺的力量。届时，希特勒被击败，英国和美国就可以调派主力军，向日本发动凶猛的进攻。

在最后的几次二军参谋长会议之上，我特别期待能就此问题发表我自己的看法。英国的战略策划人士提出建议，在今年冬天，将温盖特将军的部队将作战活动开拓到缅甸北部。我觉得要把苏门答腊岛的尖头区域攻下来，以协助本次行动。我在会议上发言："攻击苏门答腊应该是 1944 年的一场规模很大、战略性很强的进攻。在印度洋上，这场名叫'长炮'的战役会变成'火炬'战役。我觉得这都在我们的控制范围之内。我们理当向一个尖头地带发起进攻，将其攻克。我们的空军从苏门答腊出发，对日本的船舶造成很大的压力，倘若日方想阻挠我们的这一行动，也会向这个尖头地带发起进攻。"罗斯福总统却觉得这场军事行动与我们攻击日本的主方向背道而驰。我指出，另一个替代方式会消耗掉一年时间，结果只是得到了阿恰布港这个不太重要的地方，以及以后有机会奔波于缅甸的沼泽和丛林中，除此之外将一无所得，再说，收回阿恰布港也未必板上钉钉。我着重说了下，苏门答腊计划一旦成功，它会带来什么样的影响，并把它和 1915 年向达达尼尔海峡发起攻击做了一番对比。在我看来，1943 年到 1944 年将所有两栖力量投入到印度洋这种做法并不合理。

我在第二天写出一份备忘录：

首相致伊斯梅将军，转参谋长委员会　　　　　　　　1943 年 8 月 20 日

关于对阿恰布港、"长炮"作战计划等该采用什么样的策略，我们还未深入研究，内部也还没能达成共识。我正在研究这个问题。如今还不能与美国人一起就此问题做出决定。我盼望参谋长委员会能够做到谨小慎微，否则就会往一种形势上发展，在他们的错误指挥下，就算我行动错误，也不会为此承担一点儿责任。这种现象一旦出现，我们回到国家后就不得不向内阁上交所有问题。关于我在上次会议中的观点以及我们大家的观点，我如今仍然坚持，我们的观点是，经由仰光上溯伊洛瓦底江，进攻曼德勒和曼德勒以北的区域，对我们一点儿好处都没有，反而有危害。如果不打一仗就直接占领阿恰布港，不会得到一点儿好处，这是一种愚笨的做法。

到了明年，我希望会出现这样的形势：我们已经是"长炮"作战计划的胜利者，通往缅甸的交通线也方便了很多，敌人的反应在那个时候也已经显而易见，我们能够自由决定下一次两栖之战在何处展开。

我于两天之后向国内发出电报，内容如下：

首相于魁北克致副首相　　　　　　　　　　　　　　1943 年 8 月 22 日

1. 关于蒙巴顿的任命问题，罗斯福总统和马歇尔将军都高度重视，美国政府更是非常支持这种任命。我们的三军参谋长们也都给予支持。如今，印度战场上的形势沉闷、没有进展，迫切需要一个身强力壮、生龙活虎的人物。我坚信自己有这样的责任：正式提出自己的意见，

把蒙巴顿推荐给国王。蒙巴顿与温盖特一同工作，会使未来更加辉煌灿烂。本次会议结束后的几日内，将发表一个公告，此事非常必要，我期望自己的同僚也认可这件事。

2.有关东南亚司令部的难题，我们已经处理好，而且感到很满意。英国和美国的联合参谋长委员会将共同决定带有概括性质的战略计划，以及分派军队和供给的细则，随后上交给各自的政府，由政府核定、批准。英国参谋长委员会由国王领导，他们掌握着作战的所有指挥权力，有权审核发出的每一个命令。

3.受到洪水的影响，推迟到什么时候才能执行在缅甸北部的作战计划，我们还难以决定。我们并未仔细研究"长炮"作战计划的第一个阶段，因此，在1944年开展的两栖作战中，不知道要不要把它作为首要目标。想要进一步研究，我们最起码还得花费一个月的时间。一切探讨都在友善的环境中进行。美国三军参谋长们对我们在对日作战计划表示的积极兴趣感到很满意。下周一，宋子文要来到这里，原则上能够向他传达的情报只会少于我将要发来的电报里的情报。

4.我派出一名将军级别的英国联络官，让他代表我在麦克阿瑟将军的参谋处驻守，马歇尔将军支持我的做法。相比往日，这会帮助我们更好地了解到战场上的形势。我和埃瓦特博士在伦敦曾经就此事展开探讨，他表示认可。如今我向卡廷致电，告诉他，这会让我们更加了解太平洋战争。

5.艾登与赫尔正在展开一场持久的探讨。对于法兰西民族解放委员会，赫尔还是不肯用"承认"这个词汇。于是，我们达成共识，向苏联和一些别的相关机构发出通知，告诉他们，他们、我们和加拿大各自发表自己的观点。艾登正对此事做出处理。我向罗斯福总统坦诚地表明了自己的看法，舆论会谴责他们。他声称要保留一手，一旦形势危急，他就拿来应对戴高乐的诡计。我们与他的观点不一致，因为我们计划向孤立无助和不受别人制约的戴高乐提供的援助，超过了向法兰西民族解放委员会提供的援助。

＊　　＊　　＊

我们在对日作战中应当担负什么样的责任，参谋会议就此展开了激烈的讨论，其间还发生了一件有意思的事情。很多参谋人员待在英美联合参谋长委员会双方的背后，大概十二名到二十名，这些听众心中忐忑，保持沉默，眼中闪现着光芒。过了不久，主席说："我的观点是，我们的参谋人员不能在我们商讨这个问题时留在现场。"这些级别很高的参谋们随即有秩序地退了出去，来到一间会客厅里。就像往日那样，争论很快就解决了。蒙巴顿也成了英国三军参谋长委员会的一员，他的身份是联合作战部最高指挥，他此时抓住机会向主席询问，可不可以当着大家的面试验一下他的科学家发明出来的特种混合冰。这种混合冰被称为"派克里特"①。得到允许以后，两块三英尺左右高的冰被放置于一辆大型食品车上面，其中一块是普通冰块，另一块是"派克里特"冰块。他邀请现场臂力最大的人，拿着他的特制砍刀将两块冰各自劈成两半。现场的每一个人都推荐阿诺德将军，说他是"臂力最强的人"。阿诺德把上衣脱去，将衬衣的袖子卷起来，举起砍刀，一下就把那块普通的冰块砍成两半。他笑着转过身子，十个手指头彼此交错，再次拎着那把砍刀，向"派克里特"冰块走去。他举起砍刀向冰块砍去，只听到一声惨叫，手中的刀已经脱手，"派克里特"毫发无损，他的双肘却因受到震动而异常疼痛。为了测试"派克里特"能不能抵御枪炮，蒙巴顿把手枪从衣袋里取出来，实验被推向高潮。他向普通的冰块开枪，冰块被击成碎块。他又向异常硬实的"派克里特"冰块射击，子弹却弹了回来，险些击中空军元帅波特尔先生。

---

①　发明"哈巴卡克"时用到的一种特殊物质，取名于发明者派克先生的名字。——原注

一些军官守候在门外，砍击声与阿诺德将军的惨叫声传入他们的耳中，一个个变得惴惴不安，传来的枪声更让他们觉得心惊胆战。在这些军官之中，有一位高喊："天哪！他们竟然开枪啦！"

在战争频发的年代，每个人都随时可能失去生命，谁都想有个能开怀大笑的机会。这件事就是其中一个实例。

＊　　　＊　　　＊

英国想要在打败德国之后，在对日本的战役中占据一个充分、公正的地位，英美三军参谋长其实争辩的就是这个问题。它提出以下要求：分享某些飞机场；把一些基地交给皇家海军；一旦击败希特勒，顺利完成任务，要把合适的任务分派给那些被调派到远东的各个师级部队。最终，美方妥协了。针对这个问题，我督促过三军参谋长委员会的与会人员，让他们竭尽所能坚持自己的立场，虽不至于动用武力，但也要坚持到底。在战争的这个阶段，我最怕美国评论家们发出这样的声音："我们得到的所有东西都被英国抢走了，我们帮它战胜了希特勒，如今向日本发起进攻时，它却不管不问，把我们推向危险的处境中。"魁北克会议化解了这种观点。

＊　　　＊　　　＊

我们于 8 月 23 日傍晚时分召开了第二次全体会议，针对英美联合参谋长委员会做出的最终汇报预案展开讨论。这个文件反复审述了我们首次报告中提出并修正后的一些关键点，还为远东之战的部署提出了一些详尽的建议。预案在即将开始的实际战役上什么部署都没做，不过却决定把工作的重心放在带有攻击性的作战上，这样做是为了"开辟一条陆地交通线，对航空线也起到完善和护卫的作用"。在对日方采取的"全面战斗策略观念"中，将要做出的计划是，确保当德国瓦解之后，在一年之内打败日本。这个目标的实现并不依赖打长时间的消耗战，这令我感到兴奋。

会议还没有开始时，我向罗斯福总统进言，请他组建一个独立的东南亚司令部，这条建议已经被采纳。我热切地期盼这个机构以最快的时间建立起来，然后发布一个声明。这有利于说明"四分仪"为何不讨论苏联问题，对日作战才是它的主要探讨方向。我们这种做法，几乎得到了每一个与会人员的认可。

＊　　　＊　　　＊

有关组建东南亚司令部，以及把最高指挥官授予蒙巴顿的决定，我如今传达给印度总督。

首相致印度总督　　　　　　　　　　　　　　　1943 年 8 月 24 日

　　如今，东南亚司令部已经被我们组建起来，它与印度司令部互不统属。在我把总督之位授予韦维尔陆军元帅的时候，我就预示过这个问题。组建一个由英国指挥官指挥的联合司令部，而其性质和北非联合司令部类似，这样非常有利。我们前几周与美方展开一系列讨论，探讨司令官由谁来担任。我考虑了很多次，最终提出这个非常重要的职位交由路易斯·蒙巴顿勋爵担任，他如今担任联合作战部的司令官，对海陆空三军的工作很了解，也非常了解两栖战役。他在中央机构时，对我们的战争就有全面的了解，因为他在三军参谋长委员会工作了将近一年半的时间。在东南亚陆海前线，形势复杂多变，我觉得这是至关重要的一点。蒙巴顿在组织方面非常出色，他富有精力，胆识过人。罗斯福总统与美国三军参谋长非常支持由他接任这个职位。我得到了内阁的认可，遵照一定的程序向英王陛下汇报了这件事，又向你发出这份电报，让你有一个参考。8 月 25 日，也就是明天的这次会议就会把这项任命公布出来，这一点至关重要。

我在第二天向内阁中的同僚们致电，以下是电文内容：

首相致副首相和战时内阁专电　　　　　　　1943 年 8 月 25 日

1. 在这里一切进展都非常顺利。我们已经将东南亚司令部、"合金管"、关于承认法兰西民族解放委员会等往日一直很棘手的问题做出妥善处理。我们和赫尔讨论最后一个问题时，气氛变得僵化起来，他最终气冲冲地走了，和外交大臣的关系更加僵化。英美联合参谋长委员会拟定了一份十分精妙的报告，这份报告写明了双方达成的共同意见，获得了罗斯福总统和我的赞许。任何不一致的观点都已经不复存在，只剩下一个问题还需要深入探讨：用什么方法来解决孟加拉湾的两栖之战。我觉得它会像我想象的那样，随着时间的推移被处理好。麦肯齐·金和加拿大政府肯定非常兴奋，他们已经意识到，自己真正"受到了重视"。

2. 美中不足：苏联一天比一天蛮横无理。斯大林在有关意大利的问题中提出了自己的主张，并发来电报，你应该已经看到了。我们只不过通知意大利代表让他们无条件投降，这些也已经得到了苏联政府的认可，还把每一个问题都及时反馈给他，所以他向我们抱怨是毫无道理的。

3. 看到这份电文的语言风格，罗斯福总统很气愤。他向相关人士做出指示，令他们告诉苏联方面，他需要回乡下一段时间。我们愿意再进行一次危机四伏的长途跋涉，促进三个大国的会议顺利召开，斯大林故意轻视了我们的建议。虽然出现了这些状况，但是我觉得，他的暴脾气与傲慢并不意味着他有和德国私自缔结和约的打算，因为这两个民族彼此的仇恨已经构成了一条鸿沟。与这些人在交往上收效甚微，这让人感到灰心，不过我坚信，我的同僚们不会觉得我这个人，或我们的政府没有耐心、缺少诚意。

4. 我觉得有点儿疲惫，因为会议的工作非常重，我们身上还背负着很多棘手问题。我期望自己的同僚们给我两三天休息时间，让我先去山区露营，然后在星期日通过广播的形式发表演说，并前往华盛顿。我计划于9月3日去哈佛大学的学位授予仪式，在那里通过广播的形式发表演说，紧接着赶赴国内。我不想待很长时间，除非意大利或一些别的地方出现某些变故，使得我和罗斯福总统不得不进行探讨。在会议召开之前，我怎么着都会返回。等到了周六，外交大臣会飞回国去，他派卡多根陪着我，与我一起赶赴华盛顿。

我下定决心，往国外调派两名联络官，一名往麦克阿瑟总部调派，一名往蒋介石那儿调派。我回国后，把莱姆斯登将军与卡顿·德·维亚尔将军召到契克斯，然后任命了他们，他们十分兴奋。在我们这些优秀至极、最有能力的军官之中，莱姆斯登是其中之一。战争刚刚打响时，他就在与敌人的首次交战中，让我们的装甲兵重振雄风。不久后，他赢得了麦克阿瑟将军的信赖，成为一位受到特别重视的联络官。1945年1月，他牺牲了。对林加延湾展开轰炸时，日方派遣一架自杀式飞机，向战列舰"新墨西哥"号发起攻击。当时，英国司令官弗雷泽海军上将与莱姆斯登将军都在舰桥上站着。为了观察得更仔细，弗雷泽海军上将来到舰桥的另一端，一分钟后，那架自杀式飞机刚好在这时撞上舰桥。在莱姆斯登那里站着的每一个人都牺牲了。他的牺牲是我的损失，也是国家的损失。

*　　　*　　　*

我们如今一定要回到意大利战场。事与愿违，许多德国军队从墨西拿海峡渡过，撤走了。艾森豪威尔将军与他的司令官们于8月10日召开了一场会议，为了攻入意大利的国土，他们计划从众多议案中挑选一种。对于敌方在军队上的布置，他一定要给予足够的重视。在意大利，德军总共调派了十六个师，有八个师在北部驻守，由隆美尔担任指挥官，罗马周围驻守了两个师，更南面也驻守着六个师，由凯塞林担任指挥官。也许，德国还会调派另外二十个师支援这些强悍的军队，这二十个师是从苏联前线撤回来的，计划在法国整装待发。相比德国部署在战场上的军队实力，我们聚集在一起的兵力在很长一段时期内都处于弱势地位，不过，制海权和制空权已经掌控在英国和美国这两个国家手中，并掌握了主动权。如今，大家都想攻击意大利，这种军事行动风险很大。我们期待把那不勒斯和塔兰托这两个港口攻克下来，聚集起它们的设备，在规模的大小上，它们和我们必须使用的兵力差不多。我们的首要目标是，尽快把飞机场攻克下来。如今，我们的势力还无法覆盖罗马周围的飞机场，不过重轰炸机却适合在福贾的一些重要机场使用，在意大利的踵形地区，以及位于萨勒诺周边的蒙特柯维洛地区，我方的空军也在寻觅一些别的机场。

进入 9 月，艾森豪威尔将军打算从墨西拿海峡渡过，展开进攻，还会在卡拉布里亚海岸发动一系列辅助性的进攻。这场战役正式拉开了帷幕。"雪崩"作战计划会随后实施，也就是要调遣一个英国军和一个美国军实施登陆，地点选择在萨勒诺湾的良好海滩，将那不勒斯攻克。西西里岛飞机场被我们攻克，从那里起飞的战斗机最多能对萨勒诺湾实施掩护。盟军会在登陆后一路向北，把那不勒斯攻克下来。

英美联合参谋长委员会提出建议，希望罗斯福总统和我对这项计划给予支持，同时批准接下来的一次军事行动，也就是把撒丁岛和科西嘉岛攻克下来。我们立即表示同意。实际上，我期盼这一目标成为现实，并竭力促成。他们后来再次提出建议，希望调派一个空运师，将位于罗马南面的一些飞机场攻克下来。我们同样肯定了这项建议。后来，这一项计划取消了，在下一章中，我会详细介绍原因。

*　　　*　　　*

就这样，我们做出了我非常满意的决定，所有工作都在有条不紊地开展。一名英国军官临近 8 月末从艾森豪威尔将军的总部出发，抵达魁北克，他带来一个令人焦虑万分的消息。他声称会有六个师于 12 月 1 日从墨西拿海峡渡过，从卡拉布里亚跨过，还会有另外六个师登陆萨勒诺。我随即给予抗议，这过于小看了我们的人力和物力到了令人震惊的地步。

首相致亚历山大将军   1943 年 8 月 26 日

1.怀特里将军把有关"湾城"和"雪崩"①两个作战计划的日期、规模告诉了我们。我非常重视这个消息，希望你可以让我内心安定下来。我理解不了，如果我们能够顺利登陆，并在今后的战役中不打败仗，为何上岸的时间必须要定在两个半月甚至更久以后？我们在"雪崩"之战中攻克一个能够使用的港口和桥头堡后，有必要让每一个参与"湾城"作战计划的师都从卡拉布里亚输送到前线吗？在这些师中，最起码有一部分适合从海路输送到前线。

2.如果依照计划进行，需要到 12 月 1 日，才能在意大利集结十二个师。我觉得这会带来极端危险。首先，当驻扎在罗马的意大利人抵御德国人时，不能向他们提供支援，这会让局面失控，也许就会成立一个亲近德国的政府，就像吉斯林，也可能进入一个无政府时代，使得局面动荡不安。其次，假如时间到了 12 月 1 日，汇聚的军队仍然不足十二个师，地点也仅限于那不勒斯地带，在那个时候，如何抵御德国调派过来的数量众多的军队呢？听说德国在意大利半岛上，如今已经有十六个师。这些师是否完整，我不敢肯定。相反，一些例子证明，它们很可能是领导机构和总部。假如从今天起，要推迟三个月才能解放罗马从而获得政治和军事上的优势地位，最终会导致什么结果，谁都无法预测到。

3.我曾经非常想在离开美国前获悉你的消息。听了上面的时间安排，罗斯福总统也内心忐忑。假如这样的时间安排正在实施之中，

---

①   "湾城"作战计划是渡过墨西拿海峡发起攻击。"雪崩"作战计划是向那不勒斯发起进攻。——原注

我们宁愿先在协商时预想到最糟糕的结果。我期盼你能够消除这些疑惑。

　　我刚回国，就想办法弥补后勤上的不足之处。我在 8 月 2 日曾要求运用各种方法来改编我们的装甲师，我提议把这事交给布鲁克将军，如今已经见成效了。不久后，怀特里将军消极的预测也被破解。英国第一装甲师再次整装待发，变成一支强悍的作战部队。往意大利输送的有两个波兰师、一个新西兰师和第四英印师，战斗力都达到了最高。美国工程师有令人震撼的能力，那不勒斯港本是一堆垃圾，经过他们的处理，却成为一个上等的港口。亚历山大将军的军队刚进入 10 月就在数量上增加了十万人。强悍的德国军队一天天增加，假如没有走好这一步，很容易就会发生一场祸患。

第六章　意大利：停战

意大利提议讲和——我于 8 月 5 日向罗斯福总统发去电报——德国和意大利两个国家首脑的终极会晤——巴多格里奥的问题——我于 8 月 7 日和 9 日致电艾登——他的回电——意大利的代表受巴多格里奥派遣抵达西班牙——我于 8 月 16 日向罗斯福总统报告——我们向艾森豪威尔将军联名致电——卡斯特拉多将军与比德尔·史密斯将军于里斯本会晤——我向亚历山大将军致电道贺——扎努西将军到来——向意大利特使发出最后通牒——罗斯福总统和我向斯大林做出联名报告——卡斯特拉多将军在锡拉库萨周围签订停战的条件——英国第八集团军于 9 月 3 日从墨西拿海峡渡过——意大利担忧德国军队会将罗马攻克——艾森豪威尔下定决心遵循计划展开"雪崩"之战——9 月 8 日下午六时宣告停战——德国军队将罗马团团围住——意大利国王向布林迪西逃窜——很有必要将东地中海的意大利基地攻克——历经苦战的意大利舰队前往马耳他岛投降——希特勒下令于 9 月 12 日将墨索里尼救出——"百日丑剧"——意大利成为主要战场

英国和美国两个国家的政府就意大利也许会投降的问题做出了详尽的计划。7 月末之前已经开始拟定停战的条件的相关文件。我于 8 月 3 日向战时内阁提交文件供其传递、阅览，以便意大利随时向我们提出停战请求时，大家有所准备。如果时间允许，我们期盼借助政治或外交手段来谈判，而非依赖盟军总部。在同一天，罗马首次提议讲和。我们在里斯本驻扎的大使报告外交部，意大利新上任的参赞从罗马来到那里，即将驻扎在里斯本公使馆，希望与他会谈，并暗中表示，他肩负一项巴多格里奥政府安排的使命。这个意大利外交官是达耶塔侯爵，他曾经是齐亚诺的私人秘书。他在美国有亲戚，与萨姆拉·威尔斯是朋友关系。瓜利格里亚刚刚上任意大利外交大臣，受巴多格里奥的委托，把这项使命交付给达耶塔侯爵。达耶塔受到邀请，于第二天来到英国大使馆。关于结束战争的话题，他闭口不谈，但解释说，意大利国王和巴多格里奥尽管提出了和解的请求，却不得不装模作样地继续战斗，因为害怕德国人在意大利发动军事政变。他的话语传达了一个明晰的概念：瓜利格里亚最重视的是向盟国表明，他要在意大利北部和里宾特洛甫举行会议，是出于减少德国人的猜忌这一目的。

我随即向罗斯福总统汇报，意大利这一次要过来商谈。

前海军人员致罗斯福总统　　　　　　　　　　　　1943 年 8 月 5 日

一位参赞刚来到意大利公使馆，以下涉及的话题都是他向英国驻里斯本大使坎贝尔透露的……这些话题的确把一些内幕揭示了出来，颇具实质性意义，因此我向你做个汇报。我已经告诫坎贝尔大使，不让他发表任何看法。此刻，我将要离开这里，目的地是魁北克，不过艾登依然待在这儿。你可以既和他联系，又和我联系。

意大利国王和陆军首脑们一直打算发动军事政变，受到法西斯大委员会的影响，本次政变会有所提前。在意大利，法西斯主义已经被摧毁，所有痕迹都已经被消除殆尽。仅在一夜之间，意大利已经成了红色海洋。都灵和米兰都展开了示威游行，为了将其镇压下去，只得采取武力。法西斯主义盛行了二十年，已经将中产阶级磨灭了。爱国人士汇聚在国王的周边，把整个局势都掌控在手中。德国人在罗马的郊外驻扎着一个装甲师，一旦意大利出现动荡的局面，他们就会采取行动。大约有一万名德国士兵分布于罗马市区中的各个地方，在他们之中，多数人带着机关枪。假如我们再次向罗马发起攻击，势必引起人民的动乱，到那个时候，德国军队一定会赶赴现场，将所有人都屠杀殆尽。事实上，他们已经放出狠话，说将在罗马投入毒气。罗马附近汇聚着意大利的军队，不过他们对战争非常反感。其实，他们根本没有武器，连一个装备齐全的德国师也能把他们打败。

身处此种形势，首先提出和解请求的意大利国王和巴多格里奥，除了装模作样地继续战斗外别无他法。明天，瓜利格里亚可能会和里宾特洛甫举行会谈，一份公开宣言一定会在本次会谈中达成，相比往日，这份宣言会显得更为立场坚定，说明意大利是德国坚定不移的盟友。全国人民为了寻求和平，不得不虚假地在形式上表明坚定立场，他们盼望免受令所有人厌恶的德国人的荼毒。

在当前阶段，假如我们不能从巴尔干半岛向德国发起进攻，迫使德国军队从意大利撤军，就应该赶快登陆意大利。不管德军怎样稳扎稳打地守护这个地方，一旦我们向意大利发起进攻，意大利人不仅不会强烈抵抗，也许还会向我们提供支援。

达耶塔始终没有谈到与和解有关的条件，你从他所有的说辞中能够看到，他只是想让我们把意大利从德国人或者他们自己人手中尽快解救出来。

太为难意大利国王和巴多格里奥会引起杀戮，他不想看到这种局面，他只想让我们稍微为难一下他们，这样做有利于他们麻痹德国人。

*   *   *

意大利的各个阶层都提出与同盟国和解的请求，而且意大利的最高统帅都想向德国军队发起攻击。瓜利格里亚和意大利外交部却想抓住时机，做事情小心谨慎，以免惹怒德国人，招致他们的报复。哪支力量会占据上风，我们并不清楚，不过我们已经和意大利的两个代表都举行了会谈。德国人也是这样做的。瓜利格里亚和埃布罗西奥将军于8月6日在边防线上与里宾特洛甫和凯特尔举行会谈。一场十分激烈的军事讨论展开了。埃布罗西奥提出要求，希望将在法国和巴尔干半岛驻守的意大利师团撤回自己的国家；凯特尔却提出了完全相反的要求，向那些驻扎在边防线上伺机而动的德军发布命令，让他们向意大利进军。为了延缓德国军队进攻的时间，外交大臣瓜利格里亚与里宾特洛甫举行了会谈，这场会谈并没有实质性内容，一点儿作用也没有。

＊　　　＊　　　＊

意大利在8月6日调派出另一位名叫伯利奥的外交官，与我们在丹吉尔驻扎的外交代表取得联系，巴多格里奥直接向他发出命令。在时间方面，他又提出了要求，并提出了双方应态度认真地展开谈判。他已经被意大利政府授权展开谈判。

为了参加一场会议，我通过海上向魁北克进发，就是在这个时候，这个消息连同艾登先生提出的要求一同传到我这里。外交大臣写道："这种行为可以被我们当作巴多格里奥政府提议展开有条件的谈判……我们根据这种情况，能否做出如下回复：大家都已经很清楚，我们希望你们无条件投降，巴多格里奥政府一定要首先向我们表态，意大利会向我们无条件投降。当巴多格里奥政府在这方面取得了实质性的进展之后，我们才能向他们传达条件，意大利答应了这些条件，我们才可以解除对他们的敌对行动。"

我读了这份电文之后，拿起红笔在一旁写上，"不可错过机会"，又在一旁写，"我们打算在他们投降之后提出条件，不过这不是一种胁迫，而是一种恩赐。"我于8月7日向外交大臣做出回复，内容如下：

首相致外交大臣　　　　　　　　　　　　　　1943 年 8 月 7 日

我们对你采取的策略表示支持。巴多格里奥坦言相告，他打算出卖某个人，但是考虑到他的个人利益，以及意大利人民的情绪，他出卖希特勒的可能性会更大一些。对于他所处的困境，我们理当有所体察，并给予谅解。我们还应在得到美国人认可的各个方面，继续向意大利展开进一步的攻击。

抵达加拿大时，我再次发出另一封电报：

首相致外交大臣　　　　　　　　　　　　　　1943 年 8 月 9 日

1. 巴多格里奥一定要向我方表明，他打算无条件听凭盟国政府的发落。盟国政府做出过明确的表示，他们期盼意大利在新欧洲能够获得一个令人尊重的地位。

还有一点要做出说明，艾森豪威尔将军提出建议，如果意大利能够尽快释放盟国的俘虏，那些在突尼斯和西西里岛被俘获的意大利人员也能被释放。

2. 上面所说的各个方面旨在把这种想法传达给意大利政府：尽管他们必须正式投降，我们也期盼在获得军事机构的认可下，对他们谨慎一些。让他们看不到对他们的宽怀，仅一遍又一遍地强调无条件投降，也许最终会致使他们不投降。“有面子地投降”这个词汇，罗斯福总统也使用过，我觉得我们要把这个词汇带进我们的语言中。

3. 我们才抵达哈利法克斯港。这是一次令人兴奋的航行，我们通过在旅途中的讨论学到了很多东西。

有关艾登先生的回复，我向罗斯福总统进行了转达。

前海军人员（于魁北克）致罗斯福总统　　　　　　1943 年 8 月 12 日

艾登向我们驻扎在丹吉尔的代表提议，向巴多格里奥的特使伯利奥做出下列回复：

巴多格里奥一定要意识到，我们是不可能进行谈判的，他只能无条件投降。也可以这样说：意大利政府只能听凭盟国政府发落，才会收到盟国政府提出的保证在有面子的条件下投降的一些条件。

他还建议：

理当让巴多格里奥的特使明白：首相和总统曾经发表过声明，一旦和平时代再次到来，我们很期望看到意大利在适当的时机在欧洲地区占有一席之地。艾森豪威尔将军已经放言，意大利如果释放如今他们控制住的每一个英国和盟国的俘虏，被俘于突尼斯和西西里岛的意大利俘虏也会被马上释放。

这些词句也只是从我们曾经发表过的宣言中摘抄过来的。从原则上来讲，假如你对这个回复给予认可，劳烦即刻向外交部的艾登发一份电报，因为我的行程未定。假如你不认可我的回复，可以等我抵达目的地之后与我一起商讨。我觉得应该在最快的时间内回复意大利的特使。

罗斯福总统向艾登先生发出电报说，他对此种说法表示支持，于是就向意大利的特使传达了这个回复。

意大利最高统帅部的一位授权代表如今在西班牙现身，意大利政府不再做出那些尝试性交往。作为埃布罗西奥将军的参谋长，卡斯特拉多将军于 8 月 15 日抵达英国驻马德里大使馆，拜访了塞缪尔·霍尔爵士。卡斯特拉多奉巴多格里奥元帅的命令向我们传达，意大利政府会在盟军登陆意大利时成为盟国的一员，与德国敌对。假如盟国对这项提议给予认可，卡斯特拉多会马上将德军部署的详尽情况交上来。我随即让罗斯福总统知晓这个消息。

前海军人员（于魁北克）致罗斯福总统　　　　　1943 年 8 月 16 日

　　随此电报，我附上了我在伦敦接收到的四封电报，电文涉及巴多格里奥刚提出的建议。我建议应该做出如下回复：

　　"我们看到，意大利的特使宣称：'我们的地位不允许我们提出什么条件。我们希望加入同盟国，向德国发起攻击，如果能满足这一请求，我们同意无条件投降。'意大利转变了自己的立场，对于此事，盟国尚无法做任何一个决定，也没法一同做出计划。假如意大利陆军与德国侵略者之间发生一场猛烈的战斗，新的局面就会形成。意大利人要求在欧洲获得一个被人尊重的地位，英国政府和美国政府准备同意这样的要求，这一点意大利人非常清楚。当英国军队和美国军队还没到来时，意大利政府理当赶快向德国军队发起攻击，而且要竭尽全力。为了制止德国军队向意大利采取更加严重的侵略行动，应同时把德国军队位于意大利南部的交通线切断，他们最该做的就是把意大利北部的桥梁和涵洞炸掉，将铁路和公路摧毁。赢得战争的盟国会把这些行动当作一种有意义的贡献，这样才有可能深入合作，向共同的敌人发起攻击。意大利政府肯定具备把德国军队的交通线切断的实力，如果他们采取这样的行动，就可以表明自己的诚意。还有一种表明诚意的途径：把英国和美国的俘虏保护起来，避免他们被输送到德国的领地。假如德国人想这样做，意大利政府又无法阻止他们这样做，意大利政府就应该释放这些俘虏，让意大利人民救助他们。意大利政府如果把军舰开到盟军占领的港口，也会对盟国做出很大的贡献。

"我们会对意大利政府的以下行为做出高度评价：把任何一个有关德国军队部署的情况汇报给我们，以及意大利军队和人民支援盟军当下的登陆，尤其是与盟军一起登陆，向德国发起攻击。盟国对在巴尔干半岛驻扎的意大利军队与那儿的任何一个爱国部队相互间的协同作战也给予高度评价，他们采取的形式是协同向德国人发起攻击。

"因为意大利的政府、陆军和人民向我们共同的敌人发起进攻，就算不再谈判，也能使得同盟国彼此关系融洽。我们要强调一点，假如盟国军队在当地看到意大利人向德国人发动进攻，我们将不惜一切代价为意大利人提供支援。"

明天，艾登就会抵达此处，我们可以与他们就整个形势做出探讨。为了让你对我的思路有一个了解，我向你寄去一封信。

出于让意大利反戈相向的目的，三军参谋长如今在思索一些可操作的步骤，以及有利的机遇。

＊　　　＊　　　＊

艾森豪威尔应该把德尔·史密斯将军，以及他的情报参谋处长斯特朗将军调派过来，让他们去里斯本与意大利使者进行商讨，对于这一点，罗斯福总统和我意见一致。在魁北克"四分仪"会议上，我们经过商讨提出了某些条款，他们将其带过去，作为最终的军事投降条件。

总统与首相致艾森豪威尔将军　　　　　　　　　　1943 年 8 月 18 日

1.英国和美国联合参谋长委员会向你发出命令，让你即刻往里斯本调派两名参谋官，其中一名是美国人，另一名是英国人，对于这道命令，总统和首相都表示认可。一旦他们抵达那个地方，要即刻通知英国大使。我们已经把协商好的结束战争的条件交付给你，他们需要把这些条件带上。驻扎在里斯本的英国大使会遵从命令，举行一次与卡斯特拉多将军的会晤。本次会晤也会让你的参谋官参与。

2. 在本次会晤中，将交给卡斯特拉多将军一份通告，内容如下：

按照在交付给他的那份文件里的规定，我们将接受意大利的无条件投降。（那份停战条件我们已经协商一致，也已经提交给你，现在到了交给他的时候。要告诉他，有关政治、经济或财政方面的条件，会在今后以别的方式向他传达，现在先不谈论这些条件。）

在与德国人发生的战役中，意大利能够提供怎样的支援，这些条件中没有进行详细的规定。在以后的战役中，当同盟国与德国作战时，意大利政府和人民做出怎样的支援，直接决定了以后怎样修改这些对意大利有利的相关条款。联合国家以十分坦诚的态度宣告，任何区域的意大利军队或人民只要向德国军队发起攻击，或者摧毁他们的财物，或者阻击德国军队的行动，联合国家的军队都会向他们提供支援，并且会不惜一切代价。如果意大利能定期直接把敌军的相关情报提交给我们，盟军将会尽量轰炸那些能影响到德国军队的活动和作战的目标。

一旦艾森豪威尔将军宣告战争结束，同盟国和意大利之间就要正式终结对抗状态。意大利政府一定要随即通知自己的军队和人民战争结束，并令他们协助盟军对抗德国军队。

当战争结束时，意大利政府一定要立即下发命令，把那些有可能被德国军队抓住的同盟国的俘虏全部释放掉。

当战争结束时，意大利政府一定要发动意大利舰队和最大数量的商船起航，向盟军的港口进发。还要调派最大数量的军用飞机，停驻在盟军的基地。无论是哪只舰只，哪架飞机，只要有可能被德国军队抓住，就一定要把它摧毁掉。

3. 要向卡斯特拉多将军发出通知，对于当下正在实施的计划，在德国人还没有察觉之前，巴多格里奥还有很多工作要去做。他需要判断自己的行动具有什么样的性质，以及涉及的范围，不过要把以下总政策传达给他：

在保证不让德国人知晓的前提下，应该让地方政府知道，全国一致采取消极抵抗策略。

意大利的沿海防务不得由德国人接管。

为了方便联合国家把驻守在巴尔干的意大利军队输送到意大利，当时机成熟时，要命令他们前往沿海区域。

双方于 8 月 19 日在葡萄牙首都的英国大使馆举行会谈。我们已经向卡斯特拉多传达，只要按照现在递交的条款，艾森豪威尔将军就会接受意大利政府的无条件投降。外交是灵活的，很难让严肃的军事谈判与其相适应。这位意大利将军肩负使命，却只能在里斯本陷入绝望的处境中。他强调自己的到来旨在探讨如何让意大利发动军队，抵抗德国的进攻。但是德尔·史密斯却给出了这样的回复：无条件投降是唯一能探讨的话题。

谈判的那天，也就是向西西里岛发起最后攻击的那天。我于当日向亚历山大将军致电：

首相（于魁北克）致（在中东的）亚历山大将军　　1943 年 8 月 19 日

1. 我非常高兴能够听到这项新的功绩。我向你取得的所有成就表示最热烈的祝贺。我本打算即刻向你发出一封电报，让你告诉第十五集团军群的部队，不过我觉得最好的方式是，由罗斯福总统和国王首先向艾森豪威尔表示祝贺。我现在正提出这种建议。

2. 关于卡斯特拉多将军到这里与我们商讨一事，你肯定已经知道，在商讨的过程中，我们做出了一些回复。德国人将罗马攻克，并组建一个吉斯林的法西斯政权，比如组建一个由法利纳西领导的政权，就会陷我们于最危险的境地。意大利上下逐渐变得混乱不堪也令人感到沮丧。我对巴多格里奥政府产生了怀疑，不知道它能不能始终坚持"两面派"姿态，直到开始实施"雪崩"作战计划之前。所有能够使这段时间的长度减少，并且不损害到军事进程的方式都是十分有利的。

亚历山大将军致（在魁北克的）首相　　　　　　　　1943 年 8 月 20 日

对于你的来电，我十分感激，并将其看得非常珍贵。为了使"雪崩"作战计划早日实施，我们现在正竭尽全力。我们清晰地看到，每推迟一个小时都会为敌人增加准备与组织的时间，有利于他们向我们发起攻击。

*　　　*　　　*

比德尔·史密斯和卡斯特拉多将军于 8 月 19 日在里斯本举行了会谈，会谈进行了一整夜的时间。当这位意大利将军得知比德尔·史密斯在停战条款问题上不肯退让时，就把德国军队和意大利军队在意大利本土上的部署情况画到一幅地图上。卡斯特拉多为了掩饰自己前往葡萄牙的活动信息，就故意耽误了一段时间，带着与投降相关的军事条款和一部无线电发报机抵达罗马，还带来了盟军电码，用来与阿尔及尔的盟军总部彼此联络。

另一名意大利特使扎努西将军于 8 月 26 日也在里斯本出现。他是意大利总参谋长的主要助手，由卡顿·德·维亚尔将军（获得过维多利亚十字勋章）陪同他抵达里斯本。维亚尔是本次任务的中间人，他是一名俘虏，来自英国的战俘营。这位刚刚到来的到访者目标模糊。巴多格里奥想知道卡斯特拉多究竟要做些什么，因为卡斯特拉多已经舍弃了很多权益。他们向卡顿·德·维亚尔透露："一只鸽子已经被放出去，却杳无音讯，只得将第二只也放出去。"巴多格里奥向扎努西发出命令，命他想办法去伦敦，督促盟军尽快登陆罗马北面。

我们下定决心，把扎努西输送到艾森豪威尔将军的总部去，因为我们与卡斯特拉多之间的谈判已经开始。当他还没有离开时，一件特别侠义的事情发生了。这位意大利将军计划回到罗马，向巴多格里奥汇报自己没能完成使命。当他与自己的英国朋友卡顿·德·维亚尔共同就此事展开探讨时，他的英国朋友以平和的语气向他坦露，他打算陪他一同前往。扎努西把卡顿·德·维亚尔在那时候所说的话用自己的语言描述出来："我是个俘虏，被释放出来就是要和你一起去伦敦将这项使命完成。如今使命未能完成，你选择重回意大利，我也选择再次回到我的战友们所在的地方。"扎努西坚决反对他做出这样的决定。他清楚，为了让维亚尔返回英国，已经做好了所有准备。他理当接受建议，与艾森豪威尔将军约见。卡顿·德·维亚尔已经恢复了自由，他应该意识到这一点。我们英意两个民族应该永远牢记这两个国家之间发生的这件事情。

这位刚刚到达的意大利使臣被送到阿尔及尔，他在那个地方向我们汇报了德国军队在意大利的各种动向。

比德尔·史密斯将军依计划于 8 月 31 日与卡斯特拉多会见，由扎努西将军陪同，会见地点是西西里岛。卡斯特拉多宣称，只要意大利政府能掌控自己命运，他们愿意遵从盟国的要求，接纳并宣告结束战争的条件。但是德国人已经把他们控制住。德国人自从里斯本会谈那天起，已经往意大利调派了更多的军队，事实上，德国已经攻占了意大利全国各地。因此，结束战争的时间无法像盟军要求的那样，在盟军的大多数部队还没登陆意大利时就公告天下。卡斯特拉多也非常想知道有关登陆的详细情况。为了保障意大利国王和政府在罗马的安全，意大利人渴望前来登陆的部队有足够强悍的实力。

出于保障自身安全的考虑，意大利政府很明显非常希望我们在罗马北面登陆，使他们免受罗马周围的德国师团的袭扰。在会谈的过程中，卡斯特拉多坦言，本次战斗需要盟军投入十五个师的兵力。比德尔·史密斯说明，既然在盟军主力军尚未登陆以前，战争不可能结束，他不准备继续谈判下去，在将要爆发的战役中，盟军会投入多大的力量，他也绝不肯泄露一点儿。卡斯特拉多提出请求，允许他再次向他的政府请求指示。我们向他坦露，这个条件已经是最终的结果，并且也已经到了最后期限，考虑到当下的讨论结果，盟国将时间推迟到 9 月 1 日到 2 日之间的晚上 12 点，时间一到，一定要给出一个明确的答复：是完全接受，还是拒绝。当天夜晚，卡斯特拉多就回到了罗马。

盟军最高统帅部发现意大利政府的勇气正在以很快的速度消减，只有让意大利政府坚信，英国和美国具有足够的实力向意大利本土发起攻击，它才能拿出勇气在停止战争的协议文件上签字。艾森豪威尔向卡斯特拉多将军说了自己的建议，他会调派一支空降部队，降落到罗马周围。这种设想能否实现，由巴多格里奥政府的一项保证决定："结束战争的条件要像盟国期望的那样签署和公开；意大利人将重要的飞机场攻克下来然后守护住它们，并且停止发射所有的高射炮；在罗马区域内，意大利的每一个师都向德国军队发起攻击。"

罗斯福总统与我此时都在白宫里，我们向艾森豪威尔将军发出了电报，内容如下："你提议继续实施'雪崩'作战计划，从所描绘的条件来看，要将一个空降师投入到罗马周围，我们十分支持这一提议。我们已经意识到，军事方面的考虑在这个重要时刻一定要放于重中之重的地位。"当天，战时内阁在伦敦召开会议，准许了这项提议。

＊　　＊　　＊

有关意大利的发展形势，我们向斯大林做出了通报。

首相和罗斯福总统致斯大林总理　　　　　　　　1943 年 9 月 2 日

1. 卡斯特拉多将军的声明，我们已经获悉，他说意大利人同意停战的条件，他会过来签署协议。不过我们还没完全搞清楚，所谓的条件是已经历历在目的短时间内的军事条件，还是特定的、你计划签字的、更加全面、更加完善的条件。

2. 这里的军事形势严峻，不过也蕴含着希望。也许，我们就要向意大利本土发起攻击，下周前后将实施"雪崩"作战计划。意大利政府和人民很难从希特勒的魔爪中逃离出来，所以很有必要采取一次风险更大的行动。应艾森豪威尔将军的请求，前来支援的意大利人越多越好。下面这个事实促使意大利接受了条件：为了支援意大利阻碍德国军队，我们要往罗马调派一个空降师，在临近罗马的郊区，德国人汇聚起装甲兵，他们意图创立一个政权，可能交由法利纳西领导，就像吉斯林那样，以此取代巴多格里奥政府。我们觉得，那儿的形势瞬息万变，艾森豪威尔将军应该小心谨慎，不能受制于短期条件或长期条件，导致解决的时间被延缓。长期的条件很明显包含短期条件，它们同样建立在无条件投降的基础之上，盟军总司令掌握着对它们的解释权。

3. 在必要时，我们猜想你会指派艾森豪威尔将军作为你的代表，在短期条件上签字。采用这种方式，是为了不让卡斯特拉多将军再次返回罗马，也可以预防由此引起的延缓军事行动和动荡的局面。就像向英国和美国无条件投降一样，我们也迫切希望意大利向苏联无条件投降。什么时候宣告意大利投降取决于什么时候进行军事袭击。

*　　　*　　　*

卡斯特拉多将军已经返回西西里岛，他得到了政府的正式授权，在有关投降的军事条件上签字。签字仪式于9月3日在锡拉库萨周围的一个橄榄树林中举行。我看到了亚历山大将军的电报，从中得到这个消息。

亚历山大将军致首相　　　　　　　　　　　　　　1943年9月3日

今天是战争爆发四周年纪念日，盟军方面由比德尔·史密斯将军代表艾森豪威尔将军，意大利方面由卡斯特拉多将军将代表巴多格里奥元帅，经正式授权，将于下午签订短期停战的条件。

卡斯特拉多依然停驻在我的总部周围，今天晚上，我们将举行军事会谈，对意大利军队做出安排，让他们向我们发起的战役提供最佳的支援。

英国第八集团军于9月3日还没天亮时从墨西拿海峡渡过，攻入意大利领土。

首相致斯大林总理   1943年9月5日

在经历了一番长时间的斗争之后，卡斯特拉多将军于9月3日签订了一份短期协议，他如今正在和艾森豪威尔将军，以及亚历山大将军共同探讨出一个详尽的方案，使这些条件更好地实施。意大利与德国两国军队肯定会因此而爆发战争，我们会在所有可能的地方，竭尽全力向意大利军队提供效果最好、速度最快的支援。下周会有惊人的进展。我们已经赢得了向意大利趾形区域发起攻击的战役，而且还在继续向前推进，即将展开"雪崩"作战计划，也将冒险用飞机运输军队。尽管我们坚信可以凭借强悍的军队在"雪崩"作战计划中登陆成功，但是在罗马或意大利境内将会出现什么事情，我无法预测。在战场之上，尽可能消灭德国人，并且督促意大利人尽可能消灭德国人，才是至关重要的目的。

我会一直留在大西洋的这端，直到这件事情有了结果，我才会离开。我热烈祝贺你们在主战场上取得的一些新的成果与进展。

如今应该将意大利的投降条件与我们的军事策略相互结合。9月7日，第八十二空降师的美国泰勒将军被调派到罗马。他带着一个密令：和意大利的总参谋部协商，计划于9日夜晚将首都周围的机场攻占。但是从卡斯特拉多向盟国寻求保护以来，形势变化了很多。德国人在附近有强悍的军队，也许他们已经把机场攻占下来。意大利的陆军没了斗志，弹药也十分匮乏。各不相同的意见、无休无止地争吵包围着巴多格里奥，泰勒向他提出会见的请求，所有的东西都摇摆不定。如今，意大利的领袖们害怕，如果他们宣布那份已经签字的投降条件，德国人势必将罗马攻克下来，巴多格里奥政府会因此垮台。泰勒将军于9月8日凌晨两点与巴多格里奥约见，巴多格里奥觉得飞机场已经被攻克下来，所以提议推迟广播终止战争的协定。他实际上已经向阿尔及尔发出电报，机场的安全得不到保障。空降计划因此搁浅。

此时，艾森豪威尔一定要在最短的时间内下定决心，计划在二十四小时内向萨勒诺发起进攻。他因此向英美联合参谋长委员会发去电报。

1943 年 9 月 8 日

刚才，我与主要的指挥官举行了一次会谈。我已经下定决心，不接受意大利转变态度的做法。我们准备依照原计划，准时宣告终止战争，接着进行宣传工作，或者进行一些别的工作。我们已经通过直接联络人向巴多格里奥元帅传达，他派出代表签订的终止战争的协定，双方都应遵从，它具有效力，并且具有约束力，对于任何一个背离当初协定的行为，我们都不支持。

罗斯福总统与我进行了一番讨论，答复如下：

1943 年 9 月 8 日

总统和首相认为，既然已经在协议上签字，你就应该公告天下，不过你应该找到对你们的军事行动有利的时机。

当天下午六点左右，艾森豪威尔将军将停战协定公告天下，随后又把停战宣言的全部内容都广播出来。近一小时之后巴多格里奥元帅也在罗马宣告停止战争。意大利终于完全投降。

＊　　　＊　　　＊

德国的军队于 9 月 8 日到 9 日的晚上将罗马团团围困。因为巴多格里奥和王室转移进了陆军部的大楼，所以那里开始严格警备。氛围一点点紧迫起来，令人焦虑不安，讨论会就是在这种氛围中举行的。一个车队由五辆汽车组成，它们半夜从罗马的东面城门穿过，开往亚得里亚海岸的佩斯卡拉港。意大利王室、巴多格里奥和他的内阁阁员，以及高级官员，都在其中。他们乘坐两艘驱潜快艇，于 9 月 10 日早晨抵达布林迪西的盟军控制地，很快设立了一个对抗法西斯的重要机构，归属于意大利政府。

卡威格里亚元帅是一名退伍军人，在第一次世界大战中，他曾经赢得了维多利奥·威尼托战役。当上面所说的那些人流亡奔逃之后，卡威格里亚元帅抵达罗马。他主动承担重任，和逼进罗马附近的德国军队展开战斗。城门外打起了零零散散的战斗。在郊外，意大利陆军的一些正规军队和罗马公民成立的游击队与德国军队打了起来。

军事停战协议于 9 月 11 日签署，双方的敌对状态宣告终结，纳粹师团能够在城市中随意穿梭。

＊　　　＊　　　＊

为了不打乱盟军在意大利踵形地区和罗马周围实施登陆的时间安排，要向巴多格里奥元帅施加压力，强迫他投降。签订了停战协议，主要步骤也就完成了，在这场令人恐惧的战役中，还有一些别的收获。意大利舰队要开到盟国的港口，还要保障自身的安全。很多意大利师团驻扎在东南欧，对于正在和纳粹德国展开战斗的盟军来说，它们的装备非常珍贵。地中海东部还有一些意大利基地，它们的地位更加重要，千万不能让敌军将这些岛屿攻克下来，这一点非常重要。

我强烈地意识到这种危险的独特。

首相致（在中东的）威尔逊将军　　　　　　　1943年9月13日

在这个时候，假如你可以在意大利的援助下，将罗德岛攻克下来，会为整个战局做出很大的贡献。你对本次军事行动有什么计划，请让我知晓。不知你是否有办法，将一些必要的驻军从中东的部队中临时抽调一部分。需要分派多少兵力给你？

如今应该想起，科莱弗、彼得贝勒和鲁克的军队将直布罗陀攻克下来。

我们在华盛顿通过了一项议案，英美联合参谋长委员会对其做出最终总结，我将其引用过来，防止别人觉得我将这种情绪夸大了。

地中海东部

中东总司令向罗德岛和多德卡尼斯群岛的别的岛屿展开进攻，英美联合参谋长委员会已经注意到这一点。他们对这一行动给予支持，还考虑能不能深入展开行动。

用不了多长时间，我会再次说到这件事情。

＊　　　＊　　　＊

就是在这段时期，意大利舰队的主力军听从盟国的命令，于9月8日夜间从热那亚和斯佩西亚离开，前往马耳他岛接受投降。这是一次勇敢的航行，它们既没有盟国飞机保驾护航，也没有意大利空军前来防卫。它们第二天清晨顺着撒丁岛西海岸一路向南挺进。德国的飞机从法国基地起飞，向它们发动进攻。旗舰"罗马"号被袭击摧毁，伤亡很重，舰队总司令伯盖米尼海军上将也壮烈牺牲。战列舰"意大利"号也遭到损坏。只有几艘小舰艇从舰队中被抽出来，留下救助幸存人员，舰队继续艰难行进。舰队于 10 日清晨与英国海军的舰艇在海上相会，在它们的护佑下，抵达马耳他岛。在英国的军舰里，"沃斯派特"号和"英勇"号这两艘军舰曾经在各种情形下寻觅意大利舰队。塔兰托的一支分舰队里的两艘战列舰也于 9 日开始航行，与将要攻克塔兰托港的英国舰队在海上相遇，它在第二日顺利抵达马耳他岛。

坎宁安海军上将于 11 日清晨向海军部上报："地处马耳他重要位置的大炮护佑着意大利的作战舰队，如今舰队已经在港内停驻。"

*　　　*　　　*

我非常希望能够对意大利海军好一些。我在 9 月 10 日向坎宁安发去电报："假如意大利舰队完全按照规定执行了停战条件，那么当他们惨遭德国轰炸机的报复性轰炸，进驻我方港口时，为了能够做到亲切、宽容地接待他们，我希望你与艾森豪威尔将军一起探讨一下。我坚信你在情感上支持这么做。"我在当天晚些时候又给他发去电报："有关意大利舰队的投降，英国人亲切接待他们，以及体贴地救助伤员等这些情形，假如条件允许，可以拍成电影。"

意大利舰队曾是海上的头等强大舰队，如今它的所有舰队都被我们掌控，变成了值得我们炫耀的战利品。我们把它们掌控在手中，一定要充分利用它们。

首相致（在阿尔及尔的）坎宁安海军上将　　　　　　1943 年 9 月 12 日

你可以从关键部队着手调查，根据大炮和鱼雷性能的不同，尽快呈报上意大利舰队需要多少弹药，如今的舰上有多少库存，其中有多少是在塔兰托补充的等信息，还要测算出需要生产多少，以及它们的精确型号。你无需查询明白所有的信息，应该即刻把那些首要的现代化部队欠缺的弹药量提交给海军部，再用正规途径向美国转递。也许，我可以在这儿进行指挥，想办法快些将它们生产出来。

自从法西斯政权瓦解之后，意大利上上下下都变得局势不稳。因为缺少领导，现在由一个地下解放委员会组织着抵御德国人的工作，游击队在半岛各个区域内活动频繁，而且呈上升趋势，他们二者彼此联系。在解放委员会的成员中，不是在 20 年代时被墨索里尼夺走了政权的政客，就是一些对法西斯的统治充满愤怒的集团代表。一小部分法西斯主义的主力，妄图在败下阵来之后再次发起进攻，全部事务都被这种威胁笼罩着。德国人还用自己最大的力量，来帮助那些"主力"。

*　　*　　*

　　7 月 26 日之后，墨索里尼先是被关押在蓬察岛，又被转移到相距撒丁岛海岸很近的拉玛达勒纳岛。巴多格里奥担忧德国人会发动一次突然袭击，所以就在 8 月末把他以前的首长转移到意大利中部阿布鲁齐高山之上的一个小休养地。从罗马逃亡时非常慌乱，所以巴多格里奥没来得及向看守这位下台的独裁者的便衣警察和宪兵做出清晰的指示。九十名德国伞兵于 9 月 12 日那个周日的清晨乘坐滑翔机降落，降落地点是关押墨索里尼的旅店旁边，当时没有引发任何伤亡。一架德国轻型飞机就把墨索里尼输送到慕尼黑，与希特勒进行了又一次的会谈。

　　德国人把墨索里尼营救出来，就可以在北部组建一个政权，让它与巴多格里奥政府相对抗。在加尔达湖滨，一个名存实亡的法西斯政权被设立起来，墨索里尼在此处上演了一幕"百日丑剧"。德国军队侵占并摧残着罗马北面的地区，在罗马成立了一个没有人支持的伪政府，在那个地方，德国军队可以随便进出。在布林迪西，意大利国王和巴多格里奥在盟国委员会的监视下组建了一个残余政府，他们只能在市区行政大楼内行使他们的职权。我方军队从半岛的趾形地区出发，一路往前进军，所以统治解放地区的任务就交由盟国的军政府接管。

　　如今，意大利迎来了空前惨淡的时期，在这场战争中，它将沦为几场激烈战役的战场。

第七章　向意大利发起攻击，再次访问白宫

雪湖垂钓——我在魁北克通过广播进行演讲——加拿大将更多的战斗任务承担下来——第二战场与第三战场——非洲与意大利的战役——全能的三栖作战专家蒙巴顿——和罗斯福总统聚会于华盛顿——接受哈佛大学学位——联合参谋长委员会的重要意义——史默兹将军评判战争的计划与发展——他拿出另一种计划——我的回复——他建议将"霸王"作战计划延缓——我反驳这种观点——向意大利的趾形区域发起攻击——庞德海军上将由于生病而辞去职务——我们于9月9日在白宫召开会议——我写给罗斯福总统的备忘录——我们双方原则上意见统一——我在白宫主持的又一次全员大会——英美历史上的一次重大事件

　　8月24日，魁北克会议闭幕，我们那些有名气的同僚们均从这里离开，分别前往各地。他们正如炮弹的碎片那样往各个地方飞去。大家经历了所有研究与争辩后，想休息几日。在大会期间，自治政府把克拉克上校调派过来听从我的安排，他是我的一位加拿大朋友。在距离魁北克将近七十五英里的地方，他有一座他的牧场，被一群山峰包围起来，到处都是密密麻麻的松树林，指导我们人生方向的报纸用的纸浆，就出自这片松树林。那里坐落着一个雪湖，湖面宽广，由水闸拦截而成，听人说湖中到处都是很

大的鳟鱼。布鲁克和波特尔都是热衷垂钓的人，除了要实施在魁北克会议上的那些计划，他们还有一项计划——分别展现他们的钓鱼技巧，并一较高下。我向他们承诺，如果时间允许，我会在稍晚时去那里加入他们，不过，我要在 8 月 31 日通过广播发布一篇演讲，这篇演讲就像一只盘旋在天空中的老鹰，一直在我的头上飞来飞去。我又在城堡里住了几日，每日下午拿出一个钟头在城墙边散步，看着圣劳伦斯河的壮观景象，我深沉地思考，想一些关于沃尔夫和魁北克的故事。我曾做出过承诺要在全城区域内乘车巡察一遍，所有市民都表示热烈欢迎。我参加了加拿大内阁举行的一次大会，向他们传达了有关魁北克会议与战争中所发生的所有他们还不知道的事情。能够宣誓接任自治领内阁的枢密顾问官，我感到十分荣幸。我得到他们的尊敬，是因为我的同僚麦肯齐·金先生的举荐，他与我之间有四十年的友谊，值得信任。

在本次广播中，我有很多话应该说，也有很多话不应该说，最终我只顾着考虑这些问题，别的什么都没有想。我的心因此经常想到雪湖，把吸引人的报道寄给那些已经抵达雪湖的人们。我觉得自己可以白天去垂钓，晚上写广播稿件，把二者彼此融合在一起。我下定决心，完全信任克拉克上校说的话，所以就和我的妻子一起乘车行动了。我发现，庞德海军上将并没有随着两位参谋长一块儿去雪湖，所以我向他提出建议，建议他立即与我们一同前往。他的参谋官解释，当大会结束后，他还有很多工作要做。当参与海军的广泛讨论时，他情绪低落，这出乎我的意料，听说他无法参加垂钓，我已经担忧起来，事情有点儿不妙了。我们自从战争刚开始时就在一起工作，是关系非常好的同事。我对他的才干和勇气都很清楚，也清楚他在国内时每天早晨四五点钟就起床，在到海军部上班之前，只要有一点儿机会，他都要花费几个小时的时间去垂钓。可是，他一直把自己关在寓所之中，我在出发之前始终没有看到他。

我们顺着河谷乘车行驶了一天，非常开心，在旅途中的休养所里睡了一觉，最终我和我的妻子到达了湖滨的宽敞小木屋。布鲁克和波特尔计划第二天就返回，这样也不错。他们每个人一天能钓上一百尾鱼，假如以这样的趋势继续发展，雪湖的水位一定会一天天降低下来。我和妻子两个人分两条船展开行动，每次都要花费几个钟头垂钓，虽然我们并非行家里手，但是的确都钓出了很多质量上乘的新鲜鱼。别人有时候会将三个分叉的钓钩同时装到我们的钓竿上，我有一次同时将三尾鱼钓了出来。我怀疑这种做法是否有些残忍。我们的美味佳肴中始终都有新鲜的鳟鱼。罗斯福总统也想过到这里加入我们，不过他政务繁忙，实在走不开。我的侍从官玛丽受到别人的邀请，乘坐飞机去了奥格尔索普，她将会在美国妇女陆军队员的一次意义重大的会议上讲话。罗斯福总统向我发来一封电报，内容如下：

罗斯福总统致沃顿上校　　　　　　　　　　　1943 年 8 月 27 日

9 月 1 日是周三，无论从哪个方面来讲，都很适合去华盛顿。

假如侍从官玛丽计划去奥格尔索普，她要是能提前一两天到来，就能够在华盛顿多逗留一段时间。我希望沃顿夫人和你如今都可以好好休息一下，也希望你已经去过那个一条鱼的湖①。一定要钓出一条大鱼，为了做个凭证，还要让麦肯齐·金把它称一下。

我选出一条钓出的最大的鱼，把它拿到海德公园送给他。广播稿事宜有了进展，不过相比争辩或垂钓，写初稿真是一项令人更加劳累的工作。

_____

① 在魁北克召开大会时，罗斯福总统一天下午约我一起去垂钓，地点是他选定的。我们美美地吃了一顿午饭，不过我仅钓出条一小鱼，他连一条都没钓出来，所以他把那个湖称作"一条鱼的湖"。——原注

＊　　＊　　＊

29日晚上，我们返回魁北克。加拿大举行了一次内阁大会，我再次参会。在去华盛顿之前，在31日预定的时间，我以广播的形式向加拿大人民和盟国发表了讲演。我把其中的几段内容摘了下来。

在这个重要时刻，加拿大为英联邦和英帝国的协同奋斗做出了突出的贡献，英国深受感动，盟国及其各族人民也深受感动。

从那些悲惨的岁月开始，加拿大陆军一年年强悍起来，它在捍卫我们英国的领土免受外地入侵方面做出了突出的贡献。如今加拿大陆军在日渐扩大的战场上再次取得辉煌的功绩。帝国的空军已经取得了卓越的成就，它的训练机构就位于加拿大的领土之上。许多非常优秀的青年从大不列颠、澳大利亚和新西兰赶来，抵达那宽阔的飞机场上，这些人与加拿大本国的英雄子弟成了协同作战的战友。

在本次战争期间，加拿大成了一个重要的航海国家。它建造的军舰和商船多达数十艘，甚至有一部分位于离海数千英里的地方，船上还有一些勇敢、勤劳的加拿大海员，他们将这些舰船输送到大西洋，保护那里的商船队和我们横跨海洋的重要生命线。在战争期间，加拿大的军火工业对我们的经济起到了至关重要的作用。大不列颠在军火供应方面因为加拿大而没了负担，不然就要因为供应这些军火，欠下至少二十亿美元的债务。

并没有什么法律对这些做出任何规定，也没有什么条约或义务来约束它。加拿大完全是因其内心的情感和对传统的信仰，下定决心准备献身于人类的未来。能够在加拿大的领土上，代表大不列颠人民向伟大的自治政府表达我的尊敬之意，我感到非常高兴。我真心实意地盼望，我有机会因为身上背负的更多艰难任务而踏上更远的路程。然后我将向澳大利亚人、新西兰人和南非人当面传达，我们怎么看待他们所做出的所有工作，还有他们准备要做的所有工作。

我们在近两年中听到了很多言论提出在法国北部开辟一个第二战场，以此与德国相抗衡。所有人都发现，我们很想实现这个愿望，展开一场大规模战役。在前线战场，苏联人承担着来自德国军队的主要压力，他们肯定要一遍又一遍地向我们提议，让我们赶快去将这一项计划付诸行动。我丝毫不为他们说出的这些话感到生气。他们在战场上取得了非凡的成绩，令德国在军事力量上付出了惨痛的代价。他们十分坦诚，对我们的战斗策略提出批评，觉得我们直到现在为止，仍然没能在战争中做出贡献，我们不会因此心存芥蒂。虽然他们对我们提出批评，但是我们对他们在战场上的英勇表现和取得的成绩依然敬佩有加，丝毫没有减少。在法国，我们建立过一条非常优秀的战线，只是希特勒把兵力集中起来，将这条战线摧毁掉了。与重新建立一条战线相比，摧毁一条战线总是更加简单一些。按照我的预计，英国和美国的军队迟早有一天会大规模地从海峡渡过，他们将会与侵犯法国的德国军队展开一场肉搏战。我觉得第二战场与第三战场并没有什么区别。我一直持有这样的观点：西方民主国家理当像一个拳击手那样，不只用一只手进攻对方，而是用双手。

用大规模的迂回战术向北非发动进攻，这个行动得到了英国政府的授权，我和罗斯福总统实际执行，我认为子孙后代会觉得，在当时那种形势下，它是一个最好的策略。这个行动的确硕果累累，取得了明显的成绩，它将非洲境内的敌人清除殆尽，消灭了德国和意大利分布在非洲的一切敌人，最起码逮捕了五十万名俘虏。在一次战役进行了三十八天的战斗中，我们取得了卓越的成绩，攻陷了西西里岛，那里足有四十多万轴心国的军队驻守。墨索里尼已经被推下台去。我们摧毁了意大利这个倒霉国家的战斗动力，它错误、邪恶的领导者把它领入错误的道路，最终作茧自缚。和坏蛋成为朋友很容易，但是妄图与坏蛋分道扬镳却很困难。近期，德国的很多军队从法国调遣出来，向意大利人民施加压力，把意大利变成一个战场，德军妄图在离德国领土很远的地方展开一场战斗，想把战争的时间尽量拖得久一点儿。德国已经从苏联的战场上召回大多数空军部队，而英国、美国和加拿大三个国家的空军却不分昼夜地与他们战斗，把他们的力量削弱得越来越厉害。比这些意义更为重大的是，无论是在大西洋，还是在地中海，战略上的主动权都在我们的手里，而且我们的实力还没有充分发挥出来，敌人无法测算出我们隐藏了多少实力，也不知道我们什么时候表现出这些实力。

最新的消息从苏联战场上传来，经过判断，斯大林元帅的确没有把自己的时间浪费掉。在这场夏日战役中，他取得了骄人的成绩，英帝国上下都对此充满敬佩，对他在奥廖尔、哈尔科夫和塔甘罗格这三个地方所取得的战绩也十分敬佩。苏联因为这几场大胜仗而将大面积的领土收回，还将数十万的侵略者消灭掉。

有关蒙巴顿的任命，我特别强调了一番。

已经决定了由蒙巴顿来做东南亚战场的最高统帅，英国、美国和中国三个国家的舆论都很赞赏他。他将在与蒋介石经常保持联系的情况下采取行动。实际上，路易斯·蒙巴顿勋爵仅四十三岁。年龄这么小就在当前条件下，在军事行业里取得如此高的职位，实属罕见。假如一个军人想把自己的一生都奉献于军事艺术，但是直到四十三岁依然对战争不了解，那么他在今后的日子里，可能也不会有太大进步了。当路易斯勋爵出任联合作战部队司令官时，他那难得的组织才能与智慧谋略都已经显现出来。不管那些迂腐的学者们说什么，我都有勇气把他说成是"全能三栖作战军事家"。可以说他这个人对海陆空这三方面都非常了解，对枪弹也十分清楚。当接到各不相同的新的艰难任务时，我们都希望这个新司令部和他的统帅都能够取得最大的成绩。

＊　　　＊　　　＊

我乘坐火车从魁北克离开，在9月1日抵达白宫。在魁北克，会议进行的那段时间中，意大利的形势已经往前推进了一步。我在前面已经说过，在这段急迫的日子里，罗斯福总统曾经和我一起对与巴多格里奥政府进行的私密停战谈判做出了指导，对于有关登陆意大利的军事部署，我们也急切、紧密地注视着。在与意大利登陆相关的紧要关头，为了和我们的美国伙伴们联系紧密，我特意在美国待得更久一点儿。对于盟国出具的投降条件，巴多格里奥已经同意，这一官方消息在我抵达华盛顿的那天传入我的耳中。在"四分仪"会议上，大家争辩的战略部署建立在意大利溃败的基础之上，我们这几日最关注的就是这种形势。

我在华盛顿参加了几次美国内阁会议，还有几次与此相像的会议，与美国的各个领袖也联系紧密。此时，霍普金斯身染重病，十分可怜，只得留在海军医院做一番调养。罗斯福总统期望我留的时间久一些，并接受由哈佛大学颁发的名誉学位。这正是一个好机会，可以向世界表明英国和美国精诚团结、友爱和善。9月6日，我发表了演讲，以下就是从中摘录的一些要点：

就像对英国青年所说的，我也要向美国青年说："你们不可以停下自己的脚步。"此时没有什么地方容许大家停留。我们进入了一个无法停下脚步的时期，只能踏上征程，不断地往前走。前方的世界要么杂乱不堪，要么有条不紊。这些严峻的考验与争斗是我们这个时代的特点，一旦你们成功通过，就会看到最好的战友就是英联邦和英帝国，你们要和他们联合，是因为国家的政策、双方的需要，以及别的渊源关系。整体而言，它们拥有血缘关系和历史关系。作为新世界和旧世界的后代，我当然对这些关系很清楚。

　　法律、语言和文学都是一些举足轻重的因素。在大西洋两岸，说英语的民族观念一致，他们同样洞明是非，对公平非常看重，特别是看重有关那些弱小、贫困之人竞争的公平，坚持公正审判，偏爱个人自由，就像吉卜林说的那样："无需经过他人批准，自由自在地在法律的保护下生活。"我们与你们一样，坚守这些观念。

　　我们原则上不会与拥有同样观念的民族展开厮杀。我们的死敌是残暴政治。不要去看它戴上了什么装饰品，也不要去看它的乔装打扮，不去管它所用的言辞，也不去管它对内或对外，我们要做的是，始终保持警戒、枕戈披甲，经常保持防备状态，一刻都不要松懈，达到随时都能将残暴政治消灭的目的。在每一个方面，我们都要并肩而行。无论是在这个时期的战场上或空中敌军的炮火下，还是在保护那些看重人类的权利与尊严的观念方面，我们都要做出努力，协同作战。

　　我接下来说到我们的联合参谋长委员会。

　　我们的英美联合参谋长委员会眼下就要不断地展开强劲的行动。由罗斯福总统和英国战时内阁代表指挥工作。各级参谋组建的细致的机构支配着我们的所有人力和物资，事实上，它似乎把英国和美国这两个国家的资源当成了一个国家或一个民族的资源，使用它们的军队、船舰、飞机和军需品。我不敢断言这些高级的专门负责人彼此之间一点儿不同的意见都没有。意见绝对一致是不现实的，每两三个月举行一次由主要负责人参加的全员大会，就是出于这个原因。如今，这些人都对彼此十分了解和信任。他们相互之间很友好，很多人还长时间在一块儿工作。当会议召开时，他们抱着公正的态度，对问题展开讨论，说话直接、坦率，他们会在会议几日后向罗斯福总统和我提交一份意见，这份意见既合理，又一致。

这种制度非常好。相似的机构并没出现在上一次的战役中。类似的机构也始终没出现在两个盟国之间。此种制度在地中海战场艾森豪威尔将军的总部中表现出更为紧密的形式，那儿的所有事务都不分彼此，最高指挥官或副指挥官亚历山大将军仅从作战需要出发，把士兵们调派到战场上，不管他们是英国人、美国人，还是加拿大人。

我觉得，在战争刚结束时，假如我们两个国家的政府，出现一方不去使用这种顺畅运作的十分强悍的组织，那将是一种非常蠢笨、缺乏长远目光的行为。出于保障我们自身安全，以及促使世界上别的国家维持稳定的考虑，当战争结束之后，或者过了很多年之后，我们依然要保留这种组织，还要让它继续起到作用，直到我们已经组建出一种维持和平的世界性组织，并且这个组织可以预防危险，防止入侵的现象再次发生。这两次世界大战让我们学会必须要这样做。

可惜，一些不明智的言行正在各个地方流传。

*　　　*　　　*

我将正式的会议总结交到各自治领的总理手中，这样做遵循了往常的事例。史默兹陆军元帅看到我们做出计划所依赖的规模，还有计划得明显不紧密的时间表，觉得非常失望。读者们都清楚，我发现我们拥有完全相同的意愿，这令我感到欣慰。在眼下这个至关重要的时刻，我们彼此发出的电报真实、详尽地说明了战争中出现的重大问题。在这个至高无上的位置上，我凭借自身获得的所有知识，向我非常了解的那个人做出详细的说明，绝不是一种负担，反而让我觉得负担减轻了。

史默兹将军致首相　　　　　　　　　　　　　　　1943 年 8 月 31 日

有关战争的发展形势，我有一些疑惑，想私下向你请教。

对于我的抱怨，假如你持有不同的观点，还请不要心存芥蒂，假如你对我的观点表示认可，还请主动把这个问题处理好。

中东战役从阿拉曼展开，到突尼斯才结束，我们都很积极，不过从那以后，却让我觉得作战行动松散、懈怠，进展缓慢。我们花费了好几个月才实现从突尼斯到西西里岛的登陆。西西里岛之战过后，我们的作战行动变得非常紧迫，就在这个时候，却又出现一个个奇怪的停顿，这令人感到诧异。我们的资源虽然丰厚，但是比较英国和美国做出的努力与苏联在那段时期做出的努力，就会发现一些问题，其他很多人肯定也会在想这些问题。无论从规模上来说，还是从速度上而言，我们在陆地上采取的行动相比苏联都不值一提。我们常常鼓吹在生产上取得了多么大的成绩，尤其喜欢夸大美国生产成绩。如果按照常理，美国的作战部队已经参战近两年，如今应该规模很大。不过在陆地上，还是苏联人在对抗着大多数德国军队。出现这种反差有航行运输方面的因素，不过它构不成全部因素。在规模和速度两个方面，我们在陆地上展开的作战行动有很多不足之处，这让我觉得非常不踏实。我们的海军取得的成绩一直都是规格最高的，我们的空军也取得了耀人的功勋。不过，苏联人几乎获得了陆地上作战的所有荣耀。从他们在一条广阔的战线上具备同等的作战规模、作战速度，以及非凡的战斗策略来看，他们也应当获得这样的荣耀。

我们无疑可以完善自身的作战行动，使其不比苏联人差多少。否则大家一定都会觉得赢得战争的是苏联。假如任由这种印象继续发展，一旦战争结束，我们与苏联在世界上的地位会出现什么样的差别？我们在世界上的地位会出现很大的变化，世界上外交的主导权将由苏联掌控。这一点对英联邦危害极大，我们不要这个结局，也不想看到这个结局。如果在战争结束时，我们依然不能与苏联拥有同等地位，必然会陷入悲惨、危险的境地。魁北克会议会出台什么计划，我还不清楚，不过我希望它已经做出了最好的大纲，并且获得了认可。在执行这份大纲时效率会怎么样？我们假如行动缓慢、拖延，必然会陷入非常危险的境地。

史默兹将军致首相　　　　　　　　　　　　　1943年9月3日

上次发出的那一份电报，我对我们的战争进展做出了批评，老实说，我从那以后就对魁北克会议做出的这个计划丧失了希望，我觉着这个计划在战争的第五个年头，特别是在我们的战争形势近期已经出现很大转变的时期非常不到位。看到这个计划，我对将来的疑惑与畏惧反而增加了。它并没有公平地评估出我们如今具备的实力，无论是对大家的斗志，还是对未来与苏联之间的关系，也许都会产生很大的影响。我们有能力更加努力，拿出更多的勇气。

本计划事实上只提倡继续展开并加强当下的轰炸与反潜艇战，将撒丁岛、科西嘉岛和意大利南部攻克下来，以及从那儿向北面的地区展开轰炸。我们从意大利那些满是障碍的山地上翻越过去，一路向北进发，还要在这场战役中花费很多时间，才能抵达意大利北部与德国的重要防御地带。假如法国那儿的空中和陆地上的形势在明年春天对我们有益，我们就可以大规模地从海峡上渡过。可能还要从南面向法国发动攻击，不过这只能当做一种牵制。我们让游击队负责巴尔干半岛，并把空军力量调派过来，给他们提供援助。

有关西方战场的所有计划就是这样的。我们计划在东方战场运用一些跳岛战术，为了实施这一计划，在明年年末之前，我们也许会向敌军所在的加罗林群岛的主要根据地发起攻击。当敌军将荷属东印度的资源控制住时，我们计划把通往缅甸的道路疏通，通过空军运输的方式，竭尽全力支援中国。在这份计划中，还略微提到要向缅甸展开一些两栖作战行动。

在这个计划中，我觉得轰炸是至关重要的，也是唯一的部分。别的部分就像我们近两年来采取的行动那样，规模依然很小。在战争的现阶段，我们绝对不该把最大的努力放到这项计划上来，它也没能好好利用我们的资源，将我们的作战地位大大改善。到了1944年岁末，假如我们只向敌人的主阵地发动一些无关痛痒的小规模战役，就有被舆论抨击的危险，这一点是肯定的。相比苏联做出的那么大的努力与取得的非凡的成就，我们的行动微不足道，苏联可以拿这一点当作借口说它怀疑我们是有根据的。

我没有内部参谋情报，所以很难提出新的方案，不过我坚信，与魁北克会议提出的我们要做出的行动相比，我们有能力做出比它更多、更好的行动，而且我们本该这么做，魁北克会议上的计划只会延缓战争的时间，让我们陷入各种危险境地，就像我在前一封电文中所说的那样，"具有各种可能"。我支持轰炸策略、反潜艇之战，以及从海峡横渡的大规模攻击。不过，在地中海上，一旦我们将撒丁岛和科西嘉岛攻克，就要即刻向意大利北部而不是在半岛上从南往北一直打下去。我们要即刻将意大利南部攻克下来，再深入到亚得里亚海岸，在那儿找到一个合适的据点，向巴尔干半岛发动进攻，使巴尔干半岛复兴的力量一天天强大起来。土耳其不得不因此加入战争，我们的舰队也能驶往黑海。我们与苏联可以在黑海会师，支援苏联从东面和东南面向希特勒的堡垒发起攻击。苏联前线的战争形势变化很大，从这个方面考虑，我觉得这个行动计划并不算好高骛远。

我考虑过后，向史默兹做出以下答复：

首相致史默兹陆军元帅　　　　　　　　　　　　1943年9月5日
　　你发来的两封电报均已收到。

1. 此刻向意大利趾形地区展开的攻击不过是一个序幕，一场规模更大的攻击就要展开，假如进展得顺利，影响一定会很大。我们期待在近期开辟一条强大的战线，使其贯穿意大利，尽可能向北展开。要想开辟这条战线，有必要从地中海调派过来大约二十个师，假如敌军抢占这条战线，将其变成一个反攻的战场，我们也许就需要调派支援的军队。

2. 由于准备工作在顺利地进行，我特别想攻进巴尔干地区。[①] 在做出决定之前，我们首先要看看意大利的战争形势。我们应调派突击队和特工人员，或者在物资上提供支援，还应该进行一些别的行动。在巴尔干半岛，战火四处燃烧，意大利的二十四个师的军队分散在各个地方，且不听指挥，他们无心打仗，只想回家。在这种情况下，德国军队也许就要往萨瓦河和多瑙河一线撤退。

3. 现在就请求土耳其加入战斗，我觉得不妥，因为把那些可以投入到战场上的军队部署在地中海中部会更有效果。可以在今年晚些时候再请求土耳其加入战斗。

4. 在地中海，我们因为种种急切的需求与各种计划，资源的使用几乎已经到了极限。不过，"霸王"作战计划将于 1944 年春天实施，等过了 11 月，我们不得不从地中海战场中调遣出七个师的兵力。想要达到这一目的，就要将所有能够输送军队的船只聚集到一块儿，只留下美国在太平洋上使用的那些，剩下的都用来不停地输送美国的部队和空军。今年，我们所有的船舶都不得空闲，仅有两个师的美军如今还在英国。从物质供应方面的角度考虑，根本无法在上述日期内将更多的军队集结在一起。为了援助美国远征军，我们可以调派几乎同等数量的英国军队，不过，一旦首轮突击结束，美国军队将需要完成"霸

① 　与我在以上几卷所谈到的总方针相比，这句话好像格格不入。我在这里说的"攻进巴尔干半岛"，并不是指要把军队调派过去。——原注

王"作战计划的所有工作，因为我们到了那个时候会没有兵力，就是在此刻，我也必须向美国人提出请求，请暂时停止调派、输送正在参战的军队，改为把那几千名工程人员输送过来，协助我们修建各种设施和兵营，集结从大西洋彼岸调派过来的军队时，需要这些设施。

5. 我们所有的人力与运输力都已经投入进欧洲的这些计划，以及空中战役和海上战役中。有一个事实摆在我们面前：我们的实力比不上苏联，苏联人口多达两亿，除了战争过程中的损失之外，它很久以前就已经用所有兵力组建成一支巨大的国家军队，现在都分布在两千英里的地面战线之上。这个事实也摆在我们面前。

6. 当战争结束，我觉得苏联势必成为世界上最大的陆军强国，日本和德国这两个军事强国将无法再威胁到它。它以前遭遇过这两个军事强国的猛烈打压。在战争结束以后，最起码在重建时期内，我希望能够凭借英联邦和美国的"兄弟联军"，以及海军和空军的兵力，与苏联和平共处，彼此和睦、友善。我无法推测更久远的事情了，我还没能了解到有什么千里眼能够洞穿未来。

7. 我们英国人在东方的军队绝不匮乏，不过加入战斗就不那么容易了，这类似于美国在大西洋和太平洋上的情形。一切海外行动以及两栖作战行动，都受到舰船条件的影响，此外，缅甸到处都是丛林和山峰，大半年的时间都是雨天。然而，我们还是发动了一次凶猛的进攻。年轻的温盖特只是一名准将，我打算擢升他为军团司令，所以就把他带到了魁北克。为了能够在来年1月展开进攻，要尽快组建一支强悍的丛林军队，以促使这一目标变成现实。任命蒙巴顿，也就意味着一种新型的、大范围的两栖作战行动即将到来，目前，我想尽办法来实现这一目标，当我见到你时，就把详细的情况告诉你。

8. 亲爱的朋友，我丝毫不介意你发来的这两封电报，一定要相信我。

我认为你要是有机会和我在一块儿待上两三天，一定可以消除那些不该有的焦躁不安，不过那些客观上的焦躁不安确实没法消除。我无论白天，还是黑夜，都在竭尽全力地推进行动的速度，并消除组织上的障碍。我如今正在大西洋这端等待着将要展开的面向意大利的突然袭击，也等待着它的反应，当召开议会时，我希望能够返回国家，也希望你到时候最起码已经在赶回英国的路上。

就某种程度而言，史默兹看过这篇详细的介绍之后，总算内心踏实了。他说："看了你发来的电文，我受到了极大的慰藉。它上面说得很明白，被调派到意大利的二十个师的远征军足以遍布半岛的各个地方，也可以将另一条真正的战线开辟出来。"不过他一日后又发来电报：

1943 年 9 月 9 日

当我们赢得地中海战役之后，我提议紧接着把意大利和巴尔干半岛攻克下来，不能依然如现在一般，只是从海峡上横渡过去。实施这个计划，也就要往一个新的战场上转移，假如空军实力不足，我们就需要投入很大一部分兵力来实施转移计划，并且可能陷入十分危险的境地。为了预备好最终的军事袭击，应该减缓海峡计划的筹备工作，或者把它先放一放，以此加快轰炸节奏。

假如我们两个人对问题做出处理时，能够站在各自立场上，我就一定要对最后的这项建议即刻加以修正。史默兹离华盛顿很远，他一个人待在外面，不会明白支撑我们思想的氛围，以及彼此协调的情形。

首相致史默兹陆军元帅　　　　　　　　　　　1943 年 9 月 11 日

我们与美国已经拟定的"霸王"作战计划的相关安排，不能中断下来。如今，我们因潜艇战缓和下来，以及意大利突然投诚，而使运输能力得到了提升，在"雪崩"作战计划中，这可能加大了我们向意大利发起远征的规模。英国和美国能否合作，关键在于英国对"霸王"作战计划是否忠诚，这些我期望你能够明白。我觉得两个方面同时进行才是正确的策略，我们也有这样的能力。

＊　　　＊　　　＊

向意大利发起攻击的战役在这个时候也已经打响。隶属于第八集团军的英国第五师和加拿大第一师于9月3日拂晓时分从墨西拿海峡渡过。我们的军队其实没遇到任何抵抗。我们以很快的速度将勒佐攻克下来，部队顺着卡拉布里亚的山间小道一路往前进军。9月6日，亚历山大发来电报说，"德军正在展开后卫战，他们多采取破坏活动的方式，而不是正面战斗。勒佐今日清晨没有传来一声警报，也没有发现一架敌人的飞机。在夏天这个可爱的季节中，各种类型的海军舰艇装载着士兵、必备物资，以及武器弹药，在西西里岛和大陆之间来回穿梭。这种活跃的氛围不像是战争时期的激烈征战，而像是和平时期的一场快艇比赛。"

第八集团军各个师级部队在几日内就拓展到洛克里和罗萨诺。在皮佐，一个步兵旅从海上登陆，却只看到了德国军队的押后人员正在撤离。那里的自然条件造成了很大的阻碍，加上敌军制造的破坏，以及灵巧的小规模后卫战，虽然双方并没真正交战，但是部队还是在前进的途中受到了重挫。

首相致亚历山大将军 　　　　　　　　　　　　　　　1943年9月7日

1. 我已经接收到你寄来的意大利趾形地区的战斗形势的说明，对此我表示感激。如果空降师将罗马攻克下来，会产生什么样的后果？怎样开展这个行动才能与你的计划相适应？请把这些向我做一个详细的说明。你制定的计策很有勇气，我们大家完全赞同你所拟议的大胆的策略，虽然我们只能假定细节都是正确的。

2. 我对你所说的塔兰托非常好奇。在你看来，什么时候适合向这个港口发起攻击？

3. 在"雪崩"战役之后，怎样改编军队，我依然十分关心。假如你有能力将那不勒斯港恢复如初，就能够每周运输两个师实施登陆。关于我们的军队挺进意大利的前后顺序，你已经做出了计划，请把它告诉我。不知道在什么时候，新西兰师、波兰师、第四印度师、第一装甲师和别的精锐师才加入战斗？从形势上看，你一定要保留一条战线，它最起码要像突尼斯战役最后阶段那样，有一百七十英里那么宽广。如果德国人有富裕时间，它是否会攻击我们这条战线？没有人知道答案。

4. 我会和罗斯福总统一块儿待在此处，等候对"雪崩"战役做出的评价，再返回国。在 10 月的前半月，我期盼能到你所在的地方，马歇尔将军也会从美国赶赴此处。到了那个时候，我会把一些重要的事情告诉你。

亚历山大发来回复电文，说我们必须要求意大利做出一些改变，因为意大利政府没有公布停止战争的协议。我们无法把第八十二美国空降师通过空中运输的方式输送到罗马地区，因为意大利人并没有准备好接待工作，而且德国人估计已经将飞机场攻克下来。依然要遵循计划实施"雪崩"之战，但是空降部队并没有参加战斗。在第一空降师，将近三千名士兵乘坐海军舰只去塔兰托，可能会在 9 月 9 日抵达，至于他们会得到什么样的接待，没有人知道。通过早日开放塔兰托港，他期望往意大利增调援军。

为了将罗德岛和爱琴海上的别的岛屿攻克下来，此时我们也已经开始做出努力。后面几章中会做出说明。

＊　　　＊　　　＊

吃过晚餐，我和罗斯福总统待在他在白宫的书房中闲聊，这时庞德海军上将前来拜访，他的目的是解决海军方面的一个问题。罗斯福总统向他询问了几个有关战争的总体情况的问题，这位让我信任的海军将军再也没有往日的踏实与细致，这令我感到很悲伤。罗斯福总统与我一致认为他身染重病。庞德于第二天清晨来到我的坐卧两用的房间，猛然间对我说："首相，我得了中风，身体右侧的大多数地方都失去了知觉，所以不得不辞去职务。刚开始，我还觉得这种病能够慢慢好，没想到竟然一天天病重了，我已经没能力继续工作了。"我随即同意了第一海务大臣的辞职申请，并对他的身体不适表达了同情。我对他说，他从那一刻再也不用承担任何工作了，还劝告他让他休息几日，等"声威"号军舰返回国家时，再和我一块儿回去。他当时控制住自己的情绪，每一个举动都显现出他的尊严。当他从我的房间走出去时，我立刻向海军部发出电报，在新的第一海务大臣还没找到人选之前，先由希福来特海军中将暂时接替他的工作。

＊　　　＊　　　＊

我们和罗斯福总统于 9 月 9 日在白宫召开了一次正式会议。几日前，帝国总参谋长与空军参谋长已经乘飞机返回伦敦，蒂尔陆军元帅、伊斯梅，以及英国三军参谋长驻华盛顿的代表陪同我参加了会议。罗斯福总统也在莱希、马歇尔、金和阿诺德的陪同下参加了会议。一些有关意大利舰队向我们投降的电报拉开了会议令人高兴的序幕。我把自己的期许说了出来：意大利舰队所到之地，盟国都理当按照礼节招待他们。

我预备了一份备忘录来迎接这次会议，并在那天一大早就递交给罗斯福总统。他觉得我们可以针对它展开讨论，于是让我在大会上宣读。

1943 年 9 月 9 日

1.告别之前，有必要举行一次联合参谋长委员会的全员会议。我们假设如今还在打着的那不勒斯之战和罗马之战会获胜，德国会撤退到亚平宁山脉或波河一带。本次会议旨在预测出世界的新形势。

2. 往日，意大利舰队始终受到英国舰队的牵制，假如我们把意大利舰队攻克下来，就不只是得到了这个舰队，还得到了英国舰队。一旦我们的海军多了这些充足的力量，就要尽快强化对日本的打击力度。为了调派强悍的英国作战分舰队（其中包括巡洋舰和辅助舰），使其从巴拿马运河和太平洋上渡过，一直开到印度洋上，我已经把第一海务大臣和金海军上将邀请过来，一同商讨对策。明年，当两栖之战打响时，我们有必要把科伦坡当作基地，筹备一支强悍的东方舰队。我希望先让美国太平洋司令部指挥这支舰队服役，把它投入到太平洋战场上，最少战斗四个月，然后再派往印度洋基地驻扎、防守，这样我会很开心。我们不能忍受舰只没有用武之地。当这种前来支援的力量抵达之后，怎样可以使美国太平洋部队承受更多的任务，我还不清楚。只是从最高政策上来看，不考虑战略问题，英国国王政府也倾向于加入太平洋之战，因为这样就可以凭借自身有限的力量，向自己的盟友美国提供支援，也完成了向澳大利亚和新西兰提供支援的任务。我们把舰队开到太平洋上，并从太平洋上航行，一定会让日本丧失斗志。如今，日本一定意识到了，我们对它施加的海军压力已经提高了很多，美国人肯定也会非常满意这一调派，因为这向他们传达了，在对日作战中，英国已经下定决心，只要战争没有结束，它就会用积极的态度实施有力的打击。

3. 我们与我们的联合参谋长委员会所有的想法，都要慢慢渗透给大众。这个想法就是：改变意大利，让它对德国作战时表现得积极起来。我们不认为意大利可以被称作一个完全意义上的盟国，但我们还是答应了让它通过功绩来弥补罪孽。当它向敌军发起有效攻击时，我们会提供援助，还会给它一些酬劳。假如大家看到德国和意大利两个国家打了起来，他们对意大利的偏见在短时间内自然就消散了。假如我们让意大利看清形势，并加以引导，也许就会在两周左右的时间里让意大利向德国开战。要好好想一想才能决定：是否可以在意大利船舰上挂意大利的国旗，是否可以把意大利的船员调派到英国或美国控制下的船舶。如今要进行最高级别的审核，才能确定如何对待意大利海军，以及如何调派它。

4. 在那不勒斯一带，如果我们打了一个大胜仗，起到决定性作用，我认为大家都会支持进军意大利半岛北部，开赴德国军队的主阵地附近。假如各个地方的意大利人都能以友善的态度对待我们，他们的陆军也向我们投降，并给我们提供援助，那么对于我们防护贯穿意大利战线和盟军的换防而言，意大利被分派到各个地方的至少十二个师的军队会起到很大的作用。当那不勒斯的战争结束之后，假如在德国军队主要战线的南面不再出现猛烈的反击，那么我们就不要长时间拿微弱的兵力对抗敌军。为了对抗敌军，我希望我们至少在今年年末时投入充足的兵力。最好时间能够再提前一些。万万不可削弱"霸王"作战计划。我们在这个关键的时刻一定要牢记我们的协议：刚进入11月，就逐步撤出七个师。促使意大利各个师与我们协同作战，这一方面更为重要。制定国家策略时，要能够适应这一目标的实现。

5. 鉴于这些新的可能，我一直在考虑1944年的战役。我坚持自己的观点，当我们进军北面时，要想方设法不从意大利半岛的狭隘之地通过。假如德国人向阿尔卑斯山脉撤退，一种崭新的局面就会形成。如果没有这样发展，我们就无法拓宽伦巴第平原战线来协助"霸王"作战计划。投入到内线战场上的德国军队出于向我们在意大利的战线施加压力的目的，可能要调派出一支比我们在年终时调派到那里驻守的军队更强悍的部队，我们应该想到这方面。德国军队也许会发动一次强悍的反攻。我期望大家要意识到一点：我们在迫近德国军队的主战场时，可不可以修建一条坚不可摧且有足够深度的防线。我们可以大量调用意大利的军工来实现这一目标。理所当然，意大利的军队也能参入此项任务，共同防守这条战线。假如敌方兵力到明年春天变得弱小，我们就可以在此战场发动进攻，无论如何都能够要挟敌军。也可以一直防守，仅依赖在此期间由我方组建的、从我们的防线后方起飞的空军，另外还要往东或往西调遣一些军队，加入别的战区的战斗。我期望可以研究一下这一点。

6. 巴尔干半岛的形势有多重要，我们两个人都非常清楚。地中海最高司令部牢牢地盯住当下的战役，我们应该提醒他们，不要忽略了巴尔干爱国武装部队的需求。一定要即刻开始研究与意大利军队有关的问题。从目前的形势来看，今日公布的中东总司令威尔逊将军的命令构思很严谨，然而我们有必要对它的真实意义有个更加明确的了解。如果在这场对德国的战争中，有意大利人的加入，肯定会产生很大的影响。我们不必从巴尔干半岛的底端往上发起攻击。我们要是能够促使巴尔干半岛的爱国者与意大利部队达成共识，用不了多久，也许就能在达尔马提亚海岸开辟一个或多个有利的港口，用船输送军需品和粮食。那些听从我们指挥的每一支部队都能在作战能力上有很大的提升。在这个地区的各个地方，德国人都将陷入危机四伏的境地，尤其苦于供给问题。为了强化从达尔马提亚港向北和东北拓展的行动，一旦贯穿意大利北部的战线形成，我们就可以从调派到地中海战场上的我方军队中调出一些。我们如今要竭尽全力，把巴尔干半岛的所有力量组织起来，攻击德国人，还要派遣特工人员、提供武器，以及下发正确的命令。

7. 是时候想想有关岛屿的问题了。我认为用不了多久，就能控制住撒丁岛，但是要想消灭那里的德国军队的所有武装力量，我们也许还要向意大利军队提供一些援助。在科西嘉岛上，德国军队也许已经疲惫不堪，但那儿很明显是法国远征军所在之地。就算法兰西民族委员会只调派一个师，用不了多久，也能使这个岛屿解放，我们可以在这个岛屿上招募一两个师。威尔逊将军发来电报，他说向罗德岛和多德卡尼斯群岛里的别的岛屿发起的攻击始终都很顺利，不过在这种情形下，是否已经充分利用在中东驻守的军队，我还没有把握。那些营级以上的部队驻扎在什么地方，我会即刻展开调查，期盼它们可以组建成临时的远征部队和卫戍部队，进行一些小规模的军事行动。

8.我们期待，保加利亚、罗马尼亚和匈牙利这些地方对目前的局势做出正确的反应，这会对局势产生很大的影响。那么即便我们不提出任何请求或者承担任何义务，他们也会再次在土耳其展开军事行动。在进行这一切之前，还要经由最高级别的人员在军事上和政治上着手研究一番，假如你支持，今天下午，我们就可以展开初步的审查。

对于以上备忘录列出的各点，我们两人在原则上取得了广泛的认可，在今后的几天里，参谋长们经过协商确定了接下来的行动。

＊　　　＊　　　＊

第二天，罗斯福总统从华盛顿离开，抵达海德公园的家里。他将白宫提供给我当作寓所，或者是召开各种会议，可以是与在华盛顿汇聚的英帝国代表之间的会议，也可以是与美国军事首脑之间的会议。假如我觉得举行另一次全员会议是必要的，可以随意召开，什么都不用挂念。他大方地将便利的条件提供给我，我可以好好利用。大家都想知道意大利会迅速发展成什么样子，以及向那不勒斯发动的激烈、急迫的战役有什么发展，所以9月11日，我在白宫将大家汇聚起来，又一次举行了会议。代表美国的分别是莱希海军上将、马歇尔将军、金海军上将、阿诺德将军、哈里·霍普金斯、艾夫里尔·哈里曼和卢·道格拉斯。蒂尔、伊斯梅与联合参谋长委员会的我方三名代表在我的带领下参与会议。

有关眼下的每一个问题，我们都进行了一番探讨。马歇尔将军把那不勒斯地区的战斗情况做出了汇报，又介绍了德国军队师团支援的进展。阿诺德将军说，在意大利上空的参战飞机如今已经高达三千架，比各战线上的德国空军之和更多。我让大家把目光都投向一个棘手的问题上，即在意大利国土之上强化我们的兵力。我说，到12月1日我们只能集结起十二个师的兵力，这是一个令我非常惊讶的数字。调派所有可供调派的师，快速补充我们在意大利的军队，是当前的重中之重。就算只有一个师能提前两周抵达，也会产生翻天覆地的变化。对于我的观点，马歇尔将军给予了肯定，他建议大家竭尽全力。

他向我们透露，美国空军在南太平洋战场实现了空降登陆，十分优秀地完成了任务。他们降落的地点在马克汉姆河谷，攻击行动也是从海上进行的，人数有八千到一万的日本卫戍部队其实已经被孤立起来。美军正向萨拉马瓦开炮，迫近莱城。用不了多长时间，我们就可以把飞机场攻克下来，进而把敌军的其他飞机场也都攻克下来，这肯定会影响到海上的整个战局。用不了太长时间，日军位于新不列颠岛的阵地也许很快会被攻陷，而且日军也显露出撤退出所罗门群岛的迹象。

在白宫会议室，我主持召开了这次会议，由英美联合参谋长委员会与英国和美国政府参加，这对我而言是一种荣耀，对英国和美国的历史而言也是一件大事。

第八章　萨勒诺之战，返航

英国和美国向萨勒诺展开攻击——德国军队拼死抵抗——将塔兰托攻克——亚历山大亲上前线——海军支援作战——斯大林发来电报表示祝贺——我们乘坐"声威"号军舰返回国家——战争的发展情况：亚历山大做出汇报——取得成功——我向艾森豪威尔发出电报——玛丽遭遇险境——攻克那不勒斯——我于 9 月 25 日向艾森豪威尔致电以及他的回复电文——与各位指挥官之间的电报往来——休养生息

亚历山大于 9 月 8 日晚上发来一封"齐普"电报。盟国的庞大舰队在这天晚上向萨勒诺海滩靠近，在这个时候，英国的广播播报的有关意大利投降的新闻传到了他们的耳朵里。听了这个消息，那些充满战斗激情的士兵十分震惊，激昂的情绪暂时松弛下来，心中也蒙上了灰暗的色彩。很多士兵都觉得他们明天不费吹灰之力就能够完成任务。对于这种情绪，军官们即刻责令改正，他们说，德国军队不会去考虑意大利人展开的任何行动，他们肯定会拼死抵抗。大家已经意识到，战争就快结束了。就像坎宁安海军上将说的，假如不赶快把结束战争的协议公布于众，就等于背叛了意大利人民。

在一支强悍的英国舰队的护送下，突击船队开往萨勒诺湾，只碰到了一小部分的空中袭击。敌军已经意识到它们在迫近，然而要想判断出会在何处进行打击，只能等到最后关头。

天还没亮，克拉克将军指挥第五集团军展开登陆。美国第六军与英国第十军发动突然袭击，向北翼发动进攻的则是英国突击队和美国突击队。敌军发现了在海上行驶的护航船队，而周围的德国军队前一天晚上听到艾森豪威尔将军的广播，即刻采取了行动。他们将意大利军队的武装摧毁，接收了一切防御工事，很好地利用了意大利在刚登陆时准备的用于防御的现代化武器。炮火定位得很准，我们的士兵涉水登陆时被击中，伤亡惨重。我们的很多战斗机都要从遥远的西西里岛起飞前来参加战斗，所以很难为他们提供适合的空中掩护，不过，航空母舰上的飞机为他们提供了支援。

美国的第六军刚从海滩上穿过，就一路向前进军，在11日晚上之前就把军队往前推行了十英里，不过，它的右翼又撤退到海边了。英国第十军碰到了更加强硬的反抗。他们顺利将萨勒诺和巴蒂帕利亚攻克下来。虽然我们已经攻克了蒙特科尔维诺飞机场，也非常需要加油站，但是还不能让它为我们的战斗机提供油料，因为敌人的炮火依然没有停。德国军队快速做出了反应。英国第八集团军正在向意大利的趾形区域进军，德国军队的一些士兵与他们展开战斗，如今已经以很快的速度进入新的战场。德国从北边调派过来三个师的大多数士兵，还把一个伞兵团从东边调派过来了。[①]我们在船舶，特别是小型舰艇上特别匮乏，所以调派增援部队时速度非常慢。虽然德国的空军在西西里岛上蒙受了损失，实力有所下降，但是如今却非常努力，他们运用了一种新式炸弹，叫滑翔炸弹，由无线电控制，给我们的航行运输带来很大威胁。盟国空军动用所有力量，防止敌军的支援部队迫近，还把他们的军事集结点轰炸掉。我们的军舰向萨勒诺湾进军，并调派出最大型号的大炮援助盟国空军。第五集团军背负着巨大的压力，为了联系到它，蒙哥马利监督、催促英国第八集团军，以很快的速度向前

---

① 德国军队和意大利军队的各个师在9月8号的战斗序列，请参考本书的附录五。——原注

推进。这一切努力都有利于打败德国军队，一个德国的高级军官说，德国空军实力不再。当我们的海军向其开炮时，他们没有一点儿防御能力，这些因素都起到了决定性的作用。

＊　　＊　　＊

当猛烈的战斗还在萨勒诺继续时，亚历山大与担负重要执行责任的坎宁安海军上将，都向塔兰托发动了一次突然袭击，并取得了优越的成果。他们在这次冒险活动中取得胜利，应当被授予至高无上的荣誉。整个集团军都可以利用塔兰托这个上等的海港。意大利突然在那个时候向我们投降，这似乎证明了亚历山大将军冒险的正确性。我们什么运输机都没有，无法将英国第一空降师用飞机输送过去，也没有什么经常用到的船舶，无法通过海上运输的方式把他们输送过去。于是，在英国第一空降师这些士兵之中，精挑细选了六千名，乘坐英国军舰展开行动。这些军舰在9月9日——萨勒诺海滩登陆的那一天——向塔兰托港毫无畏惧地驶去，非常顺利地把军队输送到岸上。我们的海军仅损失了一艘巡洋舰，它是因为触动了水雷而被炸沉没的。①

＊　　＊　　＊

一些未能乘坐飞机回到英国的人员与我一起遵照原先的计划，走海路回到了英国，在哈利法克斯港上，"声威"号军舰等候着我们。当我乘坐火车时，曾走下火车，与罗斯福总统道别。我与他在萨勒诺战役刚打响时还在海德公园。我12日晚上再次踏上火车，14日清晨抵达哈利法克斯港。在旅途中，我收到了各种报告与报纸，这让我感到非常忧愁。一场危机四伏的战斗明显已经爆发，它将持续很长时间。我始终都特别支持从海上实施登陆，而且还觉得它的成败主要责任都在我，因此我非常看重这件事情。

---

① 我家里珍藏着一面英国国旗，它曾经飘扬在塔兰托的上空，被亚历山大将军当作礼物馈赠给我。我们从法国被赶出来之后，在欧洲的天空上飘扬的众多国旗之中，这面国旗就是其中的一面。——原注

两栖登陆的要素是突然袭击、猛烈进攻，以及迅速结束战斗。海军可以任意挑选发起攻击的地点，这种优势在刚开始登陆的二十四个小时之后丧失。一些区域刚开始也许仅有十个人防守，不过很快就可能增加到一万人。很多年前的事情浮现在我的脑海中。我回忆起，斯托普福德将军于1915年在苏夫拉湾的海滩上等候了将近三天，马斯塔法·凯末尔也在这个时候把两个土耳其师从布莱尔战线调过来，来到往日从没有防守过的战场。我还记得有一次：奥金莱克将军在开罗守候着，坐在最高的位子上，以保守的眼光看待他指挥的那个战场，这个战场范围很大，充满了变数。那场战役对整个战局都有很大的影响，然而在沙漠之上，局势对他们越来越不利。诺瓦斯柯夏的田野令人赏心悦目，当我们的火车在那里隆隆地行驶时，虽然我非常信任亚历山大，但是依然整天心急如焚。我最终拟定出一份内容如下的电报，并将其发给亚历山大，我敢肯定，他绝对不会不高兴。当发这份电报时，我们的船已经开始行驶。

首相致亚历山大将军　　　　　　　　　　　　　1943年9月14日

1. "雪崩"作战计划非常重要，我希望你要紧密地关注它。任何一个指挥官都没有经历过这种大规模战役。伊恩·汉密尔顿听从了他的参谋长的建议，在距离很远的中心地带留了下来，希望所有的情况都可以从那个地方了解到，导致苏夫拉湾战役以失败告终。假如他当时在现场，就可以避免那场悲惨的失败。如今，我也在距离很远的地方，在时间上也有所耽搁，因此，我不敢肯定对所有东西都有所了解，不过我觉得应该把我往日的经验向你透露一下，这是我的职责所在。

2. 应该竭尽全力，使我们在那不勒斯的决战中处于有利地位。

3. 你可以提出一切需要的东西，我会先放下所有因素，首先考虑你的要求，把不可或缺的供给品分派给你。

他很快给出了令人慰藉的回复。

亚历山大将军（于萨勒诺）致（在海上的）首相　　1943 年 9 月 15 日

我已经提前想到了你要告诫我的内容，当你知道这一点时，我敢肯定你一定很开心。此刻，我正和第五集团军待在一起。对于你的帮助，我非常感激。为了促使"雪崩"作战计划取得胜利，我们此刻会展开所有能够施行的步骤。几日内就会知道它的命运如何。

为了向陆军提供援助，坎宁安海军上将毫不犹豫地调派出他的几艘战列舰，不惧风险地向海岸驶去，当得知这一消息时，我感到十分欣慰。他在 14 日调派出"沃斯派特"号和"英勇"号开赴前线，以指引意大利舰队的首要舰只驶向马耳他岛。第二天，它们就加入

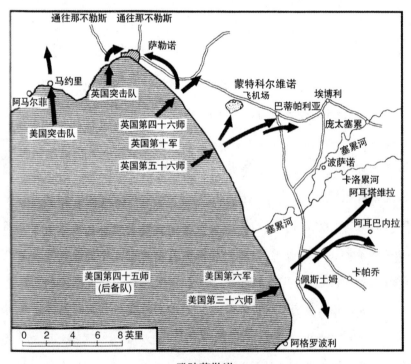

登陆萨勒诺

了战斗。在空军的引导下，它们拿重炮向敌军发起了精确的攻击，令友军和敌军都难以忘怀，为打败敌军做出了突出的贡献。16日下午，"沃斯派特"号很倒霉地遭遇到一枚新型滑翔炸弹的袭击，丧失了战斗能力。我们已经对这种滑翔炸弹有所了解，以后还将有更加深入的了解。

首相（在海上）致（在阿尔及尔的）坎宁安海军上将 1943年9月15日

我非常高兴地看到你调派出"沃斯派特"号和"英勇"号加入战斗。这是一次十分重要的战役，你运用特殊手段是一种非常正确的做法。

劳烦将我最美好的祝福转达给他们。

以下电文也已经发送过去：

斯大林总理致富兰克林·罗斯福总统和丘吉尔首相 1943年9月14日

你们打了新的胜仗，我向你们表示祝贺，尤其是登陆那不勒斯。顺利登陆那不勒斯，以及意大利和德国两个国家分道扬镳，肯定又会打击到希特勒领导下的德国，这对正在苏德战场上作战的苏联军队提供了很大的帮助。苏联军队的进攻正顺利进行。从此刻起的两三周内，我觉得我们可以取得更大的收获。也许，近日内我们就能将诺沃罗西斯克攻克下来。

乘坐"声威"号军舰很值得高兴。这艘船舰非常雄伟，在码头附近停泊。庞德海军上将直接从华盛顿过来，如今已经登上舰只。与往日相比，他的行为并没有什么不同之处，所有看到他的人都不会觉得他是一个病人。我曾经在返回国家的航行中请他与我们一起进餐，但是他回答说他宁愿待在自己的房间里，他要与自己的参谋们共同进餐。我们于登船半个小时后开始航行，坎坎坷坷地航行了六天，最终从大洋上渡过。

*   *   *

连日来，萨勒诺一直都在打仗。电报接连涌入。我在亚历山大的好心帮助下了解到所有的情况，看了他发出的那些形象的电报之后，我对战斗的全局有了整体上的了解。

亚历山大将军致（在海上的）首相　　　　　　　　　　1943 年 9 月 16 日

我视察了第五集团军的前线的整体情况才回来。我与两个军的军长、各个师的师长，以及前线的几个旅见了面。虽然我认为战局还不是非常乐观，但是相比二十四小时之前，我已经觉得乐观很多了，下面就是我的理由：

从 13 日晚上到现在，德国军队始终没有发动一场猛烈的攻击。这让我们得到了一些时间，使我方阵地得以强化，使劳累不堪的军队有了休养生息的机会，在人力和物力方面也得到了一些增援。第八集团军也逐渐靠近这里。我还鼓励他们，向他们发出命令，在这些命令中，有一些非常重要，例如：把我们已经攻克的地方守住；为了使主要的阵地得以强化，可以使用挖战壕、装置铁丝网以及埋地雷等办法；把分散在各个地方的各种部队和编制进行整顿；整编后备队和强悍的机动后备队；向各个军队发出通知，第八集团军正在以很快的速度靠近我们，援军正不分昼夜地开过来。以下原因造成了如今的弱点：在我们集结起充足的兵力，守护首次进攻时攻占的阵地之前，德国军队可以用更快的速度集结起强悍的军队。大部分制高点都被德国军队攻克下来，他们高高在上，一直监视着我们，直到海滩。我们的军队已经筋疲力尽。纵深阵地在各个地方都很稀缺，我们的主动权暂时丧失了。我们的空军昨天晚上空降了一个伞兵营，地点在敌方战线的后方阿韦利诺地区，与此同时，第八十二师的一千六百名士兵也从空中被输送过来。我已经和海军协商好，将一千五百名英国步兵援军用巡洋舰从菲利普维尔输送到这儿，在四十八小时内，这些前来支援的军队就可以抵达。我已经敦促美国第三师快点儿过来，18 日该师将在这里登陆。

今天晚上，第七装甲师的第一批士兵会来到这里，不过还要等几天时间，才能登陆和集结。在今天晚上到来的还有一个步兵旅。我们刚刚建好三个小型飞机场。在萨勒诺和周边区域，"喷火"式战斗机此刻正在起飞参加战斗。

此刻，所有的空军都在这个战区汇聚。主动权会再次掌握在我们手里，我们一旦拥有足够的实力，就可以向首要的据点发起攻击。希望上帝能够护佑我们要做的事情，我们的军队仅需要一点儿好运，就可以赢得胜利。

首相（在海上）致亚历山大将军　　　　　　　　　1943 年 9 月 16 日

福煦有一句名言可以表达我对"雪崩"战役的感受，叫"将所有东西牢牢地抓住"。海军把重型军舰运用到战役中的做法很对，这对这场战役具有非常大的意义。我觉得你马上要赢得这场战役。

首相致亚历山大将军　　　　　　　　　　　　　　1943 年 9 月 17 日

1. 你对"雪崩"之战的战局已经有所了解，我看到这点很开心。就像你了解的那样，我曾经很关心军队在"雪崩"之战中集结的快慢。有一个好消息，蒙哥马利计划在 17 日让第八集团军参战。

2. 当我们的分舰队向海岸行驶时，考虑到海军的实力相对占上风，便采取了一种正确的做法：把战列舰投入使用。

3. 希望你万事顺利。劳烦继续向我传达情况。我此刻正航行在大西洋上，时刻都能接收到电报。

这种危机四伏的局势已经持续三天，不过依然不知道结局如何。巴蒂帕利亚再次被攻克下来，第五十六师损失惨重，实力有所下降，但是，当敌军从那儿又一次向海滩进军时，他们依然抵挡了下来。美国第六军和英国军队在美国第六军的战线上防守很弱，敌军趁机从北面冲了上去，从塞累河渡过，好像要前往美军后方的登陆海滩。当敌方进军时，美军用于防御的炮队很快抵御住敌人。在形势严峻的紧要关头，盟军保护了战线。最初，美国的第四十五师被用作后备部队待在船上，此刻他们正竭力奋战在第六军的前线上。援军已经抵达。我们采取海上输送和空中输送的方式把我方的第七装甲师和美国的第八十二空降师输送过来。经过六天猛烈的战斗，虽然我们也经历了严峻的形势，但是德国军队一直没能让我们退到大海上。15 日，凯塞林意识到自己无法取得胜利。他把部队转移到萨勒诺上的高地，并把这当作它的右翼中心。第五集团军在第二天与第八集团军汇合一处。我们取得了这场战役的胜利。

* * *

亚历山大将军致（在海上的）首相　　　　　　　　1943 年 9 月 18 日

局面整体上继续变好，主动权正转移到我们自己的手中。在北面，英国第十军遭到好几次略显猛烈的进攻，但所有进攻都被打退了。美国在第六军的前线上发起进攻。在阿耳塔维拉，战斗依然在进行。就像你知道的那样，第五集团军与第八集团军的前方部队已经汇合一处。第七装甲师成功登陆。昨天晚上，支援第十军的一千五百名步兵也已经到达。美国将近有一千六百名援兵，这一两天就会抵达。明天晚上，美国第三师就要实施登陆。储存的弹药和供给数量很充足。第八集团军开始进军阿卢伊塔和波坦察，至于它的前方部队已经抵达何处，在我写这份报告时，依然没有收到任何消息。英国第一空降师在塔兰托地区行动很积极，他们已经和加拿大的军队汇合，只是在实力上太弱，只可以对德国军队实施一些干扰。9月22日，第七十八步兵师会在塔兰托实施登陆，9月23日，印度第八师会在布林迪西登陆。我现在想组建三支强悍的军队，用以参加战斗：在萨勒诺地带的美国第五集团军、第八集团军，在塔兰托地带的由第八集团军领导的英国第五军。我们会从这些稳固的基地出发，一路往北进军。我已经下达命令，令第五集团军把萨勒诺西北山地当作中心，一路往前发起进攻，把阿韦利诺周边的高地攻克下来，令第八集团军将波坦察地带攻克下来。接下来的目标是，令第五集团军攻克那不勒斯港，令第八集团军攻克福贾地带的飞机场。我不想太过乐观，否则就会误导你，如今，我们已经控制住局面，这可以让我们今后的军事行动遵照计划实施，这一点令我感到欣慰。

亚历山大在我们抵达克莱德湾时带来一个具有决定性意义的消息。

亚历山大将军致首相　　　　　　　　　　　1943年9月19日

我坚信，属于我们的良好局面已经形成，我们掌握着主动权。

明天，我会回到位于锡拉库萨的总部。

我于9月21日向艾森豪威尔将军发去电报以示祝贺，请他传达我对克拉克将军的问候。

首相致（在阿尔及尔的）艾森豪威尔将军　　　1943年9月21日

1.我方军队成功登陆，还使阵地一路向北拓展，我祝贺你。当说起滑铁卢之战时，威林顿公爵说："这场战役可谓是旗鼓相当。"事实表明，你的冒险是对的。各方消息向我传来，说克拉克立了一件大功，希望你在合适的情况下代表我向他发去电报表示祝贺。往日的盟国从来没有经历过像我们这样的工作方式。

2. 假如你有能力，我觉得很有必要往科西嘉岛调派更多的法国军队，同时往撒丁岛调派一支很有实力的英国或美国分遣队。我们如今已经有了很好的港口，足以满足登陆需求，所以他们无需把战斗装备都带上，他们只要去了那个地方，就能鼓舞意大利军队、法国人和那里的爱国者们。

3. 我们会竭尽全力，支持你与意大利政府之间达成合作。我坚信，所有东西都会按照你的意愿进行。

4. 在 9 月 27 日，也就是周一这天，史默兹陆军元帅会抵达开罗，在凯斯那儿住下来。他要赶赴伦敦，四天后会从你的战场经过。我非常信任他，你可以和他探讨所有问题，不用有任何顾忌。他接下来的几个月内都会在伦敦居住，担负起一名英国战时内阁阁员应该承担的所有职责。他能在很大程度上影响到这儿的公众舆论。我会因为你对他以诚相待而感激你。他既是一位优秀的伟人，又是我最尊敬的朋友之一。

* * *

假如我早知道我的那几个儿女的遭遇，那么这六天来的航行就不会那么开心了。刚进入 9 月，伦道夫在马耳他岛为第二特殊空中任务团征集志愿者。在那个地方，他与莱科克准将相遇，这位准将是我和他共同的好朋友。对于将要发生的事情，莱科克很清楚，他说："突击队会进行一个很大的行动，你肯不肯加入？"伦道夫答应和他一同前往，在这场战役的前后过程中，他始终非常认真地工作。

玛丽历经了另一种不同的危险。"声威"号军舰偏离了航线，一路向前行驶，当它从惊涛骇浪中穿过时，一名军官邀请她一起到船后的甲板上散步。在这样弯弯曲曲的航行中，没人能够预测出波浪会从哪个地方打到船上，所以不允许散步，对于这一点，他应该清楚。玛丽与自己的同伴在军舰偏离航向时正靠着船尾栏杆。她喊："快看！打来一道海浪，多可爱啊！"这名军官意识到危险来临，冲她高声喊："抓紧栏杆！"那道巨大的波涛转眼间把他们冲倒，从甲板上卷过去，直打到右舷的水槽才停了下来，假如栏杆的柱子没有挡住玛丽，她必然会掉落大海。舰长正在船尾的塔楼上，他从后面看到这一场景，刚要命令投入救生圈来解救掉落进水中的人，军舰又返回到原先的航行方向，大部分打到舰上的海水又朝着另一端涌入，当玛丽被海水冲走时，她想办法把锚缆抓在了手中。那个倒霉的军官也不例外，被海水冲过来，又冲过去。最终，他们被救到了安全地带，但是全身上下已经被海水打透了。那个军官被严厉地训斥了一番。玛丽去换了一身衣服。在我们还没有登陆之前，他们故意不让我知道这些事情。

我身边还发生了另一件事情，令人很开心。随行的十几个妇女是英国皇家海军的成员，其中有一个模样很俊俏。在这次为期几天的海上旅程中，我的私人秘书莱斯利·罗恩追到了她。他们二人始终隐瞒着这件事情，谁都没有告诉，如今已经欢欢喜喜地结婚了。

一封电报在我们抵达时传来，内容如下：

罗斯福总统致首相　　　　　　　　　　　　　　　1943 年 9 月 20 日

我很高兴看到你们已经安全地返回国家，希望你们在路上的航行是顺利的。这儿什么都没有发生。在这个地方，国会会议已经持续一个星期，依然什么事情都没有发生。愿你们三人生活美满。

＊　　　＊　　　＊

我们只要赢得了萨勒诺之战，就可以直接面对那不勒斯和福贾的飞机场。英国第十军与它右翼的美国第六军，打败了敌军位于维苏威火山周围的后卫部队，一路往前进军，从庞培和赫鸠娄尼恩的废墟中穿过，抵达那不勒斯。敌人具有丰富的破坏经验，已经把那不勒斯港口破坏掉，所以如今要投入很大的力量把它修好。美国人在这种修复工作方面是行家，如今这项工作已经有了很大的进展，不出两周，这里就可以每天都装卸五千吨供应品。用不了多长时间，这个城市周围的两个飞机场也能够投入使用，这种支援对我们的战斗机中队帮助很大，因为往日只是在临时的小型飞机场上起起落落。9 月 15 日，东海岸上的第一空降师也在这个时候飞往遥远的乔亚和巴里，担任巡逻之责。在第一空降师之后，第七十八师与一个装甲旅成功登陆，和第五军的总部一起与第八集团军会合。在这个时候，六个皇家空军中队开始在乔亚的飞机场活动。9 月 25 日，敌军从福贾飞机场撤退。突击队从海上成功登陆，把特尔莫利攻克下来，他们得到援军的支援，坚决抵抗敌军发起的激烈反击。

*　　*　　*

我回国几日后，给艾森豪威尔将军发出一封电报。读者在阅读我在秋天和冬天这两个季节拟定的种种电函和备忘录时，应当记住这封电报的内容。这封电报的第二段内容，就是想把我们在各个作战计划中投入的兵力比例如何这个问题确定下来，尤其要更改那些力量分布不合适的地方。大家要想弄明白下一章所提到的争论，就不能把这些比例忽略过去。战争提出了如何正确使用人力和物力的问题，通常情况下，我们也不能把战争总结为"一段时间内仅做一件事情"。

首相致（在阿尔及尔的）艾森豪威尔将军　　　　　1943 年 9 月 25 日

1. 我始终竭尽全力地请求，在几个方面同时展开行动，我觉得应该告诉你为了我期待实现的这些目标制定出的优先措施。

2. 我们应该在意大利的军事部署上投入五分之四的兵力。为了将科西嘉岛（不久后，这个岛屿上的战争将结束）和亚得里亚海战区攻克下来，我们还要投入十分之一的兵力。把剩下的十分之一的兵力投入到罗德岛。这种分配比例仅适合于来源有限的那些要素方面。在我看来，这些要素主要是登陆艇、输送突击部队的船舶，还有轻型的海军舰艇。

3. 我向你发出的这封电报仅在大体上代表了我的思路，我不想给你这样的感觉：我丝毫不明白你受到多么大的限制，只知道让你在每一个方面都全力以赴。

艾森豪威尔将军致首相　　　　　　　　　　　　　　1943 年 9 月 26 日

在这项计划中，为了在中东需要时给其提供援助，而且保证我们能够达到中东的最低层次的要求，我们正在对人力和物力方面的资源做一番详细的研究。

为了向第五集团军的右翼提供支援，蒙哥马利调派出大部分兵力一路往前进军，在这个时候，就能够快速展开那不勒斯战线上的所有行动。在所有联合作战行动的初级阶段，都会发生这样的情况：战线在战术和后勤方面拉得太宽。我们在想方设法改变这种形势，用不了多长时间，你就能听到好消息。

艾森豪威尔没能给出我期待的答复，尤其是有关需要小部分的部队开展辅助性军事行动的问题，我觉得这部分内容在我的电文中是至关重要的。

＊　　　＊　　　＊

我继续和亚历山大、蒙哥马利交换电文。

首相致亚历山大将军　　　　　　　　　　　　　　　1943 年 9 月 25 日

1. 我非常清楚，第八集团军有必要把队伍集中起来。

2. 我非常支持在一条宽阔的战线上往前进军的想法，这会让敌军难以抵抗。我觉得你应该想办法，采用小规模的两栖部队一路向前进军。

3. 你知道，在会议室时，我已经说过意大利之战是"第三战场"。第二战场位于英国，它还在汇聚力量，没有爆发。这种说法可以消除一些苏联人的反感，也能够预防与他们争论意大利战役到底是不是第二战场，所以我们应该一直坚持这种说法。

10月1日，英国和美国的第五集团军将那不勒斯攻克下来。

首相致（在阿尔及尔的）艾森豪威尔将军　　　　　　1943 年 10 月 2 日

我们在地中海之战中取得了转机。我们把撒丁岛和科西嘉岛也控制住了，这是一份意想不到的收获，我和你一样，对这件事也感到很开心。希望你以后万事顺心。

首相致（在意大利的）亚历山大将军　　　　　　　1943 年 10 月 2 日

在我看来，第八集团军从东翼进军有很大的意义。

我发现用不了多长时间，为了把供应物资运送过去，蒙哥马利就要停止不前，不过我觉得这，并不是说他的侦察部队和轻装部队会因此错过敌军的后卫部队。我们从情报部门得到了各种各样的消息，从中可以看出敌军这样做是为了延缓时间，保证在往北撤退时不蒙受巨大的损失。对于你当下的军队部署，敌军怎么着都无法组建一条战线与之抗衡。我觉得正是由于你的巧妙的进攻，才促使这种有利地位的形成，一举把塔兰托与非常好的港口设备攻克下来。对于这次军事行动，我致以最真挚的祝贺，请接纳。

你的军官带回国家的那项计划，我已经做了研究，也明白你已经把这项计划的前两个阶段完成。我期待在这个月末前后，你能完成第三阶段，因为这样我们就可以在罗马相见。

亚历山大将军致首相 1943 年 10 月 3 日

你热情地发来电报，我表示由衷的感谢，也特别珍视你对我的赞赏……只要我可以把皇家空军安排好，让我们的行政机构工作下去，所有的一切就都会有条不紊地继续进行。

我如今已经在巴里设下总部，那儿离前线非常近，也方便我去联系两个集团军司令和重要的基地。科宁厄姆空军中将和我在一块儿待着。

所有事情都会顺利地进行。如果我方的主力军没办法攻打德国军队，我们就会持续运用轻便的机动部队和空军去攻击它，还要连续不断地逼迫它的后卫部队。

首相致（在意大利的）蒙哥马利将军 1943 年 10 月 2 日

第八集团军大步往前进军，表现得很优秀，我非常开心能够看到这一点。我衷心祝贺你所取得的所有成绩。我在的黎波里和你聊过即将会面的地点，我觉得你应该还能记起来。

蒙哥马利将军致首相 1943 年 10 月 5 日

你热情地发来电报，我非常感激。我们的军队以很快的速度往前行进了一段很远的路程。为了向第五集团军提供支援，我们不得不如此做，但这在我的后勤机构看来，无疑是非常大的压力，这是因为我们不得不在战争时期把它调离趾形区域，转移到踵形区域，如今，它已经达到了上限。一旦我从特尔莫利——坎波巴索这条横线区域穿过，就不得不让我的主力军暂时停止前进，只把轻装部队调派过来，从横线穿越过去投入战斗。我在这里的这段时期内，会为我的后勤机构打好坚实的基础。把轻装部队调派过来，让它去进攻实力薄弱的地方，也许会取得很大的胜利，我想凭借此种方式使我方始终处于主动地位，并取得一定的进步。我稍作休息后，就会调派全部兵力进军佩斯卡拉和安科纳。我希望能够在罗马见到你。

＊　　　＊　　　＊

此刻，我们的两个集团军被迫停了下来。在那不勒斯北面的沃尔图诺河周围，第五集团军遇到了敌军的殊死抗争，想要摆脱这种局面，只能靠时间和补给。在意大利趾形地带，当第八集团军向北进军时，蒙哥马利将军不顾后勤上的危机，竭力前往萨勒诺战场。此刻，他不得不把自己的基地迁离趾形地带的勒佐，转到踵形地带的塔兰托和巴里。第八集团军完成此项工作后已经无法发挥优势，要想使用飞机场，满足重轰炸机的需求，就要先把福贾攻克下来。这项任务十分巨大，要一点点地把成千上万吨的必需物资输送过去。德国军队在 10 月中旬时有十九个师驻扎在意大利，但是盟军的兵力仅有十一个师。必需调派很多支援部队，才能保证我们能以很快的速度获得胜利果实，使我们的战线得以强化。这些任务都在很大程度上对我们的航行、运输造成了压力。

9 月确实是一个大获全胜的月份。英国和美国的海陆空三军之间的合作达到了空前的水平。德军在意大利的第十集团军司令后来说，德国人特别羡慕，我方海陆空三军被一个最高统帅指挥着，做出了特别一致的合作。我们已经掌控住意大利的舰队，不过由于德国人的阻挠，意大利的空军和陆军无法加入到我们的队伍中，但是也不会成为我们的敌人。在两军对垒的战役中，敌军已经吃了败仗。在意大利的靴形领土上，我们已经把自己的军队在上面开进了三百英里。我们攻克下来的机场和港口就在我们军队的后方，它们可以在扩展修建之后达到我们需要的水平。有人在参谋长委员会上极力提倡把撒丁岛攻克下来，以替代向意大利发起攻击。9 月 9 日，我们没耗费多大力气就把撒丁岛攻克下来，真是出乎意料。法国军队在两个星期以后将科西嘉岛攻克下来。我们进行了一番激烈的讨论，才确定实施向意大利发起攻击的计划，现实告诉我们，这项行动是正确的，它还超过了那些长期强烈炫耀这项计划的人们的预期。

艾森豪威尔将军对这次时间短暂的激烈战役给予了支持，所以他应该享有最高的荣誉。虽然亚历山大负责具体的指挥，但是最高统帅采用了英国的战略观点，也做好了准备，打算承担这场战役的最终责任。他的那些下级军事长官们非常固执，一定要坚持他们的缅甸作战计划，不过，他们对"霸王"作战计划也以顽强而严厉的态度优先对待。这种种行为到了更低的层级的官员那变得更迂腐。近期内，我们能够得到的最大的战利品已经确定是意大利，我们原本能够把更加充足的人力和物力提供给它，而不至于对 1944 年从海峡横渡的计划造成延缓。

第九章　为国家的事情奔忙

把战争的形势汇报给议会——作战缓慢受到批评——探讨有关开辟
第二战场的要求——评价意大利政府的行动——相同的原则也适用
于德国——纳粹的暴力统治和普鲁士军国主义是破坏的目标——有
关无人驾驶飞机要来进攻的警报——要把意大利人民团结起来——
财政大臣金斯利·伍德爵士逝世——他的职务由约翰·安德森爵士
接任——庞德海军上将逝世——英国和葡萄牙两个国家在 1373 年签
订的合约以及亚速尔群岛——当下煤矿工业的状况——再次兴建下
院大厦——下院一定要有两个特点——我列出由战争时期转变到和
平时期的备忘录——过渡时期的相关计划——建设大臣由伍尔顿勋
爵担任

　　我在返回国家的路途中，拟定了一篇演讲稿，我打算回国后，在议会
中宣读。我非常清楚自己会遭受什么样的斥责，也非常清楚那些下院和新
闻界的某些不甘心的人们，会因为战争一步步走向胜利而越发肆无忌惮地
妄加评论。

　　9 月 21 日，也就是登陆的两天后，我花费了至少两个半小时在下院做
了一个报告。我提议会议暂停一个小时，以防议员们零零散散地外出吃午
饭，议会对我的提议表示支持。

＊　　　＊　　　＊

有些人发出不满的声音，声称和意大利政府之间的谈判没有一点儿好处，向那不勒斯发动进攻时浪费了很长的时间。我明白自己在这个问题上能够解释得很好。

我很清楚有人会说，花费了四十天的宝贵时间进行种种谈判，最后却让英国和美国的军队在萨勒诺周边的土地上白白流血，这本是可以避免的。其实，这种指责没有一点儿依据，只会伤害到牺牲者的家人。我们下定决心向意大利发起攻击时，不会顾虑意大利政府的态度。事实上，当还没有和他们举行谈判时，我们就已经确定了这场战役在什么时候发起，那个时候墨索里尼还没有垮台。我们把登陆舰从西西里岛南岸的海滩撤出需要花费多长时间，决定了这场战役在什么时候进行。在那个地方，我们的那些参战部队在8月的第一周之前，大多都需要每日从西西里岛南岸的海滩获得供应。等到把这些登陆舰撤回来，还要回到非洲去。这些登陆舰很多都被损毁了，所以不得不对其进行修理，再遵照非常严格、繁杂的程序重新装备它们的军需品。先做了这些工作，才能展开又一次的两栖作战行动。

我原本认为人们对这些问题已经有了认识，会做出妥善的评价。为了保证登陆舰或参战舰只在登陆时获得岸上的供应物资，每一艘都尽可能遵照先前的计划，遵从一定的顺序来装运。每辆卡车抵达目的地时，都能保证运输的物资是每支部队所需要的。一些卡车开进水里，来到船边上，再从水中开出来。在对它们进行装载、运输时，都会按照严格的顺序，为了避免发生随意装载的情况，就把最需要的物资放在最上方。一小部分敌军拥有强悍的现代化炮火，必须要使用上面所说的这种方式，才能运用特殊的军事手段来与其对抗。登陆艇只有一种具体情况和一套准备，有一定的局限，但能起到决定性的作用。它和"在谈判上浪费时间"的说法没有一点儿联系，和"外交部不让将军们采取行动，因为对种种条款心存忧虑"的说法也没有一点儿联系。军事作战行动的执行一刻也没有停止，别的所有工作也一定要配合主要的军事运输工作。

人们说我们把现代化部队当成了一捆捆的货物，随随便便就把它们运送到岸上的各个地方，丢在海滩上，对它们不理不睬。当我听到这些言论时，我真的觉得特别惊奇，这些人什么都不明白，对现代化战争的条件一点儿都不了解。

我想暂时偏离正题，说一些题外话。周日早晨，我抵达此处，看到报纸上的此类评论，让我想起一个与水手有关的小故事。故事也许发生在普利茅斯。一个水手跳进一个船坞里，把一个快要淹死的小孩子救了出来。一个女人在一周左右之后问候那个水手，并询问他："是你在那天晚上跳进船坞，把我的孩子救了出来吗？"水手谦虚地回答说："对，太太，是我。"那个女人继续说："好，我正在找你呀！你看到我孩子的帽子了吗？"

＊　　＊　　＊

第二场战争受到了第二种抱怨的影响。

我想让德国最高统帅部感到迷惑，也想让德国下院受到教育，因此，如今我希望把自己的观点告诉他们，也正和下议院协商。

先是在非洲和西西里岛，如今在意大利，我们将这些地方开辟出的战场叫做第三战场。那个隐藏的第二战场还没有展开行动，却在以很快的速度积攒实力，做好了战斗的准备。这个第二战场什么时候会开辟，没有任何人会透露，我也不做任何暗示，不过真的存在第二战场，敌军最挂念的就是这件事情。还没有开辟出第二战场，至少第二战场还没能起到任何作用，不过它早晚会被开辟出来。第二战场会在合适的时机被开辟出来，从西方展开的庞大攻势将会开始，为了辅助进攻，还将在南面展开攻击。

在英国集结的美国军队有多少？我们在这里部署的强悍的远征军的详细情况如何？总兵力是多少？敌军在每个战场上的分布情况如何？敌军的后备队、资源，以及敌军借助欧洲庞大的铁道系统，将大量部队调离一个战场，转而调往另一个战场的能力怎么样？我们的舰队与各个类型的登陆舰艇是什么情况？有多大规模？假如大家不清楚以上这些，那就无法为这类作战行动提出有用的建议。

当我们处在危急关头时，对于我们的朋友和同盟者提出的每一个意见，我们应该充分听取，因为他们曾经和我们一起并肩作战，为胜利做出许多工作。无论那些挑拨的言论怎样合情合理，或是出于舆论压力，或是出于怎样善良的目的，下院应该给予英王的现任政府绝对的信任，相信它不会在此类问题上被一切无知的教唆或压力左右，也不会被那些压制着。我们不会为了达成政治上的共识，或得到哪一个方面的称赞，而受到压力和教唆的影响，不顾我们自己做出的更准确的判断，却去展开大规模的作战行动。大家务必清楚地看到，对于大不列颠和美国而言，还会有更惨烈的战斗。面对这种严峻的考验，下院和政府绝对不可能退却。我们也会不惜一切代价来完成我们共同的事业。

罗斯福总统和我所做过的最艰难的决定，就是对意大利做出的决定。相信读者们在前几章中已经发现，对于这个决定，我曾经全力支持。此项决定的内容是，与意大利国王和巴多格里奥元帅会谈，认可他们也是向德国开战的参战国中的一员，并以诚相待。那些人这一次又变得群情激奋，就像一年前有关达尔朗海军上将的事件一样。我对这个问题有更加充分的理由来解释。

　　意大利的人民给予了意大利政府支持和拥护，那么我们可以对意大利政府的种种行为稍微做一番衡量和评估。希特勒先生让我们知道，他觉得意大利的所做所为缺乏忠心，同时又非常卑劣——他在这方面是一个高明的裁判。别人看到法西斯党魁墨里尼运用霸权索取物质利益，向满目疮痍的法国发起进攻，沦为多年来始终注重意大利自由事业的大英帝国的敌人，会觉得这种行为不顾信义，不讲恩情。这种行为的确罪孽深重。这种罪孽是不可逆转的，那些民族由于任凭残暴的君主毁灭它们的权利和自由，不得不为这些暴君的罪恶受到惩治。虽然如此，我却觉得在这个重要关头，意大利所做出的选择是顺应自然的，也是符合人情的，但愿这是他们自我赎罪的开始。

　　意大利的人民经受了深重的苦难。他们的子孙流亡到非洲和苏联，士兵被抛弃在战场上，钱财被挥霍一空，帝国沦丧的趋势已经不可回转。德国后卫军如今要把意大利人民漂亮的家园变成他们的战场，接下来会发生更为惨烈的灾难。愤怒的希特勒采取报复手段，意大利人民会因此被抢掠，生活在恐怖的统治之下。但是，大英帝国和美国的军队向意大利发起进攻，这会把意大利人民解救出来，使他们免受奴役，不再活在屈辱之中。等过一段时期，在这个现代化的世界上，他们会重新回到那个自由、民主的国家，再次回到曾经所达到的地位。

　　我提到意大利的形势，人们自然会向我提出疑问："你这种想法也适用于德国人民吗？"我回答："这是两种不一样的情况。"为了开拓领土，达到侵略的目的，德国人在我们这代人生活的时代发动过两次战争，把整个世界都拉进了战争中来，如果算上我们的父辈那个时代，应该是三次。他们非常歹毒，将军人当成奴隶，不注重自己的自由，看到别人拥有自由，他们又非常恼怒。只要他们的实力变得雄厚，就会去寻觅牺牲品。如果有谁指挥他们去寻觅牺牲品，他们就纪律严明地跟随他。普鲁士是德国的核心，那个地方发生过很多次瘟疫，不过我们作战的对象不是这样的民族，而是残暴的统治。我们要把自己保护起来，不被别人摧毁掉。德意志民族在这二十五年以来对霸权的追求，已经让英国、美国和苏联这三个国家的人们先后两次蒙受巨大的损失，陷入危险，而且遭到了生命威胁，我深信他们此次肯定会想方设法使普鲁士或整个德国打消复仇思想，无力预谋发起进攻的行动。德国人的生活有两大元素，一种是纳粹的残暴统治，另一种是普鲁士的军国主义，我们一定要从根本上把这两种元素剔除掉。只有从根本上把上面所说的这两种元素剔除掉，才能使全世界逃脱掉令人畏惧的第三次大战。

伯克发表过这样的言论："我并不知道怎样写一封诉状，去控诉一个民族。"他这种言论是否有道理，引发了激烈的争论，我觉得这些争论都很枯燥，不过是愚昧的空谈。如今，我们有两个清晰、具体的打击目标，一个是纳粹的残暴统治，另一个是普鲁士军国主义。我们要把所有的枪支都对准它们，动员所有肯参加战斗的人们向它们发起攻击。我们不能加重本已很重的担子，也不能给士兵更多的负担。那些遭遇过威胁、引诱的卫星国家，假如它们可以援助我们，使得战争的时间缩短下来，也许能够功过相抵。纳粹的残暴统治与普鲁士的军国主义一定要彻底根除，因为所有的灾难归根结底都是它们带来的。我们一定要实现这个目标，不然绝不善罢甘休。我们宁肯经受一切磨难，付出所有代价来实现这一个目标。我要再补充一句：如今，我已经年迈，在国家的大事上也有一定的影响，所以我要表明自己的态度，除非迫不得已，我希望这场战争越快结束越好。为了赢得战争，如果需要英国人民承担某些特大任务，为未来的世界做出规划，我希望我们沉着冷静应对，就像在生死攸关时曾经表现出来的态度。

在本次的演讲中，我明确地提出严重警告，说明无人机或火箭将向我们发起攻击。当事情还没有发生时，就提前做出警告，并在公开文档中记录在案，是一种比较谨慎的行为。尤其是我们很难预测这种攻击的规模，所以更要这样做。

我们无论如何都不能因此种有利趋势而松懈，或者觉得战争就要终结。我们反而要意识到，如今，敌人为了向我们实施报复，会更加丧心病狂。从希特勒开始，德国的领导者们都曾经故弄玄虚，暗示不久后他们将试用新方式和新武器，向我们发起进攻。敌人说出这样的谎话并不奇怪，因为他们的目的是要蛊惑自己的人民，不过它不止隐含着这些意义。举个例子吧！此刻，我们已经遇到了一种新式空投炸弹，敌人已经将它们投入使用，向我们的那些在海岸边行进的船舶发起攻击。这算是一种滑翔炸弹，依靠火箭助推，发射的地点在一个很高的地方，再通过母机引导它向目标发起攻击。此刻，德国人也许正在研制别的新型武器，以给我们造成损害，在某种程度上，他们也是为了弥补每天因被我们打击而蒙受的损失。我只能向下院做出承诺，竭尽全力保持警惕，长期提防上面所说的那种情况发生，并投入很大的力量进行研究。

* * *

我简单地说了下我对意大利政局的观点，还谈论了这个倒霉的国家正在面临的一个残酷的事实——内战不断拓展。

伞兵把墨索里尼救了出来，运送到了德国。墨索里尼想要组建一个吉斯林式的政府，依赖德国的军队使意大利人民再次走法西斯道路，这自然而然地引起了意大利的内部战争。只有让意大利的合法政府争取到那些残存力量，使意大利国王和巴多格里奥元帅获得所有自由主义分子和左翼分子的支持，才能为意大利人民赢得利益。法西斯分子和卖国贼联合在了一起，要让这些自由主义分子和左翼分子去抗击这种凶恶的联合，才能创造出条件，把这些罪恶的联军从意大利的领土上驱赶出去，最好是把它彻底消灭。此刻，我们要把意大利解救出来，使它得以解放。[一位议员突然插话说："你不可以让那些叛徒来指挥意大利人民进行反抗。"]我觉得这位令人敬佩的议员也许并没有想到，减少我们的士兵担负的重任有多重要。政府的确想要采用一种计策，动用所有能够调派的力量，向德国人发起进攻，逼迫他们从意大利离开。我们不会因为害怕无法在这个问题上达成共识，而最终不采取任何行动。英国的议会不会寄希望于大家达成共识，民主国家的议会不会依赖所有人达成共识。只要大多数人通过，就可以采取行动。我期望，我们能清楚地表明我们的立场，为了向德国人以及墨索里尼、吉斯林和法西斯成员三个方面的联军发起攻击，如今，我们正在全力团结起意大利之内的最有力的力量。

虽然我说的最后一段话有些失礼，但是的确是大实话：

拟定三四个计划，为每一个突发事件做好准备，并为每一个细节做出详尽的计划。这样一来，根据情况实现一个计划到另一个计划之间的转变，就相对简单了。

这些观点得到了下院的支持，因此，没有再提出什么有力的质疑。

* * *

财政大臣在我做出长篇演讲的那天突然去世，给我和我的同僚们造成了很大打击，这一点超出了我们的意料。22日早晨，当我醒来时，才听闻这个噩耗。金斯利·伍德这几年一直是我最亲密的朋友。他于1938年加入空军部，从那以后，我们为了共同的目标而努力。我完全配合他的工作，他为皇家空军做出了非常宝贵的贡献，使他们做足了准备来应对1940年发生的大灾难。自从我接受组建联合政府的命令那天起，他就一直担任财政大臣，还做出了突出的贡献。他所做的第三次国家预算案，数目高达五十七亿五千万英镑，符合战时的财政原则，实现了收入和支出平衡。在这些收入中，一半都是从税收中来。我们的贷款利率特别低。在第一次世界大战期间，我们提出的口号"抵押加百分之六的利息"，如今已经不再使用。在本次战争的第五年内，平均利率是百分之二，却顺利借来了大量资金。相比战前的那段时间，生活费用的提升幅度没有高于百分之三十。金斯利·伍德去世之前，花费了几周时间不分昼夜地考虑收支持平这个原则性问题。他在去世的当天还在向下院提出请求，希望他们就此问题发出声音。1940年，我向他提出请求，希望为那些在闪击战中，在个人和商业住宅上蒙受损失的人们提供补偿。他计划了一种最详尽的保险策略，并依据这种策略，拿出最高的效率满足了我的提议。那天在下院，当会议还没有召开时，我为了给他写一篇诔文以示悼念，花费了几个小时。如今，这篇诔文已经被记录下来。

约翰·安德森爵士那时候担任枢密院长，是至关重要的内阁委员会主席，以及我国参与"合金管"①工作的首席代表，我认为他是最合适的继任者。约翰·安德森担任过国内税收大臣工作，在内政大臣的岗位上工作了十年。无论在哪个部门，都无法得到像他那样开阔的眼界。虽然他的生命在爱尔兰的骚乱中一直受到威胁，但是他却面无惧色。他在担任孟加拉总督时，受到他人的刺杀，然而他依然像往日泰然自若。他具有敏锐的心思、强劲的信念、坚忍不拔的意志，在各行各业的职务上也具有丰富的经验。

---

① 研究、推进原子弹。——原注

9月24日，约翰·安德森宣布就任。

＊　　　＊　　　＊

达德利·庞德爵士在我们返航的旅途中常常待在舱房之内，所以我看到他的机会并不多，只是在甲板上和他聊了会儿天。他在乘火车开往伦敦的路途中写了一封信给我，要辞去第一海务大臣的职务。在华盛顿，他的病情恶化了，于是我同意他辞去了这份繁重的工作。我有必要好好想想由谁来接管他的工作。海军大臣亚历山大先生建议由海军上将安德鲁·坎宁安爵士接任，因为他在地中海的很多战役中声名鹊起。但很多事情都处在发展之中，很多战役的规模也越来越大，他怎么可以在这个时候从现场抽身而去呢？弗雷泽海军上将那时候担任本土舰队的总司令，他在海上具有非常高的威信，对于海军部的行政事务和参谋工作有长期经验，我向他提出请求，请他来担任这个职务。弗雷泽海军上将回复说，他觉得最适合担任这份工作的是安德鲁·坎宁安，不过无论把他安排到哪个岗位上，他都会绝对地服从命令。他说："我知道我的舰队都很信任我，但是整个海军都信任安德鲁·坎宁安。"对于这件事情，他希望我再三考虑。我告诉他，他的态度非常正确，经过再三考虑和几次协商，我接受了他的提议，而且下定了决心，好好对待更换地中海作战指挥官这个严峻的事情。最后上任的是安德鲁·坎宁安海军上将。他的职位由他的副司令约翰·坎宁安海军上将接管。我于10月4日发布了以下信件，是写给达德利·庞德爵士的。直到现在，公众和海军界都不知道庞德得病的事情，我把这件事情公布于众，并宣布了人事上的变动。以下就是这封信的内容：

因为健康原因，你不得不辞去职务，在本次战争中，我们长达四年的协作就此结束了，我为此感到遗憾。你在海军部和参谋长委员会担任工作期间，为我们国家的安全，以及在军事上取得的胜利做出了突出的贡献，这其中的价值只有我最清楚。你在海洋战争的各个方面都有深厚的知识，而且层次非常高。你以坚忍不拔的毅力对抗接连不断的灾难和祸患。为了赢得胜利，你显现出充分的智慧与镇定的态度，承担了很大的风险。在皇家海军的历史上，你因为以上这些功绩而成为第一海务大臣，必将令人难忘。

其实，我们已经能够控制地中海，在马耳他岛港内的意大利的舰队也已经向我们屈服，更重要的是，潜艇的威胁被减弱到这次战争中前所未有的程度，就在这个时候，你却离我们而去。对你的国家而言，这些功绩的价值是难以计算的，你做出的那些突出的贡献，必将使你的名字多一笔色彩。

庞德辞职后仅两周就去世了。他的中风再次发作，而且更加严重，因此彻底瘫痪。当我最后一次看到他，他的神智还很清晰，不过已经无法开口说话了，而且肢体的大多数地方都无法再活动。我把他的左手握住，向他道别，在这个时候，他把我的手紧紧地握在手中，力气大得惊人。无论是在海军部还是在参谋长委员会，他都是我的一位忠心的战友。10月21日，他离开了这个世界，这天刚好是"特拉法尔加纪念日"。

弗雷泽海军上将的舰队停驻在斯科帕湾，他回到了那里。在那一年年末，他乘坐自己的旗舰出海参加战斗，与德国的"沙恩霍斯特"号战斗巡洋舰相遇，并将其击沉，取得了卓越的功绩。这个插曲对海军意义重大，也具有很高的荣誉。我之后在伦敦与他相遇，他让我想起下面这首颇有名气的诗句：

> 我们在这个战乱四起的岛国故事里，
> 并不是仅出现一两次，
> 恪忠职守的人们，
> 最终赢得赞誉。

我觉得这位海军上将是第一次听到这样的诗句，他看起来非常兴奋。我期望他将其看作我即兴创作出来的。

＊　　　＊　　　＊

我写到这个地方，依然没有详尽地介绍我与美国或葡萄牙相互间发出的长长的电文。这些电文达成了一项协定，是关于英美小型舰队和空军使用至关重要的亚速尔群岛这件事。所有问题都按照我们的意愿被解决了，所以，10 月 12 日，我向议会汇报了我们最终的战绩。我宣布说："我想向下院汇报一件事情，它是一项条约，是在 1373 年，我国和葡萄牙共同签订的，签订人有英国国王爱德华三世、葡萄牙国王斐迪南德和王后埃莉诺。"为了让下院议员听清 1373 年这个日期，我语调很平稳，还稍稍停顿了一下。当人们仔细地考虑这个日期时，会场上安静的仿佛能听见惊讶的声音。我觉得以前和未来都不会有人对英国外交的日常事务做出如此详尽的说明。

我紧接着宣告：

这项条约也得到了 1386 年、1643 年、1654 年、1660 年、1661 年、1703 年和 1815 年做出的各种条约以及 1899 年的秘密宣言的补充。1904 年和 1914 年先后与葡萄牙签订的两次"仲裁条约"，都对这些历史悠久的条约给予肯定。下面是 1373 年条约的第一款内容：

"首先我们已经下定决心，签订盟约，真诚、忠贞、恒久、互惠、持久的情谊，联合、同盟和真挚的感情从今天起，会一直存在下去。我们是真正的朋友，彼此忠心相待，从今天起，你们的朋友就是我们的朋友，你们的敌人就是我们的敌人，在海军和陆军方面，为了与所有生存或死去的敌人相抗争，我们要相互帮扶、维系和援助。"

这项条约在世界历史上是不可超越的，直到如今，它还一直存在，已经接近六百年了。有关它近期的实施情况，我此刻要做个说明。葡萄牙害怕战火燃烧到伊比利亚半岛，所以在战争开始时期保持中立，这种策略得到了联合王国的英王政府的大力支持。葡萄牙政府一遍又一遍发表声明——最近一次在 4 月 27 日萨拉查博士发表的声明中——声称上面这种策略并没有违背英国和葡萄牙之间缔结的同盟条约，而且在战争刚开始的时期，葡萄牙政府又做出承诺，声称不会违背盟约。

我们的商船在大西洋上航行，为了对其实施更好的保护，联合王国英王政府根据这项历史悠久的盟约，向葡萄牙政府请求支援，希望他们在亚速尔群岛给予援助。对于我们的请求，葡萄牙政府已经答应下来，两个国家的政府也已经协商一致，拿出各种方案，并且即刻实施。其一，联合王国英王政府可以利用上述设备的条件；其二，英国在物质和供应上，满足葡萄牙的武装军和国民经济的必要需求。协议规定可以使用亚速尔群岛的设备，不过这只是临时的，丝毫不会影响到葡萄牙政府和领土主权完整。

＊　　＊　　＊

煤炭的迫切需求，作战军队对人力的需求，各个党派争论不下的煤矿国有化问题，这些都在暗地里影响着煤矿的供应形势，所以我不得不在第二天向下院做出长长的演讲，主旨就是煤矿的供应形势。大家在煤矿国有化这一议题上有很多不同的见解，但我只在乎是否能够保持全国上下团结一心。

在刚开始讨论时，我觉得如果我向下院提出请求，让他们关注我们此刻依赖的一些基本原则，也许会起到一定的效果。各党派长期以来的作为或毫无作为，导致我们的国家陷入困难重重的局面，此刻，我们国家的各派政党正联合起来，促使国家摆脱这种局面。已经有十一年时间，我都没有置身其中，所以我在这个问题上占上风。我们因为这场正在进行的战争而彼此团结。强迫任何一个党派背离自己的信仰都是一种失礼行为，也是不恰当的行为，不管是社会党人士、自由党人士，还是工党人士，我们都不会要求他们放弃自己的信仰。外界的事物吸引了我们所有的目光，我们因为它而彼此联合在一起。"战争为上，是否产生不同意见并不重要。如果不是战争所必需的，所有争论都可以搁置不议。"我们就以这作为原则，我们的态度就是这样的。同时还要提防那些拿战争作为借口的人，防止他们间接改革社会或政治，造成特别深远的影响。例如，有关煤矿国有化的问题，这些观点绝不会吓到我们。我在上次大战之后支持过铁路国有化的观点，不过我必须要指出，在大战之后，国家在铁路管理上的一些经验影响了我。公民在这种管理制度下得不到良好的服务，股东的利益也得不到满足，还导致了一场令我一直关注的危险的罢工。我曾经说过，如果给一些恰当的补偿，就没有人会反对国有化这项原则。大家产生歧义的地方并不是道德上的谁对谁错，而是相比私人经营和竞争，国有化是不是能够为国家带来更大的利益。煤矿国有化是一件非常艰巨的事业，它会导致各不相同的观点产生，如果不举行一场大选，我们很难找出一个实行国有化的理由，除非事实证明，我们只有实行国有化，才能取得战争的最终胜利，同时还要得到下院和全国信任、负责的大臣的支持。如今，想要举行一次大选，是一件非常困难的事情。

在大战过后，那些矿工自身以及他们的企业命运如何，令他们忧心忡忡，我听说了这种现象，也非常明白为什么有这种现象。他们在上一次的大战过后已经有了惨烈的教训，在很长一段时期内，这种教训都在摧残着他们的生活，冲击着他们把采矿当作一种谋生手段的观点。我很清楚他们存在这种顾虑。我们应该保持清醒地躺在床上，好好想一想，当战争结束之后那种像噩梦似的令人畏惧的场景，到那个时候，所有人都会困难重重，都会忧心忡忡。拿我举个例子吧！我很乐观，不觉得和平的结局会比战争更糟糕，我不想让和平也是非常糟糟的结局。在上一次大战的过程中，我始终担负着职责，差不多所有人都在大战结束之后表现得很糟糕，国家经常沦落到不可掌控的处境。上一次的大战给我们留下了深刻的印象。我们由于这些经验而取得了远比过去更好的功勋。在之前的和平时期，爆发了一些事情，给我们留下惨烈的教训，我们一定要好好吸取经验。这些经验令当时的政府付出了惨痛的代价，我们充分吸取经验之后，能够比上一次更加有秩序、更加遵守纪律地实现从战争到和平之间的转换。不过我不是为了谴责当时的政府才这样说。

矿工们对他们的命运忧心忡忡。英王政府向他们承诺，等到战争结束之后，现行的管理制度与一些将要进行的变革都会持续下去，除非议会同意改革企业未来的结构。这也就表明需要各党派共同商议裁决，或者举行大选，把政策和政治领袖交给人民自主决定。不管怎么说，当这种设想还没有付诸实施之前，不会大刀阔斧地改变煤矿企业的现有制度，对于它所包含的再就业、工资、利润限制方面的所有保障，也不会取消。我特别希望大家共同在这些方面努力。

那个时候，大家在情绪上急躁不安，这份声明使其缓和下来，我非常兴奋能够再次发表这篇演讲。

* * *

等到了10月28日，还得考虑一个问题——重新建造下院大厦的问题。我一生中的大多数时光都在下院中度过，但是它却被一枚炸弹击中，成了一片废墟。我已经下定决心，在不影响我们的战斗的情况下，尽量快些把它重新建造起来。我如今掌握了权力，可以对事情进行长时期的计划。很多同僚曾经都是议会成员，他们给予我支持，艾德礼先生也诚心诚意提供帮助，于是我计划重新规定英国下院的建筑形式要遵从的两大原则。首先，它不能是半圆形，而应该是长方形。其次这个建筑物的席位仅能够容纳大约三分之二的议员。很长一段时期内，外国人都觉得这个规定令人惊讶，所以我要在这儿说一下。

那些经过反复考虑和经验老到的议员，会认可下院建筑的这两个首要特点。首先是它的形状一定得是长方形的，而不能是半圆形。这对我们的政治生活有很大的好处。政治理论家会热衷于半圆形的议会会场，因为它可以让所有人或所有集团围绕着中心移动，随着政治形势不同，可以采取不同的态度。我这个人只倾向于党派的规章制度，而不倾向于集团的规章制度。集团的规章制度葬送了很多在正轨的、焕发生机的议会，这是我亲眼所见。议会的长方形会场有利于政党制度。一个人从左边通过那些不容易发现的各种等级转移到右边，是很简单的一件事情，不过必须经过认认真真的考虑，才能从这边的席位转移到对面的席位。由于我不只一次（而是两次）从那个困难的经历中而来，所以我对这方面的问题很清楚。与习惯相比，推断只不过是一种笨拙的指引。很多国家从推理出发，建造出半圆形的议会会场，为所有议员提供席位坐下，提供桌子以供写字，还提供可以用来敲击的桌面。在议会的故乡和发源地，我们对议会有了了解，对于议会政治而言，此种推理具有毁灭性的伤害。依照下院的形状而建造的议会会场，还要有第二个特点：它不能大到可以把所有的议员都包容在内，还没有拥挤的感觉，也不能为每一个议员都提供一个相应的席位。对于那些对内情不了解的人而言，长期以来都不知道为什么要有这个特点，新议员们也常常好奇，甚至批判这种做法。但是，从实际的观察中能明白为什么要这样做。假如下院足够大，能够容纳所有的议员，那么在十次辩论中，就会有九次令人觉得是在一种完全空旷或半空旷的会场上进行的，令人觉得气氛萧索。在下院发表一篇好演说需要具备以下要素：气氛像交谈，能够欢快、不正式地插话、交流。通过谈话的方式，我们的很多事情才被解决，在讲坛上演讲的方式并不是一个好方法，它无法取代谈话式交流。一个相对狭小的空间是谈话式交流的必备条件，还要在重要场合中给人一种拥挤、紧凑的感觉，让他们觉得在下院已经协商并议定了很多至关重要的问题。

不管怎么说，这个问题还是遵从了我的意愿。

* * *

在这段忙碌的时期内，我考虑过，我们有能力取得最终的胜利，既然如此，我们要好好商讨一下，一旦取得胜利，会有什么问题随之而来。我用两封备忘录总结了这些有可能随之而来的问题，展现在我的同僚们面前，在这一章的最后，把它抄下来，内容如下：

战争阶段——过渡阶段——和平阶段

首相兼国防大臣的备忘录

1943 年 10 月 19 日

1. 为了在战争结束时，承担我们必须要担负起来的责任，英王政府有必要提前做好准备工作。这些问题迫在眉睫：

（1）对将要复员的人员进行适当安排。同时我们还要预备一定数量的驻军，驻扎在敌人的领土之上。

（2）提供给本岛居民一定量的粮食，供给量要高于战争时期的标准。

（3）恢复我们的出口贸易和商船队通航。

（4）把战争时期的工业生产转变到日常生产上来，最为重要的一点是，在过渡阶段，把工作机会提供给身体健全、渴望工作的人，特别是提供给那些退伍军人。

解决粮食和就业问题是两个至高无上的目标。对于解决它们所必须做的一切决定，在战争结束的几年之内，不管它是不是与立法手续有关，是不是会引起争论，我们此时都要做出来。

2. 关联到这些方面的各个部门和各个委员会已经做了很多工作。有一点我们要重视起来：这些任务都非常急迫，所以不能让党派政治扰乱、掩饰它们，也不能为了做出一个建立全新的世界秩序的计划，而陷入无休无止的探讨之中，最终将其搁置下来。

3. 其实有三个阶段，分别是：

（1）战争阶段。

（2）过渡阶段。

（3）和平和自由阶段。

为了做好准备工作，以应对过渡阶段，本届政府和议会具备一定的权力。假如我们没能够担负起自己的职责，就必须要为此事接受严厉的惩罚。所有准备工作都会在过渡阶段完成，为了方便选民提出自己的意见，知道战争结束后和过渡阶段过后，社会将走什么样的道路，我们应该尽量快些举行大选。

4. 我们不知道本次选举是该按照如今的联合政府中的各个党派商量并提出的一个纲领来竞选，还是要通过下院的本届大部分党派领袖把自己的意见提出来，展现在选民面前。无论采取哪种方式，有一个"四年计划"很可能会被公布出来。在这个"四年计划"中，过渡阶段的很多重大行政措施会被实施，一些有关发展和革新的特大决策也被包含在内。对于战争过后和过渡阶段之后的社会形式而言，这些有关发展和革新的决定都能起到一定的作用，所以新议会有很多工作亟待解决。

5. 有关教育、社会保险，以及重新建造我们的那些被摧毁的住所和城市等至关重要的政策，有的已经达成广泛共识，有的将要达成共识。眼下是战争阶段，为了在过渡阶段的前期就能够实施这些措施，有必要竭尽全力提前做好准备，还要通过所有有必要的初步法案。

6. 与德国之间的战争结束之后，还要花费多长时间，才能结束与日本之间的战争，如今还说不好。把过渡阶段定义为打败德国之后的两年，或从 1944 年 1 月 1 日算起的之后四年，是相对妥帖的方法，不管哪个时期最先到来，都根据这个推断展开工作。

* * *

我在一个月之后下定决心，要任命一位建设大臣，他的办公地点成了在过渡阶段的各项计划的中心。很多人都很认可由伍尔顿勋爵来指挥粮食部的工作，都非常信任他。他好像在各个方面都有一定的才能和经验，足以协调并促进各个相关部门的工作。11 月 12 日，他正式上任。

第十章　和戴高乐将军的紧张关系

戴高乐运动的巅峰——成立法兰西民族解放委员会——有关认可委员会的问题——罗斯福总统如何看待局势——我于 7 月 13 日写出的备忘录——我想让总统在某种程度上表示认可——他拿出另一项合作提案——我们在魁北克争论局势——商量在某种程度上给予法兰西民族解放委员会认可——戴高乐和吉罗继续进行权力斗争——组建自由法国协商会议——法兰西民族解放委员会唯一的主席戴高乐——暴恐行动在叙利亚爆发——与"自由法国"一年来的关系令人失望

　　英国政府在 1943 年夏天与戴高乐的关系变坏。以前，为了团结起在阿尔及尔的各党派的法国人，我们下了一番苦功。我们英美双方都想在法国促成那种稳定的政治局面。为此，我常常催促美国人，让他们接受戴高乐将军，使其变成其中的一个领导人。当签订过克拉克——达尔朗协定后，再加上吉罗的出现，一种紧张的氛围笼罩着法国，戴高乐受到这种氛围的影响，比往日更加倔强了。他的地位在近几周内得以巩固。在被盟军控制住的突尼斯，有很多人支持他。消息从法国首都传过来，在那个地方，中央委员会也悄无声息地成立起来，这些都说明他的威信很高，戴高乐运动进行得风生水起。吉罗答应在此种情况下与他的对手在北非约见。

戴高乐于 5 月 30 日抵达阿尔及尔。为了组建一个统一的临时委员会，便于管理"战斗法国"的相关事情，双方的谈判就此展开。双方在谈判时用语相对尖刻，一个个怒发冲冠。他们针对三个首要问题展开讨论：民政和军事方面的最高权力由吉罗掌控；戴高乐决心要求正式确立"战斗法国"的主权——这样肯定会与 1942 年 11 月达尔朗和马克·克拉克将军签订的条约中的条文相违背；还有如今在北非担任重要职务的前维希政府行政官，特别是诺盖、佩鲁东和布瓦松这些人的问题。在这之中，布瓦松的问题尤为突出，因为 1940 年达喀尔发生的事件，他始终没能得到戴高乐的谅解。

阿尔及尔的形势因为这些始终都在进行的激烈讨论而逐渐紧张。双方最终在 6 月 3 日下午达成共识，还组建了一个法兰西民族解放委员会，吉罗、戴高乐、喀特鲁将军和乔治将军，以及来自伦敦的戴高乐委员会的一些成员都被包括在内，戴高乐从伦敦离开，去往北非时，这个委员会被解散掉。这个法兰西民族解放委员会不包括前维希政府任命的地方长官。如今，这个委员会已经变成"战斗法国"和法兰西帝国的中央临时政府，这种局面会持续到战争结束。

＊　　　＊　　　＊

各位读者是否可以想起，当关于法国的前景的会谈在进行时，在北非，马歇尔将军、艾森豪威尔将军与我正在举行会谈。我还没有离开北非时，曾经把新委员会的委员们邀请过来一起吃午饭。罗斯福总统在我抵达伦敦之后发来一封忧心忡忡的电报。6 月 5 日，他发来电报说道："我想把自己的意见告诉你，说到底，英国和美国的军事力量控制着北非。因此，我们两个可以按照我们的想法来调用艾森豪威尔。那位新娘显然忘记了，一场战争仍在那里进行着。我们只收听到新娘的宣传。我们英美的新闻机构在干什么？我特别希望我们能把这个问题解决掉，它给我们双方都造成了困扰。"

我向罗斯福总统发出了一封回复的电文，阐述了我对阿尔及尔的看法：

前海军人员致罗斯福总统 1943 年 6 月 6 日

1.6 月 4 日，也就是周五那天，我们把法兰西委员会的每一位成员都邀请过来，一同吃了午饭，他们所有人看上去都很友善。一个月之前，我想办法把乔治将军从法国接了过来。他是我的朋友，特别支持吉罗。假如戴高乐的确野蛮专横，也许只有五分之二的人支持他，甚至完全丧失支持者。我觉得我们可以放心地和法兰西民族解放委员会协同工作，因为它拥有集体权力。

2.在我看来，法兰西民族解放委员会成立之后，我与"战斗法国"的领袖戴高乐也就失去了联系。我们的联系是从 1940 年我和他往来的信件，以及之后彼此发出的一些文件开始的。如果有必要，我提议把财政等方面的联系转交给委员会。我觉得在接受武器和供给方面，法兰西民族解放委员会很值得信赖，但是我们应该考察一下他们，看看他们如何处理自己的事情，如何表现自己，最后再决定，让他们在哪种程度上代表法国。麦克米伦和墨菲在一起工作，彼此关系和睦，他们会一直向艾森豪威尔提供详尽的汇报，艾森豪威尔掌握着至高无上的权力，而且具有最后决定权。

3.我对解除布瓦松职务的决定持完全反对的态度。

* * *

他们并没有停下激烈的争论。法国军队的最高统帅由吉罗担任，对于此事，戴高乐坚决反对。吉罗希望北非法军能够独立，不被"自由法国"约束。戴高乐在军事指挥方面表现出来的态度，促使美国更加讨厌他、疏远他。

罗斯福总统再次向我发来一封电报：

罗斯福总统致首相 1943 年 6 月 10 日

就在刚才，墨菲向我发来一封电报，内容如下：

"今天下午，吉罗向我透露，在今天早上召开的法兰西委员会的大会上，戴高乐终于发表声明，宣称自己要上任国防长官，通常情况下，这个职位相当于内阁机构里的陆军部长。法国军队没有积极参加战斗，他请求对其行使指挥权，这一点背离了他跟艾森豪威尔、麦克米伦和我谈及他的想法时发表的言论。吉罗态度坚决，不肯把法国军队的指挥权交出来，坚持国防长官一职由乔治将军担任。喀特鲁提出一项折中的议案，对戴高乐的提议有很大的好处。吉罗向我透露，假如委员会在这个问题上不支持他，他就选择辞职，还要向英国和美国政府，以及法国人民通报，是因为戴高乐的野心，才造成这种有失公允的形势。我已经向吉罗提出先不要着急，等到找到机会与委员会的几个别的委员就此问题展开探讨后，再采取行动也不迟。"

麦克米伦向我汇报了同样的情况。我特别渴望能够简单爽快地签订一份协定。

首相致（在阿尔及尔的）哈罗德·麦克米伦先生　　1943 年 6 月 11 日

对于我们不得不认可的对象，在还不了解它的情况之前，绝对不会考虑要不要去认可它。《马太福音》第七章第十六节说道："通过观察他们的果子，就能把他们认出来。无法在荆棘上采摘葡萄，也不能在蒺藜里采摘无花果。"这一整章都有很大的教育意义。

你等待着时机的到来，想让戴高乐把握住一切机会，使他重新拥有理智，对四周的力量有所了解。这是一种完全正确的做法。假如他以公平公正的态度对待我们和法国，那么我们也可以用同样的态度来对待他。

罗斯福总统不会如此有耐心。

罗斯福总统致首相   1943 年 6 月 17 日

今天，我向艾森豪威尔将军发送了一封电报，以下就是其中的大概意思：

"我们出兵攻克北非时，我们的政府只允许盟军的最高统帅指挥下的机构来统治法国的陆军，坚决反对有别的力量来统治它。我们一定要选派绝对信任的人员。在我们没能充分信任一支部队，不能确定它是否愿意与我们的军事行动进行合作之前，我们坚决不去武装它。在法国人民还没有组建起自己的政府以前，如果它觉得自己可以控制法国，那么我们也不会对成立任何政府或委员会感兴趣。在以后的某个时间段，我们进驻法国时，盟国自然而然会准备一套管理民政的政府计划，使它与法国的主权绝对匹配。我们最终要明确表明，我们已经在军事方面攻克北非和西非，假如没有得到你的认可，谁都没有权力在独立的民事方面做出任何决定。"

*　　　*　　　*

我为盟国和"自由法国"以后的关系深感焦虑。从罗斯福总统发来的这些电报看来，关于戴高乐在阿尔及尔采取的行动，他已经越来越不满意。美国如今已经处于这样的局面：假如他们觉得，在战争结束之后，戴高乐能够影响到法国未来的命运，并且是主导力量，他们也许就会否决所有临时性的行政机构。在军事方面，我认为消除美国人的疑虑是有必要的，与此同时，还要使新成立的临时委员会保留下来。

前海军人员致罗斯福总统   1943 年 6 月 18 日

我反对现在就把七人委员会解散，或者不允许它举行会议。在我看来，比较好的方式是，艾森豪威尔将军把你的训令当成自己的命令下发，墨菲和麦克米伦采用他们觉得最适合的种种方法，促使命令被执行。对于这种政策，英王政府会给予支持。

这个委员会有两条路可选：其一，遵从大部分人的意见，支持我们的决定；其二，坚决反对向他们提供援助的两个大国。对于我们做出的决定，假如他们大部分人愿意接受（这种设想也许会成真），那么就要让戴高乐来做出决定，他与别的反对者到底是遵从，还是辞去职务。戴高乐会因为辞去职务而被舆论指责，为了预防他生出一些祸乱，我们有必要运用某些手段。假如他愿意遵从，那么我们在未来也许会遭遇更多困难，不过这总好过让我们解散这个委员会，因为盟国和法国对它寄予很多希望。我们不该为我们军队的安全规定必要的条件，而把责任加在戴高乐身上。不管怎么说，先用这种办法做个试验是比较聪明的做法。

＊　　　＊　　　＊

美国如何对待法国在北非的政治局势，就某种程度上而言，由军事需要决定。盟军计划登陆西西里岛时，美国与戴高乐产生了争执。就是在这个紧急关头，戴高乐引发了有关法国最高统帅部的争执。无论英国政府和戴高乐之间曾经签署过什么协定，我们都要组止它们破坏我们与美国之间的关系。

我于7月13日拟定一份文件，提交给我的同僚们，在这份文件为有关美国对待法国的政策的演化，做出了总结性的工作。我说：

很长一段时期内，我们始终致力于联合美国人在西北非培养的法国势力与伦敦的法兰西民族解放委员会，特别是联合吉罗将军和戴高乐将军。在卡萨布兰卡会议上，我原本以为能够做出特别好的部署，不过戴高乐将军却做出了荒唐的举动，使这项计划宣告破产，我的同僚们对此都很了解。罗斯福总统自从那个时候开始，就在很大程度上武装了吉罗将军在北非的军队，如今，他对这部分军队的行动和指挥特别重视。为了对美国的政策进行不间断的批判，戴高乐把地处伦敦和布拉茨维尔的机关报调派过来，又联合起英国和美国新闻界里那些支持他的人。这必然使赫尔先生和罗斯福总统心中对他充满厌恶。

这一切都促使我们抱着这样的希望：伦敦的法兰西民族解放委员会先把戴高乐吸收进来。如今已经完成了这个至关重要的一步，他理当联合起法兰西民族解放委员会里的阿尔及尔分子。这个委员会历尽危难与挫折，如今正在慢慢变成一个集体，特别是非军事人员也一天天增加，还把他们的才干表现出来。现在不应把它划分成吉罗派与戴高乐派。应该任由这种良好态势自由发展下去。在接下来的几个月内，假如事实证明法兰西民族解放委员会的主宰者并不是戴高乐和他那个派别的某个人，戴高乐在队伍中也老实本分，诚心诚意地合作，也许会使得委员会赢得罗斯福总统的一些认可。这种结果很难或者在短时间内得到。有必要好好想一想，在这段时间内，我们要采取什么样的政策。

往日，我与戴高乐将军商妥了一些约定，在法兰西民族解放委员会成立时，我很快就把这些约定递交给这个委员会。一定要尽快办理这种手续，不然我们就没法在财政、宣传、叙利亚和别的法国属地，以及控制法国武装部队等这些方面找到交涉的对象。外交大臣告诉我，以前，我们通过了一项法令，任命戴高乐在英国的土地上管理好"自由法国"军队的纪律，如今自然要把这项权力交给新的委员会。委员会实际上是一个集体，不过把它看成权力机构也没有什么不妥。在遇到一些必要的事情时，与他们进行交涉只会给他们带来利益，假如他们能够担负责任，那么他们的力量也会因此增强。

就某种意义而言，这象征着对委员会的认可，不过不能在这段时期强调这一点，也不能在法律上通过任何认可的条款，否则就会给美国带来麻烦，而这种麻烦是毫无必要的。我们应该尽可能不使用"认可"这个词语，也不要采取任何行动来促使这种声势和态度形成，还要根据它实际上拥有的资质，与它不停地进行交涉。委员会应该让支援法国的两个大国再次相信它，特别是要让关系淡化的美国政府再次相信它，重获遭受过创伤的信任是它的职责所在，也是它的利益所在。在这个紧要关头，不管我们做出怎样的行动，只要认可这个委员会，就会使华盛顿勃然大怒。在明年的大选中，一些人策划让罗斯福总统下台，如果我们认可这个委员会，就会让这些人敌视、批判美国政府。我们与美国政府和罗斯福总统之间的真挚关系，左右着战争的整个进程，我们那些在战场上的军队担负着重要的职责，不能采取任何可能影响两个国家之间非常融洽的合作关系的行动，使他们身上的担子更重。近期，戴高乐对苏联溜须拍马，因此赢得了苏联的认可，即便如此，我们仍然要依据美国的政策来制定我们的政策，这才是明智之举。处理这件事情时，不要孤立他们，这一点更为重要，不过也不能在表面上给他们一种我们和苏联联合起来反对他们的印象。

我说过很多次，等到战争结束之后，如果法国变得强大起来，会对英国有莫大的好处，我始终坚持这一观点。我很担忧，华盛顿政府也许会因为反对戴高乐而慢慢演化为彻底的反对法国。假如委员会把戴高乐的力量一点点吸收进去，使他变得微不足道，在做事情时，又能合乎情理，保持忠诚、实在的态度，也许能够转变或减弱美国的这种危险倾向。

法兰西委员会已经意识到，关于他们同美国改善关系一事，我们是认可的，对他们而言，这只有好处，没有坏处。假如能够把我们提交的这些好办法付诸实施，并在当面对这些惹人生厌的事情时，我们保持足够的耐心，采取行动时不失分寸，就有可能为法国和法兰西帝国赢得一个被认可的地位。

*　　　*　　　*

我们的内阁人士慢慢地想要在某种程度上认可委员会。所以，我再次向罗斯福总统发去电报。

前海军人员致罗斯福总统　　　　　　　　1943 年 7 月 21 日

　　外交部、我的内阁同僚以及环境力量向我施加了很大压力，希望我能够"认可"法国在阿尔及尔的民族解放委员会。"认可"具有什么意义？我们可以认可一个人是皇帝，也可以认可他是一个杂货铺的商人。"认可"得不到一个清晰的公式的支持，就什么意义都没有。在戴高乐还没有抵达西北非，新委员会还没有成立时，我们之间的所有联系都是通过他及他的委员会进行的。6 月 8 日，我在大会中汇报："1940 年，我与戴高乐将军通过信件的方式进行交涉，这个由集体负责的委员会的成立取代了这种方式。无论在财政方面，还是别的什么方面，我们今后的交涉，要把整个委员会作为对象。"相比单独与戴高乐进行交涉，我宁肯与这个作为整体的委员会进行交涉，所以这种方式令我感到很满意。几个月以来，我其实始终都在想办法劝导或逼迫戴高乐"担负职责"。因为一些新的进展，这一点几乎被解决了。麦克米伦屡次向我们传达，这个委员会正在取得一种集体权威，而它的主宰者不可能是戴高乐。他还向我们透露，在得不到外援的情况下，委员会也许有一天会垮台，到时候只有吉罗还可以依赖美国的武装力量，保持其在西北非和达喀尔所行使的权力，除此之外，就只剩下戴高乐一个人重新掌握所有权力。因此，麦克米伦极力主张我采取"认可"的方案。在他的报告中，他说，艾森豪威尔和墨菲对这一点都表示赞同。

　　在涉及英国和上面所说的英国和法国两个国家的利益的这种紧急时刻，我也许不得不走这一步。一旦我这样做，苏联也肯定会认可他们，令我感到忧虑的是，你到时候会犯愁。

　　我因此特别希望你能向我透露：（1）对于我采取的方式或与之相似的方式，你认不认可。（2）假如英王政府单独运用此种方式，你会不会心存芥蒂。我个人觉得前面那种方式无疑更好一些。在委员会里，有很多优秀的人才，譬如喀特鲁、马西格里、默纳、乔治，以及在昨天刚刚抵达此处的吉罗。吉罗一定会把所有问题都提出来，事情会变得更棘手。

    在阿尔及尔的民族解放委员会如今以这种方式组建而成，美国人显然不打算给予认可。在这个时候，吉罗正在同美国进行协商，商讨为北非法军供应武器与装备。他在美国住下，但这并未平息支持戴高乐的那一派的怒气。

    我于7月22日收到罗斯福总统发来的一封电报，篇幅很长，也非常重要，它对美国政府深思熟虑之后对法国问题提出的意见做了说明。

罗斯福总统致首相　　　　　　　　　　　　　1943 年 7 月 22 日

    法兰西民族解放委员会如今已经成立，各个方面都请求我们给予认可。一些人请求认可它是这样一个组织：代表包括本土在内所有法国领土上的法国利益的组织。还有一些人想将它看成仅认可它代表前法兰西帝国辖制下的法国利益。大部分人希望在满足英国和美国武装部队的军事需要的前提下，承认这个委员会的权威地位。

    我们始终坚信：首先，与所有民政事务相比较，军事在现在，或在将来，都具有最重要的地位；其次，法兰西民族解放委员会刚起到一定的效果，它理当进一步向大家表明，它能彻底地做到真正的团结，令大家更加放心。以往，法国在政治上或党派上展开争执，目的是促使集团之间相互抗衡，增强个人的野心，这种团结一定要把争执化解掉，还要说明它的真正意图是团结自身，并且团结起它身后的每一个法国人，从而为盟国抵抗轴心国的战争提供援助。它还要牢记，解放法国和盟国赢得胜利是它仅有的目标。

人们觉得法兰西民族解放委员会就建立在由若干个个别的法国人对战争的进行采取的集体负责这个原则之上的，我们和它之间的关系应该保持在这种基础上。很显然，有关军事性质的事情，我们两个国家的政府会直接和法国军队的法国总司令联系。只能等到法国人民逃脱出敌人的控制，才能解决法国的政治问题。

我们国家的政府非常愿意与你们和别的盟国，以服从军事需要为前提，在某种程度上接受这个委员会，一同前行。有一点我们一定要说清楚：一定要让法国人团结起来，这是最基本的条件，一定要实现。

"认可"这个词语会被误解成，只要登陆法国，我们就要立即认可这个委员会是法国政府，所以我觉得无论在什么时候，我们都不能用这个词语。我们可以暂且"接受"委员会在各个殖民地之上建立起来的地方民政当局，"接受"是个与我的想法比较接近的词语。只要对盟国的军事有一定的好处，我们就一定要拥有可以直接和法国殖民地的地方当局进行交涉的权利，与此同时，现在使用的方法也要继续使用下去。马提尼克岛的状况就是一个例子。

吉罗此行来访非常顺利。这次，我们只讨论了军事。每一次开往北非的运输船队都被我们利用起来，把多余的装备直接运送给他的军队。

在电文的最后，罗斯福提出建议，希望采取一种联合方式，此种方式建立在与法兰西委员会进行"合作"的基础之上，而不是"认可"。

我对罗斯福总统7月22日发来的电报做出以下答复：

前海军人员致罗斯福总统　　　　　　　　　　　　　1943年8月3日

1. 第一，在我看来，你提出的那种方式真让人失望，也无法消除我们两个国家的人们要求给予认可的激动心情。第二，形势变得对我们越来越有益。一旦把意大利的所有问题都公布于众，法兰西民族解放委员会便会灵敏地意识到自己受到了轻视。我觉得委员会的总机构如今已经深深地束缚住戴高乐。相比往日在如何安排指挥权的问题上陷入困境，现在要顺利一些。

2. 为了便于我们双方调和彼此的意见，我已经向外交部提出请求，希望他们把你那种方法的修正方案提供出来。假如我们还无法达成共识，可以随后再讨论下去。

魁北克会议将要举行，我们在前面已经对它做出了说明。如今，我们陷入了僵局。

罗斯福总统致首相   1943 年 8 月 4 日

在我们还没有找到一同商讨的机会时，我真挚地希望先不要进行任何行动来"认可"法兰西民族解放委员会。

*   *   *

政治局势已经在北非形成，为了向它表示支持，历经一番费尽心思的探讨之后，我才说服了美国人，使他们运用一般性的语句发表了一个声明。

首相（在魁北克）致（在阿尔及尔的）麦克米伦先生 1943 年 8 月 25 日

1. 经历了一番费尽心思的长时间探讨，我们在"认可"问题上得到了一系列的解决方式，我觉得这是令人满意的。我们觉得不需要用美国和联合王国共同宣言的方法，最好的办法是，我们双方都用自己的语言，把自己的观点表达出来。

2. 我的观点是，为了使我们的愿望变成现实，罗斯福总统和赫尔先生已经竭尽全力。你应该向我在委员会里的朋友们传达，我坚信，最好的方法是他们用真挚的语言来迎接美国的宣言，而不是某种例行的认可，以致引起厌恶。他们越是欢迎美国的宣言，对他们的好处也就越大。此刻，与美国保持和睦的关系，能够在很大程度上使法国受益。相反，假如报纸或广播只知道一味地评判、指责，最终只会再次令美国国务院怒不可遏。

*   *   *

第二天，我们发表了一份公告，宣告认可法兰西民族解放委员会，这宣告了一个时期的结束。虽然法国领导人无论是在举行意大利的停战谈判时，还是在成立地中海委员会处理意大利事务时，都没有被邀请参加，但他们如今可以作为法国的代表，开始和盟国进行正式交涉。

*   *   *

时间一周一周地流逝，戴高乐和吉罗的争权夺利依然在激烈地进行，在民政人员和军事人员的很多问题上，双方常常爆发冲突，戴高乐并非总是不占理。解放科西嘉岛时也生出了不必要的事端，当地的"自由法国"人员曾在9月9日将阿雅克肖攻克下来。过了两天，吉罗把一支远征军调派到这个地方，倒霉的是，指挥军事的官员与支持戴高乐的领导人产生了冲突，双方的关系更加紧张。在军事上，解放这个岛屿的过程非常漫长，不过最终获得了胜利。

首相致（在阿尔及尔的）哈罗德·麦克米伦先生　　1943年10月3日

　　假如你觉得我的以下贺词还算妥帖，劳烦转交给吉罗将军和戴高乐将军：

　　"你们在科西嘉岛的军队一切都很顺利，向你们表示祝贺，希望在不久之后，可以解放这个颇有名气的岛屿，让它重新回到法国的怀抱。"

法军于第二天成功攻克这个岛屿。

＊　　　＊　　　＊

出于拓展法国政权基础的考虑，召开临时协商会议的计划在 10 月间有了进展。吉罗的地位逐渐下滑。只有那些想要和美国保持和睦关系的陆军人士才向他提供支援。而他作为法兰西民族解放委员两个主席之一所得到的支援，却很快消失了。戴高乐证明了他是一个强势的人，没有谁能够比得上。协商会议于 11 月 3 日在阿尔及尔首次召开。法国的政治正在逐渐形成未来政府的雏形。11 月 8 日，也就是北非登陆一年后，吉罗从法兰西民族解放委员会中辞职离开，不过他依然是法国军队的总司令。这些事件会造成什么样的后果？我想到此处就内心焦虑。应该平衡这些具有不同意见的人的势力，这对法国以后的统一是至关重要的。

我于是向罗斯福总统发去电报：

首相致罗斯福总统　　　　　　　　　　　　　1943 年 11 月 10 日

我发现法兰西民族委员会已经改变了，只剩下戴高乐一个主席，因此，我感到非常不快。我们认可的组织的一个最主要的特点是，主席的职务由吉罗和戴高乐两个人一同担任，而如今全部改变了。我认为，在我们得以共同讨论这种局面之前，我们应该保留意见。

在我参加德黑兰会议的途中，我希望在经过开罗时，利用好检阅法国新陆军这个机会，将两个彼此对抗的将军联合到一块。

首相致（在阿尔及尔的）麦克米伦先生　　　　　1943 年 11 月 2 日

从此刻开始，一直到圣诞节之前的这段时间，假如我能够在非洲匀出几天时间，我期待去看看法国的新陆军。请你谨慎地向戴高乐将军和吉罗将军打探一下，看看他们是否都乐于接受。我们可以在某个下午举行阅兵，晚上找个地方过夜，在第二天的清晨视察一些演习。我想在此种情况下做客法兰西民族解放委员会，对于这件事，他们也许会认为，我们此行表达了对他们的尊敬之意，我们也的确要表达这个意思。受到种种原因的影响，到现在为止，我还不能把准确的日期定下来。

*　　*　　*

"自由法国"政权在叙利亚举止野蛮，影响很坏，导致我的想法不能够成为现实。1941年底，"自由法国"宣布叙利亚和黎巴嫩正式独立。我们对这些共和国给予了认可，1942年2月，我们把爱德华·斯皮尔斯爵士调派过来，请他担任英国公使。但在整整一年里，却没有取得任何成绩。两个国家都已经重新组织内阁，不过并没有举行选举。敌对法国的呼声逐渐上扬。两个国家都在1943年3月组建了临时政府。通过7月和8月的选举结果，我们看到，这两个共和国里的民族主义分子在数量上都占绝对优势，大部分人都表示要把托管宪法彻底修改掉。当地的政治家不相信在战争结束后，法国会履行承诺，让他们独立，因为"自由法国"政权实力非常弱，没有什么能力。黎巴嫩政府于10月7日提出建议，希望撤销法国在共和国的地位。一个月之后，位于阿尔及尔的"自由法国"委员会觉得黎巴嫩人无权采取这种行动。埃勒先生从阿尔及尔回来，他代表喀特鲁将军发布命令，把黎巴嫩总统和大多数阁员抓了起来。这导致社会动荡不安，特别是在贝鲁特，最终造成了流血事件。英国内阁非常担忧这件事。

我们与法国人、叙利亚人和黎巴嫩人之间达成的协议，因为法国人的举动而被全面推翻。这与我们发布的大西洋宪章，以及很多宣言都背道而驰。就形势而言，在整个中东以及阿拉伯世界都会被曲解，任何一个地方的人都会说："法国成了什么样子？它向敌人屈服的同时，又想让别的国家屈服于它。"

为了在必要时把英国部队调派过来，让他们去管理黎巴嫩，建立一种新的秩序，我必须向威尔逊将军发布命令，让他准备好，幸运的是，并没有这方面的必要。11 月 16 日，喀特鲁将军从阿尔及尔赶来，与法国当局进行交涉，促使他们在 11 月 22 日把囚禁起来的政客释放掉，为了使叙利亚和黎巴嫩最终取得独立，一场持续很长时间的谈判拉开了帷幕。

　　我们与"自由法国"委员会以及戴高乐将军之间的关系因为这些事件而留下印痕。为了在保持友谊的前提下，拿出一个适用于美国、英国和"自由法国"领导人的联合一致的政策，我们在这一年做出了很多努力，不过却没有得到我们想要的结果。

第十一章　四分五裂的轴心

1943 年秋天

意大利的内部战争——一定要给予意大利国王和巴多格里奥政府以支持——我向罗斯福总统反映这个问题——我们签订了政策方面的协定——墨索里尼在 9 月 14 日与希特勒会见——希特勒评价意大利的法西斯领袖——萨洛共和国——在巴尔干半岛和爱琴海的意大利军队的前景——我把局势介绍给斯大林——巴多格里奥元帅在马耳他岛签订长期的投降协议——罗斯福总统、斯大林和我发出联合声明，意大利也享有共同交战国的地位——斯福尔札伯爵迈上政坛——使用意大利的人力和船舶——10 月 13 日，意大利宣布向德国开战——局势摇摇欲坠

　　墨索里尼想要使法西斯党再次振兴，这使意大利人民充满了对内部战争的恐惧。9 月，战争停止后的几周内，驻守在被德军攻克的意大利北部的意大利陆军官兵和城乡爱国人士，展开游击战，向德国人和那些依然听命于墨索里尼的意大利人发起攻击。他们联系起罗马南面的盟军和巴多格里奥政府。意大利人在这几个月内始终处在内战、暗杀和杀戮的环境之中，全国上下遍布抵御运动，以抵抗德国发起的进攻。意大利的中部和北部也像欧洲的那些被攻克下来的地方一样发起了起义运动，让每一个阶层的人民都为之震惊。

　　他们对战争宣告结束时依然被囚禁在意大利北部的盟军俘虏提供了援

助，这是一项伟大的功绩。盟国大概有八万名俘虏，他们身上的服装依然是战斗时期留下来的，吸引了众多目光，很多人都不懂意大利的语言和地理。此外，起码还要有一万人，受到意大利抵御运动的成员和乡间淳朴的人的冒险帮助，被带到安全的地方。在这些成员中，很多人身上穿的便装都来自于当地的民众。

＊　　　＊　　　＊

自从签署了停战协议和意大利舰队忠贞、勇猛地加入盟军开始，我就意识到有必要与意大利国王和巴多格里奥元帅联合起来，至少在盟军将罗马攻克，有能力和我们一道组建一个拥有很大的基础的意大利政府，从而共同投入战争之前，我理当这样做。相比那些由意大利流亡者和反法西斯政权分子组合而成的意大利政府，我敢肯定，维克多·伊曼纽尔国王和巴多格里奥对那些已经成为我们的共同事业的种种活动，能够做出更大的贡献。意大利舰队的投降就是一个例子，这充分证明了他们的权威。对于那些和墨索里尼一块儿工作过，或者帮助过他的人，仍然有一些人反对与他们交往。在罗马六七个左派政党之中，一个又一个阴谋相继出现，他们为了掌握大权，想把国王和巴多格里奥除掉。考虑到战争形势非常严峻，以及促使意大利心甘情愿地与我们协同作战至关重要，我看到这些趋势时，赶快予以阻止。斯大林信奉苏联的一句名言："在你下桥之前，可以和魔鬼结伴而行。"所以他在这方面支持我。

＊　　　＊　　　＊

麦克米伦在阿尔及尔提出建议。在对他与艾森豪威尔两个人的建议进行一番思考之后，我向罗斯福总统发去电报，以询问他的看法。

首相致罗斯福总统　　　　　　　　　　　　　　1943 年 9 月 21 日

我与战时内阁的同僚们得出下列观点：

建立意大利国王的威信，使他与政府的权威机构布林迪西统治机构一样，同时享有在意大利所有区域统一指挥的权力，这一点至关重要。虽然今天晚上巴多格里奥已经进行了一场广播演说，但是我们依然觉得，意大利国王应该先说上几句，让意大利人民知道他在那个地方，宣告巴多格里奥已经得到他的授权，这是一个接下来仍然会领导意大利的合法政府。无论是对于意大利人民，还是对于意大利驻扎在别的国家的代表和军队，这都是很有必要的。

我们应该让意大利国王和巴多格里奥知道，他们必须竭尽全力，组建一个反法西斯的联合政府，并使之具有非常广泛的基础。如今，已经是危机四伏，对于那些正派人士，只要他们能起到一点儿好处，就要把他们争取过来。对于上面所说的这几条内容，国王理当在广播中做出解释。教授们声称自己是六个政党的代表，假如他们与斯福尔扎伯爵一起努力，定会获得很大的利益。有一点一定要说清楚，为了服务战争而进行的所有行动，万万不可在以后阻碍意大利人民选择出他们心目中的民主政府。

到现在为止，我们的计划中还没有提及，要授予巴多格里奥政府同盟国的资格。能够把它的地位定位在共同交战国，就已经是不错的结果了。从这种定位来看，我们要一点点改变意大利的性质，使它作为一个有效的国家力量与德国展开战斗，不过它必须依靠自己的力量，关于这一点，我们已经谈到过。我们希望巴多格里奥以停战协议为前提，继续为盟国做出贡献。依据结果给予相应的回报是我们的原则。巴多格里奥有权向德国宣布开战，虽然他不是同盟者，但假如他向德国开战，便也可以即刻与我们协同作战。

我们不打算把盟国军政府设立在各个地方，这一点可以让巴多格里奥知道。假如他愿意与我们合作，那些从敌人手中抢夺过来的领土，我们打算立即交由他的政府管理。无论是对于具有悠久历史的意大利，还是对于西西里岛和撒丁岛，这项提议都非常合适。对于那些交由意大利政府管理的领土，联合国家需要经由管理委员会与它进行交涉。

假如此时就能够签订全面的投降文件，哪怕是有一些更改，我们也会感觉，这远比签署之前更便于行动。从目前的情况来看，对于很多条款，布林迪西统治机构都没有执行的能力。当我们把军队拓展到半岛的北部，并把领土交由意大利政府管理，这些问题就会呈现出来。我们不想陷自身于此种境遇，所以不得不和意大利政府在所有要求上都锱铢必较。我们越是往后推迟签订投降文件，遇到的麻烦就会越多，所以我期待艾森豪威尔应该以外交大臣发来的电文为前提，让巴多格里奥在最短的时间内签署。

要让意大利国王和巴多格里奥即刻收到这项计划。意大利国王要听从建议，公开发表宣言，这一点最为重要。做这件事情，没必要非要等到修改好政策之后。

我在发出这封电报的同时，也发来了一封罗斯福总统的电报，内容如下：

罗斯福总统致首相　　　　　　　　　　　　1943 年 9 月 21 日

对于以下电文，假如你表示认可，我会即刻把它发给艾森豪威尔将军：

考虑到意大利当下的局势，最为重要的是尽快采取切实有效的行动。

1. 在进一步的命令尚未到达之前，你先不要同意长期的停止战争的协议。

2. 以满足军事需要为前提条件，为了方便意大利在自身能力之下与德国展开战斗，你授权可以在任何时候提出减少军事停战协议的条款的意见。

3. 假如意大利现在的政府宣布对德国开战，我们理当允许它依照下文中的第四段里的规定，使它以意大利政府的身份来行使自己的职责，所以在向德国开战时，应该把它看成共同作战者。相互体谅是此种关系的前提条件，也就是，当意大利有权选择他们最终要建立哪种政府时，而且在还没有把德国人赶出意大利的领土之前，关于意大利建立哪种政府的问题不能做出决定。

4. 条件允许时，盟国军政府和为停战协定执行委员会提前设定的相应职能，要在最短的时间内交付给盟军总司令辖制的盟国委员会。这个委员会享有这样的权力：任何时间都可以指挥、命令巴多格里奥政府在军事、政治和行政事务方面的相关事务。

5. 不管是什么方法，只要切实可行，你就要运用，还要亲自指导，鼓动意大利武装部队，使它向德国开战。

我觉得这两份指导文件，在每一项重要的观点上都没有什么矛盾，只有一项例外：暂且不签订长期的投降条款那一部分。我支持罗斯福总统有关签订长期的投降条款的观点，所以我们都想把他的电文当成我们两个人的指导意见，把它提交给艾森豪威尔将军。

*　　*　　*

墨索里尼重获自由之后，于9月14日首次会见了希特勒。在接下来的几日内，他们两个人进行了一番探讨，商量怎样在德国军队攻克的意大利区域中，使意大利法西斯继续存活下去。意大利法西斯领袖在9月15日宣布，法西斯党的领导权再次落入他的手中，而且，作为新的共和—法西斯党，把那些叛乱的人摧毁掉之后，精神高涨，打算在北部再次组建一个忠心耿耿的政府。如今，旧制度带着一副革命的伪装，似乎在短期内就可以使生命之火再次燃烧起来。不过，德国人看到结果后大失所望。那个时候，戈培尔做出的评论透露了此种消息。

意大利发生了巨大的变化，但是法西斯领袖并没有像我们的元首所期待的那样，从中得到一个合乎道义的结论。他与我们的元首见了面，还再次得到了绝对的自由，自然非常兴奋。我们的元首希望，他先去尽可能地报复那些曾经背叛过他的人。但是他并没有这样做，这一点把他的局限性充分地暴露出来。我们的元首和斯大林都是一个革命家，他却完全不同，一心想着履行自己对本国人民的义务，以致缺少一个世界革命家和叛逆者那样的大志向。[①]

这种局面是不可扭转的。墨索里尼半推半就，拉开了"百日丑剧"的序幕。他在9月末把总部设在加尔达湖畔。这个名叫"萨洛共和国"的影子政府，无人不知。它是一场笨拙的悲剧，在此处上演直到散场。这个统治意大利长达二十几年的独裁者和立法人，把他的情妇带在身边，成了德国人的奴隶，生活被他们限制住，按照他们的想法生活。德国精心挑选出一些卫兵和医生，监视着他，把他与外界的所有联系都切断了。

身在巴尔干半岛的意大利部队，没有料到意大利会投降，当地的人民展开了游击战，德国人也采取了报复行动，很多部队都陷入这种尴尬的境地，处境十分危险。报复行动非常残忍。驻扎在科孚岛上的七千多名意大利士兵，差不多都死在他们往日的同盟者之手。在克法利尼亚岛上，意大利军队的抵抗持续到9月22日。那些没有在战役中死去的人，很多人都被枪决，剩下的也都被流放到外地。在爱琴海的各个岛屿上，某些驻扎在那里的士兵妄图分割成小团体，意欲往埃及方向逃窜。位于阿尔巴尼亚、达尔马提亚海岸和南斯拉夫境内的某些意大利军队分遣队，加入了当地的游击队。他们还被逼着参加劳动，军官都惨遭枪杀，这种情况非常普遍。意大利位于门的内哥罗的两个师团中的大多数官兵，由铁托组建成"加里波第师"，战争快结束时，他们蒙受了很大的损失。9月8日，意大利军

---

① 选自《戈培尔日记》。——原注

队在巴尔干半岛和爱琴海地带宣布战争结束，之后将近有四万人丧命，那些死在流放营中的士兵还未算在其中。

*   *   *

我把眼下的局势和我们的政策向斯大林做出解释。

首相致斯大林总理   1943 年 9 月 21 日

德国人把墨索里尼变成了他们的傀儡，把他推上这个被叫做共和的法西斯政府的元首之位，所以，向这种行动立即展开反击是非常有必要的，我们要想尽办法，使意大利国王和巴多格里奥的政权更具权威。他们和我们之间已经签署了停战协议，在接下来的时间里，他们以忠贞的态度履行了这份协议，还把他们的大多数军舰上交给我们。出于军事方面的考虑，在意大利境内，对于那些想要向德国人开战，或者最起码想要阻止德国人的军队，我们一定要把他们动员起来，集结在一块儿。那些军队已经在行动，并且表现得很积极。

我提议劝说意大利国王，说服他通过广播的形式向意大利人民发出呼唤，让他们承认巴多格里奥政府，团结一致，还要宣称他计划组建一个具有广泛基础的反法西斯的联合政府。等到战争结束之后，关于意大利人民选择组建什么样的民主政府，他不能采用任何方式来横加阻拦。

还要发出宣告，更改和执行停战协议时，会承认意大利政府、陆军和人民在与敌人的战斗中，取得的突出的成就。虽然意大利政府可以自由向德国宣布开战，但是我们只能根据这种行为把意大利定性为共同交战国，而不能把它定性为同盟国中的一员。

现在，停战条件里的一些条款还不能被执行，不过我依然坚持签订全面的停战协议。在此种情况下，我们将向巴多格里奥发出通知，等盟国政府将敌人控制着的具有悠久历史的意大利本土、西西里岛和撒丁岛解放出来后，就交由盟国执行委员会领导下的意大利政府来管理。

我正在把这些建议提交给罗斯福总统，希望你能支持这些建议。你很容易就能够获悉，事情因为军事方面的原因而变得非常紧迫。例如，德国人已经被意大利人驱赶出撒丁岛；很多岛屿与关键地带都被德国人掌控住，以我们的实力，有能力把这些地方占为己有。

他做出以下回复：

斯大林总理致丘吉尔首相 　　　　　　　　　　1943 年 9 月 22 日

你于 9 月 21 日发来的电报，我已经收到。

1. 我支持你的观点，让意大利国王通过广播的形式，向意大利人民发出宣告。不过我觉得有一点非常必要：意大利国王发出宣告时，应该说明白，意大利已经向英国、美国和苏联投降，接下来会同英国、美国和苏联一起向德国发起攻击。

2. 你说很有必要签订全面停战的协议，对于这项建议，我表示支持。你提出意见时有所保留，认为在如今这种情况下，一些条款无法执行。我却认为只是在被德国攻克的那些区域内，这些条款才不能成行。有关这方面的内容，不管是什么样的情况，我都希望你能够向我证实，并进行必要的解释。

我曾经向罗斯福总统询问过，对于这一点，他怎么看，还告诉他，停战协议委员会就要在意大利成立，我觉得可以让它来处理长时期的投降条件。我接下来向他发出一封电报，下面就是电报的内容：

前海军人员致罗斯福总统 　　　　　　　　　　1943 年 9 月 24 日

麦克米伦在这个时候对我说，他坚信，巴多格里奥近日内就会在所有条件上签字，还说争议会因为我们延缓了时间而越来越多。想要让新的委员会发表他们的见解，还需要一些时日。我会因为在此刻就解决这件事情而感到非常高兴。如果这样做，也许以后会为我们省去很多困难。

我们在艾森豪威尔的提议下，使序言的用语温和了许多。我们已经做出了决定，在9月3日签订的那份停战协议依然有效。

前海军人员致罗斯福总统　　　　　　　　　　　1943年9月25日

我不清楚你会对约大叔采取什么样的政策，所以当他发来电报支持意大利国王，以及提出完整条件时，我没有给他回复。我发来的电报，你肯定已经收到。麦克米伦告诉我，让巴多格里奥签字是一件很简单的事情。

罗斯福总统给出如下答复：

罗斯福总统致首相　　　　　　　　　　　　　　1943年9月25日

假如能够在最短的时间内签字，对于你提出的长期条件的建议，我表示支持，并且已经把此项建议告诉给艾森豪威尔。

＊　　　＊　　　＊

别的政治纠纷在这个时候出现了。

首相致（在阿尔及尔的）麦克米伦先生　　　　　1943年9月25日

巴里电台以"意大利和阿尔巴尼亚国王及埃塞俄比亚皇帝"的名义进行广播，这里的人们为此感到惊讶。假如这种无知的行为出现第二次，我们所有的政策在这个地方都不会再有支持者。那位国王总不会愿意被送回埃塞俄比亚帝国，接受他的冠冕。

我觉得意大利国王的演讲要审查一下才能发表。假如时间紧迫，至少你应该检查一下。发表演讲时，很有必要提一下苏联，因为斯大林对我们的支持非常有帮助，正是由于他的支持，我们才制定出这个方针——利用意大利政府。

巴多格里奥元帅在 9 月 28 日从布林迪西出发，乘坐一艘意大利巡洋舰向马耳他岛驶去，目的是签订一份长期投降协议。为了接待他，艾森豪威尔将军、艾森豪威尔的参谋长比德尔·史密斯将军、戈特勋爵及亚历山大将军，在"纳尔逊"战列舰上举行了正式的仪式。有关无条件投降的建议，巴多格里奥希望把它删掉，不过盟军司令们态度强硬，他们觉得这是一场在盟军政府提出的文件上签字的正式集会，所以不能允许就此问题进行商讨。

当双方签过字之后，针对宣布向德国开战的问题，巴多格里奥和艾森豪威尔将军做出了简短的商讨，这位意大利元帅提议向德国宣布开战。当参观了在马耳他港停泊的意大利舰队之后，一天的行程被宣告结束。

前海军人员致罗斯福总统　　　　　　　　　　　　　1943 年 9 月 28 日

经过协商，我们达成共识，认为在现在这种情况下，应该对长期投降文件密不外传。我坚信，约大叔会支持这种做法，假如你能作为我们两个的代表，告诉他我们的意见，那就再好不过了。

我们觉得不该去商讨把罗马变成一个不设防御机构的城市，因为这会阻碍我们的军队行进，对敌军也产生不了一点儿约束力。

*　　　*　　　*

刚开始时，我们那些在意大利驻扎的军队，不知道采取什么行动来应对新的形势。意大利人在三年间始终是他们的敌人。意大利人加入了联合国家的阵营，仅在几周的时间内，他们的地位就发生变化，某些人的态度也因此产生了变化。我们再也不能征用军需品了，因为他们不肯向英国军队提供住宿的地方，并且假如没有意大利提供的定量配给证明，英国军官也无法得到食物上的供给。看到英国军票时，那里的人总抱以疑惑的目光。有一名英国高级军官曾经担任过北方的军政长官，如今，他与意大利人交涉时，仅是一个联络官的身份。他们无法再通过强行征用的方式来获取那些便捷的条件，而只能请求意大利人给予他们援助。这种请求太过频繁，使意大利的新政权日益感到苦恼。不久后，掌握最高权力的当局改变了这种做法，不过，某些意大利民众抓住了这个变革的好时机，从中获得了很大的好处。为了向意大利人和全世界解释什么是"共同交战国"该有的地位，罗斯福总统和艾森豪威尔将军觉得应该发布一个公共宣言。对于这项提议，我表示支持。

前海军人员致罗斯福总统　　　　　　　　　　　　1943 年 9 月 30 日

　　对于发布一个联合宣言的提议，我表示支持，这也许是一个可以让约大叔也参与进来的好机会。如今，他的确承认意大利人也是共同交战者，这一点非常清楚。我们要花费几天时间来与莫斯科取得相互联系，不过这种花费是值得的，因为苏联参加这次行动具有特别重要的意义。

　　不知道你能不能支持我们，按照我们期待的那种发表公开宣言的方式，告诉斯大林这些内容？相比与我们联合发表公开宣言，他是否更愿意不署自己的名字，只以我们的名义进行发表？对于这篇草拟出的宣言，他也许会提出更改的建议，我们应该想到这一方面。

　　我觉得有几个地方需要改一下，更改意见会包含在我将要发来的电报中。假如你对这些表示支持，并且愿意与斯大林取得联系，不知道你能不能按照此种形式向他提交正文部分？

　　以下内容就是我草拟出来的宣言：

　　"有关巴多格里奥元帅发表的意大利王国政府的立场问题，英国、美国和苏联这三个国家的政府表示认可，而且还愿意接受意大利国家和武装部队的积极合作，在与德国展开的战争中，把它们当成其中的一个共同交战国。从 9 月 8 日开始，在一系列军事行动中，德国军队向意大利平民展开的惨绝人寰的残害事件，最终致使意大利向德国宣布开战。意大利也因此成为实际上的共同交战国。以此为前提，美国、英国和苏联这三个国家的政府将会继续和意大利政府协同作战。等到把德国人从意大利驱赶出去之后，三个国家的政府将会实现诺言，遵从意大利人民的意愿。意大利人民想要依据宪法来选择他们所希望的民主形式的政府，这项权利拥有绝对的自由，不能忍受遭遇一点儿损伤。

"对于近期签署的条约而言，意大利政府和联合国家各国政府之间的共同交战国关系，不会对其产生影响，所以它们依然具有一定的效力，当意大利政府支援联合国家的事业之后，盟国政府会据此签署协议，再做出更改。"

罗斯福总统和斯大林对这份文告表示支持。

*   *   *

如今，斯福尔札伯爵已经迈入意大利的政治领域。他在法西斯党尚未发动革命之前，曾经担任过外交大臣和驻巴黎大使的职务。他在墨索里尼掌权时代一直处于流亡状态。他在居住在美国的意大利人之中，算得上是一个非常卓越的人才。他发表过支持意大利加入盟国进行战斗的言论，近期，他向国务院的一名高级官员写了一封信，信中说他希望与巴多格里奥展开合作。形势变得紧迫起来，他觉得是时候把意大利的主权掌控在自己手中了，他坚信自己有资格获得此项权力。很多美国人都支持他，一些美籍意大利人也推选他。在意大利战役中，我们建立起来的军事思想是以意大利国王和巴多格里奥为基础的，所以罗斯福总统想在不推翻意大利国王和巴多格里奥的基础之上，让他成为新政府机构中的一员。

前海军人员致罗斯福总统　　　　　　　　　　1943 年 9 月 30 日

　　你发来电报说到斯福尔札与其政府将要合作一事，我觉得，他的公开演讲至少可以说对意大利国王毫不留情。9 月 26 日，他发表了一篇演讲，我在这篇演讲记录中找到下面这段话，这意味着他也许还有助于我们为战争做出的努力。

　　"假如意大利的领导人现在愿意端正态度，努力投入战斗，那么与他们协同作战，并把德国人从意大利驱赶出去，将会成为我们的职责。

　　"我只有一个最重要的愿望：为取得战争的胜利做一件有益的事情，正是从这方面出发，我才说出这样的话。不管是哪个政府，只要它能够赢得盟国的信任，并且能够在目前证明它有能力把德国人从意大利驱赶出去，我们就应该在它身边团结起来。

　　"假如明天就向我发出命令，让我成立一个共和国，我会说，'不行！把德国人从意大利的领土上驱赶出去才是我们当前最应该做的事情。意大利人拥有这样的愿望，不过，当他们拥有自由之后，他们自己会有所抉择。'"

　　前海军人员致罗斯福总统　　　　　　　　　　1943 年 10 月 1 日

　　你发来的有关斯福尔札的电报，我已经收到。他好像说出了很多问题，不过，很多地方都与他信中所写的情况有很大的不同之处。他是要想办法协助巴多格里奥的王国政府，还是要使那个政府的威信丧失，现在要做出抉择了。我们首先要明白自身立场，才能去扶植他。假如你把他送到意大利，经过联合王国时，我们在这里用友善的态度去进一步劝说他，会是一件很好的事情。在艾森豪威尔的领导下，意大利人发起了很多抵抗法西斯主义和德国人的小规模战斗，在我看来，假如直接让斯福尔札回到意大利，那他只会去阻挠这些小规模战斗，这是一种没有太大好处的行为。

　　罗斯福总统致首相　　　　　　　　　　　　1943 年 10 月 2 日

　　你发来有关斯福尔札的电报，我已经收到。我听闻，他和他的儿子将要于 10 月 3 日乘坐飞机前往普勒斯特维克，再赶赴马拉柯什。

　　我希望，你能够抓住他停留在联合王国的机会，好好教训他一次。

　　我今天向艾森豪威尔发去一份电报，下面是电报的内容：

　　"让巴多格里奥知道，在如今这种情况下，美国政府无法容忍戈兰迪加入巴多格里奥政府。墨索里尼下台时，虽然戈兰迪做出了突出的贡献，但是他毕竟曾经与法西斯主义联系紧密。假如此时允许他加入布林迪西政府，很多不好的评论与误会就会纷至沓来。无论是谁，必须要有清晰、明了的自由和民主原则，才能加入巴多格里奥政府。当美国政府看到负责人是这种类型的人之后，才会觉得应该扶持当下的意大利政府。

　　"在抵抗意大利方面，德国已经部署了积极的作战步骤，巴多格里奥政府也已经展现出自身的最大实力，它公开宣告它已下定决心，势必动用武力把德国侵略者从意大利的领土上驱赶出去。意大利只有即刻向德国宣布开战，才能得到一个共同交战国的地位。"

　　我抓住斯福尔札伯爵从伦敦路过的时机，与他聊了很长时间，我觉得我们两个已经达成共识。我们会尽快解放罗马，组建一个具有广泛基础的非法西斯主义的政府，在此之前，他会依据此项协议，忠心耿耿地与意大利国王和巴多格里奥在一起工作。所以，我坚持我们的政策。只要意大利还没有得到解放，我们就决心一直支持君主政权。让意大利政府加入我们的阵营，与德国展开战斗。吸纳一些颇具代表性的，以及抗拒德国的人物，通过此种方式来强化这个政府。我们此时关于意大利事务做出的部署，要让苏联人加入进来。

＊　　　＊　　　＊

我们对这些意见进行商讨时，我竭尽全力，希望把意大利的人力和船舶都运用上。

首相致外交大臣　　　　　　　　　　　　　　　1943 年 9 月 26 日

我们是不是应该与意大利政府商讨一下如何征用意大利的俘虏和人力，并签订一份协议文件？这么多意大利人逃脱法律与束缚，肆意在英国或北非逗留，我们是无法容忍的。假如要将他们遣返回自己的国家，我们的航运一定会变得紧张起来，另外，我们也离不开他们在人力上的援助。看管大量俘虏的工作决不能影响到我们在非洲展开的军事行动。我们的第一装甲师仅负责看管俘虏的工作，实际上已经没什么用处了。

通常情况下，那些从非洲起航，返回联合王国的船舶，什么东西都没有运输。我们应该提出建议，在还没有与意大利政府签订新的条约之前，不要间断把俘虏输送到联合王国的工作。假如他们不间断当下这种工作，并且严格按照纪律行事，我就准备提升意大利人的地位。

首相致海军大臣，海军副参谋长和坎宁安海军上将

1943 年 10 月 2 日

1. 不管是停驻在亚历山大港还是别的地方的意大利海军战舰，都不能什么事情也不干。此刻，我向美国提出建议，希望把"李特利奥"号军舰开到美国，在那里装备之后，再投入到太平洋战场上，以方便他们使用。我还得向罗斯福总统提出建议，当战争结束之后，意大利的这些军舰都交给我们来支配。原因有三：其一，向意大利发起进攻时，

我们是主力；其二，我们的主力舰蒙受了巨大的损失；其三，为了支援当下的短时期内制造军舰的计划，我们已经终止了制造主力舰的工作。我非常肯定这些提议会以友好的态度被接受。我期待你们能够对上面所说的这些提出自己的意见，也期待你可以把这些舰只的构造情况和价值告诉我。

2. 我们一定要充分利用巡洋舰和其他战舰。在地中海的港口中，一些至关重要的战舰无所事事，对此，我们无法容忍。理当把那些至关重要的和最现代化的战舰投入使用，同时淘汰掉我们的那些老化的战舰。为了充分利用那些陈旧的意大利战列舰，可以把它们编入沿海炮轰分舰队中。因为到了1944年，英吉利海峡和印度洋都会需要这些分舰队，只是并非长期需要。

*   *   *

前海军人员致罗斯福总统   1943 年 10 月 4 日

我们已经向意大利发表公开宣告，约大叔也已经加入我们，所以现在最重要的事情就是，逼迫意大利国王快些宣布开战。我很清楚，你也持有这样的观点。我提议，向艾森豪威发布命令，让他把最大的压力施加给意大利国王。别让他再空谈什么等到把罗马攻克下来再宣布开战。我们觉得这是意大利人的好时机，他们可以利用这个时机建立功勋，以弥补他们的罪过。假如你支持我的观点，那么不需要再和我进行商议，可以立即发布必要的命令。

总统即刻展开了行动。

罗斯福总统致首相   1943 年 10 月 8 日

我在 10 月 5 日向艾森豪威尔发出通知，内容如下：

"总统和首相已经达成共识，觉得意大利国王理当在最短的时间内向德国宣布开战，不需要非等到把罗马攻克下来之后。你一定要向意大利政府施加压力，逼迫它早日宣布开战，不需要等到拥有更多成绩之后。"

10 月 13 日，意大利王国政府向德国宣布开战。

＊　　　＊　　　＊

首相致（在阿尔及尔的）麦克米伦先生　　　　　　　1943 年 10 月 23 日

拓展意大利政府的基础，强化它的左倾力量，这是我的策略。在这个地方，我们对现在的几个人物缺乏深入的了解。你要注意这些，并事无巨细地呈报给我。

我特别清楚，在我们尚未将罗马攻克之前，先不要对意大利政府采取任何形式的重组。将罗马攻克之后，意大利和罗马天主教会就会拥戴我们。如果能够恢复巴多格里奥和意大利国王的职位，就会拥有更大的机会去争取意大利的实力派。我们在那个地方进行交易，他们在那个地方展现自己的实力。

一定要注意，不可在这段时间内采取任何会减弱意大利国王和巴多格里奥当下地位的行动。我们反而要向他们提供援助，领导着他们和我们的军队共同前进。另外，还要全力以赴，找到一位能够强化现在的政府力量的人。

前海军人员致罗斯福总统　　　　　　　　　　　　1943 年 11 月 6 日

从我得到的每一个情报来看，假如我们拆散意大利国王和巴多格里奥一块儿演的这场戏，定会蒙受巨大的损失。对我们而言，维克多·伊曼纽尔并不重要，不过，意大利舰队正是由于他和巴多格里奥的联合才最终投降，如今，这支舰队起到了巨大的作用。这次的联合目前享有极大一部分不幸的意大利军队和人民的忠诚，也受到意大利驻扎在各个地方的外交代表们的支持。我们不能减弱对他们的支援，这样会加重英国和美国军队承担的重任。我觉得，当我们尚未将罗马攻克，并组建一个具有广泛基础的意大利政府，我们不该支持改变巴多格里奥与意大利国王的政权。

艾森豪威尔大体上也是这个意思，对于这一点，我非常清楚。我们必须要守护好已经取得的胜利，才能取得更大的胜利，也只有把罗马攻克下来，才有机会取得更大的胜利。

我去开罗和德黑兰之前，意大利的形势就是这样动荡不安。

第十二章　错失获胜机会的岛屿

东地中海的钥匙罗德岛——我们有能力把爱琴海攻克下来——威尔逊将军的计划宣告失败——陆军少校杰利科勋爵的激进行动——联合参谋长委员会支持将罗德、莱罗斯和科斯诸岛攻克下来——德军坚守罗德岛——希特勒重视爱琴海——德国军队再次将科斯岛攻克下来——有必要尽快向罗德岛发起攻击——我于10月7日向罗斯福总统发去电报——他发出让人失望的回复——我于10月8日又向他呼吁——华盛顿的态度强硬——始终没有解决这个问题——希特勒下定决心把战场拉到罗马的南面，我们的计划因此彻底失败——威尔逊在10月10日做出汇报——我悲伤地退让——我于10月10日向罗斯福总统发去的电报——我们的军队防御莱罗斯岛的前景——德国军队在11月12日发动攻击——一次沉痛的打击——下层人士给予反对，愚昧而固执

　　因为意大利的投降，我们也许可以以最小的代价，换取爱琴海上的战利品。对于意大利国王和巴多格里奥元帅的命令，意大利的驻防军表示服从。如果我们能在各个岛屿上，在德国军队采取威胁手段并把他们的武装解除之前到达那里，他们是会向我们投降的。虽然德国军队的人数特别少，但是他们已经不再信任他们的同盟国，并且准备了应对之策。在次要的作战地带，我们始终把罗德、莱罗斯和科斯这三个岛屿看成首

要的战略目标，它们都是堡垒。罗德岛有非常好的飞机场，它是这群岛屿的钥匙。为了对那些有可能被攻下的岛屿实施防护措施，并使这片海域全部落入我们的海军之手，我们的空军会在那个地方起飞。将一些英国空军从埃及和昔兰尼加调派出来，迁移到罗德岛，可以保卫埃及，甚至会取得更好的效果。我觉得假如不攻占这些地方，就会失去一次很好的机会。我们拥有足够的实力控制爱琴海的领空和领海，进而可能对土耳其产生决定性的作用，因为在这个时候，意大利已经崩溃，这对土耳其的影响特别深远。一旦将爱琴海和达达尼尔海峡攻克下来，海军就找到了一条通往苏联的捷径。北极护航队也就不需要冒很大的风险，不用付出很大的代价，维系那条从波斯湾经过的漫长的、讨厌的供给线。我起初就觉得有必要做好准备，从而充分抓住意大利溃败和德国被围攻的每一个机会。

首相致伊斯梅将军，转参谋长委员会　　　　　　　　1943 年 8 月 2 日

1. 如今，有一项工作非常重要，一定要想尽各种办法，促成这项工作。在克里特岛和罗德岛上，假如那里的意大利军队抵御德国人，就会紧接着形成一种相持不下的形势，我们要尽快给意大利人提供援助，这样能促使那里的居民也提供援助给我们。

2. 今天，有必要向中东方面发出通告：暂停向土耳其提供任何援助，以防止紧急情况的发生；为了紧紧地抓住可能出现的机会，他们要准备好远征的军队，而没必要非要遵循师的编制。

3. 因为没有时间，所以无法像往常一样进行编制，对于现在的每一个作战部队，都要利用好。能不能想出一个办法，既不影响向意大利发起攻击的重要战役，又能找到一些攻击舰艇？这不是意味着一定要让装甲的登陆舰来运输军队实施登陆。如果岸上的朋友可以给他们提供支援，就会产生不一样的效果。能不能在舰艇和海岸之间运用轻

舟和小舰艇？

　　虽然这种行动需要承担特别大的风险，但是它却能够以最小的代价得到最多的战利品，所以我希望参谋长委员会能够给予支持。

　　早在几个月之前，中东司令部就已经做出抢占罗德岛的计划和准备工作。为了赢得这场战役，第八印度师于8月份展开了训练和演习，计划于9月1日乘船出发。去年5月份，华盛顿会议做出了一项决定，为了使这项决定实施，联合参谋长委员会于8月26日向中东司令部发布命令，把那些原打算用来运送第八印度师前往罗德岛的船舶调派到印度，从而向缅甸海岸发起进攻，而且这个师正在准备着加入中地中海的盟军部队。

＊　　＊　　＊

　　从战略目标方面来考虑，我们在很长一段时期内，都想把爱琴海的岛屿攻克下来，所以意大利投降时，我们便把注意力又汇聚到爱琴海的岛屿上。我于9月9日在华盛顿向中东总司令威尔逊将军发出电报："是时候大干一场了。要见机行事，还要大胆地做出抉择。"虽然威尔逊将军特别希望立即发动进攻，但是他的军队已经被抽调干净了。他那个时候仅有第二百三十四旅，这是一些驻扎在马耳他岛的军队，经历了艰难困苦。他在当地凑了一些船只来承担运输工作，除此之外，没有任何别的船只。他那儿有一批攻击舰艇，曾经接受过训练，不过近期却被调到别的地方了，虽然对这些舰艇的掌控权还落在他的上级手中，但是美国人有很大的压力，他们想要把我们的船舶从地中海调出，前往各个不同的地方，有的被调派到西面加入很久以后才会展开的"霸王"之战，有的被调派到印度战场。在意大利瓦解之前所取得的和适用于完全不同情况的某些协定，还在被人严格遵守，最起码那些中层官员还在这样做。为了以最快的速度在多德卡尼斯群岛展开行动，威尔逊做出了严密的计划，但是却被无情地搅乱。我们在接下来的日子里，不得不竭尽全力，在缺乏兵力的情况下，将那些在战略上和政治上都至关重要的岛屿攻克下来，做好它们的守卫工作。

戴维·斯特林中校获得过三级特殊功勋章，他组织特殊空中防务团插入敌人后方，在敌后两三百英里的地方向敌人的机场发动了一系列大胆的袭击，并且赢得了胜利，近期，他们甚至还把攻击范围扩大，以至于已经到达沙漠之外的某些地带。陆军少校杰利科勋爵是杰利科海军上将的儿子，也是这个冒险队的指挥官，为了逼迫罗德岛投降，他在9月9日晚上，带着一个小队空降到这个岛上。假如我们将一个港口和一个机场攻克下来，以很快的速度把英国军队调派到那里，就会对意大利军队产生鼓舞作用，促使他们控制住远比他们更少的德国军队。德国军队非常强悍，面对他们，意大利军队不得不选择屈服。杰利科只得以最快的速度撤退。罗德岛上已经有六千名德国士兵把守，从此以后，想要把它攻克下来，需要更多的兵力，这超过了中东司令部的承受能力。

魁北克会议做出了最终决定，联合参谋长委员会根据这个决定，在最后的总结中给予支持，计划把罗德、莱罗斯和科斯这三个岛屿攻克下来。威尔逊果断采取行动，调派小规模部队，通过海运和空运两种方式，以最快的速度赶赴别的岛屿，9月14日，他做出以下汇报：

梅特兰·威尔逊将军致帝国总参谋长　　　　　　　1943年9月14日
　　罗德岛的形势很快就变得糟糕起来，以致我们没有时间采取行动。意大利军队经历了小范围的轰炸之后，就把市镇和港口都交到德国军队之手。从此以后，只能实行突然登陆的方法。第八印度师为了参加这个战役，做过一系列训练和演习，令人遗憾的是，它如今被调派到中地中海战区，海军部还把他们的舰艇分派到各个地方。罗德岛上的意大利军队曾经放出狠话，势必要抵御德国军队，如今却没有一点儿

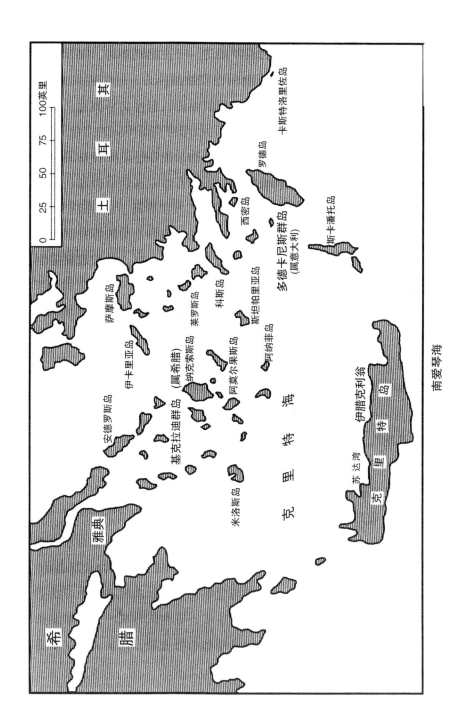

士气，不想再进行反抗。我们已经攻克了卡斯特洛里佐岛，如今又把军队调派到科斯、莱罗斯和萨摩斯等岛上。今天，我们已经在科斯岛编成一小队"喷火"式战斗机，到了晚上，会让步兵以空降的方式到那里驻守。我们还会调派一支步兵分遣队，赶赴莱罗斯岛。我建议在以后的日子里，向敌人位于爱琴海的交通线发动突然袭击，一旦遇到合适的机会，就调派希腊的兵力将希腊的岛屿攻克下来。新西兰师也会被调到中地中海战区，因此，虽然第十印度师只有少量装备，但是当下只能依靠他们的力量。

由于艾森豪威尔将军全权支配中东战区的所有部队和物资，所以我们没能力突然登陆罗德岛。1522年，土耳其人用一个方法将这个岛屿攻克下来，我希望我们也用这个方法，因为这样不会花费太多时间。

假如我们没能将罗德岛攻克下来，那么我们在爱琴海上所拥有的一切都会陷入危险境地。为了实现目标，我们只得充分利用空军的实力。假如我们能达成共识，这件事并不会浪费我们太多时间。曾经，我们主动把我们拥有的所有首要资源，都上交给艾森豪威尔将军和他的参谋们，但是，对于这个很容易就能够实现的目标，他们好像没有察觉到。

我们如今已经知道，德国人预料到我们会出现在他们的东南翼，威胁到他们的安全，所以感到惊魂不定。在9月24日德国元首总部召开的一次会议上，陆军和海军的代表们表明，趁如今还有充足的时间，应赶快撤出克里特岛和爱琴海上的别的岛屿。他们声称往日是出于向东地中海发动攻击的目的，才把这些地方攻克下来，不过现在的局面已经产生了很大的变化。军队和物资对防守大陆具有非常重要的作用，所以他们强调一定不能让它们有所损耗。对于他们的观点，希特勒给予了驳斥。他态度强硬，觉得如果撤退，肯定会对产生很坏的政治影响，所以拒绝下达撤退的命令，更不肯下达从克里特岛和多德卡尼斯群岛撤退的命令。他声称："我们的东南欧盟国和土耳其对我们的实力是否有信心，决定着他们对我们采取的态度。假如把这些岛屿丢掉，将会导致非常恶劣的影响。"他最终下定决心，要捍卫爱琴海岛屿，事实表明这个决定是对的。在一个次要的战区中，他打了一场大胜仗，而对重要的战略地位只造成了很小的损失。他在巴尔干半岛做出了错误的决定，不过在爱琴海战区却做出了正确的决定。

＊　　＊　　＊

我们没有将克里特岛攻克下来是正确的选择。驻扎在岛上的很多德国军队，以非常快的速度将意大利军队的武装解除，把防守的工作掌控在自己手里，短期内，我们在外围的一些小岛屿上还能够进行特别顺利的作战行动。调派军队的工作将在 9 月 15 日通过海上和空中两种方式展开。为了提供支援，英国皇家海军会把驱逐舰和潜水艇调派过来。像小型沿海航船、帆船和汽艇等这些运输工具，也一并被征用。三个营的兵力在月末将科斯、莱罗斯和萨摩斯这三个岛相继攻克，一些小规模的分遣队在很多其他岛屿上顺利登陆。他们遇到的那些意大利驻防军态度非常和善，不过，那些令意大利驻防军炫耀的海岸防御工事和防空设施都十分粗陋。我们的船舶匮乏，所以没能力把自己的重武器和车辆输送过去。

就像罗德岛一样，科斯岛在战略上也占据至关重要的地位。只有科斯岛这一个地方拥有一个飞机场，我们可以让战斗机在那里展开行动。这个机场很快就修好了，随即投入使用，为了守护好这个机场，还调派过来二十四门"博弗斯"高射炮。敌人展开反击，首先把这个岛当成他们的目标，他们从 9 月 18 日那天开始，以越来越高的频率向这个岛发动空中袭击。据我们的侦察机汇报，敌军的一个护航队正在靠近，10 月 3 日拂晓时分，德国的降落伞部队降落到中央机场，因为我们在机场的防御兵力只有一个连，所以被他们打败了。我们部署的那个营的剩余兵力都驻扎在这个岛屿的北部，敌人在此处成功登陆，把这些兵力打乱了。我们最多只能调派出一个营的兵力，岛屿上的战线有三十英里那么长，我们被敌军左右夹击，很显然，这点儿兵力根本起不了什么作用。科斯岛被攻陷。敌军的护舰队向科斯岛驶去，皇家海军竭尽全力去阻止它们，却以失败告终。这是因为发生了一件意外事件：只剩下三艘驱逐舰没有被调到别处。海军的重要战舰要在马耳他岛汇聚一处，不过这件事对时间的要求并不迫切，我们的两艘战列舰也是其中的一部分，接到命令之后，也向马耳他岛的方向驶去，剩下的所有舰只都担负护航的职责。

＊　　＊　　＊

威尔逊在9月22日做出汇报，他提出了一些最基本的合理要求，以便在10月20日左右向罗德岛发动进攻。他要求调用第十印度师和一部分装甲旅，除此之外，仅要求把海军的护卫舰、炮击舰、三艘坦克登陆艇、几艘军事运输舰、一艘医院船，以及可以空运一个伞兵营的运输机拨给他。我们没有能力向爱琴岛的军事行动提供援助，为此，我觉得十分苦恼。我于9月25日向艾森豪威尔将军发去电报：

> 中东总司令将要向你发去有关罗德岛的电报。在东地中海和爱琴海上，罗德岛是至关重要的地方。在那个地方，假如德国军队的防御能力得以强化，就会对我们构成一个非常大的威胁。中东司令部并没有太多要求。请把详细情况告诉我，我会因此而感谢你。关于这个问题，我还没有把它告诉华盛顿。

我觉得请美国朋友给我们提供有限的支援的要求并不过分，这样做的目的是把罗德岛攻克下来，进而把莱罗斯岛防守住，同时把科斯岛攻克下来。我们在刚过去的三个月内不停地逼迫他们，虽然他们最终选择了退让，但是也因为我们赢得了巨大的成功而得到了回报。提出一定的援助请求是我的权利，这样才能强化英国军队的实力。如今，英国军队就要前往爱琴海参加战斗，联合参谋长委员会已经同意把他们调派到危机四伏的战场上。假如我们的登陆舰的数量能够输送一个师的兵力，再让盟军的空军支援我们几日，我们必将攻克罗德岛。如今，德国人又把局面掌控在自己手中，往爱琴海投入很多飞机，这对我的这个目的造成很大的冲击。

＊　　＊　　＊

有关这个问题的所有情况，我都向罗斯福总统做出了详尽的说明。

前海军人员致罗斯福总统　　　　　　　　　　1943 年 10 月 7 日

1. 有关东地中海的未来局势，我特别重视。我们早在意大利刚刚瓦解时，就已经调派小规模的分遣队从埃及出发，相继将几个希腊岛屿攻克下来，尤其是科斯岛和莱罗斯岛。科斯岛有一个飞机场，而莱罗斯岛却是意大利的海军基地，那里有用来防守的设备，也有强悍的永久性炮台。意大利驻军对我们表示欢迎，我们抱着让他们加入共同承担防守任务的目的，做出了这次贸然进攻的行动，不过最终却换来了失望。如今，科斯岛已经被敌军攻克，仅剩下一些部队依然在山区坚持战斗。莱罗斯岛也许会有同样悲惨的下场，而我们也没能实现攻克罗德岛的计划。

2. 我们不久后就会发现，在军事和政治上，意大利半岛和巴尔干半岛已经结合在一块儿，我们不得不对抗这个统一战场。对于在爱琴海发生的情况，假如我们不管不问，自然也就不可能在进攻意大利的战役中获得最终的胜利。显而易见，德国人对这个东战场给予了足够的重视，为了维系他们在那里的位置，他们果断地把很大一部分力量从空军中抽调出来，而他们的空军本来就已经陷入窘境。他们不得不担心匈牙利和罗马尼亚将背叛他们，以及保加利亚可能会走上激烈的分裂道路。土耳其时刻都可能把它的所有力量都用来抵御敌人的进攻。

对敌军而言，希腊和南斯拉夫的形势非常不利，这一点我们完全可以发现。假如我们只想到，我们采取军事行动就会促使意大利产生巨大的政治变动，获得璀璨的胜利果实，却不去想我说的那些国家也能突然发生相同的、甚至更大的瓦解事件，我们就太目光短浅了。假如我们能够引起这样的反应，从中间年取利益，就会减少我们在意大利所要承担的任务。

3. 我始终没打算往巴尔干半岛调派军队，只不过想通过提供特工人员、军需用品和突击队的方式，来鼓舞已经在那儿的各个区域打得非常激烈的游击战。这种做法产生的作用是难以想象的，而对我们的主要军事行动造成的损失则微乎其微。我提议，将罗德岛和多德卡尼斯群岛中的别的岛屿攻克下来；让我们的中东空军向北进军，把基地建立在这些岛屿之上，或者建立在土耳其海岸上（这种可能性比较大）。这样就会逼迫敌人分散它们的兵力，分散的程度甚至远远地超过了我们的需要，还能给我们带来机会，促使我们在新战区内，与敌军日渐衰退的空军展开战斗，进而重重地削弱敌方的实力。敌军只剩下这些空军实力，我们和他们之间展开的战斗次数越多，对我们越有利。

4. 对于上面所说的这些，罗德岛是关键所在。在我看来，如今的进攻计划并不完美。最起码还要调派出一个最有实力的师团，这是需要且值得的。等我们把这个岛屿攻克下来，自然能够调派一般的驻防部队接防。作为一个海军堡垒，莱罗斯岛是一个至关重要的地方，我们现在要谨慎地守护这个岛屿。只要我们一直守住这个地方，空军和轻型的海军舰只就能在此做出更大的贡献。应该快速、有力地使这一战略付诸实施，这就有必要调来精锐之师，并且提供充足的运输工具，不然还是不实施的好。这种军事行动只是在短期内离开了主战场，然而它能产生深远的、永恒的作用。

5. 我请求你好好想一想这个问题，不要置之不理，不然，在接下来这艰难的几个月里，我们所有设想都会落空。就算从"霸王"作战计划的编制中抽调出一些登陆艇和攻击舰，满足输送一个师的要求，使用几周而不更改行动的时间，也是有意义的。这是一个绝佳的机会，也是一个很容易就失去的机会，我预感到我们很容易会错失良机。不知道你能不能赶在联合参谋长委员会做出决定之前，先把这封电报拿给马歇尔将军阅览一下。

　　罗斯福总统发来一封电报，当我收到之后，感到万分心痛。他已经把这封电报寄给艾森豪威尔，这意味着他不打算提供任何支援。我得到过承诺，而且这个承诺也得到了他和美国三军参谋长的认可，但是我如今却只能独自面对即将到来的打击。过去费了很大的力气才消除的那些悲观思想，如今却又要卷土重来。

罗斯福总统致首相　　　　　　　　　　　　　1943 年 10 月 8 日

　　如果强迫艾森豪威尔更改计划，必然会对我们预想中的结果造成损害，所以我不想这么做。为了在罗马北面开拓一条坚固的战线，一定要在最短的时间内在意大利展开战斗，并使其顺利进行下去。

　　假如艾森豪威尔将军觉得，原先计划中的某项更改，对他当下强化在意大利的地位产生了不利的影响，我便不会支持这样的更改。在地面部队和装甲师方面，艾森豪威尔的对手稳占上风；相比敌军的这些颇有名气的特点，我们为强化地位做出的努力却行动缓慢。

　　在我看来，调派兵力或装备时，绝不能对提前做好的"霸王"作战计划产生损害。

　　对于以上提议，美国三军参谋长表示支持。

　　我把这封电报做出一个副本，并提交给艾森豪威尔。

有一句话引起了我的关注："在我看来，调派兵力或装备时，绝不能对提前做好的'霸王'作战计划产生损害。"有一种说法是：对于与"霸王"作战计划相关的五百艘登陆艇，假如延缓六周归还其中的九艘，就会对1944年5月展开的主要作战行动产生影响。这种说法完全是一种借口，简直是不顾各项计划的轻重缓急。不管怎么说，毕竟还要等到六个月之后，才会实行"霸王"作战计划。因此我下定决心，再一次向罗斯福总统发出恳求。我想到在今年6月份，我与马歇尔将军一起去了一次阿尔及尔，后来得到了一个非常好的具有很大的意义的结果，自从那次旅行之后，我们好运不断，所以我请求采取同样的方式。我已经做好了充分的准备，计划乘飞机前往突尼斯。

前海军人员致罗斯福总统　　　　　　　　　　　1943年10月8日

1. 以往，我们达成共识并采取行动后，赢得了非常大的胜利，并对以后造成至关重要的影响，所以我真挚地向你发出请求，请在这个关键时刻想一想我的提议。

2. 假如在目前不能攻克罗德岛，对地中海的战局也不闻不问，势必会在战略方面做出特别大的错误选择，对于这一点，我深信不疑。我坚信，假如我们举行一次会谈，就可以把这场战役列入我们的计划之内，这不会影响到我们进军意大利，也不会阻碍"霸王"作战计划的准备工作。我一直支持向意大利发起攻击，这一点你是知道的。我也打算以诚恳的态度支持"霸王"作战计划。

3. 你可以回想一下，我们在魁北克接到汇报，声称到12月1日，我们只能在意大利汇聚起不足十二个师的兵力，当时我心急如焚。如今才到了10月9日，已经超过十五个师的兵力实现了登陆，在它们之中，将近十二师已经加入战斗。敌军正在往北撤退，并打响后卫战，还带走了战果。我们不能确定攻克罗马的时间，可能是10月，也可能是 11 月。不过有一点已经确定，我们在 12 月之前，甚至更晚一些的时候，我们不能在意大利北部同德国的主力部队接触。我们可以掌控自己前行的速度。

4. 我们可以调派出一个师，将罗德岛攻克下来，并且在我们的军队抵达之后，德国军队的防线设立之前，将这个师重新调派到意大利战线。我们有充足的时间支配。

5. 为了解决这些困难，我们不得不寻觅出一些解决方法，还要搞明白哪种方法最为合适。我希望你可以把马歇尔将军或你的私人代表调派到那个地方，与我进行一次会谈，我会与英国三军参谋长一道，即刻到艾森豪威尔的总部去，在商讨过后得出最终的结论，提交给你和你的三军参谋长们。周日，也就是 10 月 10 日，我们就会抵达那儿。

那天稍晚些时候，我再次向罗斯福总统发出电报：

1943 年 10 月 8 日

1. 我需要再说几句，做个补充。我说过这样的话：根据我的预测，延缓六周才能把九艘登陆舰艇送到原来的地方，是唯一影响"霸王"作战计划的因素，根据预测，在这个月之内，这九艘登陆艇会从地中海出发，还要等将近六个月，"霸王"作战计划才会用到它们。在对我们共同的事业做出决定时，我觉得要有某种伸缩性，留有一定的回旋余地。

2. 魁北克会议做出过这样的决定：为了实施训练，调派四艘登陆舰，连同它们装载的飞机，从东地中海出发，一直前往孟加拉湾。事实表明，这是一个错误的决定。意大利的投降带来了全新的局势，理当以这个局势为基础，对所做的决定进行重新审核。但是，实际上并没能做到这一点，这导致中东的登陆艇被抢夺一空，他们本可以用最小的付出换取最大的胜利。

请务必注意发送以上这两封电报的日期是10月8日，这一点特别重要。我们就是在那天得到的情报，从而充分表明我的观点正确无误，也就是说，敌军让后卫部队打掩护，正在往罗马或它的北面撤军。我们在一两天之后才搞明白敌人的意图，他们想坚守罗马南面的阵地，与我军进行战斗。此种情况带来一种全新的局面，虽然如此，对我们驻守在意大利的军队而言，它本身没有造成任何直接的威胁。

罗斯福总统致首相   1943年10月9日

你(10月8日)发来的电报，我已经收到，对于你提出的几点建议，我认真地做了研究。我和众位参谋长一起对这些建议进行了仔细的考虑。敌军展开行动，我们的军队也许会蒙受损失，这才是我关心的地方。敌方有空军，在兵力上也占上风，他们的总指挥不仅聪明，而且勇猛。我们期待能够在意大利组建一条战线，并保证它的绝对安全。

对你在东地中海的各种麻烦有了充分了解之后，我给你发去电报，目的是告诉你不可从意大利抽调一兵一卒，否则就会威胁到盟军在意大利的安全。不要为了那些不太重要的目标，损害"霸王"作战计划。

此时，为了对罗德岛之战可能引发的任务做出推断，我们差不多知道了一切事实。我觉得这个战役不仅意味着要把罗德岛攻克下来，还表明了我们计划继续进军，对于这一点，德国人一定会清晰地看到。假如不继续进军，科斯岛和克里特岛就会从两面合围罗德岛。

我同意这样做：以不承担重大责任为前提，尽可能多地在多德卡尼斯群岛找到立足之地。从目前的局势来看，我们不能只是组织一次具有严密组织和强硬态度的军事行动，而是要一直坚持这个行动。要从别的地方调派进攻工具，才能将这一军事行动付诸实施，船舶和飞机是其中最重要的工具，地面部队就不必要了，所谓别的地方，是指意大利、"霸王"作战计划，以及蒙巴顿的两栖作战部队这些方面。接下来以下问题将会出现在我们面前：我们是把发起进攻的地点选择在巴尔干半岛的南端，还是就像我们商量的那样，以很快的速度从罗马北面发起进攻？后者更安全一些，也能赢得更大的胜利。我觉得向罗德岛发动两栖大战一定会非常危险，不过如果采取后面这个方案，那么盟军对巴尔干半岛造成的威胁必然会高于两栖作战对罗德岛造成的威胁。敌人很清楚，我们没有一个向罗德岛发起攻击的固定方案。我们要从战略的角度思考一下，一旦将爱琴海的岛屿攻克下来，接下来要向哪个地方进攻呢？再从对方的角度来思考一下，假如德国军队先继续控制那些岛屿，他们又会何去何从呢？

你提议在周日——也就是 10 日那天——举行会议，事实上，它会成为联合参谋长委员会召开的又一次会议，参加会议的肯定只有一部分代表，我是无法参加的。我说句实话，这种做法在现在的情况下并不妥当。我觉得我们可以经由参谋长机构对要商讨的问题做出更改，与你提出的方法相比，那样做更有利于解决问题。大多事实都已经被我们获悉，用不了多长时间，计划明天在突尼斯召开会议的结果就会被我们知道。

* * *

当罗斯福总统给出答复以后，我最后的希望也破灭了。如今，我只能提出要求：虽然罗斯福总统刚开始发来电报给予否决，但是它不会影响在总司令会议上自由商讨这个问题。这是一个非常合理的要求，自然赢得了支持。

首相致威尔逊将军　　　　　　　　　　　　　　1943 年 10 月 9 日

　　召开会议时，你应该全力为在罗德岛进行的"武士爵位授予式"作战计划争取支援。在我看来，为这个计划调派的兵力现在肯定还不充分。如果对你遇到的困难不管不问就不好了。下一个月地中海的战略形势显然可以用"向罗德岛发起猛烈进攻"这几个字来总结。所以，做事情不能马马虎虎。尽量说出自己的需求，和亚历山大进行协商。我现在已经全力以赴。

前海军人员致罗斯福总统　　　　　　　　　　　1943 年 10 月 9 日

　　1. 我向您提出的建议已经浪费了您太多的时间，多有冒犯，也特别感谢。为了按照你的想法行事，并且因为你无法把马歇尔将军调派过来参加会议，所以我放弃了自己的旅行。我已经给威尔逊打电话，告诉他我不会在没获得你的同意之前去旅行。

　　2. 你在电报的最后说，突尼斯会议计划在今天召开，我们要等待会议的结果，再经由联合参谋长委员会研究并解决，我对此表示支持。

　　3. 令我感到担忧的是，10 月 8 日，你向我发来的电报副本，我已经交给艾森豪威尔，他会认为这是你发布的命令，觉得这个问题已经形成定论。假如真的是这样，我会觉得难以接受。所以我希望你可以说清楚，在这次会议中，可以无所顾忌地从各方面来审核这个问题，将他们形成的结论，经由联合参谋长委员会向你和我汇报一下。我提议，当中东代表在会议上提出了他们的意见之后，一定要全面、自由、耐心和不偏不倚地考虑这个问题。

　　4. 威尔逊将军如今正在计划，到了 23 日，他将调用艾森豪威尔交由他指挥的军队，向罗德岛发起攻击。在他看来，这些兵力已经够了，不过我依然持怀疑态度，觉得他算计得太过详细。

　　所以，我觉得，他是应该得到杯水车薪的援助，还是应该放弃这个作战计划，这才是问题所在。

5.就算他们有能力坚守一段时间，莱罗斯岛也定然会因为此次战役的取消而被攻克，我们还要把爱琴海彻底抛弃。自此以后，再不能去爱琴海，我们不会从那儿获得太大的好处，只会使政治和心理这两个方面蒙受非常大的损失。

6.我非常赞同你的观点，认同在意大利集结兵力是一件至关重要的事情，为了表达我对这件事情有很大热情，我已经运用了很多方法，比如，为了让艾森豪威尔将军的作战计划实施，向英国中东指挥部提供的各种供给已经被我削减下来，因为这些地方与我们之间也存在着非常大的利害关系。

罗斯福总统回复了我的电报，内容如下：

罗斯福总统致首相　　　　　　　　　　　　1943年10月9日

已经向艾森豪威尔发出以下电报：

"首相向总统发出一封电报，他害怕总统在10月8日向首相发出的电报副本一旦寄给你，就会被你误解为是总统的训令，让你觉得已经对问题做出了最终的定论。首相希望我向你做一番清晰明了的解释，计划今天在突尼斯召开的会议，可以无所顾忌地从各方面来审核这个问题，随后还要将你和威尔逊将军形成的结论，经由联合参谋长委员会向总统和首相汇报一下。首相提议，当中东代表在会议上提出了他们的意见之后，一定要全面、自由、耐心和不偏不倚地想想这个问题。

"总统下达命令，对于首相的提议，你理当接受，并以此作为你的行动方针。"

在召开会议的紧要关头，我们收到一份情报，声称希特勒已经下定决心，要向他在意大利的军队提供援助，并计划在罗马南面进行一场主要的战役。该情报推翻了一个定论，即向罗德岛发起攻击只需要少量援军。威尔逊做出以下报告：

威尔逊将军致首相　　　　　　　　　　　　　　1943 年 10 月 10 日

1. 我在昨天收到你的电报，那时突尼斯会议尚未召开。我与坎宁安和亚历山大商讨了一番。从现在的规模来看，实施罗德岛计划可能会有一定的风险，我对此观点表示认可。战争结束时，本可以实施这项计划，不过倒霉的是，我们的航运工具在前几日被调派到别的地方，好时机转瞬即逝，它到来时，我们却没有抓住。

2. 局势从那个时候开始发生变化：如果我们先调派一个旅的兵力发动突然袭击，再于四日后调派另一个旅的兵力前去支援，要是遇上天时不利，此种行动方式也许会导致这两批部队被相继打败。只有调派参加"霸王"作战计划的登陆艇，以及亚历山大用来发动进攻的战舰、登陆艇和飞机，才能实现我们在昨日的大会上达成的共识，也就是满足当下的兵力需求。从昨日的最新情报来看，意大利的战局明显有了很大的变化，我不得不允许亚历山大调用当下的一切人力和物力参加战斗。

3. 约翰·坎宁安、林内尔和我在今天清晨做出假设，以在将来实施罗德岛计划为前提条件，对爱琴海的局势进行了审核。我们得到以下结论：虽然莱罗斯岛和萨摩斯岛的防御工作会越来越艰难，还要依赖土耳其的力量，但是有可能做好。周二，艾登将会抵达此处，我到时候会和他就此问题展开探讨。让守军撤退怎么着都算得上是一个非常棘手的问题，但愿永远不会有这一天。我们在爱琴海坚守不退，而敌人想把我们赶走，这就使他们的很大一部分兵力受到了牵制。

我即刻给出如下答复：

首相致威尔逊将军　　　　　　　　　　　　　1943 年 10 月 10 日

　　你要尽量坚持。一定可以在这场战役中取得卓越的成绩。和艾登
全面协商一下，看土耳其人会给你提供怎样的支援。①假如你已经竭尽
全力，最终还是不得不选择撤军，我定然会去援助你，不过，你最好
全力以赴，赢得这场战役。

　　形势的改变，使得那些参加意大利战役的将领们受到了影响，虽然我
明白这一点，但是直到今天，依然不愿意相信，攻克罗德岛的计划与别的
计划竟然无法相容。在战争时期，虽然我因此承受了巨大的痛苦，但是我
选择了退让。当一个人必须要退让时，只得痛快地表示顺服，抗争只会白
费力气。我不能冒着风险，在众多严峻的问题还没解决之前，损害我和罗
斯福总统之间的私人关系。我抓住意大利传来消息的机会，接受了一个目
光短浅的抉择，直到现在为止，我依然觉得这是一个目光短浅的抉择。我
还发了一封电报给罗斯福总统，电报中的第一段内容，我在别的地方也提
到过，以下就是这封电报的全部内容：

前海军人员致罗斯福总统　　　　　　　　　　1943 年 10 月 10 日

　　1. 艾森豪威尔将军对会议做出的报告，我如今已经看过。德国人
妄图即刻援助意大利南部，把战争推进到罗马，艾森豪威尔将军所说
的"过去的四十八小时中的激烈变化"就是指这件事情。如今，我已
经预想到，在还没有抵达罗马之前，我们要应对的不只是把敌军的后

---

　　①　为了参加外长会议，艾登现在正赶赴莫斯科。——原注

卫部队打退，还要应对一场非常凶猛的战斗。我对会议得出的结论表示支持，即：我们不能抱着拥有和平的间断时间，进而将罗德岛攻克的想法，我们还要把当下所有的精兵强将都投入到本次战斗中。至于与罗德岛相关的问题，要遵照艾森豪威尔将军的提议，等到冬季战线在罗马北面顺利设立之后，再去好好想一想。

2. 如今，对于爱琴海的形势，我们一定要正确看待。就算我们曾经下定决心，于23日向罗德岛发起进攻，但也许没到那一天，莱罗斯岛就已经被攻克。我已经提出建议，请求艾登、威尔逊将军和坎宁安海军上将一起审核：使用土耳其周边的登陆地点，在此基础之上，运用隶属于中东司令部的资源，竭尽全力把科斯岛抢夺过来。假如这种做法起不到一点儿效果，我们就必须在今天晚上或明天晚上，把输送敌军攻击部队的护舰队中的一支顺利地消灭掉，不然就无法改变莱罗斯岛的命运。

3. 我向你提议，请告诉威尔逊将军，假如他觉得局面非常糟糕，可以随便向驻防军发布命令，让他们在晚上撤军，将每一名意大利军官和尽量多的意大利人都带上，还要把大炮和防御工事都摧毁掉。我们进行战斗时，不指望意大利人的力量，但我们的官兵仅有一千二百名，连组建一个必要的炮台都难以实现，更不用说防御外围阵地了。土耳其的收容所不是一个安全的处所，不能长时间在那个地方逗留，也许，他们应该沿着土耳其海岸撤退。

4. 我做出这个决定时，心有多痛，我不想多说。

* * *

我对亚历山大说：

首相致亚历山大将军   1943 年 10 月 10 日

你如今要想尽办法，收拾这种惨败的局面。假如事情没有任何转机，你也毫无应对之策，不如和威尔逊将军一起商量一下，是把莱罗斯的守军往土耳其撤退好一些，还是先让他们将炮台炸毁，沿着海岸线想办法逃离险境好一些。此外，还要尽力将其他岛屿上的远程沙漠部队撤出。相比任由他们沦落为俘虏，或者使意大利军官被枪杀，这种做法更好一些。

我向威尔逊将军发去电报：

首相致威尔逊将军   1943 年 10 月 14 日

    仅给你留下很少一部分兵力，你竟然很好地利用起来，这令我感到欣慰。千万不要灰心丧气。

*   *   *

一切行动都小心翼翼，最终却什么都没有得到。事实表明，还要八个月，我们才能将罗马攻克。在秋天和冬天这两个季节里，要把英国和美国的重型轰炸机的基地从非洲撤出，搬到意大利，所需的船舶数量相比原先在两星期中将罗德岛攻下所需的船舶量要多二十倍。罗德岛依然像一根刺，扎在我们的肉里。因为土耳其看到盟军只待在海岸周围按兵不动，就也不再服从管理，还拒绝我们用它的飞机场。

美国参谋人员固执己见，如今英国人却要付出代价。虽然我们竭尽全力维护我们在莱罗斯岛的地位，但是我们在那儿的一支小型部队实际上已经有了确定的命运。我们所有的地面和空中的精兵强将，都在我们的主动要求下交由艾森豪威尔自由指挥，相比 5 月在华盛顿和 8 月在魁北克商议的规模，它的规模要大得多。我们超过最高统帅部的计划和期望，竭力强化在意大利的驻军，不过，我们手中的这些剩余军队用在哪里？如今有必要好好商量一下。莱罗斯岛和萨摩斯岛惨遭非常凶猛的轰炸，这是德国军队进攻的序幕。莱罗斯岛的守军不断增加，如今已经有一个旅的兵力——三个强悍的英国步兵营。这三个营的士兵经历过在马耳他岛被围攻和粮食匮乏的时期，此时，他们仍在恢复体力和战斗力。

科斯岛被攻克时，海军部下发命令，让强悍的海军支援部队从马耳他岛出发，一直开到爱琴海，其中包括五艘巡洋舰。艾森豪威尔将军采取了临时性的举措，调派出两个大队的远程战斗机赶赴中东。它们到那个地方没多长时间，就把自身的威力显现了出来。敌军的一个护航队运送着支援部队前往科斯岛，于10月7日遭到海空军的两面围攻，最终被摧毁。海军在几天之后又把敌军的两艘运输舰击沉。11日，远程战斗机撤离了。海军又一次遇到了两年前克里特岛战役时的那种情景。制空权被敌人掌控住，我们的舰只为了不付出惨痛的代价，只得在晚上进行活动。

*　　　*　　　*

莱罗斯岛因战斗机的撤出而前途堪忧。敌人在没了滋扰的情况下，运用分散的小规模船队，再次把兵力汇聚起来。我们如今已经获悉，敌军在船舶运输上进入危急关头。敌军害怕盟军向亚得里亚海发起进攻，所以延缓了进攻莱罗斯岛的时间。我们在10月27日获悉，德国阿尔卑斯山部队的四千名士兵和很多登陆艇已经抵达雷埃夫斯，很明显，其目标是莱罗斯岛。刚进入11月，一份报告显示，敌军正在调动登陆艇，这意味着他们即将开始发动攻击。到了晚上，德国的军队和飞机为了逃脱我们的驱逐舰的攻击，就在各个岛屿中躲起来，到了白天，凭借着强悍的战斗机，他们能够以小队的形式移动，然后一点点汇聚一处。他们悄无声息地朝前方逼近，我方海军和空军面对这种形势，竟然束手无策。

虽然驻扎在那里的防守军队一直都保持警惕，但是他们的人数不多。两个狭窄的地方将莱罗斯岛分裂成三个坎坷不平的山区。在所有山区地带，我们都调派出一个营的兵力驻防。德国军队于11月12日早晨在这个岛屿的东北顶端实施登陆，与此同时，又在莱罗斯城东南的海湾实施登陆。在开始阶段，敌军向这座城发起攻击，却被打退，不过，到了那天下午，六百名伞兵空降在安林达湾和戈纳湾之间的区域，将我们切割成两部分。往日的一份报告指出，这个岛屿不适合伞兵空降，所以没有人能够猜到敌军此次的空降行动。我们付出很大代价才抢回这个地方。在萨摩斯岛驻守的皇家希肯特第二团在最终阶段被调派到莱罗斯岛，不过一切都结束了。他们自身也迎来了末日。三个营的兵力驻扎在岛屿上进行防守，来自空中的援助微不足道，但是敌军的战机却进行了狂轰滥炸，它们一直拼死抗争，直到 11 月 16 日，终因过度劳累而无力抵抗。面对敌军的威力，这一个旅的强悍兵力最终退缩。

威尔逊将军做出了以下报告：

威尔逊将军致首相　　　　　　　　　　　　　1943 年 11 月 17 日

　　敌军的空中袭击稳占上风，我们经过勇猛的战斗之后，不得不眼看着莱罗斯岛被敌军攻克。在这场战斗中，即便只有一丝一毫的差别，也能影响到最终的胜败。本来可以不费很大气力，就能使形势变得对我们有利，并且圆满地以胜利告终，但是我们却遭遇了挫折，至于结果如何，也就不难想象了。9 月，我们已经预感到危险即将来临，但是情愿以身涉险，假如能够把罗德岛攻克下来，也就没什么问题了。我坚信，机遇迟早有一天会掌控在我们的手中，使战役在最初阶段就朝着对我们有利的一面发展。

　　我朝着开罗的方向航行时，电报一封接一封地传到我这里，读过之后，我觉得内心沉甸甸的。[①] 我此时做出以下回复：

首相致威尔逊将军　　　　　　　　　　　　　1943 年 11 月 18 日

　　收到你发来的有关莱罗斯岛的情况的电报，我非常感激。在这场

---

　　①　我正赶去参加开罗—德黑兰会议，此时正在旅途中。在以后的章节里，会对此次会议的有关情况进行阐述。——原注

战斗中，我对你的表现感到特别满意。同你一样，我也觉得这次莱罗斯岛失守蒙受了很大的损失，总觉得进行这场战役时，两只手像被人绑在背后。我期待在下次会议中可以好好做出安排。

＊　　＊　　＊

既然莱罗斯岛已经沦陷，短期内，我们在爱琴海也就没什么希望了。在萨摩斯和别的岛屿之上，驻扎着一小部分军队，我们即刻就想办法把他们撤出来，再把那些残兵败将从莱罗斯岛上解救出来。有一千多名英国和希腊的士兵撤离了，还有一些态度和善的意大利人，以及一些德国军队的战俘，不过我们的海军再一次付出了惨痛的代价。敌军的战机和水雷击毁了六艘驱逐舰和两艘潜艇，击伤了四艘巡洋舰和四艘驱逐舰。希腊海军与我们共同承担了这次损失，从开始到结束，他们一直作战勇猛。

＊　　＊　　＊

安东尼·艾登此时已经从莫斯科回国了，我发了一封电报给他，内容如下：

首相（在海上）致外交大臣　　　　　　　　　　1943 年 11 月 21 日

莱罗斯岛被攻陷对我的打击特别大。在议会上，假如这个问题被提出来，我提议参照以下纲要来做出解释：

也许，有人会提出质疑：在没有空中优势的前提下，到底该不该进行这次军事行动？我们难道没有从克里特岛之战和别的战役中总结出经验吗？以前，"斯图卡"小型俯冲轰炸机在很短的时间内创造了卓越的功绩，我们是否应再次将它投入战斗？答复是，这些质疑都合情合理，不过我们无法在这个时候给出详尽的解释。此时只能说，在计划把这些岛屿攻克之前，我们已经提前预测出所有这些问题。不再考虑这些问题，是因为它们由于别的事情的出现和别的一些计划而退居次要地位了。假如我们只在获得充分把握时才展开行动，就必然要历经很长时间才能结束战争。

我们原本存在这样的机会：付出微不足道的努力，就将多德卡尼斯群岛攻克下来。不过我们却蒙受了一次特别大的损失，最终把它丢掉了。这次挫折给我们带来沉痛的打击。我们也不需要想着掩饰这种苦痛。德国人也做出了很大的努力，对于这一点，你也有必要说一说，在意大利本土，他们原本已经占下风，但他们还是抽调出那里的一半空军，这简直就是间接支援了我们在意大利的军队。

有一点不可忘记，在德军运送的这两千名士兵中，大多数在航行的过程中已经失去生命，不管怎么说，在这场战斗中，包括战俘在内的德国人也付出了惨痛的代价，按一命换一命来计算，他们付出的代价远比我们更加惨痛。虽然是这样，说实在的，自从1942年的托卜鲁克战役以来，这是我们首次蒙受如此巨大的损失，不过我不希望将这次事件当一个非常大的灾难。

＊　　　＊　　　＊

有关罗德岛和莱罗斯岛的惨痛经历，我已经做出详尽的描述。我和艾森豪威尔将军因为它们而产生了从来不曾有过的不同的观点，所幸的是，这些不同的观点只是在一些比较小的范围内才存在。这几个月内，尽管一直面对着一层又一层的阻力，我还是帮助他扫除了在意大利战场上的障碍，最终赢得了战役的胜利。在意大利的领土之上，我们已经汇聚起大量军队，不仅将撒丁岛攻克，还攻克了科西嘉岛，这是一件超出意料的事情。我们的行动还致使德国将别的战场上的很多后备军调派过来。意大利人民和政府已经向我们这一方投靠，选择了对德国宣布开战。他们的舰队已经成为我们自己的舰队中的一员。墨索里尼已经沦落到逃亡的地步。用不了多长时间，就可以解放罗马。意大利抛弃了他们原来的朋友——德国的十九个师，如今那些被抛弃的德国军队散乱地分布在

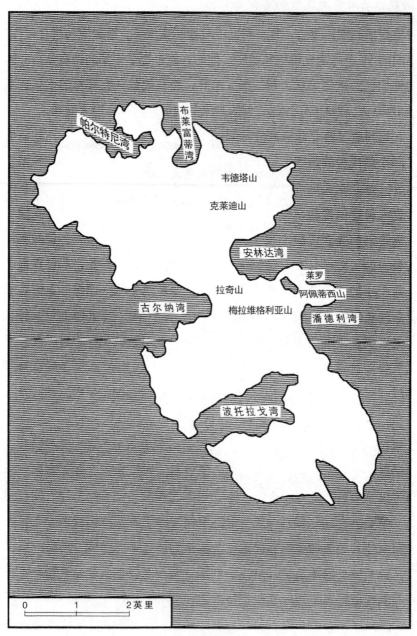

帕尔特尼湾

布莱富蒂湾

韦德塔山

克莱迪山

安林达湾

莱罗

阿佩蒂西山

拉奇山

古尔纳湾

梅拉维格利亚山

潘德利湾

波托拉戈湾

0　　　1　　　2英里

莱罗斯

巴尔干半岛的各个地方，在那里，我们投入的兵力还不足一千名。"霸王"作战计划的时间也没有受到影响。

　　我不仅听从了西北非最高统帅部提出的意见，调派出可以调出的师团，还听从了怀特里将军的意见，从驻守于埃及的英国军队和英帝国军队里抽调出四个异常精悍的师团。英国和美国的参谋人员由艾森豪威尔将军领导，我们协助他们完成了他们的伟大事业，还超出了他们的意料，供给他们一些非常重要的资源，假如没有这些资源，灾难也许就会到来。我们已经达到了战略目的，为了再次达到同等重要的战略目的，我提出了一些小小的条件，没想到却遭遇到如此坚决的反对和抗拒，这让我感到痛心疾首。一旦人们能够在战争中取得最终的胜利，那么战争中发生的每一件事情几乎都是正确的、理智的。假如那些不太重要的人能够不那么愚昧、顽固地反对，我们原本可以获得意大利战役中的一切战果，还可以把爱琴海控制住，甚至把土耳其也拉入战争之中。

第十三章　希特勒的"神秘武器"

1943 年 4 月 15 日伊斯梅将军的备忘录——桑兹先生上任——与佩内明德相关的情报——国防委员会下定决心向佩内明德发起攻击——希特勒理想化的念头——与火箭和无人驾驶飞机相关的警告——那些比较重要的不同观点——在 8 月 17 日顺利向佩内明德发起进攻——德国人因这次攻击而把计划延缓了很长时间——意义重大的结局——敌人打算把无人机投入使用——琼斯博士做出汇报——所说的"滑雪场"——我在 10 月 25 日向罗斯福总统发去电报——他发来回复电报——斯塔福德·克里普斯爵士做出汇报——我们及时的防御手段

在战争还没有打响之前的几年，德国人的火箭和无人机已经进入了发展阶段，他们还在波罗的海海边的佩内明德设立了一座实验站。虽然这次正在展开的活动属于高度机密，但是他们却无法彻底遮掩住。我们的情报机构在 1939 年做出的汇报中，已经涉及各种不同类型的远程武器的相关资料。战争刚爆发的几年内，各个地方都向我们透露了与这一问题相联系的一些谣言和点点滴滴的情报，但这些谣言和情报总彼此矛盾。三军参谋长们在 1943 年春季对这种情况进行了研究，4 月 15 日，伊斯梅将军把研究的结果以备忘录的形式递交给我，以下就是其中的内容：

首相：

德国人对远程火箭做了实验，有关这方面的报告，三军参谋长们觉得您应该关注一下。从 1942 年末开始，我们已经收到了五份报告，虽然从细节方面来看，这些报告不够详细，但是也把根本的事实展现在我们面前。

在三军参谋长们看来，我们要抓住机会，确认事情的真相，假如事实表明的确如此，应该即刻想出应对的办法。他们持有这样的观点：如果让一个可以召集相关的科学与情报顾问的人来指挥，对此项问题展开调查，一定可以在最短的时间内，得到一个最完美的答案。所以他们向你提出建议，希望你调派一名人员即刻担任此次任务。根据他们的意见，邓肯·桑兹先生是合适的人选，如果这份职务由桑兹先生来担任，结果是最理想的。

三军参谋长们又向国内安全大臣提出建议，希望他们紧密关注可能展开的突然袭击，还把上面所说的那些建议告知于他。在他们看来，当下证据不足，所以不能无端把这件事情公布于众。

三军参谋长们向您提出请求，希望您审核上面所说的这些建议。

战争开始时，桑兹先生曾经服役于驻挪威的一个防空部队。他在接下来的一段时间内领导着第一火箭实验团进行战斗，一次车祸导致他的两条腿残废。他在 1941 年 7 月进入了政府部门，就任陆军部财务处长，紧接着又就任军需部次官。他担负这两份职务时，在指导武器发展方面担负着非常大的职责，所以和三军参谋长委员会联系紧密。又因他是我的女婿，尽管我的确一点儿建议都没有提出过，但是三军参谋长委员会同意把这份至关重要的工作交给他，我依然感到非常兴奋。

桑兹先生在一个月之后做出第一份报告，在战时内阁之间传递、阅览。对报告的重要地方摘抄、总结如下：

针对德国远程火箭的发展问题，我已经审核了提交的各种证据。我曾经提出建议，在德国的波罗的海沿岸的佩内明德周围区域内展开空中侦查，从而为这份资料找寻充分的证据。从往日的报告来看，也许火箭正在一点点发展着。如今我们已经完成这样的空中侦查工作，拍摄的照片进一步补充了一些重要的情报。

在过去的一段时间内，德国人始终计划着研究一种重型火箭，从而可以在遥远的距离之外对某一个地区展开轰炸。也许，此项工作与喷气飞机和空投火箭鱼雷的发展计划同步进行。我们手中掌握的有关它的发展速度的情报非常少。不过仅依据当下的那些少量证据，依然可以得出结论：它也许已经发展到了一个很高的层次。如果从地域面积方面考虑，那么伦敦最有可能变成它的重点轰炸目标。

为了从大陆上的特工人员那儿，或者从俘虏的口中，或者通过空中侦查等方法，得到与这方面有关的更多的情报，我们理当更加努力。

在德国的领土之上和德国军队侵占的那些地方，很有可能具备一种实验设备和工厂，与此种武器的发展和生产存在某种联系。这种奇怪的工厂在法国西北部的沿海地带可能也有分布。我们应该把这些工厂设备都炸掉。原始轰炸目标的名称列表将提交给空军参谋部。

相关的情报部门深入收集特工人员和俘虏的情报，空军副参谋长埃维尔空军中将在6月4日发布命令，命令桑兹直接接触这些情报部门，让他在空中侦查方面提出几条意见，把侦查的结果告诉空军参谋部。相关部门研究了这种射弹的弹道，还研究了运用所有可以实现的方法来寻找发射地点。同时还展开了民间防空和安全防护行动。

桑兹先生在6月11日把一份备忘录交给空军参谋部，希望能够按照一定的时期，在佩内明德地区上空展开侦查，并在以伦敦为中心方圆一百三十英里之内的法国北部地区进行空中摄影。他还提出把位于佩内明德的实验站炸掉的建议。在下一个汇报中，他着重提出，即刻展开攻击意义重大。

通过近期的空中侦查照片，我们发现，在佩内明德的实验站中，德国人正在以最快的速度发展远程火箭，还常常做一些发射实验。还有证据显示，在佩内明德，德国原本比较差的防空工事，如今正在强化。

面对此种情景，应该在最短的时间内执行当初的计划，即轰炸那个实验站。

桑兹于6月28日在报告中指出，佩内明德的空中影像显示有很多火箭出现在发射地。这些火箭的射程范围在九十到一百三十英里。

所有的防护手段，我们都已经运用，虽然如此，德国依然有机会从我们的侦查中逃脱，把无数个发射器顺利地安装在法国北部，并做好向伦敦发出火箭袭击的准备。鉴于此种情况，在最短的时间内找到火箭的位置，并即刻找到一种轰炸方法，将它们炸毁，是很有必要的。

雷达站当前的设备能够观测到处于飞行状态的火箭，并判断出它们从哪个地方发射，可以精确到十英里之内。如果用一种辅助仪器，可以在很大程度上改善雷达的性能。如今，这种辅助仪器已经投入生产，首套设备也已经在莱伊安装，剩下的会在两三个月间全部安装完毕。斯温加特、莱伊、皮文赛、波林和文特诺尔是最适合的雷达站，我们已经向这五个地方下发特别命令，对操作员也开始展开培训。

自从 4 月开始，国防委员会不停地得到各种详细的情报。并在 6 月 29 日做出决定：

> 以伦敦为中心，方圆一百三十英里之内的所有法国北部地区，都应该进行一场全面的、严格的检查，无论哪个细节，只要能够促使这项工作尽量趋于全面、有效，都应该引起重视。
>
> 一旦遇到合适的机会，应该调派轰炸机队尽快展开行动，尽量在晚上展开最凶猛的攻击，向佩内明德的实验站发动进攻。
>
> 一旦找到在法国北部的火箭发射点具体位置，我们就要竭尽全力，制订出一个妥善的计划，即刻向它们展开空中袭击。

*　　　*　　　*

对于这项计划，希特勒十分感兴趣。1943 年刚进入 6 月，内阁的重要成员陪同他参观了佩内明德。相比对无人机的了解程度，我们此时对火箭发射的导弹更加了解。这两种方法都处于积极的准备阶段，规模都很大，所有的研究和实验都围绕着佩内明德展开。德国人在原子弹的研究上并没有取得任何突破性进展。"重水"没能起到积极的作用，不过，希特勒和他的各个顾问都相信，可以通过无人机和火箭向英国发动一场毁灭性的进攻，令英国和美国妄想大规模从海峡横渡过去进而返回大陆的计划泡汤。当获悉佩内明德的那些现状之后，希特勒觉得无比欣慰。这是一个新的希望，可能也是最后的希望，他将德国的主要力量都倾注其中。

他在 6 月 10 日左右向聚在一处的军事领袖们宣称，只要坚持下去，德国人肯定能够找到办法，伦敦在 1943 年末一定会被炸成一片平地，英国也不得不选择投降。火箭将会在 10 月 20 日开始发射。为了准备好将要在那天使用的火箭，据说希特勒曾经下发命令，要生产出三万发火箭。假如这个消息准确无误，说明希特勒是个荒谬的幻想家。德国军需部长施佩尔博士宣称，一个V2①的生产时间大概与六架战斗机的生产时间差不多。希特勒提出的要求，相当于将十八万架战斗机在短短的四个月内生产出来。这是一种十分荒唐的想法，但他却把生产这两种武器提到了最重要的日程上，并为了完成这个任务把一千五百名技术娴熟的工人从生产高射炮和大炮的工厂调派过来。

桑兹先生在7月9日做出汇报，声称德国人计划用火箭向伦敦发起进攻，事实表明，德国人也在计划调用无人机和远程大炮。我们发现两条行踪可疑的坑道，其中一条发现于靠近圣奥梅尔的瓦当，另外一条发现于费康周围的布伦艾瓦。我们向英国东南部特定的雷达站下达命令，让它们预防可能发射过来的火箭。内政部做出计划，不打算将伦敦的人口大规模撤出来，而是打算在危急时刻，撤出那些拥有优先权利的十万名居民，譬如那些入学儿童和孕妇。按照计划，每天需要撤出一万人。内政部已经往伦敦调派了三万个莫里森桌形防空壕，加上原有的，总数量已经接近五万个。

我们7月19日的报告指出：

> 一些工程正在法国的西北部展开，只是无法确定其性质，其中有铁路侧线、转车台、房屋和钢筋水泥的建筑物。建筑工程在上面所说的这些大多数地区正在以很快的速度进行，其中瓦当地区的活动最为紧迫。他们还把这些工程进行一番伪装，在某个地方甚至看到了高射炮的踪迹。

国防委员会收到了各种事实和报告，也在这个时候有了很多各不相同的观点。科学家和技术员对采用哪种新型方式向英伦三岛发动进攻的问题

---

① V2指火箭，V1是无人机。——原注

展开了激烈的讨论，不知道是该运用火箭炸弹，还是该运用无人机。形成的不同观点既深刻，又针锋相对。开始时，支持火箭的观点遥遥领先，不过随着人们对导弹的体积和破坏力的认识越来越清晰，发现当初把它想象得太过重要，便对自己支持火箭的观点产生了怀疑。根据上面所说的这种情况，那些担负国家安全重任的人一定要重视起来：也许，不能只让儿童、孕妇和别的特定人群从伦敦撤出，还要让整个首都撤出。

国内安全大臣对报告做出研究后，感到非常不安，他常常把危险描述得极为严重。他有一项特殊的责任：确保没小看这种危险。彻韦尔勋爵那边却表示不信，在他看来，就算德国人有能力生产出庞大的火箭，也是一件划不来的事情。正如他一开始就主张的那样，他坚持认为，假如德国人采用无人机，那么他们就能够以最小的代价换取最大的收获。就算事情和人们预言的没有什么区别，他依然觉得使用弹头有十吨或二十吨重的火箭，不能给英国造成预估的那种惨烈程度的危害。几个月以来，他和赫伯特·莫里森先生经常展开讨论，有时，这两个主角会产生不同意见，分歧点在于，这些自动武器展开的袭击是毁灭性的，还是微不足道的。实际上和以往的情况其实没什么不同，争议的关键点并非"是否"，而是"多少"。

彻韦尔勋爵的备忘录向我们明确传达了：整体上而言，在袭击的规模方面，他发表的言论是正确的。但是那些传言却是没有任何依据的。

＊　　　＊　　　＊

我们的行动没有因为这些讨论而被延缓，也没有无休无止的讨论。虽然向佩内明德发起进攻有一些麻烦，但是又不得不这么做。哈利斯空军中将是轰炸机司令部的司令，他于8月17日晚上调派出五百七十一架重型轰炸机，突然发动一场袭击。目标建筑物都在沿着海岸的一条狭窄的区域内分散，还有烟雾提供保护。发射自英国的无线电领航电波无法抵达它们那个地方，我们的飞机上带着的仪器也无法准确定位它们的位置。因此，虽然德国的夜间战斗机就在周围，而且要想调派我们的夜间战斗机距离又太远，但是我们不得不在晚上进行轰炸。飞行员接到命令，展开轰炸时要停留在八千英尺的高空中，与他们往日的高度相比，这个高度已经非常低了。哈利斯空军中将向他们宣称，在夜间展开的首次空中袭击一旦失败，一定要在第二天晚上再展开一次空中袭击。在接下来的一段时间内，只要碰到条件合适的夜晚，就要一遍又一遍地袭击下去，哪怕付出再大的代价，也不用去想敌军在遭到首轮袭击之后一定会加强防御这件已经确定的事情。同时还要竭尽全力给我们的飞行员提供指引，并且迷惑敌军。领航飞机飞在最前方，指示航行的线路和分散的标志，一架主轰炸机以目标为中心环绕飞行，对结果进行测定，以无线电话的形式指挥我们的飞机。在航行线路问题上，本次采取的路线与轰炸柏林那次没有多大差别，为了迷惑敌军，还调派出一小队蚊式飞机，往柏林方向飞去。

在那天晚上，天气比我们想象中的差一些，很难寻找到地面上的标志，不过，快要飞抵吕根岛时，天气逐渐转晴。开始飞行时，很多飞行员都严格遵循自己的时间和高度。目标的上空布满了云朵，还有一层烟雾罩在上面，不过哈利斯却这样说："这是一次计划周密的攻击行动，所以，大部分炸弹都投在了目标点上。"在最初阶段，我们假装向柏林发动攻击，这种举动骗过了敌军的眼睛，不过没能骗他们太长时间。我们的大部分轰炸机都开始返航，不过，它们在返航的途中遭到德国战斗机的拦截，有四十架轰炸机在洁白的月色中被击中、坠毁。

*　　*　　*

这次轰炸具有非常重大的意义。与我们的计划相比，这次袭击虽然给敌人物质上造成的损失非常小，但是可以对整个局势造成很大影响。所有最新绘制的构造图，刚要下发给车间供其使用，却被烧掉了，这将他们大规模的生产计划延缓很长时间。我们的炸弹击中了佩内明德的母厂。德国人害怕别的生产火箭的工厂也遭到攻击，就在哈尔茨山脉的地下工厂集中开展生产工作。这一切变化都延缓了这种武器的改善和生产。德国人还下定决心，要将他们的实验活动转移到波兰领土上的一个实验站中，那里超出了我们轰炸机的航程。我们在波兰的特工人员十分警觉，对那个地方实施了监控。1944年1月，敌人对新型武器进行了测试。不久后，他们就已经掌握了新型武器的射程和发射路线，只不过导弹之间的实际落点会有很多英里的差距。德国的巡逻队往往会急匆匆地赶赴火箭的坠落地，把碎片搜集起来。然而，一枚火箭在某一天突然坠落在布格河岸，却并没有爆炸。最先抵达现场的是波兰人，他们将其推到河里，待德国人搜寻无果不再寻找时，他们在夜色的掩护下，又将其打捞出来，把它拆开。在完成了这项艰难的任务之后，皇家空军调派出一架"达科他"式飞机，在1944年7月25日把其中的一位波兰工程师接走。他飞向英国，随身带着很多技术资料，以及一百多磅重的新型武器的重要零部件。这个勇敢的人后来又回到波兰，最后被德国的秘密警察抓获，并于1944年8月13日在华沙被枪决。

*　　　*　　　*

向佩内明德发起攻击虽然让我们付出了以上所说的这些代价，但是对整个战争却影响深远。假如没有展开这次空中袭击，在后来也没有攻击法国区域内的发射地点，那么1944年初，希特勒可能就要用火箭去轰炸伦敦。而事实上，这次轰炸被延缓到9月。到那时，蒙哥马利将军的军队攻克了法国北部已经准备妥善的发射地。最后敌人只能在荷兰的临时基地发射，从那里向伦敦发射，距离多出将近一倍，而且准确性也非常差。因为战争的原因，秋季的德国交通变得十分拥挤，不能像往日优先将火箭输送到发射地点。

艾森豪威尔将军写了《欧洲十字军》这本书，并在其中发表了自己的观点。在他看来，佩内明德的实验工厂，以及别的生产这种武器的地方遭遇轰炸，导致"V"武器的发展和使用被延缓。他还说：

看起来，此种情况的概率很大：假如德国人能够提早六个月制造并运用这些新型武器，那么我们就很难向欧洲发起攻击。我坚信，假如他们能够顺利使用这些武器攻击我方目标长达六个月，还把朴次茅斯——索斯安普敦地区当成他们的首要目标，那么"霸王"作战计划也许就会失败。

这种说法有些夸大。这两种武器平均误差超过了十英里。就算德国人一直都能够保证每天发射一百二十枚，并且从不会遭遇拦截，产生的效果只相当于每星期仅有两三枚一吨重的炸弹落到一平方英里的地方。军事指挥官下定决心，势必要把"V"武器带来的危机局面彻底消除，这样做一方面是为了守护平民的生命财产，另一方面是为了预防它袭扰我们的进攻行动。

*　　*　　*

刚进入秋天，就能一目了然地看到：德国人为了向我们发起进攻，正打算动用火箭和无人机。桑兹先生在 1943 年 9 月 13 日做出以下汇报：

事实表明，为了向伦敦展开轰炸，敌军正打算动用无人机。我们国家的战斗机和防空工事有充足的实力战胜敌机，除非飞机特别小，或者它在特定的高度以特定的速度飞行。当无人机在飞行高度和飞行速度上达到一定的程度，我们的防空手段也就失去了效力，事实上，这种飞机相当于发射弹。

我们对付它就像是对付远程火箭，把它的生产地、发射地和起飞机场都炸掉。

9 月 25 日，空军部科学情报司司长琼斯博士把我们那个时候获得的情况汇总成一个报告：

很多情报已经被我们掌握。虽然某些记载常常出现漏洞，不符合实际，但是这些却形成了一幅完整的图画。无论敌军用这些图画做出了怎样蛊惑人心的宣传，都足以说明：在佩内明德，德国人始终都在研究远程火箭，而且相当深入广泛。进行实验时，他们必然遇到很多困难，导致无法继续生产。尽管希特勒想要尽快把火箭投入到战争之中，只怕最少还要等几个月。

也许，德国空军也在研究一种无人机，运用到远程轰炸方面，与火箭一较高下，最先出现的应该就是这种飞机。

我们在这个时候注意到，在法国北部，出现了很多千奇百怪的建筑群。每一座建筑都保持一致的样式，大部分朝着伦敦的方向。每一片建筑群都有一座甚至更多像雪橇一样的建筑物。我们在空中拍摄了照片，从上面看到，这些建筑和佩内明德周围的建筑颇为相似。从其中的一张照片上还能看到，一架小型飞机朝一个斜坡飞去。看到这种情况，我们推测出：在法国北部，这些"滑雪场"可能是用于储存、装配和发射小型无人机和飞弹的。

*　　　*　　　*

我在深秋时节才去麻烦罗斯福总统，告诉他我们为什么长时间内一直忧心忡忡。通常情况下，我们会向美国的三军参谋长们说一些技术方面的情况。然而到了10月末，我才动用了我们的私人关系，发出下面这封电报：

前海军人员致罗斯福总统　　　　　　　　　　1943 年 10 月 25 日

　　1. 有一点我应该告诉你，近半年内从各个方面接连不断地传来证据，表明德国人打算动用远程火箭向英国发起攻击，重点目标是伦敦。这种火箭大概有六十吨重，运载的炸药从十吨到二十吨不等。佩内明德是他们至关重要的实验站的所在地，我们向它发起了进攻。相距圣奥梅尔不远的瓦当也遭到了我们的轰炸，在那个地方，一项工程正在进行之中，但是我们还不知道它的目的是什么。这样的地方在加来海峡和瑟堡半岛还有七个，也许还有很多别的地方，只是我们还没有发现。

2. 科学家在能不能生产这种火箭的问题上产生了不同意见，在我看来，它是不可能被生产出来的。我们和你们那边的人员始终联系紧密。相比我们，他们在火箭助推力方面的研究更加先进，他们将会把这些研究成果用于生产一种比飞机更具现代化的东西，此时正在尝试各种可能。专家委员会对火箭问题特别重视，在他们看来，一场凶猛的进攻将会在11月中旬爆发，虽然它的条件还不够完善，持续的时间也不会太长。这场至关重要的攻击行动可能会在新年期间展开。德国人为了鼓舞他们的军队、卫星国和中立国家，从中获益，就四处宣传他们的新型武器。不过他们展开的攻击，却没有他们鼓吹得那么厉害。

3. 我们不知道加来海峡地区的那些建筑有什么用途，直到现在还在监视着它们，但是，为了得到更丰富的资料，我们并没有对它们（瓦当除外）发起攻击。不过我们已经做出决定，对于那些已经明白有什么用途的建筑，一定要击毁。我们的战斗机占绝对优势，在它们的庇护下，我们的轰炸机很容易就能完成任务。在各个方面，你们时刻都可以调派空军前来援助。那个地方处处都是森林和矿石，不费多大力气就能把倾斜的隧道修建在山旁，所以敌人的威胁不会因为这种轰炸而消失。

4. 在瓦当发生的事情非常有意思。在我们的轰炸下，它已经满目疮痍，德国人在两天后的会议上下定决心，要把这个实验站抛弃。在那个地方，六千名法国工人被迫进行劳动。他们非常害怕空中袭击，德国人把一些年轻的法国人调过来监工，那些身穿制服的法国人开枪射杀了他们的同胞，一名德国军官立即把其中的一个枪杀了，这些混蛋行为令人发指。一周后，德国人突然改变主意，决定重启实验站，并调派过来三千多名工人，剩下的不知道被调派到什么地方，我们的观点被证明是对的。我们在法国北部的那个地方设立了一个情报机构，取得了一定的效果，从这些信息、空中摄影，以及对俘虏的审问中，我们得到了上面所说的一切信息。

5.我觉得你应该想知道有关这个问题的最新消息，所以就派一名空中信使向你传达这个消息。

他几天后做出以下回复：

罗斯福总统致首相   1943 年 11 月 9 日

我们得到了很多有关德国生产火箭的消息。我近期得到一个情报，或许只有这个情报对你有些用处：生产火箭的工厂所在地，听说是在卡涅弗里德、列斯哈芬、米茨肯内特、柏林、库格拉格弗克、施韦因富特、维也纳新城，以及位于维也纳南面的一座孤零零的工厂（从维也纳通向巴登的公路的左侧）。在这场轰炸中，萨米尔格姆班斯基中将命丧黄泉，他是佩内明德实验站的负责人，所以生产火箭的工作被迫延缓。一名情报人员经由土耳其把这份情报传递过来。

*   *   *

科学家们和我的那些国防委员会的同僚们各自拿着证据，他们的观点彼此矛盾，形成对峙，陷入一片混乱之中。所以我提出建议，希望飞机生产大臣斯塔福德·克里普斯爵士动用他的特有才干，发出公正的声音，对一切与德国远程武器相关的情报进行审核，最后形成一个定论。11 月 17 日，他做出一个报告。

单单从实验的观点来考虑，以下发射顺序可能最大：（1）大型滑翔炸弹；（2）无人机；（3）小型远程火箭；（4）大型远程火箭。很显然，皇家空军向佩内明德发起的进攻具有重大意义，重挫了敌人各个类型的远程进攻武器。

德国人正想方设法生产出一种远程武器。假如我们依然不知道法国北部的那些新的建筑有什么用途，心中定然会充满疑惑。在我看来，我们应该在此种情况下做好所有合适的准备，一旦敌军展开进攻，要可以应对所有后果。

我们还要继续进行空中摄影，一旦抓住机会，就把相关的建筑摧毁。

这份报告里的很多地方都比较模糊。空军副参谋长波顿里空军中将在12月14日做出以下报告：

远程火箭的攻击目标很可能是法国北部的"大型发射场"，那三个已经遭到攻击的地方也被包括在内。要调派出五十六门重型高射炮和七十六门轻型高射炮，才能保护好这些发射场中的一个。

从收集起来的情报得知，"滑雪场"的功能是发射无人机。通过空中摄影，已经能够明确，如今共有"滑雪场"六十九个，预计最终大约会建造一百个。假如一直保持当下的建造速度，到了1944年1月初，大概能够建成二十个，等到2月，剩下的也将建成。伦敦已经成为加来海峡和松姆——塞纳地区的发射点的打击目标，而布里斯托也成了瑟堡地区的几个发射点的打击目标。

彻韦尔勋爵始终和琼斯博士联系紧密，他在12月18日提交给我一份报告，表达了他对原定的飞弹袭击时间和强度抱有的观点。他觉得在4月之前，不会进行轰炸，在轰炸刚开始的前一两日内，每天发射的炮弹量也不会高于一百枚。在它们当中，只有二十五枚能够落在距离目标十英里以内。从这个数字来看，每天的伤亡量只不过有五十到一百个人。一旦实行大规模撤退，定然会引起慌乱，所以他持反对态度。在他看来，动用大型火箭依然是一件不太可能的事情。就当下的技术而言，很难生产出这样的火箭，就算能够生产出这样的火箭，也需要投入比飞弹多二三十倍的时间，他觉得最后的效果也不会比这更好。

我们在 1944 年的前几个月采取了对付飞弹进攻的计划。我们下决心把防御工事分作三大块：把一个气球阻隔网放到伦敦的郊外，把一个高射炮阵地放到它的外围，把战斗机的活动区放置到高射炮阵地以外的区域。假如开始轰炸，电子高射瞄准器和无线电控制的引爆装置都可以协助高射炮兵将大多数飞弹打掉，所以我们又督促美国提供以上设备。

英国和美国的空军继续向法国北部的将近一百个"滑雪场"发起进攻。这种轰炸起到了很好的效果，在 4 月末进行的一次空中侦查中，我们发现敌人已经把这些地区的工程基地都抛弃掉。不过这种对我们有利的局面并没有持续太长时间，不久后，我们就注意到，敌人开始建造一些不一样的发射场所，它们没那么高深，也没那么繁杂，但隐蔽性更高了，想把它们找出并摧毁是非常困难的。不管在哪个地方看到这种新的场所，我们都要把它摧毁掉。虽然已经摧毁掉大部分场所，但是依然有四十个左右还没有被摧毁或发现。就是这四十个发射场地帮助敌军在 6 月展开了火箭袭击。

*   *   *

从三军参谋长在 1943 年 4 月把备忘录提交给我，一直到 1944 年 6 月开始发起攻击，前后历经大约十五个月，这期间没有一天空闲，一直都紧绷神经。准备工作需要好几个月才能做好，现在已经开始进行了，不过要付出很大的代价。就像我在下一卷里说的，一旦灾难来到我们身边，我们就要把它打退。虽然我们的生命和财产都蒙受了巨大损害，但是事实上这些并没有妨碍我们的作战能力和将要在法国进行的军事行动。整个事件的前后过程反映出我们的统治机器的高效，也表明了所有相关人士都有先见之明，以及较高的警惕心。

第十四章　第三战场的僵化局面

希特勒下定决心在罗马南面展开战斗——德国军队在冬天的战线——亚历山大的军队变弱——我于 10 月 24 日向亚历山大发出电报并得到他的回复——艾森豪威尔将军在战区召开司令会议——他支持亚历山大对意大利的战争形势做出的分析——我们的军队因为登陆艇的撤出而缺乏灵活性——汇聚军队的速度下滑——观测到形势发生变化——我向马歇尔将军和罗斯福总统发去电报——马歇尔将军发来回复电报——我建议将更多登陆艇留在地中海——艾森豪威尔得到授权，将多出的六十八艘登陆艇延迟到 12 月 15 日撤离——我于 11 月 9 日向我国驻莫斯科大使发去电报——我告诉布鲁克将军我们希望得到波兰军的帮助——空军在联合作战中的无理要求——第八集团军从桑格罗河渡过——美国第五集团军向卡西诺的德军首要阵地迫近——空中大战——德国在意大利驻守的空军被削弱——第三战场在约束敌人上的作用——总结

刚进入 10 月，希特勒听从凯塞林的建议，改变了对意大利做出的策略。他原本计划将自己的军队撤到罗马之后，只把意大利北部掌控好。如今，他向军队下发命令，让他们竭尽全力打到南面。他选出一条开始于亚得里亚海沿岸的桑格罗河背后，从意大利高低不平的山区穿过，终止于西海岸

的加利亚诺河河口的战斗路线，也就是所谓的"冬季战线"。意大利的山川十分险要，河流非常急促，这些自然特点让这个纵深几英里的阵地更加坚固。德国军队一年中始终忙着从非洲、西西里岛和意大利撤回，这个时候，它扭转身子，重新杀了回来。

冬天来了，我们在魁北克会议上在战略方面做出的重大决定受到了恶劣气候的影响，但德国人在意大利的战场上"帮"了我们一把。我们首先考虑的是从海峡之上横渡过去，自此之后，意大利这个战场也就不那么重要了。由于我们的逼迫，希特勒已经意识到，必须要动用很多军队进行反抗。这种做法对我们的重要目标非常有利，不过我们在意大利战役中打了败仗，并不是这个原因。

10月12日，第五集团军再次发起攻击，它所属的英国第十军和美国第六军历经十天的战斗之后，从沃尔图诺河渡过，组建了坚固的阵地。在加利亚诺河南面有很多高地，这使我们的军队无法前行，这两支军队计划向这些阵地发起进攻。我们还要额外投入一周的时间，才能将这些阵地上的敌人驱赶殆尽。然而，第五集团军与"冬季战线"前哨防地的敌军在11月的前两周打响了战役。在这条战线上，第五集团军的六个师与同等数量的德国军队相遇，德国军队就像过去一样，打起仗来十分顽强。我军尝试着首次向德国军队的战线发起攻击，但是收效甚微。此时我们的军队已经苦苦支撑两个月，如今的气候条件非常差，军队应该休养生息。为了应对不同的局面，魁北克会议做出了计划，但是执行时却被打了折扣，在地中海的战场上，大多数登陆艇都被调派到别的地方。

意大利的形势令我们处于非常不利的局面。德国军队有非常强悍的增援部队，他们不但没撤退，反而顽强抵抗。在意大利和地中海的战场上，盟国军队反而将八个师的强悍军队撤了出来，并输送到英国，为1944年从海峡横渡进攻做准备。我正在汇聚四个师的军队，并将它们调派过去，但是这依然不能弥补损失。随后我军陷入僵局，打了八个月的惨烈战斗也依然没能摆脱困境。我会在下面的章节说起这个事情。

＊　　＊　　＊

我对这种情况进行了思考，与此同时，又在10月24日向亚历山大将军发去一封电报：

1. 要想落实魁北克会议做出的决定，我不得不在你们还在打仗时，将我们的第五十师和五十一师这两个精悍的师团抽走，为此我感到忧心忡忡。你的军队是否能完成已经摆在面前的任务，我想听听你的看法。你曾经说过，在24日之前完成第八集团军的集结工作，现在进展如何？

2. 我提议召开一次联合参谋长会议，时间定在11月15日左右，地点是非洲的某个地方。我有很多话想对你说，所以到时候怎么着都会去拜访你。愿万事顺利。

亚历山大回复说，德国军队在意大利的师团数量令他感到担忧。敌军能够将强悍的军队延伸到罗马南面多远的地方，决定着这些师团所造成的后果。为了调派空军摧毁德国军队的交通线，我们此时正在做所有努力。在意大利，他迫切地想要强化我们的空军实力。想要完成这一切，时间、劳工和物资都是必不可少的。第八集团军已经汇聚在一起，并且开始发动进攻，前几个月，这种进攻得到了喜人的效果。他说："我觉得我们一定要小心翼翼地关注形势的变化。得知你将在不久后过来看我们，我十分欢喜，定会特别兴奋地迎接你的到来。"

＊　　＊　　＊

艾森豪威将军在当天召开了战区司令会议。他向亚历山大提出请求，希望他概括地说一下眼下的局势。他做出的报告至关重要，所以艾森豪威尔把整篇报告都转交给了罗斯福总统和我。艾森豪威尔对亚历山大的所有观点都表示支持，在他看来，亚历山大的那份报告清晰明了又不失真实地说出了眼下的局势。

第一部分

一、（1）"雪崩"战役在9月9日开始实施，意大利宣布停战协议也是在这一天，同时，也是在这一天对敌军整体的情况做出以下推测：在卡拉布里亚，第八集团军不断进军，此时派出两个师的兵力与之对抗；一个师在意大利的踵形地区驻扎；三个师在罗马南面的阵地驻扎，一旦盟军登陆萨勒诺湾，就将其投入战场；超过两个师的兵力被部署在罗马周边地带；九个师的兵力被部署在意大利北部。在意大利的领土之上，德国人大约能够调派出十八个师的兵力。在我看来，为了应对内部局面，有必要把某些师部署在意大利北部，因为我们推测这样会在很大程度上阻碍敌人。

（2）我们已经意识到：德国军队顽强抵抗，面对这种局面，我们若是在萨勒诺周边展开突然袭击，有很大的风险。我们对意大利的局势进行了一番思考，又考虑了一下调派少量兵力登陆踵形地区的成功概率，以及我们的空军稳占上风的形势，所有条件都对我们有很大的好处，所以我们甘冒风险，并且觉得这是一种非常正确的选择。除了这些条件，还有充足的登陆艇可供我们使用，因此，我们在通过海路集结和补充军队方面，有充分的机动性和灵活性。陆地上的军队进军时，为了向他们提供支援，我们也许会利用这些登陆艇进一步展开两栖之战。事实表明，这种灵活性和机动性意义重大。在第八集团军沿卡拉布里亚海岸投入战斗的最初的紧要关头，第七集团军将一个师的兵力从西西里岛调派过来向萨勒诺地带提供支援时，都多次显示出对这种灵活性和机动性的充分利用。

（3）在那个时候，虽然我们已经获悉，登陆艇准备在冬天撤出，但是一直不知道将要撤出的具体数目，也不知道什么时候撤出。我们原本打算每日将一千三百辆机动车从地中海的各个港口撤出。这个数字意味着，如果它们有一定的设备，并且拥有充足的供给，就能在年末将盟军的二十个师和战术空军输送到意大利。我们对以后要用到多少登陆艇进行了测算，从而保障在向军队提供援助时拥有充足的机动性，而且在必要时，还可以给在陆地上向罗马发动两栖之战的军队供应物资。

第二部分

二、（1）当前的局势已经有了很大的改变。盟军在南部调派十一个师的兵力与德国九个师的兵力展开战斗，在北方更远一些的地方，敌军还有将近十五个师的兵力，从已经获悉的准确数字看来，敌军总兵力达到二十四个师，可能甚至达到二十八个师。可以设想一下，若集结军队的速度不会因为突发原因而变化，在意大利的领土之上，可供我们支配的军队的最高数字是：11月末达到十三个师，12月末达到十四到十五个师，1月末达到十六到十七个师。以往，我们设想的集结军队的速度是，一天集结一千三百辆车辆，如今已经锐减到每两星期集结两千辆左右，这导致整编空军和陆军的工作被延缓。正是在最短的时间内把战略空军调派到福贾地区，不等候将罗马地区的基地攻克下来这个决定，导致地面部队集结数字锐减。要在年末满足空军提出的条件。

（2）登陆艇的长期损耗使其在数量上本身就已经有所下降，如今又遭遇了更惨重的削减。虽然敌军暴露出两翼容易遭到海上迂回攻击的缺点，但是我们依然无法利用这个缺点，我们能够动用的仅是少量的兵力。公路和铁路设施已经惨遭摧毁，当下的大多数登陆艇都要

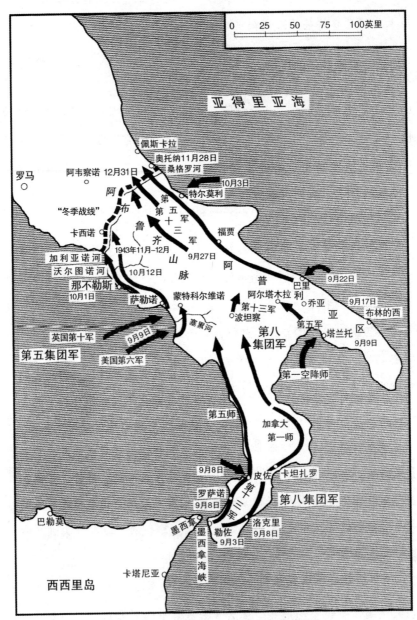

亚得里亚海

罗马

佩斯卡拉
阿韦察诺 12月31日
奥托纳 11月28日
桑格罗河
"冬季战线"
10月3日
特尔莫利
卡西诺
加利亚诺河
沃尔图诺河
1943年11月-12月
那不勒斯
10月1日
萨勒诺
蒙特科尔维诺
10月12日
福贾
9月27日
阿
普
巴里
9月22日
阿尔塔木拉
乔亚
9月17日
布林的西
塞累河
波坦察
塔兰托
区
9月9日
第五集团军
英国第十军
9月9日
美国第六军
第八集团军
第一空降师

第五师
加拿大
第一师

9月8日
皮佐
卡坦扎罗
罗萨诺
9月8日
第八集团军
巴勒莫
墨西拿
勒佐
洛克里
墨西拿海峡
9月3日
9月8日
卡塔尼亚
西西里岛

0   25   50   75   100英里

阿布鲁齐山脉
第五军
第十三军
阿

南意大利：1943 年 9 月到 12 月的战役

用在集结军队上，或者用在给沿海区域供应物资上。因为驳船和拖轮短缺，而且短时间内也不能修复好遭到敌人破坏的停泊设备，所以还要把登陆艇用在维护港内的交通运输上。

三、（1）研究过敌人的当前状况之后，我们发现：假如有充足的兵力，他们的交通线可以让他们在意大利聚集起将近六十个师的兵力，特别是在北部地区。虽然我们的空军占上风，但是在冬天的几个月，敌军依然可以固守在那里。很明显，德国人为了组建一支后备军，准备将他们在欧洲堡垒附近的战线缩短，以便组成一种后备军，可以向他们在意大利的军队提供进一步援助。

（2）通过一番对比，我们发现盟军的地位并非占有绝对优势，凭借当下的人力和物力，我们不可能提高集结军队的速度，在罗马南面，也不可能组建一条稳定的战线，因为这个都城意义非常重大，比它的战略地位高出很多，是兵家必争之地。要想保障福贾机场和那不勒斯港的安全，我们一定要夺取充足的纵深区域。因此，很有必要尽快在罗马北面将一个坚固的防御基地攻克下来。假如我们只是一味地防御，就会将主动权拱手让给德国人，所以不能这样做。

第三部分

四、罗马南面的地形对防守有利，但是我们稳占上风的装甲部队或炮兵却失去用武之地，很显然，德国人当前最想在那里保住一条战线。糟糕的天气即将到来，这对我们的军事活动会起到阻碍作用，目前这种现象已经发生。也许，敌人的军队已经非常劳累，不过从北方调派过来的军队可以把他们换下来。目前有迹象显示，他们此时正在换防。而我们，既没有换防军队，又没有供应我们换防的运输船舶。要想进军罗马，我们需要经历一段很长的时间，还要付出很大的努力，这似乎就是当下的局势。这就像一场异常激烈的棒球比赛，在战场上，我们的军队当前稍微占上风，但是敌军却可以轮换，也就消除了我们的优势。我们因为缺少登陆艇而无法进行大规模的两面夹击的两栖作战行动，也就无法提升我们的进军速度。此时危险已经来临：就算最终赢得了这场在罗马北面的异常激烈的棒球比赛，我们可能也会变得劳累不堪，非常虚弱。假如德国人让从北方调派过来的新师团进行反攻，我们恐怕会失去已经攻克的阵地。敌军的进攻给我们造成的损害，在冬天的几个月中，我们的空军采取的行动也许弥补不了，这是我唯一担心的事情。德国人对意大利战场进行的援助，看上去已经高于其内部局势的需要，也超出其防御需要。一旦出现轻松赢得战役的机会，德国人就会牢牢抓住，弥补一年中在各个战线上蒙受的损失，凭借这一点鼓舞德国军队的士气，以应对将在1944年展开的战役。也许，在巴尔干半岛和法国产生的影响将会对我们造成极大的危害。

五、（1）如果最终向萨勒诺发起的进攻初步取得胜利，9月的形势就会一片大好。某些在北部的德国军队师团就要陷进严峻的内部安全问题之中。我觉得在南部集结军队的速度是这样的：如果德国军队没有提供援助的后备部队，我们可以在12月末集结起二十个师的兵力，与敌军的十八个师的兵力进行对抗，还要在意大利汇聚起充足的空军力量。在我们看来，一定数量的登陆艇是不可缺少的，因为要向敌军两边的海岸发起围攻，也要保证我们在滩头拥有一定的兵力。

（2）整体上而言，当前的局势是：在易于防守的区域内，盟军调集十一个师向德国军队发起正面攻击，德国军队如今有九个师，而且随时都有可能得到增援。敌军在1月末会拥有二十四个师的兵力，我们与之对抗的军队数目却不会超过十六或十七个师，对于超出一定规模的两栖作战行动，我们也找不到可供支配的人力和物力。在很长一段时间内，我们也许都会被牵制在罗马南面无法前进，德国人会利用这个机会改变意大利北部的形势，向他们南面的战线提供支援。假如真是这种情况，那么他们就会把主动权控制在自己的手里。

这份文件非常经典，它提到了我们在战略上遇到的所有严重的问题。

* * *

对于其中的一些问题，我已经告诉给马歇尔将军。

首相致（在华盛顿的）马歇尔将军   1943 年 10 月 24 日

过去，我向罗斯福总统发出一份篇幅很长的电报，里面提出，我们很有必要在非洲召开一次会议。我期待他可以把这份电报发给你，让你阅览一下。还需要很久才能实施"霸王"作战计划，然而罗马之战已经近在咫尺，为了"霸王"作战计划而将我们的第五十师和第五十一师这两个强悍的师团抽调走，令我深感不安。我们在按计划行事，同时我也在向上帝祷告，希望我们不会因此而付出惨痛的代价。

此时，我向罗斯福总统发去电报：

前海军人员致罗斯福总统   1943 年 10 月 26 日

艾森豪威尔的报告中介绍了我们目前在意大利所面临的局势，估计你已经阅览过。我们一定要保证意大利之战的良好局面，我们无法容忍它的形势一天天严峻起来，最后僵化。为了将罗马和它北面的飞机场攻克下来，我们甘愿做出很大牺牲。在这个战场上，敌军已经投入如此强悍的兵力，这表明我们的战略并没什么错误。我们把意大利打败，为苏联人的向前进军提供了很大的帮助，对于这一点，谁都无法否认，在当前情况下，我们也只能给他们提供这一项援助。在我看来，艾森豪威尔和亚历山大必须获得他们需要的援助，而不应该去考虑这对今后的军事行动会造成什么样的影响，这样才会在意大利战役中获胜。

你的感冒还没好，我在这个时候就拿这些事情来打扰你，我深感抱歉。

10月27日，马歇尔将军做出回复，他对艾森豪威尔十分信任，在不冒太大风险的前提下，可以往意大利战场上调派充足的兵力。在当前情况下，最大的问题是登陆艇，应当好好研究一下这个问题。他觉得，我们考虑意大利局势时，几乎把空军稳占上风的有利条件抛之脑后。我们对敌人的交通线频繁袭击，恶劣的天气也许无法消除这种必然结果，或者无法长时间消除这种必然结果。

* * *

我此刻就地中海的登陆艇问题向罗斯福总统提议。

前海军人员致罗斯福总统   1943 年 11 月 4 日

1. 我不得不提醒你注意（为此我觉得十分愧疚），在当下这个紧要时刻，英王政府因从地中海撤出登陆艇而感到忧心忡忡。此时，我们面临着一个问题：艾森豪威尔将军设想，假如一定要严格执行现在的计划，将登陆艇撤出，那么他无法在 1 月末，甚至 2 月末，将罗马机场不可或缺的那条战线攻克下来。他深入解释说，即使展开耗费巨资、持续很长时间的正面进攻，也仅能得到这种让人灰心丧气的结果。在与意大利展开的战役中，英国军队占绝大部分，并且造成很大的伤亡，鉴于此种情况，以及美国总司令（我们在其领导下进行服役）提出的建议，我们有权利向我们的美国盟友提出要求，令他们对我们提出的真挚建议给予重视。

2. 所以战时内阁正式要求我敦促美国参谋长联席会议对于英国参

谋长委员会提出的建议好好想一想。我感到遗憾的是，这件事情非常急迫，我们无法再延缓三周时间，不能等待在召开下一次参谋会议时提出来，否则会导致登陆艇被撤走，或者被禁止使用，进而给意大利战役造成很大的损失。

3. 我想多说一句，我们坚信，在"霸王"作战计划尚未到来之前，联合王国可以让各个方面做出很大的努力，将另外七十五艘坦克登陆艇制造出来。

当我收到他的回复之后，心中的重担终于放下来。

罗斯福总统致首相　　　　　　　　　　　　　　1943 年 11 月 6 日

艾森豪威尔原本打算尽快将六十八艘坦克登陆艇撤回联合王国，今天，联合三军参谋长委员会已经准许他到 12 月 15 日再执行撤离计划。

我觉得这个行动已经达到了他的基本作战要求了。

我即刻向亚历山大传达了这一消息。他做出以下回复：

亚历山大将军致首相　　　　　　　　　　　　　1943 年 11 月 9 日

我特别感激他们可以先不把坦克登陆艇撤走，这在很大程度上有利于我的计划。然而我不可能在 12 月 15 日之前完成我的所有计划，对于这一点，我已经在向帝国总参谋长发去的电报中做出解释。

首相致亚历山大将军　　　　　　　　　　　　　1943 年 11 月 9 日

你要以坦克登陆艇在 1 月 15 日撤出为前提条件，制定出另外一个作战方案。我现在就可以肯定地告诉你，这项新的作战方案一定可以在会议上通过。

我又向我们驻扎在莫斯科的大使发去电报，下面就是电报的内容：

首相致阿齐博尔德·克拉克·科尔爵士　　　　　　1943 年 11 月 9 日

在苏联的战场上，天气特别好，意大利却在这个时候下着大雨。为了向敌军发起正面攻击，我们动用了一些军队，他们的实力不比敌军强很多，但是始终以积极的态度投入战斗之中。受到天气的影响，这种正面攻击只得减缓速度。

我一直希望意大利战役可以持续进行，让这个战场尽量召来更多的德国师团，把敌人限制在那个地方。联合参谋长委员会已经做出决定，不会把登陆艇在 12 月 15 日之前撤出，对于这一点，我非常满意。我们因此有机会在意大利战役的前后过程中投入更大的力量。我期待国内可以加把劲，争取生产出更多的登陆艇，以便补偿由于撤回别的登陆艇的时间被迫延缓而造成的短缺。

在意大利北部和伊斯特利亚半岛，德国军队部署了一半的兵力，与我们的前线相距大约三百英里。在这一半的兵力之中，他们已经往苏联的南部撤出一些。并非因为我们作战不利，这些兵力才选择撤退，而是意大利北部的意大利人士气不高，对德军内部安全的威胁也不大。伊斯梅将军对德国军队的实力做出的评估是正确的，对此，我们一点儿都不怀疑。他说过，在那个地方，德国装甲师占六个，其中一半在我们的战场上进行战斗。如今我们已经明确，德国在罗马南面的战场上投入了十个师的兵力，我们与其抗衡的兵力稍微多一些，有十二到十三个师。这个地区的山比较多，要展开连续不断的正面进攻，兵力的优势并不明显。

我向布鲁克将军发去电报，内容如下：

首相致帝国总参谋长   1943 年 11 月 16 日

    应该将波兰人调派到前线参加战斗，此时，这个问题非常急迫。虽然他们近年来做了很多准备工作，也消耗了很多物质，但是并没有真正做什么事情。意大利战场急切需要支援部队，继新西兰人之后，波兰人也要调过去。如今不适合对他们进行整编。先把人数不齐的两个师调过去做一下尝试，才是最好的选择。他们目前依然被叫做波兰军，我们一定要做出努力，从别的地方招募士兵。

    在今后的一段时间内，位于英国的波兰装甲师不需要参加任何战斗，在我看来，应该让他们投入战场，而不应该将波斯费尽心血才组建起来的这些编制拆散。不过，假如把波兰军队拉到前线，让他们当着大家的面与德国展开战斗，斯大林也许会调派出更多的波兰军队。有关这个问题，我计划在我们约见时提及。苏联政府看起来对这支波兰军不太信任，甚至觉得他们只养兵而不上战场，是为了以后向苏联人发起攻击，从而维护波兰的利益。假如让这支波兰军迈入战场，让它与德国军队展开战斗，苏联政府也就不会产生这种看法了。对于现在的编制，我不希望有丝毫的变化。

＊　　　＊　　　＊

    在福贾机场，此时盟军的重轰炸机队正在组建之中，目的是向德国东部的工业地区发起攻击，这个地区超过了我们那些把本土作为基地的空军中队的航程。这个重轰炸机队提出各种条件，但是我们航运力量不足，压力很大，所以我越来越感到忧心忡忡。我觉得这些条件与当时的整个局势不协调，也没有什么关联。

首相致伊斯梅将军，转三军参谋长委员会   1943 年 11 月 17 日

    宁愿放弃将罗马攻克获得的利益，也要在意大利组建战略空军，这肯定是大错特错。无论向德国发起战略轰炸是一件多么重要的事

情，都不应该把它的地位放在本次战役的前面，我们要有这样的意识：把本次战役放在首位。与战略政策相比，重要战术应该一直被放在首要位置。很多与本次战役无关的战略空军部队被派到前方，我近期才发现，正是这一行动妨碍了陆军的汇聚。其实这一行动与每一个正规的军事原则都冲突，从常识的角度考虑，这也是一种错误的做法。

我在一星期之后又发表言论：

空军急不可耐地抢先进军，为陆军的行动制造了很大的阻碍。

*　　*　　*

在这个时候，第八集团军已经向前方进军，打了几场战役，又向桑格漂河逼近。德国军队在这个地方驻扎着四个师的兵力。亚历山大将军为了掌握主动权，准备先调派第八集团军从河面渡过，立足这条战线，从"冬季战线"寻求突破，尽可能往前进军，一直开到佩斯卡拉—阿韦察诺公路，逼迫罗马，制衡敌军位于西海岸的交通线。在桑格罗河对岸，我方军队建起桥头堡，然而敌军的重要防御工事却建在对岸的高地上。由于天气条件非常差，连日来阴雨不断，路上处处泥泞不堪，河水也涨了很高，所以直到 11 月 28 日才开始发起进攻。第七十八师、第八印度师，以及刚刚抵达的新西兰师在这一日展开进攻，赢得了阶段性的胜利。激战一星期之后，在桑格罗河对岸十英里的地方，他们最终站稳脚跟。加拿大军队在 12 月 20 日抵达奥托纳的近郊，历经一番激战之后，于圣诞节后的第三日，才将奥托纳城中的敌人彻底消灭。这是首次大规模巷战，可以从此次巷战中收获很多经验和教训。然而，敌军的顽强抵抗并没有就此停歇，他们继续从意大利北部增派支援部队。12 月，第八集团军有了一些收获，不过并没有将哪个重要的目标攻克下来，频繁的军事行动最终因冬天的气候条件而暂时停下。

克拉克将军指挥美国第五集团军，沿着公路艰难地挺进卡西诺，还向德国军队的重要阵地最前哨的防御工事发起攻击。两边的山成了敌军部署坚固阵地的地方，从这里往下看，可以看到公路。英国第十军和美国第二军于12月2日向公路西面矗立的卡西诺峻岭发起攻击，展开顽强的战斗，并在一周后将敌军消除殆尽。美国第二军和第六军（后者包括摩洛哥的第二师）在公路的东面也展开了战斗，并且也很激烈。战斗持续到第二年之初，才将敌军打退，第五集团军便在加利亚诺河和它的支流拉皮多河沿岸拉开全面战线，卡西诺高地和颇有名气的修道院都在它的前方。

我们的战术空军曾经在每一场陆地战斗中充分援助陆军，我们的战略空军也在敌军战线的后方发动了很多次有效的进攻，最著名的就是向都灵发动的那次进攻，美国空中堡垒将一座至关重要的滚珠轴承厂摧毁。另一方面，在这场战役中，德国的空军没起到太大的作用。他们的战斗机和战斗轰炸机很少在白天出现。他们的远程重轰炸机向那不勒斯发动六七次进攻，但是没有获得太多好处。我们在巴里港的船只十分拥挤，12月2日，德军的远程轰炸机突然在那里发动袭击，造成很大的破坏，他们刚好击中了一艘军火船，又炸毁了十六艘船，还有三万吨货物被击毁。

在冬天，德国人不想抢夺控制意大利领空的权力，他们在很大程度上减少了空军兵力，下面的表格足以说明：

德国空军在中地中海的兵力

1943 年 7 月 1 日	1943 年 10 月 1 日	1944 年 1 月 1 日
975	430	370

我们在英国的上空发起进攻，敌军不得不将一切可供支配的飞机从地中海和苏联撤回来。一方面为了向英国报仇，另一方面为了应对来年春天发动的"小型闪电战"。他们已经将所有位于意大利的远程轰炸机都调走。

曾经，我把意大利战役叫做第三战场，具体的原因我已经说过。在这个战场上，德国投入了二十个强悍的师团。还有一些军队担心遭遇攻击，就在巴尔干半岛留下来，假如把他们也包括在内，德国人为了对抗地中海的盟军调派的总兵力几乎达到四十个师团。我们的第二战场西北欧还没有打响战争，不过它的确是存在的。敌军在这个战场上投入了至少三十个师的兵力，但是随着进攻日期的临近，敌军又增派了兵力，达到六十个师。在英国，我们展开战略轰炸，敌军为了守护他们的领土，不得不撤回大量兵力和物资。这些因素都为苏联人的第一战场——他们完全可以这样叫它——做出了突出的贡献。

＊　　＊　　＊

　　我应该先做一个总结，再结束这一章的内容。

　　在这段时期进行的战争中，西方国家缺乏运输各种车辆（并非运输坦克）的坦克登陆艇，所以在战争中的所有重大战略都被限制，无法实施下去。在这一段时期内，“坦克登陆艇”这几个字在那些处理军务的人的心头挥之不去。我们调派出强悍的兵力向意大利发起进攻。假如没有军队向我们在那个地方的陆军提供援助，他们将被迫孤军奋战，这将成为自从法国沦陷那天起，希特勒取得的最大的一场胜利。从另一个角度来说，1944年的“霸王”作战计划肯定会实施。如果可以，我希望能够延迟两个月进行，也就是把原定的1944年5月的某一天延迟到同年7月的某一天，这样登陆艇的问题自然能够解决。1943年深秋，在冬日飓风还没有到来之前，原本不必把这些登陆艇调派到英国，可以等到1944年初春再调回。假如顽固到底，一定要在5月份发起进攻，甚至严格地理解为5月1日，盟军势必会在意大利陷入不可拯救的困境之中。划定一部分登陆艇，只供“霸王”作战计划使用，如果可以留在地中海度过冬季，就可以很容易赢得意大利战役。在地中海，还有很多军队没有加入战斗，其中法国师团有三四个，美国师团有两三个，英国师或受英国指挥的师最起码有四个（其中包括波兰军）。

这些师团不能去意大利加入战斗，就是因为缺乏登陆艇。我们得不到登陆艇，就是因为一些人坚持尽快把登陆艇召回英国。

这一章引用了各种电报，已经阅读过的人不可因为粗心曲解了其中的一些字句，就不可思议地以为：（1）我打算放弃"霸王"作战计划；（2）我要将"霸王"作战计划的重要力量抢走；（3）计划使用在巴尔干半岛上的军队发动一场战役。这些都是毫无根据的。我从来没有这样想过。"霸王"作战计划规定在5月1日开始实施，从那天开始算，我仅需要六个星期或两个月的过渡时间，就可以在地中海连续几个月运用登陆艇，从而在意大利战场上投入真实有效的兵力，这样既可以将罗马攻克，也可以逼迫德国人将很多师团从苏联战场或诺曼底战场撤走。在华盛顿，每一个问题都进行过商讨，不过，对于我的提议中谈到的那些问题的某些性质，并没有给予认真对待。

用不了太长时间，我们就可以看见，我的所有要求都得到满足。为了在地中海担负运输工作，可以把登陆艇留下来继续使用，甚至还可以延缓它的使用期限，向将要在1月份爆发的安齐奥战役提供支援。6月6日，将调派足够的兵力顺利展开"霸王"作战计划，延缓登陆艇使用期限的部署不会对这项计划造成任何不好的影响。现实中，为了想办法得到这些短暂的周转期，想办法获得并且预防处于严格按照开辟另一个战场的日期，而抛弃一个广阔的战场，投入长时间的战斗的目的，意大利战役最终持续了很长时间，而且让人很失望。

第十五章　北极运输船队恢复航行

运输船队于 1943 年 3 月暂时停止航行——猛烈的东线之战——苏联
在夏季发起进攻——库尔斯克、奥廖尔和哈尔科夫展开战斗——德军
大败而逃——11 月 6 日将基辅收复——莫洛托夫要求继续调派运输船
队——我督促海军部照办——"提尔皮茨"号战斗力丧失——我们在
苏联北部驻扎的人员被人苛刻对待——一系列的合理请求——艾登先
生到莫斯科去——斯大林回复我的函件——我向艾登先生和罗斯福总
统告知复电的特点——我回绝苏联大使递交的斯大林的电报——战时
内阁对我的行动表示支持——艾登先生汇报他与斯大林和莫洛托夫在
10 月 21 日的会谈——运输船队继续航行——1943 年 12 月 25 日，"沙
恩霍斯特"号被弗雷泽海军上将乘坐的"约克公爵"号击中沉没——"提
尔皮茨"号的终结

　　英国驱逐舰护卫运输船队于 1942 年末，在北极水域特别频繁地展开
前往苏联北部的行动。上一卷中已经说过，德国最高统帅部由于这场行
动而陷入危机之中，负责海军事务的雷德尔海军上将被撤职。1 月到 3 月
这几个月几乎白天和晚上都处于黑暗状态，在这几个月中，这条危机四
伏的航线上再次出现两批运输船队，一批四十二艘，另外一批六艘，它
们各自航行。最后，有四十艘抵达目的地。同一时间，有三十六艘从苏

联的各个港口出发，顺利地返回国内，另外五艘失踪。运输船队很容易在白天遭到敌军的攻击。对于德国舰队来说，包括"提尔皮茨"号在内的残余力量如今都在挪威水域汇聚起来，这在很多航路上都是一种长久的、令人畏惧的威胁。海洋战争中，大西洋依然具有决定性作用，1943年3月期间，与德国的潜艇展开的斗争越来越危险。我们的驱逐舰再也无法承受这种压力。运输船队在3月被迫延缓航行的时间，海军部在4月提出建议，希望暂时停止从这条航线运送物资给苏联，一直持续到秋天黑夜期的到来，我对此表示支持。

＊　　＊　　＊

一场大战正在苏联战场展开，它会有别于1943年发生的其他战役，所以我们对做出这种决定感到非常抱歉。双方都把力量汇聚在一块儿，计划在春天的雪消融之后发动一场大战。在陆军和空军方面，苏联人如今都遥遥领先，德国人已经没太大决心赢得最终的胜利，然而他们却最先动手。在库尔斯克的突出阵地上，苏联人进入德国军队的战线之中，对其威胁很大，德国人为了把他们消灭掉，下决心从南北两个方向展开夹击。苏联人对这一行动早有预料，提前做了准备，摆好了严密的阵法准备应对。7月5日，进攻开始，摆在德国人面前的是严密防守的苏军。虽然德国在北面展开的攻击有了突出的成绩，不过却在两个星期之后被再次打退。德国军队之前在南面获得了比较大的成功，在苏联的战线中深入推进了十五英里。但苏联军队展开了猛烈的反攻，苏联的战线在7月23日已经恢复如初。这时，德国军队的进攻全面败下阵来。他们没能挽回这种非常大的损失。他们原以为新型的"虎"式坦克会帮助他们赢得胜利，但是苏联军队的炮兵却摧毁了这种坦克。

在与苏联的这些战役之中，德国军队已经损失很大，同时由于水平很差的军队加入了这支德国军队，使它本身的力量大为消减。战线有上千英里这么长，他们对这条战线上的别的地区的安全问题却不管不顾，将大多数实力都汇聚在库尔斯克。苏联军队此时展开猛烈的进攻，他们已经没有能力前来抵挡。在库尔斯克，大战十分激烈，德国军队的后备队被牢牢地牵制住，苏联军队在 7 月 12 日向奥廖尔附近的德国军队的突出阵地展开首轮进攻。苏联军队展开了猛烈的炮轰，在突出阵地的北面展开了主要的进攻，与此同时，在突出阵地的东面也采取了支援性的进攻。不久后，苏联军队就彻底突破德军防线。虽然德国的守卫军队在战役中十分顽强，不过他们的那些坚固据点却一次又一次地被两面夹击，最终被攻克。他们展开的反击败下阵来，不得不在精锐之师和先进武器所形成的重压之下彻底屈服。8 月 5 日，奥廖尔被攻下来，已经开进五十英里的所有德国军队的突出阵地在 18 日都被攻陷。

8 月 3 日，苏联军队展开第二次庞大的进攻，在那个时候，奥廖尔发动的进攻还在如火如荼地进行着。德国军队此次在哈尔科夫附近的突出阵地遭到了突然袭击。哈尔科夫作为一个交通枢纽，占据重要地位，防护着通往乌克兰和顿涅茨工业盆地的各个交通要道。所以哈尔科夫做出的防御工事比往日的更加周全。此次展开的进攻主要是在突出阵地的北面进行的，另一股兵力从正南面展开进攻，向哈尔科夫发动攻击，另外一股兵力推进到西南的阵地之内，给德国军队的后方带来了一定的威胁。四十八小时之内，在这两个地方展开的进攻，已经深入敌军的腹地长达三十英里，并将别尔哥罗德攻克下来。哈尔科夫在 8 月 11 日遭遇三个方向的威胁，因为苏联从东面展开了进攻，与此同时，苏联军队还在西北方向五十英里的地方，以很快的速度一路往前进军。希特勒在这一天发布命令，不管付出多大代价，都要守住哈尔科夫。德国的驻军誓死捍卫阵地，坚持战斗到最后，苏联人在 23 日才把整个城市都攻克下来。

两个月以来，库尔斯克、奥廖尔和哈尔科夫这三场大战相继爆发，位于东线的德国军队最终溃败。他们在所有地方都以失败告终。虽然苏联军队做出的计划非常大，不过他们的资源能够满足这一计划。在陆地上，苏联军队展现出了他们的优势，在空中，德国的飞机有两千五百架之多，而且是已经改进过功效的，苏联军队投入的飞机最起码是德国的两倍。在战争时期，德国空军的实力已经达到最高点，其数量接近六千架。不过能够为这次具有决定性作用的战役提供援助的还不足一半，这向我们表明，从苏联角度考虑，我们在地中海展开的作战行动，以及以英国为基地的盟国轰炸机的日趋增长的作战努力都有价值。德国军队在战斗机方面最为薄弱。虽然他们在东线已经处于不利地位，但是为了守护他们在西线的地位，只得在9月份减弱东线的兵力。等到冬天来临时，在西线地带，德国军队调派出四分之三的战斗机。苏军以很快的速度一次又一次地发动进攻，德国军队的空军实力没了用武之地。为了应对新的危机，德国空军部队经常从一个战区出发，被调派到另一个战区，不管被调派到哪个地方，总会在他们的身后留下一个缺口，因此苏联飞机的实力总能压制住他们的所有力量。

德国军队在9月份沿着他们的南方战线，从与莫斯科对岸出发，一直撤到黑海地区。苏联军队以十分猛烈的趋势一路向前进军，竭尽全力一路追打。苏联军队在北面的枢纽地带出发，自威亚兹马一路往前进军，并于9月25日将斯摩棱斯克攻克下来。第聂伯河是第二大河流，德国军队特别想保住这条防线。进入10月，苏联军队从基辅北面的第聂伯河横渡过去，又在同一时间从南面的佩列亚斯拉夫和克列缅丘格这两个地方也横渡过去。10月25日，在距离更加远的南部地区又将第聂伯罗彼得罗夫斯克攻克下来。在第聂伯河河口周围德国军队依然坚守在河的西岸，沿着这条河流的所有别的地区都被攻克。彼列科普是从陆地通向克里米亚的通道，它已经被攻克下来，从而切断了在克里米亚防守的强悍德军的退路。基辅的两个侧面都被夹击，并在11月6日被攻克，很多德国士兵因此成了俘虏，苏联军队一路向前，展开了猛烈的追击，一直抵达科洛斯齐和日托米尔。德国军队的装甲部队十分强悍，他们反攻苏联军队的侧翼，把他们打退，将科洛斯齐和日托米尔这两个城镇攻克。战线在这个地方变得稳定。北面的苏联军队在 11 月末将戈梅利攻克，在第聂伯河上游的莫吉廖夫的两边从河面上渡过。

苏联中部和南部的德国军队被追击了三个月，最终在 12 月撤退了二百多英里。德国军队因为无法防守第聂伯河战线而致使前面没了遮拦，很容易在冬天遭到攻击，他们凭借自身的悲惨经验，明白他们的对手在这类战役中有优势。1943 年，苏联军队取得的伟大战绩就是这样的。

＊　　　＊　　　＊

运输船队暂时停止航行，因为苏联军队特别希望运输船队快些抵达，所以苏联政府自然而然以一种责难的态度对待它。莫洛托夫先生在 9 月 21 日夜晚召见我们驻扎在莫斯科的大使，希望运输船队能够继续航行。他说意大利舰队已经被摧毁，德国的潜艇也放弃了北大西洋，开始进驻南面的航线。波斯铁路输送的供给物资在数量上无法满足需要。三个月来，苏联展开了一场大规模的全力进攻，但是，在 1943 年，他们得到的物资供给仅是前一年的三分之一。所以苏联政府态度坚决，希望运输船队快些继续航行，希望在接下来的几天中，英王政府动用一切手段。

对于这一切意见，虽然我有很多见解，但是，9 月 25 日，我却把这个问题反映给海军部和别的部门。

首相致外交大臣、制造部大臣、战时运输大臣、伊斯梅将军转三军参谋长委员会，以及代理第一海务大臣　　　　　　　1943 年 9 月 25 日

假如人力充足，我们应该恢复北极运输航线。我们要遵循月亮的盈亏规律，自 11 月的下半个月开始，在 11 月、12 月、1 月、2 月和 3 月试着航行五次。制订这项计划的人选应该从海军部和战时运输部寻找。在我看来，这种做法是可以实现的。

苏联人希望这些运输船队能够再次航行，所以我们有权把我们

的要求清晰地表达出来，提升我们驻扎在苏联北部的工作人员的待遇。

海军部最初关于运输船队所做出的回复令我感到丧气。

首相致外交大臣、海军大臣、伊斯梅将军转三军参谋长委员会，以及其他有关人员　　　　　　　　　　　　　　　　　　1943年9月27日

运输船队向苏联北部行驶

没有人会满足于这种回复。为什么运输船队的船只数量在11月份不够用？准备在12月8日开始航行的运输船队也是这样的情况。我们一定要在"霸王"作战计划还没有开始执行之前，想办法调派不少于五次足额的运输船队。有一种观点是，大西洋或地中海的形势将会转变，变为我们尚未调派出这些船队之前的那种紧迫状态，我对此持反对意见。我没有想过和斯大林元帅签订一个正式的条约。我们也要做好准备，提防那些不可预测的突发事件。我觉得有必要在11月到3月期间每个月都进行一次全员参与的航行。

到了周二晚上十点，我会针对这个问题，召开一次参谋会议。

29日夜晚，我们召开了一次会议，针对这个问题进行了讨论。我们面前出现一种新情况，令人十分开心。我们的小型潜艇冒险展开了一场勇猛的攻击，导致"提尔皮茨"号战列舰失去了战斗力。共有六艘潜艇参加战斗，其中有两艘攻克了敌军精心部署的防御设施。皇家海军后备役卡梅伦上尉和皇家海军现役普莱斯上尉充当指挥官，当德国人把他们捞出来之后，立即将他们俘虏。后来他们荣获了维多利亚十字勋章。这件事情过后，空中侦察显示，这艘战列舰受到了很大的损伤，一定要送

到船坞进行维修，否则无法继续参加战斗。德舰"鲁佐夫"号已经往波罗的海行驶。我们因此有了一个在北冰洋的海面上休养生息的机会。也许，这种状态能够维系几个月。我因此向外交大臣提交了一份备忘录，内容如下：

其实，有关运输船队恢复航行的问题，已经成功解决。我准备向斯大林发出电报，针对此事进行探讨，在此之前，劳烦你把我们的人员在苏联北部遭遇的不平等对待一一列出，从而方便我拿出一个最佳的方案，将这两个问题放到一块儿提交给他。今天晚上，我期待能够拟定这封电报。

艾登先生回复说的情况是很严重的，于是我向斯大林发出一封电报，内容如下：

首相致斯大林总理　　　　　　　　　　　　　　1943 年 10 月 1 日

1. 你提出要求，希望能够往苏联北部再次调派运输船队，我已经收到。这支勇猛的军队由你来指挥，为了对其提供支援，我和我的每一个同事都将全力以赴。因此，莫洛托夫先生来电中所列出的各个可以争论的地方，我没打算给予回复。我们自从 1941 年 6 月 22 日就开始不顾自身的重担，始终竭尽全力向你们提供支援，希望你们能抵制希特勒之流的疯狂侵略，进而守卫你们的家园。你们取得了非凡的胜利，并且给德国军队带来毁灭性的打击，还给我们带来很大的利益，对此，我们始终给予认可，并且已经当众发表过声明。

2. 我和海军部在这四天内制订了一项计划，也就是再次调派出一批运输船队，朝苏联北部进发。这项计划之中牵涉到难以解决的困难。首先，大西洋之战再次爆发。为了向我们发起进攻，德国潜艇运用了一种新式音响引爆鱼雷，我们的护航舰寻觅潜艇时，这种鱼雷的确成为一种障碍。其次，地中海的局面十分严峻，在11月末之前的这段时间，我们要在意大利汇聚一支将近六十万人的军队，还要想方设法利用意大利军队在爱琴海岛屿和巴尔干半岛溃败的局势。最后，在与日军展开的战斗中，我们一定要贡献出自己的一份力量，美国在这场战争中表现得特别积极，假如我们比较冷漠，就会引起他们的愤怒。

3.虽然有上面所说的这些困难，但是我还是十分高兴地告诉你，我们已经规划好，将于今年11月、12月和明年1月、2月调派出四批运输船队，前往苏联北部，每一批船队都有三十五艘英美船只。要把每一批运输船队都分成两次航行，才能满足航行的需要。第一批运输船队从联合王国离开的时间在11月12日左右，抵达苏联北部的时间在十天之后。之后的运输船队每二十八天才能航行一次。我们的商船此时在苏联北部航行，我们准备在10月末之前将它们全部撤出，剩下的船舶也将和返航的护送舰一起返回。

出于向他们提供支援的目的，我们会尽自己的一份力量，假如起不到任何作用，苏联也许会再次叱责我们不守承诺。我站在我们的立场上，新增了一段话，用来预防出现此种情形。

4.我一定要记录下来，以上所说的种种举措不是约定，也不是协议，而是一种表达出我们的严谨和认真的宣言。我已经在此基础之上下达命令，拿出一些手段，方便调派出四批运输船队，其中每一批都由三十五艘船只组成。

接着，我列举出在苏联北部，有关我们的人员遭遇到的各种令人愤懑的对待。

5.外交部和海军部向我提出请求,希望我提醒你注意,在苏联北部,我们遭遇了以下这些困难。

6.假如我们想要再次调派运输船队,就不得不巩固我们那些位于苏联北部的机构,它们自从今年3月就已经得到简化。把海军人员调派到国内时,没有另外调派接管的人员,所以,现在的海军人员在数量上满足不了当下的实际需求。对于我方人员前去苏联北部,或者对于取代那些早就应该被替换的人,你们的民政当局都拒绝发放签证。莫洛托夫先生曾经强硬地向英王政府提出请求,希望英国调派到苏联北部的军事人员在数量上不超过苏联在英国的军事人员和贸易代表团人员。由于他们具有各不相同的工作,而且在军事行动上,也无法遵循这种不符合实际的办法来划定人数,所以我们否决了这个提议。此外,我们已经向苏联政府告知,我们担负职责的军队需要多少人员,在具体操作时,一定要让我们自己来做出决定。艾登先生已经承诺过,我们会非常重视人员的数量,尽量将其限定在最低的程度。

7.所以我必须向你提出请求,希望得到你的认可,即刻发放签证给当下那些有必要增加的人员,还要请您做出承诺,从此以后,当我们提出申请,为苏联北部输送支援部队时,不要再拒绝发放签证。有一点我要特别说明,当前,将近有一百七十名海军人员驻扎在苏联北部,其中的一百五十几名都应当在几个月前被替换,但是苏联始终拒绝向他们发放签证。他们无法适应气候以及其他环境,身体状况并不好,所以我觉得不能再延缓替换他们的日期,而是应当即刻将他们替换掉。

8.我们还有一个请求:往阿尔汉格尔斯克调派出一个小型医疗队,你们国家的负责部门已表示支持,只是还没有发放必要的签证。也许,我们会有许多伤员，请别忘了这一点。

9.我不得不向你提出申请，请帮助改善我们的军事人员和海员当下在苏联北部的处境。这些人员为了我们的共同利益，正在向敌军发动攻击，他们的首要工作是将盟国的供应物资输送到你们的国家。相比去苏联的普通人，他们的地位完全不同，对于这一点，我坚信你会给予肯定。不过你们国家的政府却限制了他们，我觉得对于那些被盟国调派过去，实施对苏联有非常大的帮助的军事行动人员而言，这是一种不合适的限制。以下是具体的限制情况：

（1）运输时必须要使用苏联小船，还得有苏联的官员在场，任何一次都得查看文件，否则，英国军舰和英国商船上的任何人都不能登陆上岸。

（2）如果没有提前告知苏联当局，英国军舰上的任何人都不能靠近英国商船。担负职责的海军将领也必须要遵循这一条要求。

（3）在没有得到特别通行证之前，英国军官和士兵不得离开船只登陆，也不得在岸上的两个英国驻地之间穿梭。发放此种通行证件的时间经常被拖延，导致一些正在进行的工作被耽搁。

（4）假如没有苏联的官员进行监督，不可以让这支作战部队的军需用品、行李或邮件上岸，如果需要输送军需物资或邮件，一定要办理各种证件。

（5）私人信件也要经过检查。而我们觉得应该让英国军事当局检查作战部队的邮件。

10.我们的官兵看到这种种限制，觉得这样对英国和苏联这两个国家的关系会产生不好的影响。假如此种情况传到英国议会上，就会对英国和苏联之间的关系造成很大的危害。这些手续在很大程度上阻碍了我们完成自己的任务，并且多次对那些急迫的和紧要的工作造成严重的妨碍。我们却没有像这样去限制那些位于英国的苏联人员。

11. 我们已经向莫洛托夫先生提出申请，请求让英国军事当局来处理我们的军事人员和运输船队海员触犯苏联法律的案件。有一些案件归因于在苏联北部工作的条件非常差。

12. 我坚信，斯大林先生会以友好的精神把这些困难都一一解决掉，从而方便我们竭尽全力给对方提供援助，促进我们的共同事业。

从我们当下做出的努力来看，这些要求是非常合理的。但是，在近两周的时间内，我们没有得到任何回信。

*　　*　　*

准备了很长时间，由三个重要盟国参加的外长会议马上就要在莫斯科召开了。有关会议的情况，将在下一章中进行详细的阐述。10月9日，艾登先生乘坐飞机参加会议，因为在开罗和德黑兰这两个地方有很多事情等待他一一处理，所以他会路经这两个地方，直到10月18日清晨，他才能抵达莫斯科。在他离开的这段时间内，外交部的相关工作交由我来处理。

首相致（在莫斯科的）阿齐博尔德·克拉克·科尔爵士

1943年10月12日

10月1日，我发出了一封篇幅很长的电报，是有关重新启动北极运输船队这件事的，然而到现在为止，我依然没有收到相应的回复。假如从11月12日起，运输船队开始来回航行，就一定要尽快回复我们提出的有关人员问题的各种请求。10月21日，几十名无线电报务员和通讯人员（运输船队的安全有赖于他们的工作），以及将近一百五十名替换应该回国人员的接班人，会乘坐驱逐舰从联合国开始航行。所以劳烦催促他们，让他们尽快做出回复。我们已经做出计划，打算调派运输船队，期待它们也能对苏联起到一定的作用。

斯大林于第二天向我发来回复电报。

斯大林总理致首相　　　　　　　　　　　　1943 年 10 月 13 日

1.10 月 1 日你发来的电报我已经收到，从中得知，你打算在 11 月、12 月、明年 1 月和 2 月，调派四批运输船队经由北方路线前往苏联。可是，这封电报由于你发出的声明而失去了价值。你说往苏联调派北方运输船队，并不是为了履行义务，也不是履行任何协议，只是一个宣言，可以理解为这个宣言英国有权利在任何时候推翻，而不用考虑这种做法对前线的苏军造成什么样的危害。我一定要指出，用这种态度来对待问题，我是无法容忍的。英国政府只能把供应给苏联军备和军用物资的做法当成义务而不是其他。此项义务是经我们两个国家之间的专门协议，由英国政府对苏联担负的，希特勒领导的德国是盟国共同的敌人，苏联已经是第三年承担对德国的作战任务了。

必须要记住一个事实：盟国能够用最少的时间将军火输送到苏德战场的最短路线就是北方路线，假如不能好好利用这条路线，就无法使供应给苏联合适的物资的计划变成现实。以前，我曾经写信对你说过，而且经验也表明了它的正确，经由波斯港口提供给苏联的军火和军用物资，在数量上无法填补没经由北方路线输送的那些军火和物资。

有一点也要提一下，今年，经由北方路线输送的军用物资受到一些原因的影响，相比去年，在数量上已经有大幅度的减少。这使得苏联无力实现原本打算向军队供应军事方面的需要这个计划，这与英国和苏联签订的关于军事供应的决议书也相违背。在当前情况下，苏联军队的目的是打败我们共同的敌人的主力军队，为此，他们全力以赴地为前线提供援助，英国随意的一个决定就要左右苏联军队的供应问题，这是我们不能容忍的。以这种态度来对待上面所说的问题，只会让人觉得，英国政府不愿意尽到自己应该担负的义务，而且是在某种程度上恐吓苏联。

2. 你提出一个问题：在莫洛托夫先生发表的声明里，某些问题值得商榷。对于这种评论，我不得不指出，我实在不知道它的依据是什么。苏联出于处理好军事代表团人员的签证问题的考虑，提出了互利原则和平等原则，我觉得这是正确的、公平的原则。还有一种说法，说是英国军事代表团和苏联军事使团拥有各不相同的责任，而且只能由英国政府来决定英国军事代表团的工作人员有多少人，在我看来，这是一种无法赢得别人认可的说法。针对这个问题，苏联人民外交委员会曾经在往日的备忘录里进行了详尽的解释。

3. 在我看来，不需要增加英国在苏联北部驻守的军事人员。关于这一点，苏联已经解释过很多次，在那里驻守的英国军事人员中，很多人都没有被用到，他们连续几个月都非常悠闲。比如，因为英国在阿尔汉格尔斯克港口的基地没什么用处，所以我们多次提议将其撤销，但是英国最近才同意把它撤掉。除了这些之外，英国军事人员还做出了一些令我们无法容忍的事情，他们多次妄图收买苏联公民，想让他们帮助搜集情报，这令人感到特别遗憾。这是对苏联公民的侮辱，自然而然引发了一系列事件，出现了令人不愉快的摩擦。

4. 你提出在北方港口出现的某些手续和限制问题，假如你没有忘记苏联眼下的战争局势，就会明白，在前线地区和靠近前线的地区，这些手续和限制必不可少。我要加上一句，对于英国人和其他外国人，这种方法适合，对于苏联公民，这种方法也适合。在这个方面，苏联当局已经把很多特权授予英国军事人员和海员，在今年3月，我们就已经把这些特权告诉给英国大使馆。所以你提出的有关很多手续和限制的问题，是缺乏根据的。

有关查处和控诉英国军事人员的问题，我支持以互利为前提，让英国当局去查处北方港口的英国人员的私人信件。假如英国军事人员做出违反法律的事情，且情节较轻、没有牵涉到法院起诉的问题，那么应将其交给合适的军事当局，让他们来处理。

＊　　　＊　　　＊

艾登先生正在赶赴莫斯科，他此时已经从开罗出发，朝德黑兰的方向行进，我因此发出这样一封电报给他：

首相致（在德黑兰的）外交大臣　　　　　　　　　1943 年 10 月 15 日

我此前发出了一封有关运输船队的电报，如今，一封野蛮的回复电文已经传到我们的手中。我拟定了一封回复电文，现在寄送给你。你就要前往那个地方，我建议你根据情况，灵活展开行动。在我看来，不应该在海军轮换人员和通讯人员这件事情上退却。假如能够让这些船队不再有重负，还能够让我们的人员从苏联北部撤退，我们就可以丢下一个非常重的包袱。假如他们的确就是这样想的，我们理当成全他们。

我发出回复电报，以下就是草稿内容：

首相致斯大林总理　　　　　　　　　　　　　　　1943 年 10 月 15 日

1.英王政府不会不去考量海上的军事局面，就做出承诺，答应调派出我们说过的四批运输船队。船队运去物资时，假如苏联政府能够在接收物资时给予重视，我们将全力以赴，不惜任何代价来展开这种行动。但是对于那些办不到的事情，我无法做出承诺，并且英王政府也一定会自己来判断，从实际角度出发，决定是否调派部队执行那些特殊的作战行动。

2. 对于皇家海军而言，这四批运输船队进行往返航行，一定会造成很大的负担，一定要把紧急需要的驱逐舰队从反潜艇战中调派出来，还要调用护送军队和别的至关重要的运输船队的军舰。舰队里的重要舰艇也很容易因此陷入特别大的危险之中。关于调派运输船队的问题，假如苏联政府不够重视，英王政府很高兴能够把这个重担卸下来。

3. 有一点应该特别说明，英国政府曾提出建议，对驻守在苏联北部的几百名英国军事人员施行轮换制度，而且还要增派人手，尤其要调派出一些通讯人员，因为他们某种程度上直接影响到运输船队是否安全。然而，这些提议被否决，一个难以逾越的阻碍就此形成。英国在苏联北部的军事人员非常少，英王政府很高兴将他们撤回来。英国政府提出了一些合理的条件，一旦确认苏联政府不肯在这些条件之下接收运输船队，他们将即刻返回英国。

针对以下问题，我向罗斯福总统做了一番解释：

前海军人员致罗斯福总统   1943 年 10 月 16 日

1. 有关调派船队前往苏联的事务，我们应该谈一谈。我如今已经收到约大叔发来的电报，为了他，我们不惧麻烦，不计得失，已经竭尽全力，所以你一定会觉得，这位先生发来这封电报真是一件不可思议的事情。我拟定了一封回复电报，并将其寄送到安东尼处，希望他根据具体情况灵活应对。

2. 为了发送这封电报，准备的时间竟然长达十二天，所以我不认为是斯大林发过来的。

此时，艾登先生已经抵达莫斯科。

首相致外交大臣 　　　　　　　　　　　　　　　　1943 年 10 月 18 日

为了对运输船队的问题做出处理，你已经抵达现场，这非常好。我会在今天下午 3 点与苏联大使相会，而且已经做出计划，要把斯大林发来的那封野蛮的电报退还给他，并且告诉他，我反对这封电报，而你会在莫斯科处理这件事情。你最多只能把我拟定的回复当作一个指导性原则，不需要提交上去。

还有一点，首批运输船队正在集合，将于 11 月 12 日开始航行。现在正往这些船上装货，所以我觉得，不应该在这个时候去干扰它们的工作，不然就会连累到美国，他们派来船只加入，就是因为接受了我们的提议。你与斯大林私下联系时，我希望你能够指出以下几点：第一，这四批运输船队，还有那一百四十艘船运输的物资特别重要，我们一定要非常努力，才能实现护航的目的；第二，我们提出建议，对于我们的那些在苏联北部驻扎的人员，要稍微提升他们的待遇；第三，我们期待让这几批运输船队不再有负担，将我们的人员从苏联北部撤回来；第四，对于他的观点，你可以给予纠正，不要让他对我的意见产生误解，觉得我不肯签订这份绝对性的条约或协议，觉得其中有胁迫的想法，我只不过想要拥有做出最后判断的权利，也就是说，从军事方面来看，对能否采取调派出运输船队的行动做出判断，或是考虑过大西洋的整体局势之后，判断出能不能试着采取这种行动方式，与此同时，又不会如往常那样背上背信弃义的骂名。我会态度坚决，务必获得此项权利。

这次会议单调乏味，你能前来参加，我深表同情，真希望能够和你留在一块儿。英国在每一个问题上都立场坚定，你应该给予它充分

的信任。我特别期盼你有办法促使他们即刻体会到，我们希望和他们
友善相处，在某些基本问题上，我们保持着坚韧不拔的毅力。希望你
万事顺心。

*　　*　　*

在同一天，我把苏联大使邀请到我这里来。这是我首次与古塞夫先生
会见——继麦斯基是驻英大使——他代表斯大林元帅和莫洛托夫先生向我
表示问候，我对他说，在加拿大的那段时间，他给我们留下很好的印象。
我们寒暄了一阵，简单地聊了聊莫斯科会议和第二战场。我向他解释说，
不能肆意妄为地展开这种性质的军事行动，因此我始终都在做计划，打算
召开一次英苏军事专家会议，让他们对事实和数字进行深层次研究，所有
行动都要以这些为根据，脱离了这些根据的讨论是毫无意义的。我真挚地
告诉他，我们怀着很大的希望与苏联展开合作，也希望和它建立友善的关
系，我们特别希望在战争结束之后，它可以在世界上拥有一个很高的地位。
对于这种情况，我们表示欢迎，也会竭尽全力让它和美国建立一个友善的
关系。我还告诉他，假如可以，我希望和斯大林元帅举行一次会谈，并且
让英国、美国和苏联这三个国家的首脑召开一次会议，这对未来的世界有
非常重大的意义。

我紧接着开始转换话题，谈起斯大林发出的有关运输船队的问题。我
简洁地说，在我看来，这封电报挽救不了形势，反而让我觉得忧心忡忡。
我害怕自己做的所有回复都只会把事情搞得更加糟糕。现在外交大臣就在
莫斯科，我让他在那里把这个问题搞定，所以我不肯承认这封电报。因此，
我把一个信封交到苏联大使手中。古塞夫把信封打开，想看看里面装着什
么东西，发现正是那封电报。他告诉我，他接到命令，要把那封电报递交
给我。我紧接着说"我不打算承认它"，然后站起身，用友善的态度向他
传达，我们可以结束谈话了。我走到门口，将门打开。在门口，我们又进
行了短暂的交谈，谈到在近期邀请他过来吃午饭，让他过来和丘吉尔夫人

一起商讨有关她征募苏联基金的某些问题。我在那个时候对他说，到目前为止，基金的数额已经高达四百万镑。我没有留一点儿机会给古塞夫先生，就向他鞠躬，把他送出门了，他无法再次提出有关运输船队的问题，也没机会将电报退还到我的手中。

我不承认斯大林发出的电报，战时内阁对我的态度表示支持。我后来才知道，这次外交给苏联政府留下非常深的印象，是一次非同寻常的事件。其实莫洛托夫在谈话时多次说起这件事情。在还没有向莫斯科报告这件事情之前，苏联方面就已经有所怀疑。艾登先生在10月19日的电报里谈到，莫洛托夫曾到英国大使馆前来拜会他，还说他的政府对运输船队非常重视，常常心急如焚地期盼它们到来。北方路线是一条将供应物资输送到前线的最短路线，也是一条速度最快的路线。苏联军队此时在前线正历经一个十分艰苦的时期。一定要攻破德国军队的冬季防线。莫洛托夫许下承诺，愿意把一切情况都告诉斯大林，而且要举行一次会谈。

艾登先生继续说：

在苏联北部，两名英国商船水手打了一名当地的领导人员，于近期受到严峻的刑罚，我注意到了他们的命运。如果不能释放这两名可怜的英国水手，把他们交给我们的海军当局押送回国家，我坚决不肯恢复运输船队，对于我的观点，我们的大使表示支持。在我看来，假如我们对这两名水手不管不问，任由他们在苏联的监狱里受折磨，也不顾及今后那些从事船队运输工作的英国海员们担负的风险，你肯定也像我那样耿耿于怀。我准备把我的真诚的意见亲自告诉斯大林或莫洛托夫，看看结果如何。

21日，我们终于迎来这场至关重要的会谈。要想恢复运输船队，首先要做的就是调派出驱逐舰。我命令英国驱逐舰暂时不要起航，以此来增加艾登手里的筹码，同时也响应他的建议。

外交大臣致首相　　　　　　　　　　　　　　　1943 年 10 月 22 日

1. 我在昨天晚上与斯大林和莫洛托夫举行会谈。和我一同前往的还有英王大使，双方就各个领域的问题展开会谈，总共进行了两个小时十五分钟。

2. 在进行了一番寒暄后，我把与运输船队相关的问题提了出来。我说，我一定要解释一下，对于皇家海军而言，这些运输船队复航是非常大的挑战。运输船队的任何一次航行都算得上是一场大规模海军作战行动，为了做好护卫工作，大约需要四艘巡洋舰和十二艘驱逐舰，而且还要调派出所有本土舰队做掩护。我们只有削弱我们在大西洋上的海军实力，才能得到不可或缺的护航战舰。在反潜艇之战中，虽然我们面对的局面比往日好，但是依然存在激烈的斗争，双方的实力非常接近。说到此处，我将一张图表呈递给斯大林供他参阅，在最近的三年间，参加战斗的德国潜艇数目都被写在上面。图表显示，此刻，潜艇在数量上依然与最高值接近。假如我们做出承诺，调派出四批运输船队，一旦战争猝不及防地发生变化，我们就会自食其言，从而受到责备，所以，我们不打算做出这样的承诺。不过我们真挚地希望，能够在规定的时期内，促使这几批运输船队起航。我对斯大林说，你煞费苦心地部署各种工作，测算出我们可以输送的供应物资多达一百三十到一百四十艘，总计八十六万吨左右。假如要恢复运输船队的航行，我们非常希望即刻开始。以此为基础，我们已经将我们的海军兵力做出安排，希望可以抓住德国军舰"提尔皮茨"号不能活动的时机，展开行动。我们提出的海军人员的数额已经是底线，万万不可再进行削减，无法让步，除了这些之外，还有一些不太重要的要求，等到整体上的协定达成之后，我会提交给莫洛托夫。

3. 我讲解了潜艇战的一些情况，斯大林表示支持。他声称，他和你的意见有所不同，在于我们到底应不应该恢复航行，而不在于恢复航行有多么艰难。你曾暗示过，我们每次派遣一批运输船队，就相当于赠送一批物资。在斯大林看来，此种提法并不能真正地反映出真实的形势。他觉得想办法提交这些物资是我们应该履行的义务。不过你收到他的回复之后感到十分愤懑，不肯接受他的回复。我回复说，我们从来没有暗示过，调派这些运输船队的行为是一种恩赐，是一种慈善。为了向盟国提供这些物资，你一直全力以赴，我已经做出解释，对于那些可能无法完成的军事行动，你不应该做出任何承诺。斯大林本人应该充分信任他的同盟者的诚意，所以看到他发来的回复电报之后，你感到不满意，这是一件自然而然的事情。这位元帅声称，他绝非故意令你感到不满。

4. 对于增加我们的人员数目的问题，深入讨论了一番之后，斯大林提出反对。在苏联北部的某些港口内，我们已经调派了很多水兵，他们十分悠闲，便与苏联的海员产生摩擦。对于这些运输船队的任务，苏联人可以自行担负。我回复他说，绝不是这个样子。他声称，在当时那种情况下，假如我们驻守在苏联北部的人员能够公平地对待当地的民众，自然不会产生任何摩擦。假如我们的人员能做到公平地对待当地的民众，便可以任由我们增加援兵。双方再次进行商讨，做出以下决定：明天，莫洛托夫将和我举行会谈，我到时候会把我们的所有要求都递交给他，看一看双方是不是可以达成共识。

* * *

就这样，我们终于就恢复运输船队的相关事务达成共识。11 月，首批运输船队起航；随后 12 月，第二批运输船队起航。组成这两批运输船队的船舶总共有七十二艘，都顺利抵达目的地。运输船队返航的空船也顺利回来了。

在 12 月航行的运输船队，还引发了一场令人满意的海战。由于德国军舰"提尔皮茨"号战斗力丧失，在挪威北部海面，敌军只剩下"沙恩霍斯特"号这一艘重型战舰。它在 1943 年圣诞节的那天晚上，协同五艘驱逐舰从艾尔登峡湾迅疾而出，在熊岛南面大概五十英里的海面上向运输船队发起攻击。运输船队的护送舰实力得到强化以后，驱逐舰占十四艘，提供掩护的巡洋舰占三艘。弗雷泽海军上将是本土舰队的总司令，这个时候，他乘坐的旗舰"约克公爵"号与巡洋舰"牙买加"号，以及四艘驱逐舰，正航行在西南的海面上。

之前，"沙恩霍斯特"两次妄图向运输船队发起进攻，每一次都遭到了护航的巡洋舰和驱逐舰的拦截和打击，"沙恩霍斯特"号和英国巡洋舰"诺福克"号均在战斗的过程中被炮弹击中，不过这场战斗谁胜谁负，还没能形成定论，紧接着，德国军舰猛然间撤出战斗，往南方遁逃，我们的巡洋舰在后面紧紧地跟着，并报告它的踪迹。德国还有几艘驱逐舰一直都没有被发现，也没有加入战斗。在这期间，本土舰队总司令乘坐旗舰，从波涛滚滚的大海上用最快的速度往前进发。北极黄昏最后的余辉在下午四时十七分早已消逝，在雷达的帮助下，"约克公爵"号在相距大概二十三英里的海面上寻觅到敌人的踪迹。但直到下午四时五十分，"约克公爵"号在相距一万两千码的海面上依赖照明弹向"沙恩霍斯特"号发起进攻之前，"沙恩霍斯特"号一直没有意识到即将到来的灭顶之灾。弗雷泽海军上将在此时把他的四艘驱逐舰调派过来，准备寻找发起进攻的机会。其中的"斯托德"号上，运载着挪威皇家海军的人员。"沙恩霍斯特"号急忙转过头来，往东方逃窜。在追击的过程中，它被炮弹击中好多次，不过它的速度非常快，所以慢慢地把距离拉开了。下午六时二十分，它的速度明显下降，我们的驱逐舰从两边进攻，向它逐渐逼近。七点前后，它们竭力发动攻击，敌方军舰遭到四枚鱼雷的袭击，我方只有一艘驱逐舰遭到炮弹袭击。

"沙恩霍斯特"号调转船身，妄想把我们的驱逐舰打退，"约克公爵"

号抓住机会，快速行驶到大概相隔一万码的海面之上，再次向它发起毁灭性的攻击。我们的战列舰和敌军被击伤的战斗巡洋舰展开了一次实力相差很大的战斗，仅过了半个小时，就宣告结束。由巡洋舰和驱逐舰接管"约克公爵"号残留下来的任务。不久以后，"沙恩霍斯特"号沉入海底，同时沉入海底的还有船上的一千九百七十名官兵，其中贝海军少将也是其中之一，我们仅救活三十六个人。

敌军的"提尔皮茨"号损伤很大。虽然延缓了大概一年的时间，但是"沙恩霍斯特"号的沉没化解了我们北极运输船队遭到的巨大威胁，也让我们的本土舰队再次得到自由行动的权利。我们无需再随时准备防止德国的重型军舰按照它们预订的时间突然开进大西洋。这项功绩至关重要，颇令人欣慰。

＊　　　＊　　　＊

1944 年 4 月，有迹象表明"提尔皮茨"号已修好，为了能够开往波罗的海的一个港口，它再次做出准备。我方舰空母舰调派"胜利"号和"狂暴"号飞机，动用重型炸弹向它展开进攻，逼迫得它无法行动。在这个时候，皇家空军从苏联北部的一个基地出发，继续向它发起进攻，最终给它带来更大的伤害。"提尔皮茨"号因此往特罗姆塞峡湾转移，与过去相比，这个地方与英国的距离要近两百英里，在那些从本土基地出发的重型轰炸机的最远航程之内。如今，德国人不再试图把这艘战舰开到他们的国家进行修理，也不再把它看成一艘远洋作战军舰。11 月 12 日，皇家空军调派出二十九架特制的"兰开斯特"式轰炸机，其中也有空军第六百一十七中队的轰炸机（曾经因为轰炸默讷水坝而声名远扬），携带一万两千磅炸弹，向"提尔皮茨"号发起致命的攻击。这些轰炸机不得不从苏格兰基地起飞，飞行两千英里，不过那天天气很好，有三枚炸弹都顺利命中目标。在停泊的地方，"提尔皮茨"号被炸毁，船上的一千九百名船员大部分都被炸死。我们付出的代价仅是一架轰炸机，而且机上的飞行员都被救出。

此时，可以将英国的重型军舰随意往远东调派了。

第十六章　莫斯科外长会议

回顾魁北克会议——三国政府首脑会议有必要举办——我和斯大林彼此发出电报——三国外长预备会议——我于 10 月 11 日为艾登先生参加这次会议写下的备忘录——莫斯科会议于 10 月 19 日拉开帷幕——苏联的提案——斯大林全神贯注于发起横渡海峡的进攻——我于 10 月 20 日把私人备忘录提交给艾登先生——有关土耳其和瑞典参战的相关问题——艾森豪威尔和亚历山大对意大利的战争形势做出重大汇报——在克里姆林宫进行深入协商——苏联人特别强调"霸王"作战计划的相关问题——友善的氛围——艾登先生的讲述——他提议只把一部分意大利舰只交给苏联——我在 10 月 29 日发出这个问题的相关电报——我拟定的有关德国战犯的三国宣言已经得到认可——此次会议的重大成就

为了把外交事件的进展过程和事件的叙述连接到一起，有必要在此时对过去做一下回顾。我们从举行魁北克会议那天起，从未间断向斯大林提出建议，要求他召开三国首脑会议。我在魁北克时就已经收到他发来的回复电文，下面就是具体内容：

斯大林总理致（在魁北克的）首相　　　　　　　　1943 年 8 月 10 日

8 月 7 日，英国政府发来电报，我刚从前线刚回来，就阅览了这封电报。

1. 非常有必要召开三国政府首脑会议，对此，我表示支持。一旦和美国总统协商并拟定了这场会议的召开地点和时间，就要抓住机会。

我应该向你表达歉意，因为在当前的苏德战线的局面下，我甚至无法从工作岗位和前线抽出一周的时间。虽然近期我们在前线赢了几场战役，但是苏联军队和苏联统帅部一定要增加兵力，而且要提高警惕，提防敌军展开新的行动。与往日相比，我一定得更加频繁地到各个战线去，视察我方军队的情况。我不能在现今情况下前往斯科帕湾或别的距离更远的地方与你和美国总统举行会谈。对于我们三个国家共同关注的问题，为了不延缓讨论的时间，应该举行一次会议，由我们三个国家的代表参加，不久后，我们可以商定出在哪里举行会议，以及具体的时间。我们一定要提前商量好在会议上商讨什么，以及将在会议上拿出什么提案。假如不能做到这一点，想在会议中得到具体的结果是不现实的。

2. 在西西里岛战役中，英国政府与英美联合军队打了一场大胜仗，在此，我向他们表示祝贺。墨索里尼受这场大胜仗的影响而垮台，他的下属人员也分崩离析。

这是苏联首次赞同在三个盟国之间召开任何一级的会议。我向艾登发出下面的电报，让他转交给莫斯科时说："又一次收到熊先生发来的电报，我感到十分兴奋。我遵照你的意思写了一份回复电文，劳烦你转递给他。"

我们和罗斯福总统进行了探讨，联名写出了一份电文，并给斯大林发了过去。

首相和（在魁北克的）罗斯福总统致斯大林总理

1943 年 8 月 19 日

1. 在各位参谋的陪同下，我们两个人已经来到这个地方，会议大概要召开十天。我们非常清楚,你坚持留在前线一定有充足的理由,打了这么多胜仗,就是你亲自前往战场的结果。但是我们想再着重说一下,我们三个人很有必要共同参加一次会议。我们觉得阿尔汉格尔斯克和阿斯特连这两个地方并不适合,不过,为了与你一道全面地审视一番形势,我们打算和合适的官员一块儿前往阿拉斯加的费尔班克斯。当前是召开会议的唯一有利时机,也是战争的转折点。我们特别希望你再好好想一想这个问题。英国首相还要在大西洋待多长时间还要看情况。

2. 这个三国首脑会议非常有必要召开,如果最终没能召开,我们会支持你的观点——在最近召开外长级别的会议。这是一次探讨性会议,最终还要由我们各自的政府做出决定。

斯大林给出以下回复:

1943 年 8 月 25 日

你们在 8 月 19 日联名发来的电报,我已经接收到。

对于你和罗斯福先生提出的意见——有必要召开一次由我们三个人参加的会议——我给予绝对的支持。同时,我真挚地请求你们,希望你们对我当前的处境有所了解。此时,我们的军队正在与希特勒的主力军展开激烈的战斗,在前线的战场上,希特勒一个师团的兵力都没有撤,反而持续不断地往苏德战场上输送增援师团。我的所有同僚们一致认为,在这紧要关头,我不可以从战场上离开,更不能前往遥远之外的费尔班克斯,假如去了那个地方,就会对我们的作战行动产生负面影响。虽然我曾经说过,假如我们前线的战况不是当前这种情况,费尔班克斯是一个非常适合我们召开会议的地方。

我对你们的建议表示支持,在近期应当召开我们三个国家的代表会议，尤其是外交代表会议。为了在会议召开之后，让我们的政府对那些急迫的问题做出清晰的决定，不能把这次会议停留在探讨的层次上，而是要有实质性的准备。

首相致斯大林总理　　　　　　　　　　　　1943年9月5日

1. 与外长会议相关的问题。8月25日，你发来电报，我收到后非常高兴。你在电报中表示，对于让苏联、美国和英国的负责外交事务的代表尽快召开会议一事，你表示支持。如果莫洛托夫先生可以参加会议，我们也会调派艾登先生参加会议。

2. 当然就算以上这些人员组成议会，也不可能取代相关政府的职权。你对将来有什么想法，我们特别想知道，也打算坦诚相告。我方政府到时候必须做出决定，希望到时候我们可以在某个地方举行会谈。假如有需要，我同意去莫斯科。

3. 也许，政治代表应该得到军事顾问的帮助。在参谋长委员会中，将级军官黑斯廷斯·伊斯梅爵士是我的私人代表，担任国防秘书厅的工作我计划派他去。有关会议上提出的军事问题，他可以拿出证据、事例和数字。在我看来，美国也会调派相当职位的军官参加会议。在外长会议方面，在当前这段时期内，我觉得这些已经足够。

4. 假如你想知道我们为什么没有横渡海峡向法国发起攻击，为什么不能在早期调派出比当下提出的更充足的兵力向法国发起攻击，我非常欢迎你再专门调派出一个陆军和海军将领联合组成的代表团，前来伦敦或华盛顿。到那个时候，我们会尽量详细地解释给他们听，让他们对我们的人力和物力的状况以及想法有所了解，并展开探讨。我确实很乐意解释给你听，你也有充分的权利知道我们这么做的理由。

5.英国的地位刚好居中,所以我们觉得最好在英国举行会谈。不过,在伦敦之外的地方举行也许更合适。我已经把这个建议提交给美国总统,只是他还没对此做出回复。假如你认可我的建议,答应把会谈地点定在英国,我会非常高兴。

6.我希望,我们可以在 10 月初召开外长会议。

斯大林总理致首相 1943 年 9 月 8 日

我觉得你提出的在 10 月初召开三国政府代表会议的建议,可以施行。我提议在莫斯科举行会议。为了在会议进行时,对我们三国政府共同关注的问题做出表决,我们应该提前对议程取得统一意见,并且协商出各个提案。在我看来,这才是最重要的。我依然坚持往日的观点,觉得只有这样做,才能在这次会议中有所作为。此次会议的召开,要为三个国家在今后做出一致的决定铺平道路。与会议组织相关的别的问题,我相信大家能保持一致。

我已经向总统致信,告诉他与三国政府首脑会晤相关的问题,向他表明,为了尽快促成这次会晤,我正在做出努力。他提议把会晤的时间定在 11 月到 12 月,我觉得这个意见可以接受,至于会晤的地点,选一个三国都没有设立代表机构的国家最为合适,譬如波斯。对于根据苏德战场的形势,另外决定会晤的具体时间的这种建议,我持保留意见。双方正在苏德战场展开战斗的军队超过五百个师[①],面对此种局面,苏联最高统帅部几乎每天都要进行监督。

我在 9 月 10 日对斯大林总理提出的建议做出回复。

---

① 苏联一个师的兵力大概是英国或美国的三分之一。——原注

首相致斯大林总理

你提出建议，将外交部代表的会晤地点设立在莫斯科，我们对此表示支持。作为我们的外交大臣，艾登先生会在10月初前往莫斯科。一些参谋人员也会陪同前往。

关于会议议程，英王政府宣告，同意与盟国苏联和美国共同商讨。我们很快就会把我们的意见告诉你，不过我们也殷切地希望能了解你关心的主要问题。

我觉得，本次外交代表会议在三国政府首脑会议中意义最大，这是一项举足轻重的预备会议。在我看来，从11月15日，到12月15日，首脑会议也许会召开，所以觉得非常欣慰。我这几个月一直在向你保证，无论何时何地，会遇到什么样的危险，我都希望参加这次会议。在波斯，如果你觉得没有比德黑兰更好的地方，我就去那里。在我看来，塞浦路斯或喀土穆是更好的选择，但是我依然尊重你的意见。斯大林元帅，我希望对你说，对于我们三人会议的召开，每一个联合国家都热切期盼。我们可以在会议中做出决定，使用哪种方法才能够最彻底、最迅速地结束战争，也可以做出决定，采取什么样的手段通往美好的世界，让英国、美国和苏联对人类做出永恒的贡献。

*　　*　　*

外长会议已经部署妥当，就要召开，当从魁北克返回伦敦之后，我把会议上应该考虑的一些要点起草了一份备忘录，递交给我的同僚们。

首相为外交大臣参加马上召开的会议起草的备忘录

1943 年 10 月 11 日

1. 大不列颠参加战争，是为了尽到自己的义务，并且维护公法，而不是为自己谋求领土或特殊权益。

2. 我们力争保留国际联盟制度，其中包含一个欧洲委员会，一个国际法庭和一支执行判决的武装力量。在战争停止的这段时间内——也许会延长一段时间——我们力争让英国、美国、苏联和中国保持联合一致，凭借武装力量执行停战条件，在世界的各个地方组建永恒的和平机构。

3. 在战争中，我们觉得那些曾经被纳粹或法西斯动用武力征服的国家和民族，理当拥有全部主权出席和平会议，一定要在和会上解决所有与领土分割有关的问题，而且还要适当考虑到与之相关的各个国家的人民利益。

4. 对于大西洋宪章的原则问题，我们再次给予确认，而且发现，苏联基于在1941年6月22日的国土边界，才加入大西洋宪章。在1914和1939年，德国曾经两次发动侵略战争，我们应该注意到在此之前的苏联疆界。

5. 对于波兰和苏联签订的每一项协定，我们都应该给予支持，这种协定帮助我们组建一个强大的、独立的波兰，也保障了苏联西部疆界的安全。

6. 我们坚决主张在纳粹主义和法西斯主义的发源地——被侵略国家的内部——将其全部消灭。为了保障这些被侵略国家里的人民，能够在和平的环境中拥有表现自身意志的权利，我们还希望在那些地方成立民主的政府。这些主张不应排除采取武力和外交手段，或与可能组建的临时政府建立联系，只有这样，才能实现我们的首要目标，同时又尽可能避免遭到杀害，特别是避免盟军遭到杀害。

7. 在纳粹或法西斯政权时期，对于德国或意大利侵占的所有领土，我们都予以否认，我们觉得应该让西方三大国来决定德国的未来体制，以及作为德意志国家一个组成部分的普鲁士的地位。

8. 为了预防犯罪之国动用武力，对欧洲的和平造成威胁，我们决定运用一切方法解除他们的武装，并且对他们的活动范围内的各种形式的战争机构或组织进行长时间的控制。

9. 如果不是为了满足世界上大多数人的要求，或为他们的安全考虑，我们不会让欧洲国家里的任何一个成员国成为其他国家的附属品，被别的国家束缚住。

10. 我们发出宣告，为了满足世界上大多数人的利益，以及为人类的进步事业服务，从胜利中取得的权威一定要赋予三大国。

*   *   *

在繁杂的事务中，莫斯科三国外长会议做出了非常大的贡献。赫尔先生年龄已经很大，为了避免他飞到相距很远的莫斯科，罗斯福总统曾经希望把会议地点改在伦敦，却遭到了斯大林的反对。赫尔先生不辞辛劳，没有表现出任何畏惧。这是一位经验丰富的外交家，这是他人生中的首次飞行，在身体衰弱的情况下，还能做出这样的行动，真算得上是勇士。

这场会议还没有在莫斯科召开之前的一段时间里，有关议程的问题，三国外长彼此之间发出很多封电报。美国提出四个建议，其中之一是四大国宣言，涉及在战争结束之后以怎样的态度对待德国和别的欧洲敌对国家。在这方面，我们提出的建议不少于十二条，其中有对土耳其的共同政策，在波斯实行的共同政策，苏联和波兰的关系，以及对波兰采取的一般政策。苏联人仅提出一项建议：商讨怎样减少与德国和欧洲盟国进行交战的时间。很明显，虽然这不是一个政治问题，而是一个军事问题，但是在起初阶段就已经明白，没有解决好这个问题之前，他们不打算商讨别的一切问题，所以我觉得理当让伊斯梅将军加入我们的代表团。

*   *   *

10月19日下午，正式召开首次会议。正如下院议长被人推上主席台那样，莫洛托夫先生也故作推辞了一番后，被选为主席，很明显，他自身和他的代表团都乐于看到这个结果。然后，议程通过了。苏联提出以下建议，莫洛托夫等到这些准备程序结束之后，将其呈递给大家传阅。

1. 为了确保让英美军队向法国北部发起进攻，1943年，大不列颠和美国政府应动用应急手段。再结合苏德战场之上，苏联军队向德国军队发起猛烈的进攻，定然会让德国的军事战略地位迅速破产，使战斗的时间变短。

苏联政府觉得一定要把这个问题弄明白：1943年6月，丘吉尔先生和罗斯福先生发表声明，声称到了1944年春天，英美军队会向法国北部发起进攻，不知道这个声明还是否有效力。

2. 三大国应建议土耳其政府即刻参加战斗。

3. 为了向德军发起攻击，三大国应建议瑞典向盟国供应空军基地。

莫洛托夫询问，如果赫尔先生和艾登先生有时间研究这些提议，是不是应当在严格限制的会议里进行探讨。对于这一点，他们很快给出了肯定的答复。

艾登先生将会议的过程向我做出汇报，我随即把自己的意见告诉给他。

首相致（在莫斯科的）艾登先生   1943年10月20日

目前看来，1944年的计划也许有非常严重的缺点。5月，我们会往法国调派十五个美国师和十二个英国师，并将六个美国师和十六个英国师安排在意大利前线。希特勒把世界上最方便的交通枢纽掌控在自己手中，假如德国军队没有溃败，他最起码可以调集四五十个师，来对抗上面所说的任何一支军队，还尚有余力牵制另一支军队。他可以趁巴尔干半岛还没有蒙受太大损失时，往萨瓦河和多瑙河撤退，这样他不需要减弱苏联战线上的兵力，就可以得到想要的军队。这是战争中的一个最基本的命题。我们在意大利和英吉利海峡两个战场安排了多少兵力，始终不是由战略需求决定的，而是由局势的变化、航行运输的可能性，以及英国和美国的主观退让决定的。从实际需求的角度来看，在意大利调集的军队，以及计划于5月份横渡英吉利海峡的军队，数量上都达不到要求。在这两个战场上，仅有七八个师的兵力可供支配。对于这种情况，我决定再次进行研究。

2. 如果让我来做出决策，我绝对不会将任何军队调出地中海，也不会从意大利狭窄的靴形区域撤离前往波河流域，却和敌军在相对狭窄的前线上展开激烈的战斗，同时煽动巴尔干半岛和法国南部的动乱。在我看来，德国军队还没有溃败，我们最起码要在六十天中集结起四十个师的兵力，用于横渡英吉利海峡，除非在此期间我军与敌军在意大利前线展开激烈的战斗。美国觉得我们的空军可以把战区或战区通道上的所有东西都夷为平地，对此我表示反对。此刻，我们还不具备这种能力。这些都只作为你的个人参考，不适合向外人诉说。通过这些情况，你会意识到，一旦我们像律师履行契约一样，担负起将于5月份实施的"霸王"作战计划，将会陷入非常危险的地步。因为如果这样做，我们在意大利前线和巴尔干半岛所得到的各种利益就会丧失，而且在渡过海峡三十天或四十天之后，我们依然没有充足的兵力来守卫自身的安全。

3. 苏联人对巴尔干半岛究竟有什么想法？你应该想办法把这个问题弄明白。我们打算从爱琴海发动攻击，把土耳其拉入战争之中，打通达达尼尔海峡和博斯普鲁斯海峡，以便英国的海军舰艇和商船向苏联军队提供援助，最终又在多瑙河沿岸有力地支援他们，对他们而言，这一切行动是否有吸引力？我们将黑海打通，帮助盟国的战舰，提供给养，以及为盟国的军队（其中也有土耳其军队）开辟道路，他们对这些感兴趣吗？我们在右手边展开迂回运动，他们对此是不是感兴趣？或许他们仍旧只是想让我们向法国发起进攻？在他们看来，持续在英国集结兵力势必会将大量德国军队约束在西线。苏联人可能出于政治方面的考虑，不想让我们采取规模巨大的巴尔干战略。他们让土耳其参战证明了他们对东南战场有所图谋。

4. 我依然觉得很有必要在爱琴海建立一个落脚点，为了实现这个目标，要把罗德岛攻克下来，再次攻克科斯岛，守住莱罗斯岛，在这片水域之上组建强大的海军和空军。我们为了守住莱罗斯岛而做出努力，也梦想将罗德岛攻克下来，苏联人会不会用同情的目光看待我们？他们是否意识到这种做法对土耳其会产生什么影响，海军又如何抓住攻进黑海的机会？以上这些仅供你作为参考。

*   *   *

莫斯科会议于 10 月 21 日召开，对苏联的提议进行了探讨，英国方面的代表是艾登先生、大使阿齐博尔德·克拉克·科尔爵士、斯特朗先生和伊斯梅将军，美国方面的代表是赫尔先生、哈里曼大使和狄恩少将，苏联方面的代表是莫洛托夫先生、伏罗希洛夫元帅、维辛斯基先生和李维诺夫先生。会议刚开始，英美代表团的发言人伊斯梅就依据魁北克会议做出的决定发表讲话，他着重介绍了那些阻碍横渡英吉利海峡的条件。

讨论继续进行，我方代表们态度坚决地说，我们依然按照原计划进行，如果条件允许，我们打算一直进行下去。在那个时候，苏联人好像很满意。莫洛托夫声称，苏联政府有必要好好研究一下伊斯梅将军所说的话，期待在今后的会议中进行深入的探讨。

接下来，艾登先生说起土耳其问题，声称在当前情况下，我们无法向其提供援助。应该先把与土耳其进行交涉的事情暂时搁置，等以后再进行解决。会议还提及苏联关于瑞典的提议。显而易见，瑞典向苏联提出要求，让他们对芬兰做出承诺，但苏联人并不想探讨这个事情。

*　　　*　　　*

艾登在那天晚上拜访了斯大林，二人对各个领域的问题探讨了两个多小时。如读者所了解的那样，有关北极运输船队的问题，才是至关重要的。他们也谈到了当前正在计划中的盟国政府三方首脑会议，并对这个问题展开讨论。斯大林态度强硬，一定要在德黑兰召开这次会议。

谈话整体上还是比较顺利的。

*　　　*　　　*

10 月 20 日，艾登先生已经收到了我发出的电报，并且向我提出了自己的一些建议。他说苏联人非常固执，只知道一门心思让我们向法国北部发起攻击。这时，他们最想看到的是在会议上拿出一个决定来。他们反复询问，罗斯福总统和我曾经与斯大林共同商定，于 1944 年初春向法国发起攻击，在 5 月召开华盛顿会议之后，有没有什么改变？什么时候开始执行这项军事行动？

关于第一点，他向他们做出承诺，说不会有一点儿更改，不过强调要想取得这次远征的胜利，一定要满足三个条件。我们对第二点的看法是，不要限制它的具体日期，但是艾登先生已经向他们做出承诺，为了在春天天气变好之后发起攻击，所有的准备工作都已经展开。

在回复的电报中，我做出以下答复：

首相致（在莫斯科的）外交大臣　　　　　　　　1943 年 10 月 23 日

1. 假如我们逼迫土耳其参加战斗，土耳其一定会请求我们给予空中援助，这会损害到我们在意大利展开的重要战役。先让土耳其度过一段和平期，等它被自然而然地卷入战争之中，我们也就不需要担负这种责任了，相反，我们还能得到很大好处。很明显，最重要的是抓住时机，而敌军驻扎在保加利亚和色雷斯的侵略力量决定着这种时机。我们会获得的利益有：我们向苏联提供的援助、我们的战舰和别的部队都可以驶入黑海。我提到的"向苏联提供有力的支援"，指的就是这个方面。土耳其也许会采取这种行动，假若在巴尔干半岛还没蒙受很大损失时，德国军队抓住时机，立即向多瑙河和萨瓦河撤退，这种可能性就会更大。

2. 芬兰和瑞典。假如可以让瑞典参加战斗，一定会对我们非常有利。我们觉得德国军队没能力大规模向瑞典发起攻击。我们应该赢得一个新的国家和一支小规模的强悍陆军。我们在挪威的所得必将影响深远。苏联空军会得到各种至关重要的设备。轰炸德国时，假如我们从瑞典起飞，一定远远比不上从东英吉利起飞，因为东英吉利拥有很大规模的设施，而在瑞典却不得不通过空运的方式输送所有东西，一切只能将就。我们从英国飞往德国与从瑞典飞往德国在距离上是一样的。当前在英国，其实我们的条件十分便捷，也希望在罗马北面拥有便捷的条件，依赖这些，我们有能力调派重型轰炸机，向德国的任意一个地区发起攻击。

3. 我个人希望土耳其和瑞典方面能够自己提出参加战斗。在我看来，这两个国家都不会被侵略。希特勒多一个敌人，他溃败的速度就会更快。我提议，首先要想明白，我们和苏联人需要的到底是什么，对我们双方最有利的是什么，再思考以后使用什么样的方法。劳烦先做一次尝试，告诉我具体的情况。

我在两天之后再次发出一封电报。

首相致外交大臣   1943 年 10 月 25 日

苏联希望土耳其和瑞典能够主动参加战斗，成为共同交战国或事实上的盟国中的一员，我仔细地考虑之后，最终下定决心，觉得我们不应该去阻拦苏联的这个意图。我们不能让苏联人以此为借口引发争端，也不能陷我们于麻烦制造者的处境之中。原则上，我们应该给予支持，让困难自己浮出水面，一旦开始研讨方法，困难自然而然就会显现出来。可能会把困难克服掉，也可能会让它占据一个合适的位置和比例。不管怎么说，在最初阶段，我们决不能拿出特别苛刻的态度来面对所有事情。

＊　　＊　　＊

在之前的一章中曾经讲过，艾森豪威尔将军把一封至关重要的电报发给我，向我透露了亚历山大将军对意大利战役做出的判断。我在这个时候收到这封电报。我把它交给艾登，让他传交给斯大林进行阅览。在这封电报中，我增加了几条，内容如下：

1943 年 10 月 26 日

1.“霸王”之战将于七个月之后展开，为了集结起兵力，做好行动准备，我们将最强悍的几个师和大量至关重要的登陆艇从地中海调派出来，导致我军在地中海陷入这种危机四伏的局面。这是战争受律师契约式的协议支配的必然结果，它签订于几个月前，但如今却不顾战争的形势，仍要固执地履行。你可以在适当时机向他传达：意大利战役至关重要，而且已经取得一定的效果，把很多德国后备军都吸引了过来参加战斗，所以，我无法容忍在我负责期间，只顾着将在 5 月展开的横渡英吉利海峡的战役，却对意大利战役不管不顾，最终酿成一场大灾。我们一定要支持这场战役，坚定不移地打下去，不赢得最终的胜利誓不罢休。我们会竭尽全力实施“霸王”作战计划，不过，以在战场上惨遭失败为代价，来暂时满足政治的需要，没有一点儿好处。

2.你一定要表明，我方 5 月份对“霸王”作战计划做出的承诺，要因意大利战役局势的变化而做更改。有关这个问题，我正在和罗斯福总统进行商议，但是在这个时候，英国军队绝对不会放弃意大利战役，不管发生什么，我都不会改变这个决定。今后，不管哪些因素影响到军事行动，对于艾森豪威尔和亚历山大提出的任何要求，都要满足，帮助他们取得这场战争的胜利。这种做法的确有可能影响到"霸王"作战计划的实施日期。

我在三天之后，把自己对这个问题的最终看法提了出来。

首相致在莫斯科的艾登先生　　　　　　　　　　　1943 年 10 月 29 日

　　1944 年，我们最重要的军事行动依然是"霸王"作战计划，所以我们不可能放弃它。把登陆艇留在地中海，不会损害到罗马战役，不过却可能把进攻的时间延缓到 7 月份，因为冬天时无法让小型的登陆艇从比斯开湾上渡过，所以不得不等待春天的到来。延缓进攻的时间，也就相当于在开战时投入更加猛烈的打击力量，全力以赴向德国发起攻击的行动也不会锐减下来。我们打算随时促成并利用德国军队溃败的机会。讨论时，可能这些观点可以帮助到你。

*　　　*　　　*

　　在我国大使和伊斯梅的陪伴下，艾登先生于当天晚上去了克里姆林宫。莫洛托夫和斯大林在一块儿待着。在会谈开始阶段，艾登拿出艾森豪威尔发出的意大利战局的电报的俄文译文，呈递给斯大林，斯大林在莫洛托夫面前高声念了出来。他念完这份电报之后，脸上没有浮现出一丝失望。他说，苏联的情报显示，在罗马的南面，英美调集了十二个师，与德国的六个师对抗，波河沿岸还有六个德国师。他最终也说也许亚历山大将军的情报更加精确。艾登说，有关意大利的最新战报，我非常希望能告诉斯大林，还要让斯大林知道，我特别为这件事着急，而且在意大利战役取得胜利之前，特别愿意提供援助，不论它会对"霸王"作战计划产生怎样的危害。他还说，当前，盟国要做出至关重要的决定，所以迫切需要召开三国政府首脑会议。

斯大林微微一笑，说，假如师团的数量不足，就算召开三国政府首脑会议，也无法凭空创造出师团来。他直入主题地问，刚才读到的那封电报的意思是否是要延缓"霸王"作战计划。艾登告诉斯大林，还要等待英美联合参谋长委员会进一步审查，再做决定，在此之前，他也说不好，不过要正视这种可能性。他又引用我在电报中说的话："我们会竭尽全力执行'霸王'作战计划，不过，假如要在战场付出惨痛的代价，以此来暂时满足政治的需要，一点儿好处都没有。"有两个方面的困难阻碍这个计划的实施：其一，登陆艇；其二，11 月初需要将参加过战争的七个师输送到联合王国，作为先遣部队担任"霸王"战役的突击工作。可能要延缓输送上面提到的那些师团或所有师团，这样一来，不知道会不会延缓"霸王"作战计划的执行日期，一旦延缓，又会持续到什么时候，现在还不能确定。

紧接着，斯大林开始讨论整体的战略。他觉得我们有两种选择：在罗马北面进行防守，将一切精锐之师都投入到"霸王"作战计划中；或经由意大利向德国本土发起进攻。

艾登先生声称，第一个方案正是我们心中所想。他觉得我们不想从萨—里米尼一线穿过去。得到这条战线，我们就可以得到罗马北面的纵深地区，也可以向欧洲南部的空军基地发起攻击。很明显，斯大林支持我们的观点，他说很难翻越阿尔卑斯山，并且德国军队正想让我们这样做，他们想和我们在那个地方展开战斗。将罗马攻克以后，就可以在很大程度上提高英国的威信，促使我们开始防守意大利。

后来我们又对别的攻击目标展开讨论。艾登先生说，我们可以一边展开"霸王"作战计划，一边向法国南部发起攻击，对那个地方进行牵制。假如我们可以用两个师的兵力将桥头堡攻克下来，我们也许就可以动用在北非训练和装备的那些法国师。在斯大林看来，这个主意非常好，因为希特勒的兵力越分散，对我们越有利。在苏联战线上，他使用的就是这种战术，只是不知登陆艇的数量是否足够。

他紧接着提出另一个问题："要把'霸王'作战计划延缓一个月，还是两个月？"艾登先生回复说，对于这个问题，他无法给出明确的答案。他只能坚定地表明，我们会全力以赴，尽快实施，而且非常希望三国政府首脑尽快会晤。斯大林给予绝对的支持，不过罗斯福总统却稍显迟疑，他不知道该不该去德黑兰。艾登建议把地点定在哈巴尼亚，但是罗斯福总统和莫洛托夫都果断地否定了他的提议。斯大林声称，如果还有减弱希特勒兵力的机会，他就不能去太远的地方。近期，德国军队从法国和比利时调派出很多坦克师，并将其派往苏联前线，但他们装备和物资都不充足。不能给希特勒任何机会去休整，这才是至关重要的。斯大林坦露，德国军队在西线有四十个师的兵力驻扎，他们不调用这部分兵力，完全是因为害怕我们向他们发起攻击，假如他们把这部分兵力也用上，苏联军队就没有把握取得胜利了。在共同的事业上，对于我们贡献的力量，苏联方面非常清楚。

艾登先生声称，斯大林元帅很清楚，英国首相也像他那样希望向希特勒发起攻击。对于这一点，斯大林给予绝对的认可，然而又猛然间大笑，说在通常情况下，我仅承担简单的任务，至于困难的任务，我会交给苏联人。对于这种说法，艾登持反对态度，他将我们海军在执行任务时遇到的各种麻烦一一列出，还说明了我们的驱逐舰近期内蒙受的巨大损失。斯大林又变得严肃起来，他声称，对于我们海军的作战行动，他那里的人几乎没有提过，不过他能想象得出他们的不易。

艾登给我发来电报，他说："会谈的整个过程比想象的更加顺利。斯大林一副十分开心的模样，今天晚上，不管聊到什么话题，他都没有对过去的事情加以指责，也没有忽略我们遇到的所有困难。可能他只是在开始阶段才有这样的表现，今后也许就不会这么好了。有一点至关重要：他主动提出，在西线战役中，我们紧紧地牵制住德国军队的四十个师，这起到了很大的作用；当聊到我们的海军在作战过程中遇到的种种困难，以及缺乏登陆艇这些问题时，他表现出同情，这说明他不再像以前那样觉得渡海作战是一项很容易的任务。但有一点显而易见，他希望我们竭尽全力，尽快使'霸王'作战计划付诸实施。我觉得他非常信任我们所说的话。"

会谈过程中的很多事情都表现出，苏联政府态度诚恳，他们希望永远和英美两国友善相处。在大大小小的各种问题上，我们本以为会遇到麻烦，但是他们却和我们达成一致意见。我们提出的问题，斯大林表示理解，如今回想时，依然觉得令人满意。艾登先生说："莫洛托夫在很多场合，特别是今天，当我们召开最后一次军事会议且让他出任主席时显现出了这种态度。昨天晚上，关于我们和斯大林之间的谈话，他觉得很失望，同样令他感到失望的，还有当苏联对土耳其和瑞典提出建议时，我们没有按照他的想法给予支持。对我们的事情做出处理时，能够清晰地看出，他不想让我们任何一方感到为难。我在今天晚上收到他的通知，说已经把我方的两个被关押起来的水兵释放掉。这表现出他的友善态度。"

"苏联代表们纷纷表现出，他们希望改善英苏两国之间的关系。在运输船队方面，你的态度给他们留下深刻的印象。今天晚上，莫洛托夫和他的某些同僚们要到我国大使馆来参加宴会，这些年来，还从来没有出现过这样的事情。持续不断地把情报供应给这些人，是米高扬的职责所在，今天晚上，他在滔滔不绝之时称赞你，说你在恢复运输船队航行事件中有很大的贡献。

"我在这种氛围中萌生了一个想法，等到会议结束之后，我要向他们表达出我们的友善态度。如果他们想得到意大利舰队的小部分舰只，我坚信，假如我向他们泄露一些有用的信息，那么，在他们的内心产生的影响，会大大超过战舰能强烈地冲击他们的内心，也远远比不上这些信息的重要性。对于这个想法，我国大使和哈里曼都给予绝对的支持。就算我没能在离开苏联之前给出一个肯定的答案，只要我已经向莫洛托夫先生表示，原则上，我们支持将那些被收缴的意大利舰只交给苏联政府一部分，而且他们这样的要求合情合理，这就会有利于我们。可以慢慢在今后对具体的方案做出规定，并且确定移交的时间。假如你可以向我提供这种帮助，除了能证明你有一个良好的态度，还能得到更大的收获。我诚心诚意向你提出请求，请你向我提供援助。"

有关战时内阁对意大利舰队提出的建议，我即刻告诉了他。

首相致外交大臣　　　　　　　　　　　　　　　1943 年 10 月 29 日

……原则上，我们希望将意大利舰队一些舰只交由苏联支配，不过在我们看来，向日军发起进攻时，这支舰队会起到一定的作用，并且我们打算，为了方便在战争的后期阶段使用，我们要把热带设备安装到"李特利奥"号和别的舰只上面。在太平洋上，假如苏联打算安排一支分舰队，那是一个重大的事件，等到我们相见的那天，我希望可以对这个计划进行讨论。

5. 当前，只有阿尔汉格尔斯克和摩尔曼斯克这两个地方，可以把意大利舰只移交给苏联。北冰洋不适合意大利军舰展开行动，而且意大利舰队有必要先在船坞里进行几个月的修理工作。有一点应该引起我们的重视：如果直接把意大利舰只移交给苏联，会损害到我们与意大利之间的合作，所以不要这样做。在海上，意大利举起的旗帜是反抗德国，这一点至关重要。在塔兰托的船坞里，意大利人正在为我们提供帮助，这是一种对我们非常重要的帮助，我们不想看到因为向苏联移交舰只，导致意大利终止向我们提供帮助。如果他们想到，他们逃脱出德国军队魔爪的舰只，最终还是要落到外国海军人员的手中，谁能够保证他们不凿沉几艘呢？他们当前给我们提供了很多方面的帮助。意大利潜艇正在往莱罗斯输送军需物资；意大利七艘设备齐全的驱逐舰，目前正在保护地方上的运输船队；意大利的巡洋舰正在担任对军队和军需物资的运输工作。因此，不管在何种情况下，在还不能拿出某些手段预防产生不好的影响产生之前，我们万万不可把此事泄露出去。只要我们开始"瓜分"意大利舰队，就会引起法国人、南斯拉夫人和希腊人提出的各种合情合理的要求。

6. 根据上面所说的这些理由，先不触碰这个问题才是最明智的选择，还是把这个问题留到"尤里卡"（德黑兰）会议上再谈论吧！

7. 虽然我们确实已经收缴了一部分意大利商船，但是总数量还不足以满足那些已经被攻克地区和意大利最基本的需求，事实上，计算之后才发现，我们拥有的船舶吨数非常小，而且很多意大利舰只只能被用于担负地方性的运输工作。

8. 对于这个请求，赫尔先生是不是已经汇报给他的政府？我们理当达成共识，这一点至关重要。假如可以召开"尤里卡"会议，最好把每一个问题都带到会议上进行探讨。

我在那一天又向外交大臣发去电报。

1. 如果你能赢得美国的认可，便可以向莫洛托夫传达，原则上，我们支持把一部分被收缴的意大利舰只交由苏联政府支配，从数量方面来看，他们的要求也没有什么不妥之处。我觉得他们并不是想要一艘"利特里奥"式的战列舰。要以满足军事行动为前提，同时，为了不至于丧失意大利人提供的援助，也不能随便泄露消息，再决定移交的方式和具体的时间。这一点是最重要的。在这支舰队中，我们希望把最新式的舰只抽调出来，用于向日军发起攻击。苏联人会给予支持，我们不应该影响与日方进行的战斗。在我们看来，等战争结束之后，应该交给我们英国人两艘"利特里奥"式军舰。首先，与意大利展开的所有战役中，我们一直是主力；其次，我们海军的主力舰蒙受了巨大的损失；最后，议会做出的长期建造战斗舰的计划，我们已经终止了，全心全意地投入到当前的战争之中。

2. 以下内容只供你作为参考，万万不可泄露任何消息，也许可以试探一下：等到希特勒溃败之后，如果苏联决定承担起对日作战的职责，也许会实现一个至关重要的计划，而作为计划中的一部分，以下情况可能会出现：我们所控制的某一个太平洋基地，出现一支强悍的海军部队，它悬挂苏联旗帜，装载苏联水兵，在战争快要结束时加入战斗。我在这封电报的前几行对你的某些意见表示支持，希望可以对解决你的困难有所帮助。

*　　*　　*

有关德国战犯的问题，我草拟了一份宣言，准备在即将召开的三国政府首脑会议上作为一份基础性文件进行探讨。

首相致罗斯福总统和斯大林总理　　　　　　　　　1943 年 10 月 12 日

劳烦想一想，以下文件可不可以由我们三个人联名发表：

"很多曾经遭到希特勒军队践踏过的国家，现在正逐渐将希特勒军队赶出去。英国、美国和苏联——排名不分先后——已经从很多地方掌握各种证据，指证希特勒军队所犯的暴行、屠戮及残忍冷峻地实施集体死刑。纳粹统治的残暴行径由来已久，每一个生活在他们的魔爪下的人民或地区，都遭遇了借恐怖手段而实行的极其恶劣的残暴统治。新的情况是：解放国家的军队不断往前推进，把很多地区都解救出来，希特勒领导的德国军队节节败退，在看不到希望的情况下，他们采取更加残忍的暴行。

"根据上面所说的，三个盟国代表三十二个联合国家的利益，发出郑重宣告，而且以下这篇宣言的形式发出强烈警告：

"此前不管以何种形式组建的每一个德国政府，在实行停战的时候，凡是策划过或主动参加过上面所说的那种暴行、杀戮和集体死刑行动的德国官兵和纳粹党员，都要被押送到他们曾经犯下弥天大罪的国家，按照这些解放的国家和即将在这些国家中建立的自由政府的法规，对他们进行审问、判决。把这些人列到名单上时，要依据每一个国家提供的尽量详尽的资料。尤其是苏联惨遭攻克的区域、波兰、捷克斯洛伐克、南斯拉夫、希腊（其中包括克里特岛和别的岛屿）、挪威、丹麦、荷兰、比利时、卢森堡、法国和意大利。只要曾经参与大批枪决意大利军官，或处决法国、荷兰、比利时或挪威的人质或克里特岛的农民，或曾经杀害过波兰人民，或曾经杀害过苏联领地上的人民（此处的敌军即将被驱赶一空）的德国人，都要清楚一点：不管要耗费多少资金，我们都要把他们押送到他们曾经犯罪的地方，在那里，让那些遭遇过他们侵害的人民对他们进行判决。要让那些此时还没有屠杀无辜人民的人懂得，千万不要加入那些罪人的队伍中，否则就算他们跑到天边，三个盟国也一定会把他们抓回来，交到控诉人手中，伸张正义。

"上面提到的这篇宣言，与首恶元凶犯下的罪过并不冲突，他们的犯罪地点不限定在某一个地方。

罗斯福

斯大林

丘吉尔"

假如由我们三个人签署这份宣言，或者是此类的文件（我对措辞问题不太看重），我觉得肯定能够吓跑一些坏蛋，让他们不敢加入屠杀者的队伍中。他们此时非常清楚，他们要大难临头了。有一件事情，我们都很清楚：我们曾经做出承诺，要对德国人在波兰的暴虐行径进行报复，正是由于这种威胁，才让波兰人民蒙受的灾难减少下来。我方军队必将因为敌军采用恐怖武器而担起更重的担子。如果那些德国人意识到，他们要被押送到他们曾经践踏过的那个国家接受审判，或者是在他们犯罪的地点接受审判，心理负担也许会增加。对敌军就地审判也许可以阻止敌军发起的恐怖活动，所以我极力提倡运用这项原则。英国内阁对这项原则和政策给予支持。

这篇宣言稿件只是在文字上做了一些更改，最终被认可并签字。

＊　　　＊　　　＊

每日，三国外长准时召开会议，对各个方面进行探讨。他们的协议被载入 11 月 3 日起草的一份秘密协定书。因为这些协议决定增设一个合作机构，所以至关重要，这个机构此时就要组建。我们依据协议，计划在伦敦成立一个欧洲咨询委员会，这样就能在希特勒政权快要土崩瓦解时，处理那些出现在德国和欧洲大陆上的问题。这个机构初步做出一项计划，把德国分割成若干占领区，这项计划后来出了很大的问题。今后，当遇到合适的机会，会对这方面的具体情况进行详细的说明。之后还要成立另外一个咨询委员会，用来处理意大利的事务，还要把一名苏联代表安排在里面。关于轴心国家的卫星国发出的任何和平试探，我们会彼此分享情报。在本次莫斯科会议上，美国希望签订一分包括中国在内的四国宣言，承诺四国在战争时期一致对外，向轴心国发动联合进攻。这份宣言签署于 10 月 30 日。艾登先生就苏联和英国协商联合向土耳其发起进攻一事，草拟了一份协议书，并于 11 月 2 日签署。

能够取得这些成果，我们觉得非常满意。本次会议的召开，解决了很多可能造成冲突的问题，规划了深入合作的具体细节，为三个主要的盟国政府首脑早日召开会议做出了铺垫，同时在某种程度上也化解了我们以前和苏联合作时日渐严峻的冲突。

本次会议的与会代表们在会上和会下都感觉，相比往日，友善的氛围已经有了很大程度的提高。苏联一位最有名气的画家，受他的政府委托，以一幅图画的形式描绘出本次会议的会谈情况。他已经初步完成了对英美代表团的各个成员进行素描的工作。这幅画是否已经完成我们还不了解，不过到目前为止，它还没有在世界上出现。

第十七章　任命最高统帅

迫切需要为"霸王"作战计划选派最高统帅——我们支持马歇尔当选——我和罗斯福通信——总统犹疑不决——他希望西线的两个战场同时交给一位最高统帅指挥——我反对这个提议——为三国会议做好准备工作——我于 9 月 25 日向斯大林发去电报并得到他的回复——很难就会议召开的地点达成共识——罗斯福的提议——斯大林只愿意去德黑兰——罗斯福大失所望——他以不可以背离宪法的规定为借口——我想办法让英国和美国先展开探讨——我在 10 月 23 日致电总统——他提议预备会议也让苏联参与进来——我不赞成这个提议——签订有关召开会议的协议文件

为了执行"霸王"作战计划，也就是在 1944 年，从英吉利海峡横渡过去，向欧洲发起进攻的计划，我们急需选派一位最高统帅。这个问题对战争中的军事行动产生直接影响，也引起很多重大、微妙的人事问题。罗斯福总统提议，"霸王"作战计划的指挥由一名美国将领担任，我在魁北克会议上对这种意见给予支持。以前，我曾经把这个决定告诉布鲁克将军，因为我曾请他担任这个职务。罗斯福总统后来告诉我，他准备选择马歇尔将军，我们对这项任命都给予支持。在魁北克和开罗会议召开的间歇期，我意识到，对于马歇尔的任命，罗斯福总统还没有下定决心。不首先解决这个重要问题，就无法进行别的所有安排。美国新闻界在这个时候谣言四起，估计在伦敦的议会上也会引发某些反应。海军上将莱希写了一本书，其中描写了美国的一些彼此矛盾的观点。他在书中写："民众盛传，罗斯福计划将最高统帅之位交由马歇尔担任。报界有些人对这种部署给予强烈的反对。那些反对的人指责罗斯福，说他这是借着升迁的名义，把马歇尔从高位贬谪到一个很低的职位，这是他给马歇尔下的一个圈套。又有人公布出另外一种极端言论，在美国参谋长联席会议看来，任命马歇尔为最高统帅，是对他的提拔，马歇尔令他们眼红了。"

针对这个问题，我们双方展开了细致的探讨。在不妨碍美国参谋长联席会议和英美联合参谋长委员会的职权的情况下，我迫切希望从各个角度强调马歇尔将军的地位。我在9月末向霍普金斯发出一封电报，把我的观点告诉他。

首相致哈里·霍普金斯先生   1943年9月26日

西线战场所有军队的最高统帅将由马歇尔担任，新闻界正在对此事展开议论。我通过我们的会谈得知，"霸王"作战计划将交给马歇尔指挥，他以后绝不可能只是某个战区的指挥官。在华盛顿的联合三军参谋长委员会中，蒂尔有权了解整体形势，马歇尔和他一样，与我们具有相同的权利，有权了解到与德国之间的战争的整体形势，而不只是被限定在特他自己的指挥区域。我们向他表示欢迎，希望他常常和我们的参谋长们一块儿召开会议，也同意把作战的所有计划都提交给他。只是我也曾经明确表明，就像你们的参谋长们在华盛顿的行动，我们的参谋长们也需要聚集到一起召开自己的会议，站到英国的角度来分析局势。对于那些超出"霸王"作战计划的决策，他不需要考虑。联合参谋长委员会听命于各国政府首脑，而我们的所有联合作战行动和全球战略都听命于华盛顿联合参谋长委员会。请告诉我这种观点合不合适。

我几天之后直接向罗斯福总统致信。

1943 年 10 月 1 日

1. 把我们最高指挥部的重要变更以当前这种方式公布于众，令我感到惴惴不安。到目前为止，我们没有泄露过任何秘密，但是美国方面差不多天天都会出现一些关于马歇尔的言论。议会会议定于 12 日召开，也就是周二，到时候肯定会有人来询问我。让马歇尔担任设立在英国的总指挥官，让亚历山大担任地中海战区指挥官，这两道命令应该放在同一时间宣布，否则就会陷我于窘境之中。如今，谣言四起，今天的报纸上又刊登了史汀声四平八稳、谨小慎微的谈话，更是推波助澜。这种谈话方式让人觉得非常神秘，就像要刻意遮掩一些东西。那些心存不良的人可以利用这个大好时机散布谣言、生出事端。我们只需要把做出的决定向公众宣布，自然而然就破解了所有的谣言。不管怎么样，我希望你想出一个办法，保证我们两个人可以在同一时间公布这两项调动命令，而且宣告，一旦军事形势允许，这两项调动即刻生效。

2. 除了这些之外，这些任命引发的别的任命，会给我带来多大的不便，请你好好想一想。比如，听说马歇尔计划由蒙哥马利担任他的副手，也就在他的领导下指挥"霸王"作战计划中的英国远征军。帕吉特将军现在正任本土指挥官一职，如此一来，我就要把他调离他现在的职位。此时刚巧有一个机会：博纳尔将军原先是伊拉克和波斯战区的总指挥官，他刚好准备与蒙巴顿一起去印度担任参谋长一职，伊拉克和波斯战区的指挥官可以由帕吉特安担任。不能让这些地方长时间缺少指挥官，否则就会产生不好的影响。

3. 一些美国报刊已经以苛刻的态度向蒙巴顿发起攻击，一些美国电讯说他是"英国的小贵族和纨绔子弟"，还说"他把久经战场的老将军麦克阿瑟应有的位置给抢走了"，这一类的语言在很大程度上给蒙巴顿造成了困扰。由于这些议论，印度战区的指挥权变得更为重要，日本定会强化那里的实力，而且这方面的情报已经传到我们这儿了。听说很多记者已经离开美国，正在赶往德里，或者是想办法赶往德里，他们正在热传一个消息——战争就要爆发。受到洪水和雨季的影响，无法在新年之前展开决定性行动。假如我们将这个消息公布于众，日方就会觉得突然卸掉一个很大的重担。记者们成群地在德里聚集，他们的肆意妄言给人带来很大困扰。假如可以把对这个区域的争论和兴趣消除，我们的战斗离胜利就更近了。

4. 在我看来，我们应该在此种情况下，将各个战场上做出的决定直接公布于众，其中包括指挥官、他们的参谋长和一两名主要军官。假如你认可我的提议，我会拟定一份声明提交给你。

罗斯福总统做出回复：

罗斯福总统致首相　　　　　　　　　　　　　　1943 年 10 月 5 日

赫斯特、麦考密克系统的报刊在这里的报刊领域内遥遥领先，对马歇尔任职的问题大肆宣传，别的报刊也节奏紧密地报道了好几天，不过此时已经基本上安静下来。我觉得不能受报刊领域的胁迫，将军事指挥方面的事情公之于众，否则战争就被它们控制了。在我看来，我们首先应该保持沉默，直到事情完全成熟。我们以后可能受到形势的逼迫（但绝不是我们的政敌在报纸上发表的指责），不得不比原计划提前发表联合声明，不过我渴望我们现在能够保持沉默。你提议在合适的时机，就指挥官的问题发表一份全面声明，我对此表示支持。

你在国内面临的形势，我非常理解，不过我反对因为不容易选定世界上各个战区的次要指挥官，就要宣布对马歇尔做出的决定。

我势必竭尽全力处理蒙巴顿的事情，据我所知，我们的一些报社太不尊重他了。但他并未受到任何实质上的伤害。对于他的任命，美国舆论给予绝对的支持。我对你的观点表示支持，我们不能让国内或国外的人太看好这次缅甸战役，不过人们对蒙巴顿的评价还是比较乐观的，觉得他会竭尽全力地承担起分派给他的任何一项职务。

在当前情况下，先不公布有关马歇尔的任命问题，我期待你能支持这种做法。

美国的推脱和犹豫让我不知所措。10月17日，我向罗斯福总统发去电报，对他说："我觉得从当前局势来看，越来越有必要确定最高统帅部的人选。除非德国现在没有溃败，否则，到目前为止，1944年爆发的战役是我们经历的危险系数最高的一次。相比1941年、1942年或1943年爆发的战役，我个人更关注这次战役会不会获胜。"

我大概两周后接到回信，还是没有任何结果。

罗斯福总统致首相　　　　　　　　　　　　　　1943年10月30日

从当前阶段来看，好像必须要任命指挥官，才能继续进行"霸王"作战计划的准备工作。你也许已经了解到，我无法即刻让马歇尔将军离开。不过我依然热情盼望，遵照"四分仪"会议中商量的进度展开准备工作，依然在5月1日开始执行"霸王"作战计划。我建议你，先把"霸王"作战计划的英国方面的副总指挥官确定下来，就可以名正言顺地把将要给予马歇尔的那些支持给予他，以方便他更好地展开工作。如果让我负责推荐，我会推荐让蒂尔，或波特尔，或布鲁克担任。

*　　　　*　　　　*

进入 11 月份，我们才获悉，罗斯福总统和他的顾问们认为，地中海的指挥权也应该交给"霸王"作战计划的最高统帅。罗斯福总统觉得应该把两个战场同时交给马歇尔进行指挥，在一个战场坐镇，兼顾另一个。我觉得指挥作战的司令部会定在直布罗陀。在我看来，应该即刻表现出英国的态度。如今，不应该让我和罗斯福总统直接交涉这件事，我认为应该先对陆军元帅约翰·蒂尔爵士说，邀请他和美国参谋长联席会议主席莱希海军上将一同协商。

首相致（在华盛顿的）蒂尔陆军元帅　　　　　　　　　　1943 年 11 月 8 日

　　对于把"霸王"作战计划和地中海战场的指挥权交由一名美国总司令这样的提议，我们坚决不会答应，你要把我们的态度向莱希海军上将说明白。盟国之间的地位应该是平等的，此种部署与这一原则相违背。我反对把两个指挥部整合成一个，并把指挥权交到一名总指挥手中，这样会导致联合参谋长委员会的地位不得不屈居于他之下。宪法规定，军队的调动权归美国总司令的总统和代表战时内阁的首相，但是上面那种做法会损害到他们的权力。这种部署的责任不应让我来承担。美国将军指挥着我们投入到突尼斯、西西里岛和意大利的战场上，我们始终赤胆忠心，却一直是以大约二点五比一的比数，在那里进行战斗，遭受伤亡。我们往日一直在预防国内提出质疑，并且取得了成果。此时，假如我把以上建议说出来，肯定会引起一场很大的波动。不过，如果我不从现在的职位上离开，就可以防止这种事情发生。如果遇到合适的时机，你应该把这些事情传达给霍普金斯先生。

　　蒂尔在第二天遇到莱希，将我对统一"霸王"作战计划和地中海指挥权的意见清楚明了地告诉他。莱希大失所望，但是他没有办法，只得说："如果首相确实是这个意思，就什么都不用再说了。"蒂尔也与霍普金斯相见了，他说霍普金斯听闻此事后也大失所望。蒂尔说："霍普金斯和莱希已经意识到，无论如何都无法让你改变自己的意见，我希望他们不要再为游说你做出什么尝试了。"

＊　　＊　　＊

我之前已经提过，我在召开魁北克会议期间，前往城塞、白宫和海德公园进行访问，刚回国就立即开始思考三国首脑会谈，这个会谈将要在英美会谈之后召开。每个人都觉得非常需要召开这次会谈，不过不亲身经历这件事情就无法感受到我们花费了多少精力，遭遇多少繁杂的情景，才最终确定首次"三巨头"会谈的时间、地点和条件。在外交史上，这些故事可以说是奇闻，所以我把这一切都记录下来。

我很清楚，斯大林支持把会议的地点定在德黑兰，所以我首先向他发去电报。

首相致斯大林总理　　　　　　　　　　　　　　　　1943 年 9 月 25 日

1. 我始终都在思考把政府首脑会议的召开地点定在德黑兰这个提议。这个地方的治安很差，我们不得不解决好这个难题。因此我向你推荐一个地方，希望你可以想一想：虽然我在开罗就住宿和安全这些方面的筹备工作都是偷偷进行的，但是难免被人发现。我们在会议召开前的两三天，从英国和苏联部队中各抽调一个旅的兵力，在德黑兰某个区域——其中包含飞机场——附近部署下来，在会议期间创建出一个非常安全的警戒圈。这样就可以迷惑各个国家的新闻记者和那些令人厌烦的不喜欢我们的人。

2. 为了不泄露德黑兰这个地点，我提议，我们要使用"开罗三"这个词语，把"尤里卡"（可能是古希腊文）这个词语当作会议的密码代号。如果你还有别的提议，可以告诉我，我们会提交给罗斯福总统。关于这个问题，直到目前为止，我一直没有向他提起过。

斯大林直入主题地做出回复。

斯大林总理致丘吉尔首相　　　　　　　　　　　　　1943 年 10 月 3 日
　　你提议采取迷惑敌人的策略，假装把开罗定为会议地点进行筹备，
对于这个提议，我表示支持。你还提议，在会议召开前几天，我们调
派英国和苏联各一个旅的兵力，部署在"开罗三"地带，我认为这种
做法不合适，因为这会引起原本可以避免的强烈争议，还会把我们的
筹备工作暴露出来。我提议，咱们每个人都把一些警卫员带在身边，
这完全能够维护我们的安全。

　　事实上，后来召开会议时，部署的警戒工作其实非常充分，我们调用
了大量军队和警察部队，苏联甚至出动了几千人。

＊　　　＊　　　＊

　　我提议，把会议召开的地点定在别的地方，因为罗斯福总统的安全顾
问也许会反对他前往德黑兰。哈巴尼亚的空军教练学校周围的一个沙漠露
营地就非常合适，1941 年曾在此处展开过一次光辉的保卫战。这是一个特
别安全的地方，不会出现任何打扰我们的因素。罗斯福总统从开罗出发，
在几个小时之后就可以抵达这个地方，因此我以电报的形式把这个建议告
诉他。

前海军人员致罗斯福总统　　　　　　　　　　　　　1943 年 10 月 14 日
　　有关"尤里卡"，我提一条新的建议。艾登就要出发前往莫斯科，
我已经告诉他，让他试探一下约大叔是什么意思，假如得到约大叔的
支持，我会即刻向你汇报。在沙漠之中，有一个名叫哈巴尼亚的地方，
如今，我喊它"塞浦路斯"。从开罗出发，相比去"开罗三"，你去

那个地方更便捷，约大叔去那里也不过是稍微多了一段距离。我们可以在一个完全隐蔽的地方搭建三个帐篷，保证绝对的安全。我打算在研究开会的细则时，为你们讲解具体的情况。请阅览圣经马太福音的第十七章第四节内容。

罗斯福总统致首相　　　　　　　　　　　　　　　1943 年 10 月 15 日

以下电报，我最终向约大叔发了过去。在我看来，你提出了一个相当不错的策略。有时，果真有神灵启迪圣彼得。我很赞赏你"三个帐篷"的构想。

"我前往德黑兰的事情，如今已经成为敏感问题，我可以对你坦诚相告，受到宪法的影响，我无法去冒这次险。美国国会即将开会，我不得不在新的法案和决议提交上来时签字，还一定要在十天之内将法案和决议文件返还国会。无线电和电报是无法处理这些事情的。德黑兰与这儿的距离太过遥远，无法保障我遵从宪法的规定尽到自己的责任。启程时，飞机向东飞去，返程时，又向西飞回，期间要经过高山奇峰，也许会浪费很多时间，导致不可弥补的损失。我们的经验告诉我们，无论往返，飞机常常要耗费三四天时间。

"开罗在很多地方都具有很大的诱惑性。据我所知，金字塔周围有一家与外界隔绝的旅馆和几座别墅。

"我听说，原意大利属地厄立特里亚的首都阿斯马拉有特别著名的建筑，还有一座飞机场，可供全天使用。

"除了这些，还可以把会议地点定在地中海东部的一个港口内，我们一人一条船，把地点定在巴格达周围也是一个不错的选择。

"为了不妨碍我们进行会议，我觉得无论如何都要将新闻记者彻底阻挡在会场外面，还要在那附近拉开警戒。

"你、丘吉尔和我将要进行私人会谈，未来世界的希望很大程度上仰赖于此，所以我非常看重这次会谈。

"令我们精神高涨的是，在整条战线上，主动权已逐渐掌控在我们手中。"

首相致罗斯福总统　　　　　　　　　　　　　1943 年 10 月 16 日

我完全同意将有关"尤里卡"的电报发给约大叔，希望你能告诉我他是如何回复的。

但斯大林一定要把会议的地点定在德黑兰。

罗斯福总统致首相　　　　　　　　　　　　　1943 年 10 月 21 日

约大叔昨天夜晚向我发来回复电报，下面就是具体内容：

"你提议取代德黑兰的那些地方都不适合我，为此我深表遗憾。在今年夏天和秋天，苏联军队向德国军队发起进攻，从作战情况来看，这场战争会持续到冬季，而且可以看出，我们的军队可以持续作战。我的同僚们达成一致意见，建议我本人和指挥部商量这些战役，而且还要求最高指挥部每天都做出批示。德黑兰的无线电或电话可以直接与莫斯科取得联系，所以条件还算不错，但是别的地方就没这么便利了。正是由于这个原因，我的同僚们才态度坚决，一定要把会议召开的地点定在德黑兰。

"你提议，将召开会议的日期暂时定在 11 月 20 日或 25 日，我表示支持，也支持不让报刊领域的代表参加会议的提议。赫尔先生将亲临莫斯科会议，如今他已经顺利抵达莫斯科，我期待这次会议能有重大收获。"

罗斯福总统很快就做出了回复。

你发来电报，谈到与我们的会议有关的问题，我今天看到之后大失所望。你提议，最高指挥部每天都要下发指示，你本人也要和指挥部经常联系，我很理解你提出的这些理由，这种做法确实效果显著。

我们美国政府实行的是宪政，我希望你可以发现一点：政府内部也有一些重要的事情，而且这些事情已经明确地成为我们的职责，我们没能力去改变。按照宪法，一项法案通过后，总统一定要在十天之中做出批示。这就意味着，总统不得不在这十天之内，将收到的法案和书面批准或否决意见一并交给国会。所以我曾经这样告诉你：我处理这些事情时，单凭电报或无线电是解决不了的。要飞越高山险峰才能抵达德黑兰，还经常连续几天航路不通，这非常不方便。从华盛顿出发的飞机携带公文要历经危险，飞机将公文送到国会也有被迫中断的可能。我是一位国家元首，在行动和宪法规定的职责相冲突时，我只得遗憾地选择取消行动。把公文传送到波斯东面平原地带的过程中，假如使用飞机接力续航的方法，在航行途中冒一些风险，我还是能够承受的。但让飞机携带公文，历经高山险峰，从德黑兰——一个地处盆地的地方——来回飞行，使时间被延缓，我不敢负这个责任。我无法前往德黑兰，对你说这话时，我深表遗憾，而且我的政府成员和立法机构领导人也是这个意思。

罗斯福总统提出建议，把会议地点定在巴士拉。

我参加这次会谈要从美国出发，历经六千英里，你只需从苏联出发，历经六百英里，但是我一点儿也不介意。我们的立宪政府已经有一百五十年的历史，我不得不领导着它，不然就算走十倍的路程，我也很高兴去见你。希望你为我考虑一下，我对美国政府和美国作战力量也肩负着很大的职责。

我告诉过你，在我看来，我们召开的三人会议意义深远，不仅对我们这个时代的人民影响深远，而且对于后世子孙是否能生活在和平的环境里，都是关系重大的。你、丘吉尔和我假如因为距离上的几百英里的差别，最终没有举行会晤，那在我们的后世子孙眼中，这就是一场悲剧。

艾登先生依然在莫斯科，他在想方设法说服斯大林，促使他认可已经得到罗斯福总统肯定的会议地点和时间。但斯大林坚持把召开会议的地点定在德黑兰。虽然此时还没有把握能说服罗斯福去德黑兰开会，但是我做计划时，已经想过把会议地点定在那儿了。

＊　　　＊　　　＊

我开始考虑几个和将要召开的会谈有关的重大问题。我觉得，在"霸王"作战计划的策略及其对地中海战役的作用方面，英国参谋长委员会和美国的参谋长联席会议之间要在大部分地方达成共识，他们的领导罗斯福总统和我也要在大部分地方达成共识，要动用我们两个国家的所有海外武装力量。开始执行"霸王"作战计划时，英国的驻军是美国在意大利的驻军的两倍，是驻守在地中海别的地区的美军的三倍。我们首先要彼此了解，才能邀请苏联政治代表或军事代表过来参加。

于是，我向罗斯福总统提出这样一项计划。

罗斯福总统致首相　　　　　　　　　　　　　1943 年 10 月 22 日

1. 为了研究莫斯科会议的结果，以及下一次会议的相关事项，我觉得我们应该拿出充足的时间来。在莫斯科会议召开期间，以及在还没有认真对其结果进行研究之前，我们不能召开下一次会议，否则会在苏联引起负面影响。

2. 联合计划团队此时正在筹划彻底打败日本。为了方便双方的参谋长进行研究，一定要在三国会议召开之前做出这项计划，这一点至关重要。

3.魁比克会议批准了一些战役计划，艾森豪威尔和太平洋战区的指挥官为这些战役制定出了计划大纲，准备在11月1日呈交，我们要对其进行研究，再参加联合会议。

罗斯福总统看上去支持我的观点，不过他反对我这样安排进程。美国政府内部此时议论纷纷，某些人宁愿以破坏英美联合作战为代价，也要换取苏联的信任。所以，我把自己的观点重申一遍。我们首先要在"霸王"作战计划中那些尚未确定的问题和有关最高统帅的问题上达成共识，再去和苏联人举行会谈，我觉得这一点至关重要。

前海军人员致罗斯福总统　　　　　　　　　　　1943年10月23日

1.假如在战场上没有苏联军队参战的情况下，美国和英国能紧密配合，成功展开1944年的大规模战役，我们也就不需要去打扰苏联人了。针对美国和英国在战役中相互配合的问题，如果我们无法达成共识，我觉得就算能够妥善安排和斯大林的会谈，最终也只是徒劳。

2.假如你的参谋人员能够最早在11月15日参加会议，我会非常欣慰。在18日或19日之前，参谋人员可以趁我们还没有抵达时工作几天，再和我们一起参加"尤里卡"。开会时间定在11月20日还是25日，此时尚未可知。我估计"尤里卡"会控制在三四天之内，参加的技术人员应该也不会太多。

3.从魁北克会议开幕到11月15日，已经历经九十天。许多大事在这九十天中接连发生：墨索里尼被赶下台；意大利及其舰队选择投降；我们顺利地将意大利攻克，而且就要将罗马攻克；在意大利和波河流域，德国人汇聚起不少于二十五个师的兵力。这些事情都是最近才出现的。

4. 美国和英国曾经各退一步，采取折中的办法定下什么时候开始实施"霸王"作战计划。对于正在意大利汇聚的我方军队和备战于5月份的"霸王"战役的军队能否承担特别繁重的任务，还需要进一步证明。

5. 对于这些情况，英国参谋长委员会、我的同僚和我都觉得需要再次进行研究。要为两个战场指定指挥官，并让他们也加入研究的队伍。第五十师和第五十一师这个两个精锐之师此时正在西西里岛，魁北克会议决定令他们返回英国。这样一来，它们就无法参加迫在眉睫的意大利战斗了，而且这种空闲的状态要持续七个月之久，只有在有特殊情况时才能再次参加战斗。我们必须要在11月初调回地中海中的登陆艇，把它们投入到"霸王"作战计划之中。地中海战役必将因此受到很大的影响。但数月内，这些登陆艇还无法在别的战区发挥作用。对于魁北克会议做出的决定，我们全盘接受，不过我们觉得战争形势瞬息万变，死板地解释是不可取的，要用新的目光予以考虑。

6. 我觉得，在1944年的战役中，假如我们铸成大错，希特勒就会抓住时机，向我们展开反攻。据说有人听到德国战俘冯·托马将军说："如果他们在我们能用陆军对付他们的地方发起攻击，我们就有希望。"所以我们要小心谨慎、目光高远地安排军事行动，对两个战场的作战行动进行准确无误的部署，调派最为强悍的军队执行这两个作战计划，尤其是"霸王"作战计划。我们在当前情况下可以实施登陆，也可以展开兵力，但是我担心聚集军队的相关问题，也担心第十三天和第十六天之间的局势变化。针对美国人员大量涌入联合国和怎样指挥战斗的问题，我坚持认为，"霸王"作战计划的指挥官有必要进行详尽的研究。

有关任命正统帅和副统帅的问题，我觉得应该以我们两个国家认可为前提来确定人选，之后再去任命虽然低一个级别，但是也至关重要的指挥官。我再次强调，我十分信赖马歇尔将军，如果"霸王"作战计划交由他指挥，我们英国会倾尽人力、物力向他提供支援。亲爱的朋友，我们现在做的是一件空前重要的事情，然而为了赢得这场战役，我依然怀疑是不是已经竭尽全力。此时，我心中迷惑，在思考问题和做出行动方面都缺乏一种必不可少的一往无前的勇气，所以我特别希望会议快些召开。

7. 11月1日将提交艾森豪威尔和太平洋战场指挥官准备的计划，对于这项计划，你发表了自己的观点，从这些观点中看出，适合会议召开的时间最迟是11月15日。不知你觉得要耗费多长时间，联合计划人员才能制订出打败日本的长期作战计划，我们双方的参谋长才能研究出这项计划。我认为很有必要赶快对以上所述的这些方面做出决定，不能因耗费很长时间去研究打败日本的作战计划而推迟。不过竭尽全力向日本发起攻击也是必要的。

8. 我希望你也同样认为很有必要召开英美会议，不过我们一定要等接收到约大叔的回复电报之后，再拿出最终的决定。假如无法召开德黑兰会议，就更需要依据从莫斯科外长会议得到的情报来举行会谈了。我预计在这个月的月末之前，艾登将启程回国，11月的第一个星期，我将开始启程。

9. 到目前为止，莱罗斯始终在我手里，我觉得你肯定也像我一样觉得很轻松。"狗会去吃从主人桌子上掉下的碎渣。"①

*　　　*　　　*

我提出上面的建议后，罗斯福总统在还没有回复之前，向我发出以下

---

① 只要信心足，就会取得胜利的意思。——译者注

电报，我从中得知，他还是不同意前往德黑兰。

罗斯福总统致首相　　　　　　　　　　　　1943 年 10 月 25 日

　　流行感冒实在令人讨厌。麦金太尔建议我进行一次海上旅行。

　　约大叔发来的消息，我还没有收到。

　　假如他顽固不化，不肯改变自己的意见，我们可以带上一小部分随从去北非，或者把会议地点选在金字塔附近，会议临近尾声时，再把蒋介石邀请过来谈两三天，不知你是否支持我的建议？我们也可以向约大叔发出请求，让他把莫洛托夫调派过来加入我们的会议。我们提议将会议召开的时间定在 11 月 20 日。

　　两天后，他发来电报，对我提出的联合参谋长委员会预备会议提出建议。

罗斯福总统致首相　　　　　　　　　　　　1943 年 10 月 27 日

　　目前的莫斯科会议标志着英、苏、美开始合作，这必将促使希特勒更快地走向覆灭。

　　他提议向斯大林提交以下电报：

　　截止到当前时刻，有关英美联合军事参谋会议的结果，我们已经告知于你。你可能希望调派一名苏联军事代表，让他参加这次会议，听听与英美联合作战相关的讨论，并把最终的决议记下来。他可以按照你的意思表述意见和提出观点。这能促使你和你的参谋部及时了解这些会议，而且还可以及时获取相关的汇报。

他提议让苏联人参加本次会议，让我大吃一惊。

前海军人员致罗斯福总统 1943 年 10 月 27 日

1. 莫斯科会议进展顺利，对此，我与你一样感到非常高兴，期待我们能够妥善地部署"尤里卡"。

2. 有关让苏联军事代表参加我们的联合参谋长会议的建议，我表示反对。除非苏联代表精通英语，否则会耽误很多时间，这令人受不了。据我所知，所有苏联高级军官都不精通英语。除了根据上级的指示发言，这位代表自己是不具备发言资格的。他只知道建议快些开辟第二战场，对别的讨论加以阻拦。他们一直没有向我们透露过他们的军队调动情况，既然如此，我觉得我们也应该把他们拒之门外，否则今后的每一次会议，他们也许都会让他们的观察员参加，导致我们彼此间所有讨论都无法进行。不久后，我们要调派六七十万英美军队和空军人员前往意大利，还要为庞大的"霸王"作战计划做筹备工作。没有任何苏联士兵参加这次在某方面上左右着我们整个命运的作战计划。

我觉得，我们两个国家相聚一处共同探讨我们自己的军队调动问题，是属于我们最起码的，也是最重要的权利。截至目前，我们一直合作得非常顺利，不过也意识到 1944 年处处都是危险。在我们之间，也许会形成特别大的分歧，把我们带向错误的道路。我们也许会又一次选择退缩，最后什么都没得到。我们彼此间和我们的参谋人员彼此间建立起来的深厚友谊是唯一值得我们依赖的东西。如果这一点不复存在，我在近阶段也就看不到什么希望了。英国参谋长和我观点一致。还有一点，我想说一下，我非常担心 1944 年的战役，担心的程度超过了任何一次与我有关的所有战役。

* * *

罗斯福总统还是无法下定决心前往德黑兰参加会议，在美国的政治圈中，一些人给他施加了特别大的压力，他们有凭有据，把美国宪法对他的规定列举出来。我非常理解他的窘迫处境。

首相致罗斯福总统　　　　　　　　　　　　1943 年 10 月 30 日

我会遵照你的请求，在 20 日与你在开罗相见。假如你愿意，我会解决好你的安全及舒适问题——这是作为主人，我们应尽之谊。曾经有人借给凯斯一所美丽的别墅，我去过那个地方，我担保那个地方非常适合你。那个地方与金字塔相隔一两英里，周围都是树林，和外面的世界彻底隔离。从飞机场出发，只需要二十分钟就能抵达那里，途中不会经过城镇。英国军队可以组成警戒圈以实施保护。我们也可以前往沙漠，一起体验几次短距离旅行，那非常有意思。如果你肯住在那座别墅里，我相信凯斯定然特别兴奋。我也许会在开罗的英国大使馆住下，与那个地方相隔大概二十分钟的路程。我们两个都在金字塔地带住下也是不错的选择。我猜测，柯克先生的房子也非常别致。在开罗，很多地方都适合参谋人员住宿、饮食和办公，他们可以方便地前往你的别墅，你任意时间都可以召见他们。根据我了解到的所有情况，我觉得这项计划是最好的。假如你认可这项计划，我会即刻展开准备工作，你还可以调派一名官员过来，这样可以使一切安排更合你意。

在这个时候，我们的计划有了些许眉目。

罗斯福总统致首相　　　　　　　　　　　　1943 年 10 月 31 日

赫尔从莫斯科出发之后，要花费两天时间，才能返回这里。在离开之前，我必须与他会面，对于这个要求，我觉得你一定会愉快地答应。我原本计划在北非逗留三天，再前往开罗。我希望能够在回国时，处理好某些与北非和意大利相关的事情，所以我会在到达港口之后即刻飞往开罗，希望可以在 20 日到达那里。假如遇到大风这种恶劣天气，可能要等到 22 日，我才能抵达开罗。在前往奥兰的途中，我预计自己会一直坐船。

你提议，在开罗为我们准备好所有东西，我们对此表示认可，并致以衷心的感谢。在那个地方，假如遇到某些麻烦，我们也可以把约见的地点定在亚历山大港。让参谋人员在岸上住下，我们就住在自己的军舰上。

此时，我正要向蒋介石发出电报，请他做好准备，于 11 月 25 日与我们在开罗周围相见。

首相致罗斯福总统   1943 年 10 月 31 日

"六分仪"行动①的所有筹备工作在 20 日之后就能完成，在约定地点，沃顿上校会等待 Q 海军上将（罗斯福总统）。在吃饭和住宿方面，参谋人员衣食无忧。

斯大林坚持把会议地点定在德黑兰，艾登对我说，根本不可能改变斯大林的想法，所以我竭尽全力为会议的召开做好铺垫。

首相致（位于莫斯科的）伊斯梅将军   1943 年 11 月 1 日

我听说，三个国家无法在"开罗三"（德黑兰）召开会议，其理由是飞机从开罗出发，要飞跃山峰抵达"开罗三"，中间也许会被迫中断，无法使公文在宪法规定的日期内提交到 Q 海军上将（罗斯福总统）手里。劳烦把那儿的天气进行一番审查，搞明白是否有从德黑兰

---

① 这是英国、美国和中国三国会议的密码代号。——原注

通往叙利亚的公路，以及需要耗费多长时间，才能实现用汽车从一个地方把公文运输到另一个地方。一旦把公文送到山地南部，就可以立即使用飞机继续运输。假如我可以说服 Q 海军上将，让他相信不会中断公文运输，也许可以按照我们的原计划行动。

我此时计划试一试最终的变通方式，也就是让罗斯福总统和我搭乘各自的军舰，在奥兰举行会晤，双方的参谋人员前往马耳他岛，展开为期四天的预备性谈判，不过这件事并未成行。但罗斯福总统已经做出决定，搭乘军舰出发。我还间接听闻罗斯福总统在这个时候向莫洛托夫提出请求，希望他前往开罗。所以，我把以下电报发给罗斯福总统：

首相致罗斯福总统   1943 年 11 月 11 日

1. 我们相互间似乎已经有了可怕的误会。我从你发来的电报中看出，有必要在苏联人或中国人尚未参加会议之前，先组织英美参谋人员召开多次会谈。不过克拉克·科尔大使告诉我，美国驻莫斯科大使在 11 月 9 日向斯大林提交了一封你写的信，向莫洛托夫先生发出邀请，请他在一名军事代表的陪同下，在 11 月 22 日到达开罗。不过参谋人员的首次会议正是在 11 月 22 日召开，我因此提出请求，延缓莫洛托夫和他的军事代表到达开罗的日期，最起码要推迟到 11 月 25 日。

2. 克拉克·科尔大使还说，你已经做出计划，将于 11 月 26 日前往德黑兰。我听到这个消息后非常高兴，如果你直接对我说，会比这更好。

我希望把整个议程分成三个步骤：第一，让英国和美国在开罗达成广泛共识；第二，在德黑兰召开三国政府首脑会议；第三，返回开罗后，商讨紧迫的印度战场和印度洋战争，这种事情原本就只属于英国和美国的范围。属于我们的时间并不富裕，对于那些不太重要的问题，我希望不要投入我们宝贵的时间，而是要关注那些影响到整个战争形势的问题，最起码要拿出在短期内可以执行的决定。

我在 11 日给斯大林写信说："很难凭借三方彼此通信的方式来解决问题，尤其当人们航行在海上，或飞行在空中时。"比较幸运的是，一些困难自行消除了。

罗斯福总统致首相　　　　　　　　　　　　　1943 年 11 月 12 日

约大叔就要前往德黑兰，听闻这个消息，我感到很高兴，并即刻给他发去电报，告诉他我已经把与宪法有关的事情部署妥当，可以去德黑兰和他召开一个简短的会议。我还告诉他，我因此非常高兴。我说出这些话时，心里依然没把握，不知道他能不能信守诺言前往德黑兰。不过我现在已经能够断定，从 27 日到 30 这几天时间内，我们两个肯定可以见到他，因为刚才他发来的电报给出了肯定的答案。就这样搞定了困难，我觉得咱们可以舒展眉头啦。

从开始到现在，我们一直在开罗会议上给约大叔一种这样的感觉：在军事方面，我们联合了起来共同对抗他。这是一个非常大的错误。在预先准备开罗会议的那段时间内，正如你所说，英美参谋长计划探讨筹备事务，仅此而已。参加开罗会议的有莫洛托夫，还有一名苏联军事代表，这无伤大雅。如果被拒，他们反而会觉得我们在刻意躲避他们。他们派出的与会人员中，没有参谋人员和计划人员。我们不如正式接受他们参加会议。

我在五个小时前才收到电报，约大叔已经表示，将前往德黑兰。从 27 日到 30 日这几天内，莫洛托夫和军事代表肯定会陪同我们前往德黑兰，与约大叔举行会谈之后，他们会陪同我们返回开罗。同行人员有第一次伴随莫洛托夫前往开罗的那名代表，也许还会增加别的军事人员。

在我看来，应该遵从这个程序。我敢肯定地告诉你，任何困难都不会出现。

我即将出发，提前祝愿我们两个一路顺利。

首相致罗斯福总统   1943 年 11 月 12 日

1.我听说你已经解决好宪法问题，我们现在可以召开会议了，这令我很兴奋。事情因此有了很大的进展。

2.你对军事会谈做出的部署，令三军参谋长和我觉得心中焦虑。我看到上次发来的电报，本以为在苏联人和中国人尚未参加会议以前，英国和美国的参谋人员会举行很多次会谈。我觉得，理当举行很多次会谈，因为我们要解决的问题非常重要。在会谈进行之前，我们要和莫洛托夫会见，对此我没有任何意见，不过不能邀请苏联的军事观察员在会谈的最初阶段参加会议，否则会十分尴尬。有关混编军队这件大事，英王政府要求英国与你，以及你的将领们进行详细、推心置腹的会谈。我们不想让苏联观察员参加，是因为我们双方要召开一些私密性会议，不过如果排斥他，也许会惹怒他，但我们并不拒绝在我们召开正式的三国参谋会议时邀请他参加。

最后，总统把蒋介石邀请过来出席会议，才解除了这种危险。苏联不会派代表参加开罗会议，斯大林不想因为参加了与日本的三个敌国共同召开的会议，导致他和日本的关系恶化。我们因此如释重负。谁料这后来给我们带来很大的困难，让我们损失惨重。

斯大林致丘吉尔首相   1943 年 11 月 12 日

我曾经告诉罗斯福总统，11 月 22 日，莫洛托夫先生会到达开罗，然而现在我不得不愧疚地说，因为受到一些重要原因的影响，莫洛托夫先生无法去开罗了。11月末，他也许会和我一起去德黑兰，几位军事人员也会随同前往。

要按照曾经签订的协议，在德黑兰召开只有三国政府首脑参加的会议。这次会议万万不可让别的国家的代表参加。

关于你将和中国召开会议，共同探讨远东军事问题，我提前祝你们一切顺利。

一切准备就绪，我们扬帆起航了。

附　录

一、缩略语

A.A.guns	高射炮
A.D.G.B.	英国防空委员会
A.F.V.s	装甲战车
A.G.R.M.	皇家海军陆战队高级副官
A.R.P.	空袭警备处
A.T.rifles	反坦克步枪
A.T.S.	（女子）地方支援队
C.A.S.	空军参谋长
C.I.G.S.	帝国总参谋长
C.-in-C.	总司令
Controller.	第三海务大臣兼军需署长
C.O.S.	参谋长
D.N.C.	海军建设局局长
F.O.	外交部
G.H.Q.	总部
G.O.C.	总指挥官
H.F.	本土部队

H.M.G.	英王陛下政府
M.A.P.	飞机制造部
M.E.W.	经济作战部
M.of I.	信息部
M.of L.	劳工部
M.of S.	军需部
P.M.	首相
U.P.	非旋转炮弹——火箭的代号
V.C.A.S.	空军副参谋长
V.C.I.G.S.	帝国副总参谋长
V.C.N.S.	海军副参谋长
W.A.A.F.	空军女子辅助工作队
W.R.N.S.	皇家海军女子服务队

二、密码代号

武士爵位授予式：爱琴海战斗计划

Q 海军上将：罗斯福总统

安纳吉姆：收复缅甸战斗计划

铁砧：1944 年盟军登陆法国南部的战斗计划

雪崩：以两栖战夺取那不勒斯（萨勒诺）的战斗计划

湾城：横渡墨西拿海峡发起攻击的战斗计划

喇叭：人工港中用的钢制外防波堤

海盗：攻打安达曼群岛的战斗计划

开罗三：1943 年德黑兰会议

哈里发：为支援"霸王"对法国南部和中部发起攻击的战斗计划

沃顿上校：丘吉尔首相

长炮：攻打苏门答腊北部的战斗计划

尤里卡：1943 年德黑兰会议

前进：为轰炸机锁定目标的方位探测器

醋栗：人工港中用的防波堤

哈巴卡克：用冰制成的漂浮飞机场

赫尔克里士：夺取罗得岛的战斗计划

哈斯基：夺取西西里的战斗计划

朱庇特：在挪威北部的战斗计划

利洛：人工港中用的防波堤

桑葚：人工港

欧波：无目标轰炸

霸王：1944 年解放法国的战斗计划

忏悔：攻占达尔马提亚海岸的战斗计划

不死鸟：人工港中用的混凝土潜水箱

猎野猪：自日军在缅甸阿拉干沿岸梅宇半岛南部阵地的后方登陆的战
　　　斗计划

耕种部队：特种联合战斗部队

冥王：从英吉利海峡穿过的海底石油管

直截了当：针对改进卡萨布兰卡会议决议，联合参谋长委员会下达的
　　　训令

四分仪：1943 年魁北克会议

围剿：1943 年解放法国计划

土星：1943 年在土耳其召集一支盟军

六分仪：1943 年开罗会议

海滨沙石：在罗马南部安齐奥的两栖战斗计划

痛击：1942年夺取布雷斯特或者瑟堡的战斗计划

绞杀：对意大利北边的铁路运输线发动空袭

触角：主要用混凝土建造的漂浮飞机场

火炬：1942年盟军攻打法属北非的战斗计划

三叉戟：1943年华盛顿会议

合金管：原子弹的研制工作

鲸鱼：人工港中用的浮动码头

窗户：用以扰乱德国雷达而散发的锡箔片

齐普：总司令发的开战信号

三、首相以个人名义发出的备忘录和电报

1943年6月—1944年5月

6月

首相致军事运输大臣和第一海务大臣　　　　　　　1943年6月6日

请将途经地中海的各式运输舰队的船舰、货物 种类，还有帮英国红十字会送去苏联的货物清单提交给我，非常感谢。

请将日后的计划也一并发给我。

首相致空军大臣和国内安全大臣　　　　　　　　　1943年6月8日

近日，我们袭击了德国的莫内水坝，我们正在采取哪些措施防止我们的水库遭到德军的反击？请就该问题向我做一份报告。

首相致彻韦尔勋爵　　　　　　　　　　　1943年6月10日

战后民航事宜的初步见解

1. 在构想战后民航事宜时，我所依据的准则是"平等公正"。世界性的机场应当对一切国家（除有罪国家之外）敞开大门，这些国家只要交纳过一定养护和服务费，就能和它建立直接的航空联系。可是，一切国家都不能在其他国家的土地上运营航空公司，不管是国营的，还是私营的。如果可能的话，一切政府都不能为飞机场提供经费。经营航空运输若没有收益，那应当根据相关国家认可的条例提供相应的扶持，其中一部分可以按照航空邮政合同进行。一切国营或者私营企业，只要接受以上准则，就可以经营全球性贸易活动。

2. 按照建议，战后应当设立一个世界性机构来维护世界和平。民航带来的空中力量，或许只能交给这个机构负责。世界委员会的小组委员会或者各州的小组委员会（如果存在这种机构的话）可以调停纠纷，并对准武装力量的走向和与之相关的事宜进行监控或管理。若所有国家都能服从这一准则，它们就会得到激励，进而为民航提供所有便利，让其达到安全、舒适和高速的最高服务标准，民航是能够做到这点的。

3. 现阶段，想在自治领之间达成协议并不容易，可是等和它们讨论过以后，这种难题就可以解决，不会对我们拟定英国政策造成阻碍。与此同时，切实探明美国的主张和意愿，是非常关键的，也是非常迫切的。若能和美国达成共识，那所有事都会容易很多……

首相致莫顿少校　　　　　　　　　　　1943年6月11日

我们俘获的那些敌方高级军官，听说一些组织要求将其带去我们的某些教育中心，以及全国各地去参观考察，真实情况到底是怎么样的？比如，有人觉得应当让（意大利的）杰西将军去伊顿学院考察。这些异想天开的主张，我是不会同意的。这些军官只能待在各自的看守所，谁要出去，都得先向我报告。

首相致爱德华·布瑞奇斯爵士　　　　　　　　　1943 年 6 月 13 日

　　1. 请帮我起草一份训令，进一步提醒所有大臣、高级官员、议会私人秘书等人，在和来英国的外国（中立国）外交人员谈话时，要非常小心，勿多开口。尽管这些人总是表现得非常友善，而且真心期待我们打赢这场仗，可是为了提高自身在其政府里的地位，他们但凡听见一点消息，都会立即告知他们的政府，而他们的政府为了获得其他信息，则会将这些消息告诉我们的敌人。能和他们，或者在他们跟前谈论战争事宜的人，只能是那些有权力、有责任发消息（不管是普通的，还是特定的消息）的人。

　　2. 这些外国人通过和知情人来往，就能对报纸上的消息做出判断，所以就算是报刊上的普通作战问题和战斗新闻，也不能谈论。除了正式场合，尽量别和这种外交代表一起享用午餐、晚餐。他们要是遇见了什么特殊事宜，应当向你请示，我会赋予你给他们下达指令的权力。应当和外国人的私交减到最少。

首相致海军大臣　　　　　　　　　　　　　　　1943 年 6 月 13 日

　　坎宁安海军上将告诉我，他认为，摩托鱼雷艇的引擎的可靠性若是更好的话，那么在地中海，我们的轻型海军船艇会有更多斩获。针对这一问题，请交一份报告给我，告诉我：这到底是关于这些船艇维护的一个局部问题，还是存在于设计上的本质缺陷。

首相致外交大臣和新闻大臣　　　　　　　　1943 年 6 月 13 日

　　有关在突尼斯的德军斗志的汇报，我已经看过了。这份报告将德国战士的作战素养吹捧到了极点。尽管报告用了"野蛮"一类的词语，可是完全没有削弱它给人们造成德军可怕的印象。报告里说他们"非常蠢笨"，当然也不是指他们在武器运用或者战斗机操作方面非常蠢笨。

首相致伊斯梅将军和爱德华·布瑞奇斯爵士　　　1943 年 6 月 15 日

　　请在一切英国官方文件中使用如下术语：

　　用"aircraft"一词，而非"aeroplane"；用"airfield"或者"airport"这个词，而非"aerodrome"。"aidrome"一词，我们应当弃用。

　　语言要有规范，并严格遵守规范，这样做是有益的。

首相致飞机制造大臣（斯塔福德·克里普斯爵士）

　　　　　　　　　　　　　　　　　　　　　1943 年 6 月 15 日

　　获悉你正在切实推进你的计划，非常高兴。对于浮夸的害处，你说得半分不差。承诺若是无法实现，不但会对空军的操练、建筑等事宜带来人员、物资上的过度浪费，对你们自己的工厂更是损害不小。

　　你们劳动力的状况，我不是非常了解。我发现你们如今获得的劳动力远比不上之前分配给你们的。你们制订计划的时候，是不是没要求那么多的劳动力？若不是这样，难道是你们的效率意外地增加了很多，因此你们可以完成任务？考虑到劳动力只高不低，这一切问题都必须认真分析。看上去，截至目前，的确是任意一个其他部门都比你们获得的劳动力多。

　　你提交的飞机名录具有特殊优先地位，我赞成。在生产这种类型的飞机上，一切能让计划提早实现的措施都有特殊效力，你完全没说错。

获悉你正竭力推动生产新型战斗机，我非常高兴。那天你给我看过模型的喷气推动式飞机，我非常感兴趣。请即时将进展汇报给我，并且让我知道这些飞机什么时候能投入使用。

首相致军事情报局局长　　　　　　　　　　　　1943 年 6 月 15 日

你目前对于西西里的军力的最详尽的估计数字是多少？首先是德军那边：我们清楚他们正在筹建的那个师的实际兵力。这个师的人数不到七千。那里零散的军队（算上空军地勤人员）还有多少？已经抵达那里或者正在路上的援兵有多少？

其次，交一份有关西西里意大利部队的研究报告给我。以前听说有八十四个营——也有推测说，数量是七八个师——在海岸防守。它们是如何分布的？班泰雷尼亚岛上那一万五千人和兰佩杜寒岛上那四五千人没费什么劲儿就投降了。这些意大利人是什么秉性，想想就知道了。

首相致空军参谋长　　　　　　　　　　　　　　1943 年 6 月 16 日

在埃及等地驻守的空军的确规模庞大。请告诉我，它们在今后几个月中，预备如何发挥效力。它们眼下好像无事可做。支援土耳其的计划进展如何？支援西西里战斗的人员中，来自埃及等地的空军，占了多大比例？我们要让所有空军都有事可做。

首相致伊斯梅将军　　　　　　　　　　　　　　1943 年 6 月 17 日

我们在上次大战中给伤患派发负伤袖章，我强烈要求我们这次也这么办。请让有关三军关注此事。陆军部当然是主要部门。我打算周一向国王请示。以前必定考虑过这个问题。请帮我把相关资料找出来。由于美军正在给他们的战士分发"紫心章",并且他们因没给我们的战士发而感到不安,所以这件事必须马上办。

在海外每服役一年就获得一枚臂章的事,我想,战士们对此也是十分期待的。

首相致伊斯梅将军,转参谋长委员会   1943 年 6 月 17 日

1. 昨晚,我要求得到一份关于西西里战斗的骗敌方案的专门报告,因为我对此非常关注。好像每份报纸都把视线投向了西西里,并且按照这里(我猜美国那边肯定也一样)众多机关刊物上刊载的地图和漫画看,我们的战斗目的几乎等于是已经公布了,成了所有人都知道的信息。

2. 安全的办法是增加目标,并且难辨真假。今早某些报纸的说法看上去是对的,他们说,我们的兵力足以同时对数个目标发起攻击。应当着重说明这点。今天下午,布雷肯先生会招待记者。除此,希腊的形势当然也该强调一下。

首相致伊斯梅将军,转参谋长委员会   1943 年 6 月 18 日

为什么我们不抽出部分斐济岛的突袭部队,去策应缅甸或者其他地方的战事呢?

首相致空军参谋长   1943 年 6 月 19 日

塔科拉迪的航线,会因为途经卡萨布兰卡的新航线和地中海航线的通航得到缓解,这我非常明白。眼下考虑对塔科拉迪航线进行裁员的时机的确已经到了,对于此事,你的看法如何,望告知。

首相致印度事务大臣   1943 年 6 月 20 日

　　副首相认为应当提高印度部队的军饷，我绝对赞成。总体来说，我觉得可以削减百分之二十五的人，将省下的钱，用在提高所剩人员的军饷上。

首相致枢密院长   1943 年 6 月 20 日

　　请告诉工程和建筑大臣以强制权收缴土地，盖三千幢房屋（给农业工人），而且要将这项工作和修飞机场或者战时工厂同等对待，尽量协调好它们和必需的战争需要的关系，并将它们置于合理的优先地位上，这么做，你觉得合适吗？这件事我们要是把它交给地方来做，因为不具备必需的强制权，他们免不了要因为这么一小批房子与所有开展战事工作的机构交换文件，白白浪费许多精力。我认为目前人们似乎已经被惊扰了，并且我们的信用正因为这么点儿小事受到损害。总之，我认为：要么就做好，要么就放弃。

首相致雅各布旅长   1943 年 6 月 22 日

　　请就的黎波里的海岸防御装备制表，比较一下战前推断的情况和现在装备的实际情况。在战事的推进过程中，我们因为接触频繁，对于的黎波里防御设施的情况，自然知道得更清楚。可是眼下我们正打算对一些新的且我们没接触过的地方进行攻击，战前的夸大或许会坏事。我想了解的重点就是这个。

首相致帝国总参谋长   1943 年 6 月 25 日

　　大家在提高每个步兵营的步枪数量上，有什么想法吗？之前大家已经答应的是增加三十六支，不过我的意思是增加七十二支。

首相致陆军大臣   1943 年 6 月 26 日

　　听说 7 月末可能有大批 0.300 英寸口径的子弹交货，我非常开心。
按照这种情况，再加上当前的库存情况，我们可以再多给国民自卫军
发一些子弹，马上进行操练，如此，今年夏天剩下的几个月，就能利
用起来了。

首相致参谋长委员会   1943 年 6 月 30 日

　　我看到 5 月给北非之外战场的陆军和皇家空军送去的车辆，有
百分之九十五都装在箱子里。这让人十分欣慰，对战斗努力也很有
好处。

　　我深信，在其他战场上，你也会力争达到此种高标准。每个月让
一定的装配厂动工，是真正的节省。

首相致制造大臣和贸易大臣   1943 年 6 月 30 日

　　皮革的供给情况，仍旧让我忧心。等新的供应启动后，商店若没
再次爆发抢购热潮，你就安心了吧？维修皮鞋的状况，有什么措施能
予以缓解吗？

　　考虑到民用那边情况危急，为了予以缓解，能从军用这边调一些
皮鞋或者皮革过去吗？我留意到，一千四百万的平民皮鞋储备量还比
不上二百五十万的陆军的。

　　你有长久之计吗？能不能和美国那边协商一下将来（比如十二个
月）的全球供应情况？

首相致帝国总参谋长   1943 年 6 月 30 日

　　据我所知，今年冬天要动用七十五艘货轮把在北非的英军装备运
回来。这或许表示他们将运回大多数的车辆。

考虑我们还得送大批车辆到北非，那么，如果撤回的师团将大多数车辆留在非洲，在英国取得新的车辆的话，我们是不是就不用在路上来回运送了？

7 月

首相致伊斯梅将军，转参谋长委员会　　　　　　　　1943 年 7 月 2 日

1. 和以往相比，北非各指挥部的忧虑消极之情好像更加浓重。计划参谋处要注意分析精神层面可能出现的状况，好在人事方面的状况比这好办一点。

2. 我们要先打响亚历山大和蒙哥马利所指挥的战事。战事的进展若非常顺利（或者一塌糊涂），接下来怎么做就能看得清清楚楚了。如果不这么做，我们就没办法在西西里赢得胜利，就更不用谈接下来如何了。

3. 我们不能被美国人影响，要让我们强悍的部队物尽其用。他们的参谋们为了向撒丁岛（的计划）靠拢，好像正竭力舍弃这一计划。我们一定要让他们坚定果敢，严禁露出胆怯之态。我坚信，为了让他们放弃这种躲闪怯懦的态度，三军参谋长将再次找联合参谋长委员会帮忙。

4. 总而言之，只要我们探明了西西里的状况，就一定要确保自己可以全权判断形势、发起攻击。

5. 这件事，我想在今天下午三点和你讨论。我不满意现在人们所持的态度。一定要果断地予以引导。

首相致彻韦尔勋爵　　　　　　　　　　　　　　　　1943 年 7 月 3 日

人力问题

这个问题，请按对人力有需求的主要部门来划分，列出陆军、海军、

空军、飞机制造部等七八栏。它们原本的人数是多少，在1月交的总结里，想要的人数是多少？已经给了它们多少，目前总计多少？还需要多少？

我要拿到这个表格才能给出工作建议。

请于今晚将表格上交。

首相致枢密院长和爱德华·布瑞奇斯爵士　　　　　　1943年7月3日

给农业工人盖房这件事，现在到底怎么样了？由谁主管建造，什么时候开工？工程和建筑大臣说，这件事眼下由他全权负责，情况是这样的吗？

首相致枢密院长　　　　　　　　　　　　　　　　　1943年7月5日

我在去年12月有关短期患病数量上升的备忘录，你或许还有印象，这个数字我是在政府保险统计师的统计报表里看见的。

这种上升的趋向在去年冬天一直不曾减退，让我有些担心。这个统计表显示，在我们所有的劳动力中，除了正常患病缺席外，还有不少缺席是多出来的；多出来的大部分缺席不是因为真的生病，而是因为厌战，那一样会对战争产生损害。

首相致陆军大臣　　　　　　　　　　　　　　　　　1943年7月5日

听说相比于1942年，你们对生橡胶的需求量变少了，与此同时，陆军在节省主要原料上也表现不俗，我非常高兴。由于陆军今年需要的车辆会更多，所以你们的成果让人欣慰。

首相致空军大臣和空军参谋长　　　　　　　　　　1943年7月5日

鉴于敌方飞机轰炸的力度确实已经有所下降，我认为，以工厂开夜班来说，目前是时候再次考虑灯火管制之事了。

为了加快执行飞机制造计划，我们需要在所有层面节省劳动力，所以绝对应该让晚班脱离灯火管制的制约。

我希望空军部承诺，不在这种影响生产的举措上坚持己见。

首相致经济作战大臣　　　　　　　　　　　　　1943 年 7 月 5 日

对于法国的局势，我和你有着不同的看法，你建议的出发点过于狭隘，由此得出的终结性概况我也不赞成。（法国）解放委员会的行为若能得到英美政府的信赖，我们当然可以把为法国抵抗运动提供经费的工作交给委员会来做。我们来往的对象应该是委员会，而非戴高乐将军。现在我们正尽量扶持委员会的整体实力，而不是个人实力，并且尽量让文职工作者有更大的影响力。

首相致爱德华·布瑞奇斯爵士　　　　　　　　1943 年 7 月 11 日

1. 对于基本英语[①]之事，我非常关心。对我们来说，基本英语的大面积使用是有益的，和夺取几个大省相比，这种益处更加深远、更加长久。传播基本英语，让这种语言变成英语国家更强大的武器，这也符合我希望同美国建立更紧密的关系的想法。

2. 我预备明天将这个问题提交给战时内阁，好建立一个由大臣们组成的委员会发起讨论，若反响不错，我打算针对怎样展开工作一事给出建议。新闻大臣、殖民地事务大臣、教育大臣或者代表外交部的劳先生好像都适合。

3. 我预备让英国广播电台把基本英语教学加进自己每日的宣传工

---

①　基本英语，一种人造语言，始于英语的一种简化版，创造者是查尔斯·凯·奥格登。——译注

作中，并对这种交流思想的方法予以广泛的大力推广。

4. 对于这个委员会，你有什么看法，请将此事放到明天的会议议程里。

首相致外交大臣　　　　　　　　　　　　　　　　1943 年 7 月 11 日

1. 在彼得国王结婚这件事上，我们应当回想一下那些最原始的准则。尚武的欧洲，其所有习俗都趋向"战争的婚礼"，即最妥当的就是年轻的国王和一位十分相配的公主在战争的前夜成婚。如此，他或许就能让他的王国代代相传，并且不管怎样，也有机会来实现最卑贱的人也有权实现的那些原始的本能。

2. 还有一种论调和这个方针相悖，我认为它不是出自崇尚武力的欧洲民族。按照这种论调，不管是谁，塞尔维亚人的规范都反对在战争时期成婚。这种话乍一听是想饶恕男女苟合。还有一群被赶出南斯拉夫的官员，因为想要获得流亡政府里徒有虚名的官位而彼此排挤。一部分官员支持结婚，一部分不支持。国王和公主态度坚定，愿意结婚，在我看来，在这场争执里，除了他们二人，任何人的意见我们都不必关注。

3. 外交部应当开门见山地阐述看法，而不是抱着十八世纪的政治。让我们来告诉国王和他的大臣们，我们认为应当举办婚礼，并且国王若能不辜负他摇摇欲坠的王位，我们可以将剩余的所有权力都给他。

4. 再多说一句：为了上述这些准则，我打算在下院，在大不列颠，或者在美国一切民主的讲台前，行动起来；在我看来，战时内阁或许能陈述自己的看法。我们可以摆脱二十世纪卑下放纵的生活，回到路易十四时期的文明生活里。我们正在为自由和民主奋战，不是吗？你若是想让我和国王见面，我会劝他去最近的办事处登记。那又有什么不可以呢？

首相致空军大臣和空军参谋长　　　　　　　　　1943 年 7 月 12 日

拨给澳大利亚的飞机

在守卫澳大利亚和太平洋战争上，我们是应当发挥效力的，这对英国自治领和英帝国的将来都有极为深远的意义。从这个论点来说，我们派去的那支皇家空军中队所发挥的效力远远超过了这个作战单元应有的程度。澳大利亚派到我们这儿的八千一百名飞行员，包含了他们最出色的飞行员，并且在帝国培训计划中做出了极大的贡献。上述这些实情显示，在空军上，他们帮了我们很大的忙。

2. 这只是单纯的"喷火"式战斗机或者其他战斗机的问题吗？不，还涉及英国空军中队能不能将皇家空军气魄完全展现出来。所以今年我打算派三个"喷火"式战斗机中队去澳大利亚，并且说服美国人将他们原计划送去澳大利亚的战斗机送来我们这儿。我认为，这些事我是能够完美地对罗斯福总统解说明白的。不过请你注意，我没打算让澳大利亚的飞行员操作英国的飞机，我是要将完全由英国人组成的空军作战单元派过去。你们前一次的表格告诉我，相比于能够服役的战斗机，你们的战斗机飞行员的实际人数多了九百四十五人，所以我预备在这些飞行员里抽四五十人出来，应该没问题吧？我有责任让帝国和辽阔的澳洲大陆——有六百万来自相同种族，说着同种语言的人在那里生活——保持良好的关系。

3. 你的看法和建议如何，望告知。

（即日办理）

首相致伊斯梅将军，转参谋长委员会　　　　　　1943 年 7 月 13 日

1. 现在是时候将波兰部队从波斯调去地中海战场了。从政治意义

上讲，这极其妥当。因为战斗能让这些人在一定程度上忘记自己的惨事，所以他们愿意参战。应该把整支部队从波斯调去塞得港和亚历山大港。我的目的是将他们用在意大利战场。

2. 在调集一切力量和意大利战斗上，我们有五个月的时间可用。请制作一份英国指挥的（盟国的）、能够调动的部队名录。——这些部队一定是还没在西西里承担战斗任务，又能切实进行战斗的部队。

首相致第一海务大臣　　　　　　　　　　　　　1943 年 7 月 13 日

获悉"约克公爵夫人"运输舰队被消灭，我非常吃惊。大概十天前，地中海总司令发了一份警报过来，让我们小心这条离西班牙海岸过近的航线，航线上的空袭险情"无法承受"（如果我没记错，他用的是这个词），请把这份报告拿给我。战斗伤亡的数字已经填满了我们的月报表，而这些大型船舰的覆没，又给这个报表增加了让人心惊的内容。我想知道，要躲开此种空袭，以后应当采取什么措施。当然，免不了要让舰队避开"福克乌尔夫"式轰炸机的航行范围。

2. 我听说"费里港"号在圣文森特角西边遇袭。飞机从哪儿飞过来的？这艘船驶离港口多远？倘若敌方飞机能够追上它，那在直布罗陀驻守的空军为什么保护不了它？

首相致爱德华·布瑞奇斯爵士　　　　　　　　　1943 年 7 月 14 日

近期不少负责公共关系的大臣被爆出丑闻，需要对整个机构进行彻查，并大刀阔斧地进行整改。对于如何展开，你有什么建议。看上去应该建立一个小型的内阁小组委员会，并赋予相应的权限，以解决此事。

（即日办理）

首相致陆军大臣和帝国总参谋长　　　　　　　　　1943 年 7 月 16 日

　　1. 帝国总参谋长同我说，我们的一支素质出众、阅历丰富并历经数年磨炼的第一装甲师正在看押战俘，这让我非常忧心。倘若只是一种应急行为（比如，一个月的时间），那还能够接受。现在，请马上终止此种情况。看押战俘的工作，应该交给从我国或者尼罗河三角洲调去北非的、没在师的体制内的一些（起码有一万人的）步枪部队去做。莱瑟斯勋爵应当把运送这种部队出国当作有很高优先地位的任务。

　　2. 必须尽快再次将第一装甲师及其车辆整顿好，让它有足够的实力。为了重塑它的战斗力，要及早对其进行应有的训练。请制订好计划和进度表交给我。据我所知，艾森豪威尔将军已经接到了帝国总参谋长的抗议。请告诉我，事件的过程和回复到底怎样。

　　3. 相近的情形，还有哪些部队遇到了？有关西北非、中东的各个师和独立旅的情况，请交一份名录给我，介绍每支队伍当前的状况和它负责的工作。南非师状况如何？第二百零一警卫旅情形怎样？第七装甲师在何处？第四印度师在哪儿？新西兰师已经按原计划整编了吗？波兰师开赴叙利亚的事，走到哪一步了？这些师的完整程度如何？装备情况怎样？

首相致空军参谋长　　　　　　　　　　　　　　　1943 年 7 月 16 日

　　一千七百三十二架应战的飞机，或者说，总计一千九百六十六架初步编组的飞机，（战斗机司令部）为什么给它们配两千九百四十六名作战人员，我还是无法理解。

　　看看轰炸机指挥部的数字吧，差别多大：它担负的工作远比战斗机指挥部繁重，可是一千零七十二架初步编组的飞机，它准备的飞行员只有一千三百五十三人，而一千零三十九架作战飞机，它准备的作战人员，只有一千零九十五人。

轰炸机指挥部受到的冲击远比战斗机指挥部大，可是后者却剩了那么多飞行员。在地勤人员中，这种人员多余的情况又是怎样的？

首相致枢密院长　　　　　　　　　　　　　　　1943 年 7 月 17 日

我之前和温特顿勋爵说，针对给农业工人盖房之事，我会再写一封信给他。可是现在，我认为，一封信或许说不明白，最好能更细致地跟他解释一下这件事，所以，最好你能亲自过去和温特顿勋爵聊聊。①

（即日办理）

首相致帝国总参谋长　　　　　　　　　　　　　1943 年 7 月 19 日

1. 周六我考察了驻守在多佛尔的部队，对于它的实力，我有点儿担心。驻扎在多佛尔的兵力只有一个营，另一个营在圣玛格丽特驻守。这两个营能在若干小时之内得到一个旅的支援。当然，还有不少部队在其身后更远一点儿的地方。

2. 德国人入侵这种事，当然可能性不大。可是，我曾经问斯韦恩将军，要是哪天晚上，三四千和我们的突击队类似的纳粹前锋队越过海峡，冲过来，要如何应对。他那时给我的答案，并不能让我十分安心。他说，他们当然可以登陆，可是很快就会遭到驱逐。他还着重声明，接到警报需要的时间极短。这并不能让人感到满意。多佛尔离敌人太近，等收到雷达信号，敌人最晚不过半个小时就会有行动。在我看来，

_____
① 7 月 3 日发给枢密院长的备忘录可见。——原注

敌人未必就没有试一试的胆量，只要他们切实攻占了部分多佛尔，就算只有三四个小时，也是一大战果。这给公共舆论带来的影响会比"沙恩霍斯特"号和"格奈森诺"号事件带来的糟糕十倍。

3. 就算是多佛尔这种沿海防御重地，我也极不赞成布置太多部队在那儿，可是我觉得我们已经走过头了，到了另外一个极端，把自己放在了极容易陷入最大窘迫的受辱之地。在多佛尔海岸的防御工事或者堡垒中驻守的兵力，我以为应该起码再加一个旅，只要德国试图登陆，就马上发起攻击。我们用的军队若是太少，以致敌人将那些珍贵的大炮炸掉几门，我们这些人看上去不就太没用了吗？

这件事，请再研究一下。

首相致陆军大臣及新闻大臣　　　　　　　　　　　1943 年 7 月 19 日

1. 遇上关于军人调职的某些难题时，务必谨记不要损害或者放松相关制度。不过，对于那些对公事有利的转业，相关大臣可以借助职权，权宜行事，把那些做文官或许比做武将对我们的战斗更有用的高级将领，当作个别情况处理。在相关大臣动用职权权宜行事时，他务必想到此种情况：在陆军中只有很少的人是切实参战的，在通常情况下，将文官调任为武将，所代表的只不过是从一个非战斗人员变成另一个非战斗人员。

2. 这种事情，相关的各个大臣要通过个人的部署予以解决，别让事情从小事发展到那种地步——引发部和部矛盾，或者我不插手就解决不了。

首相致新闻大臣　　　　　　　　　　　　　　　　1943 年 7 月 19 日

1.《分化与征服》和《不列颠战役》这两部美国陆军电影，昨天我又看了一遍。在我看来，我国可见的宣传品中，再没有比这更出色的了。另外，从这两部电影中，人们可以知道1940年发生了什么事，那时对这些事知之甚详的人不多，并且人们也已经慢慢地忘了这些事。我以为这两部电影应该尽可能多放映几次。让我们的电影院放这些电影难度大吗？你大概想和他们做出哪些协定？要是有人图谋垄断电影界，坚持不肯放映，你马上同我说。如果有需要，我将诉诸法律。

2. 眼下，另外四部电影在哪儿呢？四部电影，有两部电影的名字之前一定已经说过。我想看这些电影，怎么这么久都看不到？电影公司在私下阻挠吗？告诉我，后两部电影情形如何。是什么影响了它们的发行？

3. 你或许清楚，我是极愿意做一个简洁的演讲，一方面对这几部电影进行介绍，另一方面称颂美国人的态度。不过，我打算先看一下另外两部电影。我非常关注这件事，望你尽快处理。

首相致空军参谋长   1943 年 7 月 21 日

石油大臣的这个建议，我准备接受。我非常重视建立充足的、专门针对大雾天气的机场。这件事，我期望可以完全做到。

首相致海军大臣   1943 年 7 月 23 日

海军航空兵部队里的四万五千名将士（军官四千多名），在 4 月 30 日之前的三个月中，只有三十人牺牲、失踪或者被抓，这个实情发人深省。我自然为他们的伤亡少而感到高兴，可是这个实情，也清晰地显露出他们和敌人交火的次数很少，由此引发了海军航空兵部队整体规模之事。海军航空兵部队跟我们要了这么多的人和飞机，我就必须详细追问它在同敌人的战斗中发挥的切实效果如何，尽管这个工作不讨喜。我清楚，航空兵部队士兵得到的战斗机会少，这怪不得他们，并且，上边说的那段时间或许是特殊情况。可是，只说和敌人切实交锋这一点，这么多最有战斗力的精英，我们必须让他们人尽其用。

以上问题，请你认真想想，很快我会再次追问这件事。

首相致伊斯梅将军，转参谋长委员会 　　　　　　1943 年 7 月 24 日

1. 不妨看看缅甸战场的难题是怎么越变越多，又要消耗多大的力量才能赢得这些不实用的战利品吧。在陈述自己的需求和必须解决的难题时，这个战场上的指挥官好像一个比一个夸张。

2. 这一切情况证明，我们急需选定一个指挥官。我仍旧相信，要找一个果断而精干的将领来担任这个指挥官，他要精力旺盛，且拥有最新的战斗经验。我相信奥利维尔·利斯将军就是这种人。等西西里的仗打完，应当让他马上回国商议这件事。我觉得应该把在缅甸战斗的部队交给温盖特统领。此人有天赋、有胆量，每个人都能一眼看出他非同一般。"缅甸的科莱弗"这个名号已广为人知。没用和涣散是印度战场的特征，现在这个战场正处于混乱之中，毫无疑问，这个人的胆识和成绩能让他脱颖而出，至于我们，怎么能让一个真正的勇者因为资历问题而无法在战争中赢得本该为他所有的地位呢？他也应该尽快回国参与协商。

首相致伊斯梅将军，转参谋长委员会 　　　　　　1943 年 7 月 23 日

请看看我们的人在苏联北方受到迫害的那些电报。想解决这种事情，方法只有一个：不和苏联当局说长道短，大张旗鼓地筹备，摆出撤离我们所有人员的架势。请针对这点，制定一个方案。那里的苏联人见我们要走，会马上通知莫斯科，并且他们自然会意识到，我方人员撤走代表着北极运输舰队的终结。不这样做，他们是不会清醒的。他们要是仍未清醒，这件事只会造成争端，所以我们还是尽早离开的好。经验证明，和苏联人争辩是不值得的。我们只要把新的状况摆在

他们眼前，看他们怎么应对就行了。

首相致帝国总参谋长   1943 年 7 月 25 日

非常感谢你对多佛尔守军的再次审查。你说的重要部队，我之前没算入其中。你确定这一切军力，尤其是皇家海军和空军已经全都部署好，可以在收到通知后以最高的效力展开行动吗？当然，敌人只会在晚上发起攻击。

我料想的情形是：或许会让两千名冲锋兵骑摩托或坐快艇渡过海峡，发动攻击和抢劫兼顾的突袭。你若是确定这种事不会发生，觉得悬崖无法攀越，能够登陆的地方和要塞均有重兵把守，我就安心了。[①]

首相致伊斯梅将军，转参谋长委员会   1943 年 7 月 26 日

1. 让一个年富力强、受过战争磨炼的军人来出任缅甸战场的最高统帅，并对这条阵线的全部战斗事宜进行重新审核，好提高作战的斗志和胆量，确实是一件重要且紧迫的事。

2. 我想参谋长委员会已经完全了解了，以当前的情形看，采取以下行动是多么愚蠢：从地中海战场寻觅宝贵的人员、物资，来攻打阿恰布港这个在全部缅甸战场中小得不值一提地方；何况敌军正将这个口岸布置成直布罗陀一样的堡垒，能调来一个整师的日本援兵。想要达成这个目标，以及现在总算放弃了想要随后攻打仰光的目标，1944年全年我们都必然得占用我们在孟加拉湾能够调用的所有两栖兵团。就算攻向兰里岛，也得等到1944年雨季之后才有希望。一个国家在海军、空军上拥有绝对优势，却用这种办法战斗，实在太愚蠢了。如此挥霍精力，特别是挥霍时间的行为，我自然不会接受。

---

① 7 月 19 日发给帝国总参谋长的备忘录可见。——原注

3. 在 1944 年，正确的战斗方针应该是：

（1）尽可能地为中国提供空军支援；完善航线、守卫机场。

（2）为了让日军承受最大压力，发起温盖特将军在阿萨姆施行的那种战斗，并在一切能和日军在陆地战斗的（其他）地方交战。

（3）在雨季不会对战事造成影响而我们的海军又能完全发挥效力的地方，大规模推进目前被叫作"第二安纳吉姆"战斗计划的两栖战。现在参谋们应当专心致志、当机立断、细致入微地对此事展开讨论。

4. 为了在魁北克会议开会以前，弄清他们到底是怎么想的，现在必须将这件事提交国防委员会。

首相致贸易大臣   1943 年 7 月 26 日

听闻虽然已从民用中抽了一部分纸牌出来作为支援，可是眼下供应给军队和产业工人的纸牌还是不够用。在军队空闲时，还有在偏僻的地方长时间等候命令而觉得无聊时，在水兵们一连几个月待在战舰上时，最重要的事就是给他们提供娱乐用品；而纸牌则是所有娱乐用品中，最方便、最易携带，也最耐用的一种。

针对这件事，请交一份报告给我，告诉我你准备怎么解决这种不足。生产十几万副纸牌对我们所耗费的人员、物资而言，根本是九牛一毛。

首相致陆军大臣（已阅）及帝国总参谋长   1943 年 7 月 26 日

1. 为了不让艾森豪威尔觉得，我是因为你们的催促才这么做的，我觉得我还是不要以个人的名义给他发电报说第一装甲师的状况了。不过，由于我坚持要让这支精兵拥有最强的战斗效力和最好的装备，所以你们若是马上坚决地行动起来，我不反对给他发私人电报。倘若我们想及早夺取意大利辽阔的土地，特别是我们若想把我们的战线拓宽到意大利北部和波河流域，这支部队对我们就更有用了。

2. 因此，我希望你们和艾森豪威尔将军说，我非常重视这件事，想和他尽快将此事处理好。

3. 另外，请就如何重新武装此师，写一份方案给我，之后，每两周交一份报告，告诉我让这个师在所有层面都适合作战的工作的进度。①

首相致农业大臣　　　　　　　　　　　　　　　1943 年 7 月 30 日

请交一份简洁的报告给我，说明草料和谷物的收获情况。

首相致普赖斯上校　　　　　　　　　　　　　　1943 年 7 月 31 日

在我看来，现在将1948年设想成和日本战斗终结的年份并不合适。我们可以在魁北克会议上，或许去魁北克的路上就此事展开讨论……在我们得出此种结论前，我们很明显必须得先看看海军部拟定的长期战斗计划。

首相致飞机制造大臣　　　　　　　　　　　　　1943 年 7 月 31 日

你觉得我们在较短的时间内制造出喷气式飞机的希望非常渺茫，这让我感到忧心。据我所知，力量不集中的情况非常严重，就算飞机外壳，这种完全不应该有难度的配件，都没办法及时完成。

检查一下那些好像正在进行研究的种类繁多的引擎，把力量聚焦在有机会马上投产的两三种类型上，不是很好吗？目前关于德国喷气式飞机情况的报告有不少，我们千万不能落后。

---

① 参见 7 月 16 日致陆军大臣的备忘录。——原注

8月

首相致贸易大臣   1943 年 8 月 1 日

1. 你有关纸牌短缺之事的来信[①]，已经收到，非常感谢。在以往的十二个月里卖出去的一百三十万副之外，其余的一百九十五万副是怎么处理的？

2. 以将来的十二个月算，需求量好像离二百万副还有很远的距离，按照这个需求量，你提议生产二百二十五万副。多生产一百万副纸牌要多用二十名工人，多用几百吨纸，我非常愿意帮你拿到它们，可是在这之前我首先得知道，剩下的那一百九十五万副纸牌在之前的十二个月里是怎么处理的。其次，你觉得"放在手里以备不时之需"应该储备多少合适？要让大家在用纸牌时，马上就能买到，这非常重要，而且，尽管应当优先给士兵提供，可是普通工人也一样要用。

首相致第一海务大臣   1943 年 8 月 1 日

1. 我已经同罗斯福总统提议，在魁北克开会期间，我们的反潜艇战的月报从海德公园公布。这表示发布时间是 13 日到 14 日，而非 10 日。

2. 此次，我非常希望对德国人的期望予以重创。我准备劝总统答应如下各点：

（1）船舰损失率，1942 年上半年为 1.6；1942 年下半年为 0.8；1943 年上半年为 0.4。

（2）据说德国潜艇在 5 月、6 月、7 月三个月的九十二天里，除了有许多被击坏的以外，被击沉的有八十七艘（或其他数字）。

（3）相比于 6 月，7 月盟国损失了更多的商船，这个月创造了最高

---

① 参见 7 月 16 日致贸易大臣的备忘录。——原注

纪录。不过若是和 1942 年 1 月到 1943 年 6 月末的平均数字相比，或者和 1943 年 1 月到 1943 年 6 月末的平均数字相比（随便哪个都行），损失数量就小很多了。在夺取西西里岛的战事中，损失大体在七万吨以下。

（4）美国、英国和加拿大今年（截至 7 月末）新生产的船舰，比盟国船舰的总耗失量多（比如说）三百万吨以上——在多出来的真实数量后取那个最接近的百万数字。

为了能让我和罗斯福总统就整体问题展开讨论，这几点，请一定在我们动身前予以考虑。

另外，英国打沉了多少德国潜艇？

首相致伊斯梅将军　　　　　　　　　　　　　　　1943 年 8 月 2 日

所有密码代号一定要先经我过目后才能批准。

首相致帝国总参谋长　　　　　　　　　　　　　　1943 年 8 月 2 日

艾森豪威尔将军发来的有关解除第一装甲师防守工作的电报，已经收到。

1. 对于看押战俘的人的进一步需求，你打算怎么满足，望告知（关于船舰之事，可以和莱瑟斯勋爵协商）。[①]

2. 参加"哈斯基"战斗计划的装甲部队总共也没多少，为了供应它，就必须调走中东地区所有其他装甲部队的装备，为什么，我理解不了。我希望知道在非洲驻守的各个军队到底有多少坦克，此外，我要是没记错，在上次的坦克汇报里，曾经写明中东指挥部有近三千辆坦克。

3. 为了及早让第一装甲师再次装备起来，我们应该当机立断地从国内抽调"谢尔曼"式坦克，马上派专门的船舰运过去。

---

① 参见 7 月 16 日和 26 日的备忘录。——原注

4.另外，请交一份统计表给我，对大不列颠现存的坦克数目、可望从美国得到的坦克数目，还有能够在未来三个月的供给中得到的坦克数目进行说明。

首相致帝国总参谋长   1943 年 8 月 2 日

我们陆军中这几支一流的部队，我希望你可以担保它们不会在不了解内情的人们的调遣下，成为不值一提的部队；为了组建这几支部队，我们费了很大的力气。

我们在中东搜罗了大批一应俱全的坦克，人员也是东拼西凑出来的，可之前驻守在那儿的，却是组织完备、阅历丰富的装甲师和装甲旅。

应该克服所有难题，将这些部队重新组织起来。

首相致枢密院长   1943 年 8 月 2 日

对于你付出的所有努力，我非常感激，也期待你深入调查陆军时事报道局。

应当竭尽所能不让这种行为花掉太多的时间、金钱和武装人员。这种行动本身固然非常不错，可是整个武装机器的运转，不能因为它们受到不良影响，非战斗人员原本就多，不能因为它们变得更多。最关键的是：一切适合战斗的人都不能加入这个组织，而且要将戒心提到最高，及时矫正这种组织自动扩张和增加人员的倾向。

首相致飞机制造大臣   1943 年 8 月 3 日

发动机产量的下降，让人忧心。这是由于这个季节正好是假期，这我非常明白，可是，和去年相比，今年新产品的出产量的下降幅度好像更大一些。

首相致副首相 1943 年 8 月 6 日

1. 战斗机中队飞行员数量远比战斗飞机多这件事，的确应该让你负责的空军编制委员会调查一下。[①]在这些战斗机中队里，他们给一千七百二十五架飞机准备了三千零三十八名飞行员。给出的理由是：飞行员一定要时常处在听命状态中，没有一时一刻不是准备飞行的，可是这种理由只有在某些地方、某种情形下才成立。战斗机从不列颠战役到现在，从未受到重创。我认为，这里好像能省出不少人。人们忍不住会问，这种浪费是不是存在于所有方面。轰炸机指挥部打的仗更多，战斗更加凶猛紧张，可是他们却没多出那么多人。空军海防总队所拥有的额外的飞行员尤其多。可是巡逻线这么长，的确要有大批飞机才行，而没有双倍的飞行员，或许真的无法达成需求。我再说一次，这种情况在战斗机上并不适用。

2. 还有一点值得讨论，即"旋风"式和"喷火"式飞机储存在塔科拉迪的事。按照最新统计——这个地方 7 月 30 日有飞机一百八十三架，其中"喷火"式飞机四十三架。考虑当前途经地中海的一条还算不错的航线已经打通，而这条航线又有暂时停用的趋势，我们应当认真考察这条航线的人员配备，并认真检查除了中东的所有坦克的储备外，塔科拉迪还保存着大量珍贵的飞机的这种习惯性行为。

首相致外交大臣 1943 年 8 月 6 日

1. 在我看来，土耳其眼下重整军备的尺度完全没到让苏联忧心的程度。苏联的力量过于强大，我们在土耳其部队里进行的不值一提的改善，还不至于（我认为也不会）让他们担心。

2. 毫无疑问，土耳其使巴尔干局势恶化，又完全不在帮苏联战胜

---

① 参见 7 月 16 日发给空军参谋长的备忘录。——原注

德国上出力，才是苏联烦恼的问题。

3. 可是，达达尼尔海峡和博斯普鲁斯海峡目前的情况，明显不会让苏联人满足，并且，我相信他们还记得，在前一次大战刚开始时提议将君士坦丁堡交给他们的人，是我们。土耳其想获得最稳妥的安全保障办法只有一个，即积极地与联合国家建立关系。为了轰炸普洛耶什蒂，并渐渐在达达尼尔海峡、博斯普鲁斯海峡和黑海掌握主动权，我们或许很快就会对土耳其提出要求：由我们的空军中队和一些其他部队为他们提供保护。我们要先弄清土耳其会如何应对，才能获得不错的和苏联认真探讨土耳其问题的基础。

首相致伊斯梅将军　　　　　　　　　　　　　1943 年 8 月 8 日

1. 附件上有很多名称不合适，被我划掉了。不应该给那些或许会牺牲很多人的战斗计划，起那种带有感情色彩——装腔作势或者自以为是——的名字，比如"凯旋"，或是相反，特意用那些让战斗计划带有忧郁消沉意味的词，比如"灾祸""杀戮""失序""磨难""动荡""脆弱""凄惨"和"黄疸"等。那种轻浮的名词也不适合做代号，比如"拥抱舞""混账话""开胃药"和"大吹大擂"等。经常在其他地方出现的一般词汇也要避免使用，比如"洪水""平坦""突然""顶级""全力""全速"等。不要用还在世的大臣或者指挥官这样的活人的名字做代号，比如"布雷肯"。

2. 总而言之，世界如此辽阔，而聪慧的头脑能够迅速想出很多威风的名字，不仅不会提示战斗性质，也完全没有贬低的含义，除此，还不会让某些寡妇或者母亲说：她的丈夫或儿子牺牲于一场名为"拥抱舞"或"大吹大擂"的战争。

3. 用专有名词做代号没什么问题。只要不违反上述原则，古代英雄、希腊和罗马神话里的人、星座和星星的名字、著名的赛马、英国和美国战斗英雄的名字都能用。当然，其他方面的主题也可以考虑。

4. 此事从头到尾都该谨小慎微。一个政府办事效力如何，能不能有成绩，除了在大事上能够体现出来，在小事上也能体现。[①]

首相致伊斯梅将军，转参谋长委员会　　　　　　　　1943 年 8 月 10 日

请参看这份电报[②]。我们觉得使用突击队没什么问题。事实上，突击队是最精锐的正规军，而且除了这支军队，我们今年也无法派其他军队去巴尔干半岛了。敌人若是请求投降，谈判当然可以让派过去的英国将领和外交官陪同突击队一起出席。要让中东战区各指挥官放弃因循守旧的心态。

首相致制造大臣及军需大臣　　　　　　　　　　　　1943 年 8 月 11 日

在 7 月 31 日前的一周里，居然只生产出三十九辆坦克，产量低到这种地步，实在让人震惊。我认为把暑假当作理由，理由是不充分的，我希望你能交一份详尽的报告给我。和预期的数量比，这个数量是什么情况？达到你们的预期了吗？尤其是新型坦克。这件事会对我们接受美国坦克的决定造成严重影响，所以我必定追查到底。

首相致外交大臣　　　　　　　　　　　　　　　　　1943 年 8 月 14 日

所有这些事都是真的，不过最好始终按兵不动。里宾特洛甫被巴本之取代这件事意义重大，或许会导致纳粹组织的进一步瓦解。我们用不着一直强调"无条件投降"，这会妨碍此种进程。在我们切实表

---

① 参见 8 月 2 日发给伊斯梅将军的备忘录。——原注

② 指中东防务委员会发来的电报，由于德国和意大利部队向他们投降的可能性很小，所以不赞成在多德卡尼斯群岛等地使用突击队。——原注

明会和哪位新人或者新政府建立联系之前，我们将明显处于优势地位。我们若是能做到，当然不会让他们抱在一起，变成一个坚实的、打到最后的组织，当然，就算真有这么一个组织，也于事无补。我猜你肯定赞成我的主张：德国渐渐支离破碎，当然代表着他们反抗力量的降低，如此，就能保住几十万英国人和美国人的性命。

首相致第一海务大臣 　　　　　　　　　　　　1943 年 8 月 15 日

　　希望你考虑一下，为了遏制好望角临近海域的海上联系，你能不能将你的船舰开去西蒙斯敦和基林蒂尼附近海域。直至反潜艇支援船舰（已经在路上了）抵达为止。我已经让莱瑟斯勋爵将覆没船舰和所有海上船舰的比例同我说了。再怎么讲，在一条控制严密、来往船只不多的航线上，损失十九艘船舰，都过于惨重了。

9 月

首相（在华盛顿）致罗纳德·坎贝尔爵士 　　　　　1943 年 9 月 13 日

　　我已经根据你的意思拟定了如下电文，预备发给我国驻中东的众位大使。

　　不过在发电前，你可以私下问问哈里·霍普金斯先生，这件事由我插手是否合适。

　　"驻中东的英国众位领事应该告诉所有中东人，这些国家对战争付出的巨大努力，我们英国人是非常敬佩和珍视的，尽管这些国家所在的内地和大海有着遥远的距离，可是它们的力量我们所有的战线都感觉到了，并且，它们正加快正义事业的进度。

　　"我真心期望我能去中东的某些大城市亲自告诉他们，对于大家正给予的巨大付出，我们英国人的感激是多么诚挚。"

首相致罗斯福总统　　　　　　　　　　1943 年 9 月 13 日

民航问题

1. 我曾经同你说，我们计划在伦敦或者加拿大举办联邦预备大会这件事，我已经向我们的政府报备过了。这个会议的目标仅仅是为了将来和美国政府协商，而对我们英联邦自己的看法进行概括，并指明已得到了你的同意。

2. 我说，我们建议举办的国际会谈，你觉得可以等即将召开的英、美、苏三国会议协商后，再来确定。

3. 我说，你的最初建议包含如下各条：

（1）应该认可私人所有权。

（2）可以以互惠互利为基础，让世界共用关键地区。

（3）应该让内陆公司经营内陆航线。

（4）对于一些无法盈利的航线，或许得让政府按照国际协定提供扶持。

首相致枢密院长　　　　　　　　　　　1943 年 9 月 16 日

1. 7 月 29 日艾森豪威尔将军在广播里罗列的条例，并没有成为意大利人行事的准则，如此一来，我倒觉得我们可以放开手脚了。之前有关扩大押运意大利战俘的计划，我们应该继续施行，我们俘虏的大批敌人眼下在哪儿？仅韦维尔将军俘获的战俘就有二十五万多人。想把停战之后抓获的战俘运到英国，难度较大，在不少场合，这些人曾经帮助过我们，或者投降之前完全没进行过反抗。但是，我们能够调动的人更多了，而相比于在印度或者南非的任务，在英国本土的任务更关键。目前应该有些船舰要从印度回国了吧？陆军部应该告诉我们一切由我们负责的意大利俘虏所处的具体地址（不论他们所在何处）。

2.由于我们能在很多地方帮到巴多格里奥政府，所以有关深入为我们供应意大利劳动力的事，我们无疑能和它进行部署。等意大利政府同意为我们提供更多劳动力之后，我觉得我们在当前的基础上提高在大不列颠的意大利俘虏的地位，改为"民间工兵队中的在押人员"一类的身份，没有任何问题。我的确想在1944年再运送十万意大利人到英国做劳工。

首相致海军大臣及海军副参谋长　　　　　　　　　1943年9月26日

为了能让被敌方反潜艇舰攻击的我方水下的潜艇自保，我们正在给我方的潜艇装备音响，以引爆鱼雷，这件事进度如何了？

首相致粮食大臣及军事运输大臣　　　　　　　　　1943年9月27日

自北非返航船舶的船舱是空的，我认为我们的确应当加以利用，将地中海地区的橘子和柠檬运回国内。你们协商过后，请写信把目前的进度和日后的可能性告诉我。

首相致海军大臣　　　　　　　　　　　　　　　　1943年9月27日

为了让彻韦尔勋爵能将各个方面的进展及时告诉我，请想办法及时将德国滑翔炸弹和混淆设备的进展情况告诉他。

首相致军事运输大臣　　　　　　　　　　　　　　1943年9月29日

务必要减少排队等公共汽车的现象，为工人回家提供较为方便的交通环境，尤其是伦敦。想要做到此事难度应该不大，毕竟燃油供给的情况已经得到了极大的改善。一定要就在冬天到来之前及时采取紧急行动提出建言。你应当尽量把晚上的车辆上调百分之二十五。如果人们在回到家以前就耗尽了所有力气，那还有什么战时效率可谈呢。

首相致帝国总参谋长　　　　　　　　　　1943 年 9 月 30 日

请向我提交塞浦路斯岛现有驻军的人数简表。我们要想兵不血刃地进驻希腊，这个岛应该凑够七八千守军。我们的目标只是在政治上支持重掌大权的合法政府，而非夺取希腊。

首相致贸易大臣及粮食大臣　　　　　　　1943 年 9 月 30 日

看上去非常明显，等欧洲解放，不少关键性的食物都会在全球范围内出现短缺。我怕还没等内阁就整件事展开讨论，就必须担负起计算救援数量的任务，我们自己的供给将受到对外救助的影响。

针对这件事，请及早交一份报告给我。

10 月

首相致蒙巴顿海军上将及伊斯梅将军，转参谋长委员会

1943 年 10 月 2 日

在我看来，这份特殊命令的草稿，蒙巴顿海军上将在去自己的军队考察时，将其作为讲话内容非常合适，不过，我认为现阶段将这份文件公之于众就不合适了。这么做只会给这个战场吸引更多日军进来。起码在三个月内，严禁传播有关这个战场的一切信息这点，我相信再怎么强调也不为过。若想把这个训令通报给军队的任意一个部分，那必须对新闻进行最严格的审查，以防它出现在印度报纸，或者全球任意其他报纸上。下次我在下院发言时，我会用这种言论来讨论东南亚战场：

"天气状况、饥饿和水灾已经严重影响了这个战场的一切可能性。新的总指挥得去现场考察全局，并考察他负责的广阔地区的众多地方。要拿出更多的时间进行军队训练。若是觉得任命了新的总指挥，又对

指挥部进行了全面整顿，就能发起大型进攻了，那未免过于鲁钝。"

这的确是最好的度过未来三四个月的办法。不过这绝对不应该影响到蒙巴顿海军上将以考察指挥部设立在各处的基地的形式来振奋军心，或者以将要来临的神圣的日子去鼓舞将士，然而，给整个世界和敌人的感觉，却应该是正好相反的。

> 种田人，播种忙，
>
> 种子悄悄土里藏，
>
> 忍而不发几个月，
>
> 就见芽儿叶子长。

首相致印度事务大臣　　　　　　　　　　　　1943 年 10 月 3 日

基本英语

回国之后，有件事让我十分吃惊，就是我发现 1943 年 7 月 12 日组建的内阁委员会一次会都没开过。这份工作是你自己揽过去的，我也的确认为非常适合你。截至目前，工作进度如何，请你写份报告给我。

奥格登先生写信给我，提议派一个专门的调查员过去，他将用一周时间将有关基本英语的所有知识都交给这个人。我认为这个邀请我们应该接受，如此，你们的委员会就能尽快有个整体掌握基本英语的参谋了。由于斯大林元帅也对基本英语产生了兴趣，所以这件事已经成为极重要的事情。你若是觉得忙不过来，这个委员会我可以亲自负责，不过，我仍旧希望交给你办。[①]

---

① 参见 7 月 11 日致爱德华·布瑞奇斯爵士的备忘录。——原注

首相致海军大臣　　　　　　　　　　　　　　1943 年 10 月 4 日

因为彻韦尔勋爵能够以非常简明的语言对我进行说明，所以请你交代他就感音自动追踪鱼雷写一份简洁的报告给我。

首相致军事运输大臣　　　　　　　　　　　　1943 年 10 月 4 日

这艘两万四千吨的船（意大利商船"萨图尼亚"号），我们当然应该扣下来，并且尽快让它航行于大西洋航线上，供"霸王"战斗计划集结人力、物力之用。

首相致劳工与兵役大臣　　　　　　　　　　　1943 年 10 月 6 日

8 月，你不仅想办法适当提高了为飞机制造部工作的其他工厂的工作量，还想办法给这个部门的工人队伍添加了一万七千八百名新人，看到这个情况，我非常欣慰。你若能维持这个出色的成绩，我们就能在年终完成 7 月 23 日所定的指标了。

首相致空军参谋长　　　　　　　　　　　　　1943 年 10 月 6 日

最近有迹象表明，德国人正在抓紧研发喷气式飞机，我们由此意识到，为推进我们在这方面的工作进度，应该有必要施加最大压力。

首相致外交大臣　　　　　　　　　　　　　　1943 年 10 月 6 日

我们应该记得，我们为什么用二十年协定来代替这个有关苏联西部边界事宜的协定的签署，因为我们极为清楚地看见，在这件事上，下院肯定有重大的意见分歧。我认为，这种不同见解，还会重新被提起，甚至以更激烈的方式被提起。为了让自己的见解占上风，反对者将援引一些重要准则来同我们进行对抗。

1. 若是在和会上提出这个问题，我们就能衡量全局，并且可以通过对另一方面的修正来均衡这方面的变动。因此，应该将领土问题留到全面解决之后。美国的态度更是这样，尤其是选举年的时候。因此，如果我们打算在签署二十年协定以前把新的态度摆出来，那让美国先切实地摆明立场，就最好不过了。

2.我认为，我们应该竭尽全力劝波兰在东部边界上接受苏联的条件，作为交换，它将在东普鲁士和西里西亚那边得到好处。我们自然能答应苏联，我们是能在这件事上发挥一些作用的。

首相致空军参谋长 1943 年 10 月 7 日

驱　雾

彻韦尔勋爵同我说，他在格拉夫利曾经看见使用驱雾设施的情况。当时虽然不是在雾中，却也引起他极大的注意。尽管这种装备一分钟要烧掉几吨汽油，可是这点或许能够改善。以前，我们的飞机不敢晚上行动，因为担心遇上雾；要是有了这种装置，我们甚至完全不用开启喷燃器就能在晚上行动，这对我们的益处是非常大的。我们的轰炸机若不会在下雾天遭受损失，损耗几吨汽油也是值得的（好在目前我们有大量汽油储备）。

这种装置，我期望它可以按原本的速度继续推进，让八架驱雾机都能在 12 月投入使用。

首相致外交大臣及军事运输大臣 1943 年 10 月 7 日

今天报纸广泛引用了华盛顿方面发的有关盟国航运状况的报道，说起码有二百五十万美国人能在圣诞节前运到英国，攻击欧洲大陆的计划起码能提前六个月，为什么？据说，这种流言蜚语是美国参议院战争动员小组委员会散布的。

肯定有人会在下院开会时针对这件事向我发问。

首相致陆军大臣及帝国总参谋长　　　　　　　　1943 年 10 月 11 日

1. 以"师"为单位来统计盟国和敌国力量，造成了混乱。"师"是没有统一标准的。比如德国一个标准师的体系为两万人。在苏联战场上的德国师，人数的平均水准大致在七千或八千以内。几天前，我们曾经遇到过此种情况：一个德国师不到一千八百名步兵，且该师只有十八门大炮。和他们对战的苏联师的体系和力量又是什么样？请交一份罗马南边的德国师的统计表给我，罗列他们实际战斗的人数。你估计在意大利和北非的所有英国师，它的人力和大炮（算上反坦克炮和高射炮）的战斗实力如何？在意大利和非洲的美国师的力量，普遍被认为有多大？英国远征军一个师的力量——也就是切实派去海外每个作战单元的人数——有多少？

据说，一个英国师加上它的特种兵和运输线一共有四万两千人，可是，在派去国外时，多说大致也就一万五千人。听闻美国因为"霸王"战斗计划编成的师，一个师共计五万一千人，可是切实派到海外的师，一个师到底有多少人？

2. 应该就西方各个国家师团的战斗力量写一份报告，这种统计报告，我还期望它可以按照最可信的情报和推测，按月及时将情况反映出来。

3. 请你们尽全力针对英国在意大利驻守的部队写一份准确的分析报告给我，指明师的数量和每个师切实参战的人数，另外，再单独标明眼下在为多少在意大利登陆的英国军队提供给养。

首相致军事运输大臣　　　　　　　　　　　　　1943 年 10 月 11 日

请就伦敦和其他大城市排队等公交的情况，写一份报告给我，并告诉我为了减少排队的情况，你预备采取哪些行动。[①]

---

① 参见 9 月 29 日和 10 月 16 日的备忘录。——原注

首相致制造大臣　　　　　　　　　　　　　　　1943 年 10 月 12 日

近日，针对英国军队和德国军队使用的高级炸药的性能，我让彻韦尔勋爵做了一个调查，并进行了对照。这里随电报附上他的初步报告。

参谋长委员会强烈要求我们不必等深入的实验结果，应当马上改为铝化炸药。我支持这个主张。请在下周告诉我这个改动将涉及哪些问题。

为什么我们的炸药问题会走到这一步，国防大臣应当按照自己的职责和权力展开调查。请举荐三名委员，并写清他们的资历。这件事的整个情况必须绝对保密。

首相致外交部、枢密院长及财政大臣　　　　　　1943 年 10 月 13 日

史默兹元帅同我说，他在南非大概有意大利俘虏八万人，他非常愿意将他们中的很大一部分拨到英国来服务，按照他的说法可以拨过来四万人。

我认为此事非常重要，值得考虑。[①]

首相致雅各布准将　　　　　　　　　　　　　　1943 年 10 月 16 日

针对埃及那二十四万一千名基地大军，请你写一份尽量详细的分析报告，务必不要拖延。眼下战役已经从中东移去了其他地方，大多数军队仍将西北非作为基地，那以上军队到底是谁的基地部队？我认为，需要非常认真地核查这二十四万一千人（其中十一万六千人是英国人），所以我建议针对此事建立一个特别委员会；不过，在这之前，

---

①　参见 9 月 16 日致枢密院长的备忘录。——原注

请马上把眼下可以确定的事实报告给我。

首相致军事运输大臣　　　　　　　　　　　　　　1943 年 10 月 16 日

排队等公共汽车的问题

我非常高兴，你正采取行动改进目前的状况。在伦敦旅客运输局辖区内，每天各路公交车一共行驶大概五百五十万次。仅就这一辖区来说，要是每天每次行驶慢一分钟，就表示一天有一万人的工作时间是九小时。①

过渡时期的计划　　　　　　　　　　　　　　　1943 年 10 月 23 日

1. 战时内阁在 10 月 21 日的大会上基本认可了我在 10 月 19 日的备忘录里提的原则，于是我开始发表另一份备忘录，指明应当依从哪些步骤，才能拟定好过渡时期的各项方案。

2. 第一步是逐条罗列一切必须采取的措施、必须制订的计划，还有应该预先计划和组建的行政上的部署。如此，在和德国结束对战时，整个国家都会看见，我们已经推测出了将会遇到的新的紧急情况，而且已经启动了必要的初步行动。

3. 为了这个目标，各部应当在 11 月 10 日前交一份报告给战时内阁秘书，列明：第一，在我们和德国结束对战行为之后的最近的一段时间里，预备采取什么行动，还有哪些必不可少的举措；第二，在过渡时期的剩余时间里，按照我们可以估计到的状况，预备采取什么行动，还有哪些必不可少的举措，而这些行动和举措要在我们战胜德国之后的两年里，有机会成为我们展开工作的基础。

4. 报告中要包含各部负责的各种重要事项。不过，也有不少事项

---

① 参见 9 月 29 日和 10 月 11 日的备忘录。——原注

涉及很多部，并且已经呈送专门机构或者委员会审核了。与这种事项相关的报告，则应当由各相关机构的负责人或者委员会的主席呈送战时内阁。

5. 报告应当对如下各条做出解释：

（1）各个计划的拟定情况，也就是计划部署好了没有，或者还要多久才能筹备妥当。

（2）在深入展开工作之前，一定要将原则先明确下来。

（3）用不用援引条令、枢密院通过的条令或者国防条令，这种条令准备好了吗？用不用在战胜德国以前发布这种条令。

6. 这个方案的一个重要环节就是认真审核所有条令（包括国防条令和别的附属条令），更好确定过渡时期必须留下哪种战时权限，而哪种权限又是能够停止使用的。此项审核工作，克劳德·舒斯特爵士负责的应急条令委员会目前已经着手做了。

7. 第二步的任务是画出一个整体轮廓，从这个轮廓中能够看出过渡时期筹备工作的整体面貌。在这一时期，我们一定要让计划的所有环节彼此相连或者没有对立。这个工作我会亲自主持。

8. 从和平向战争过渡，与从战争向和平过渡，不同的地方非常多，战时行动原则又不完全适合，所以为了帮各部弄清自己的筹备工作和整体方案是否相谐，以上总体轮廓各部都应该有一份，如此，或许更方便了。

各部应当任命一个高级官员来亲自监控本部重点负责的筹备工作方案，让它能够时常和形势的发展相匹配。

9. 第三步是保证整个计划处于万事俱备的状态。一开始或许会发现，因为一些原则还没确定，一些事项的筹备工作一直无法展开。我预备在整体方案制定好之后，亲自主持一系列会议，会议将对整体方案的各个环节进行核查，之后，让战时内阁针对影响筹备工作进度的事予以决断。

首相致内政大臣   1943 年 10 月 24 日

只要我们确实有了一个针对希特勒瓦解后的关于粮食、就业和住房的计划，那么，要改进这项计划就容易了。

首相致霍利斯准将，转参谋长委员会   1943 年 10 月 24 日

这份发给各个最高指挥官的训令，看着倒一清二楚，而且和美国人的思维也相谐。可是，政府给一个将领下达攻敌的命令之后，就只看他打得怎么样，这种行为未免过于不足了。和这个相比，事情要麻烦多了。这个使命很可能超过了这个将领的能力范围，这种情形是非常常见的。参谋们和政府最高部门应当在一定范围内进行引导和监控。在英国人的观念里，没有引导和监控是说不通的。

首相致海军大臣   1943 年 10 月 24

将这四十艘战舰从护卫队和船队驱逐舰力量中抹去，在我看来，你是不具备这种权力的。你若是不反对，这四十艘战舰暂时当成储备物资，不配备人员，除非遇到非常危急的情况，否则不投入使用。

不让自己的物资物尽其用，一门心思将我们国家大批的战时实力放到这样宏大的新的舰艇制造计划里，这怎么行？你们目前正在研制的驱逐舰没有两年都完成不了，所以我们一定要考虑这些旧舰艇是不是修好并付诸使用。德国海军和意大利舰队既然几乎被消灭殆尽，你们就应该趁这个时候修缮老旧的船舰，而不是要求大批航空母舰，这种情形让我非常担心。我和战时内阁会对将来的海军计划进行非常严密的审查。

首相致霍利斯准将   1943 年 10 月 27 日

决定舍弃橡皮防波堤的原因是什么？请交一份十字形防波堤的照

片过来，并告诉我它是如何实现预期目标的。我觉得，计划似乎完全改变了。

和一般的防波堤相比，这种钢筋混凝土的防波堤有什么不同？要用多久能安装好？运送的船舶需要多少？……

一个大有可为的计划，若是因为需要太多人力和物资而受到影响，就太可惜了。

首相致兰开斯特公爵郡大臣　　　　　　　　　　　1943 年 10 月 27 日

除非不这样就无法顺利展开工作，否则我不支持给任命的文官或者准文官的非战斗人员赋予高阶军衔，或者让他们穿军装。所以请针对以上问题咨询安全事务处，在公开官员职位和穿军装上有什么原则需要遵从。请交一份简洁的报告给我。

首相致霍利斯准将　　　　　　　　　　　　　　　1943 年 10 月 31 日

请就为"霸王"战斗计划调集的英国军队的现状写一份报告交给我；除以上军队，请再写一份说明驻守在本国的军队的情况报告。

11 月

首相致帝国总参谋长　　　　　　　　　　　　　　1943 年 11 月 1 日

1. 多谢你将情况报告给我，不过对于其中的一些问题，我还是摸不着头脑。我完全同意我们应当有一个"尺度"，这正是我所寻求的东西。有了"尺度"，就有统一的标准了。可是正因为我想要一个共同的标准，"师"这个词才完全不适用。因为"师"可以指德国师那两万人，也可以指苏联师那一万五千人，又可以指英国和美国师那四万两千人。

2. 请让情报局针对一个完整的英国师和一个完整的德国师以最高

的准确度做一份分析报告给我，讲明哪些兵种组成了一个英国师比一个德国师多出来的那两万两千人……①

4. 让我们以最近开赴意大利的英国第五步兵师为例。这个师有一万八千四百八十人。剩下的两万三千多人去哪儿了？他们何时开赴意大利？这两万三千人，其中早晚要参战的作战部队有多少？

5. 在意大利的军和集团军的组成清单，能再额外发一份给我吗？另外，请把需要供应的人的数量加在上面。这些大概数量或许无法将最新的情况准确地透露给我，这我自然十分清楚。

6. 波兰装甲师在英国远征军中负责的工作有哪些？据我了解，这个装甲师有超过四百辆的坦克。它好像既不属于第二十一集团军群，也不属于在当地的野战军。还有其他情况相近的军队吗？全部那些陆军坦克旅都布置到哪儿了（我最新接到的统计表显示有八个旅）？对于这些事，我应该有自己的意见，绝对有这个必要。

7. 我的感觉是，一个总计两万人的德国师，切实参战的人是一万两千人；而我们人数为四万两千人的师，参战的人数是一万五千人或一万六千人。若真是这样，那情况就太让人担心了，因为德军的战斗能力起码和我军是不相上下的，而且他们长途急行军的速度还非常快。不过在另一边，相比于德军，英国的军和集团军司令拥有的炮兵、工兵和信号兵等，比例更高，所以能够按照形势所需给他们统领的军队提供更大的支援。

8. 在给我写汇报的时候，请尽量把供应人数、营的数量、坦克数量和大炮数量都罗列出来。看见我们后勤和非战斗人员的附属部队持续攀升，我觉得情况危险。以"霸王"这种战斗计划为例，所有人都要在船里有席位，登岸之后还得获得供应，所以为了推进这一计划，

---

① 参见10月11日致陆军大臣的备忘录。——原注

就得严密审核后勤工作，尤其是初级阶段。针对这件事，我希望近几天能安排个时间，在国防委员会或者参谋长会议中展开详细讨论。

首相致海军大臣   1943 年 11 月 1 日

1. 我的最初看法是：绝对赞成你有关轻型输送舰的主张，并且期待这周能抽出时间与你、第一海务大臣和军需署长就此事展开讨论。在我看来，这么大的数量，在 1945 年和 1946 年是用不上的。

2. 可是，眼下必须得谈一谈有关我们的海军人力的这个问题。海军部提出，1944 年，舰队添加二十八万八千人，造舰厂添加七万一千人，总共大概三十六万人。我们正因为人员短缺不得不大量减少全国各类战斗行动的时候，海军部就提了这么一个要求。为什么海军部 1944 年需要的人力会比 1943 年多，毕竟最近出现了如下状况啊！

（1）空军的支援起了关键作用，德国潜艇已经被我们决定性地击败了。

（2）意大利舰队已经投降。

（3）"黎歇留"号，还有众多小型的法国舰队已经参战。

（4）在太平洋，美国调集的军队比日本多一倍。

（5）"提尔皮茨"号——敌人在西方仅有的主力舰——在以后的很多个月里都无法行动（除非德国有新航空母舰完工）。

3. 这才是以后的情况：按照以上这些实际情况，就算是对当前的海军，也能进行大规模裁撤；新的船舰建好，旧的船舰将马上停止工作，进行养护。而用不用制订一个大型计划，让旧船舰不再服役，让已经处于建造之中，但短期内无法建好的船舰，降低建造速度或者不再建造，则需要交给内阁定夺。这一切情况都能成为这种问题的答案：敌人的实力已经严重降低，盟国的实力已经极大提高，为什么你还要添这么多人？在当前这个紧要关头，海军部若是让任何一艘无法在对敌时发挥作用的船舰继续服役，它都无法给国家以最大的贡献。

4.有关让四十多艘驱逐舰不再服役的事，我认为对它们进行改装后，全都养护起来，是最佳解决方案，至于两年后才能建好的远航驱逐舰，则可以推迟或者暂时停建。

5.请马上列一份清单给我，列明你提议在1944年留下继续服役的所有战舰，并将它们和我们与德国、意大利开战时（比如1941年1月1日），我方服役的战舰和在舰上工作人数，进行对照。驱逐舰和小型船舰可以单独列明，而船上人，只写总数就行。请写明现在估算的1941年1月1日的数量和你对1945年1月1日预估的数量，请将出海和未出海的情况分别写明，海军航空兵部队也要算在其中。

6.我留意到，为了推动登陆艇，美国的确已经减少了反潜艇舰的制造计划。迄今为止，造船厂的船台只要闲下来，我就会敦促不间断地生产反潜艇舰。可是随着这种船舰数量的持续增加，而且很多迹象说明，敌人产量下滑、水兵斗志低迷，所以，我们应该重新对这方面的状况展开整体调查了。

首相致飞机制造大臣　　　　　　　　　　　　1943年11月6日

你于10月27日发的备忘录显示，改善战斗飞机要用很长时间，这个时间这么长，以致给我留下了极深的印象。我希望改善飞机有个限制，就是对增强我们飞机的战斗力意义重大。

看到附在你备忘录上的表格，我发现一个让人忧心的事实：我们发展的是伪重型轰炸机。事实上，改善之后的"兰开斯特"式轰炸机（将于明年年末进行生产）没比卫克氏"温莎"式轰炸机大多少，虽然我们觉得它的性能更好。就在这时，美国"波音B29"式飞机已经投产，总重十二万磅，据说能装九吨炸弹，航程三千英里。据我了解，他们还设计了一种"B36"式六引擎飞机，全重二十五万多磅，载重量超过三十吨，航程四千六百英里。我们是否也应该想办法研制一些功能相近的飞机呢?

首相致陆军大臣及帝国总参谋长　　　　　　　　　1943 年 11 月 6 日

1. 据我所知,按计划在攻击起始日,美国将给"霸王"战斗计划提供十五个师,我们提供十二个师。我们无法和他们提供同样多的师,或者比他们多提供一个师,让我觉得非常可惜。这与"师"这个字的解释关系极大。[①] 我多想同他们(美国人)说,"在前线,有一个你们的人,就会有一个我们的人,有一门你们的大炮,就会有一门我们的大炮",并同他们说,为了这个,我们曾经付出了更多的努力。如此,我们才能在一些影响极大的战斗行动里,继续捍卫自己的权益。

2. 为了实现以上目标,我或许要在保护本国上冒很大的风险。如果有需要,在全部正规军离开国内的时候,可以大规模组织国民自卫军,至于由此造成的武器产量下滑,也只能是听之任之了。

3. 近来有关意大利之战的争端,因为我们说我们在意大利战场兵力更多,而得到了彻底的解决。在另外这场决定性作战行动中,我们的军力起码要和美国一样才行。另外,我们若是声明,我们已经上调了(也就是增加了)我们提供的兵力,我们正在展开的所有协商都会变得更加顺遂,而且有很大机会能让对方答应一切需要的延期。这点请你考虑后面谈。

首相致枢密院长　　　　　　　　　　　　　　　1943 年 11 月 11 日

我想让你从目前富裕的粮食中,想办法再给养鸡户拨一些过去。这些养鸡户一般能弄到些散碎的食物,填补短缺的粮食,所以相比于养鸡场,把等量的谷物给养鸡户将给我们带来更多鸡蛋。养鸡用不了

---

① 参见 10 月 11 日和 11 月 1 日的备忘录。——原注

多少人，而多出来的鸡蛋，也算得上是养鸡者的劳作所应得的回报。另外，还能让他们对此更感兴趣，为他们平时的谈话增加话题。眼下，一张供应证配给的饲料太少，小户人家靠这个饲养少得可怜的家禽，还不够搭鸡窝等成本的支出。在我看来，若是提高饲料供应量，肯定会有不少人养鸡下蛋给自己吃，如此就降低了运输和人力的消耗。

首相致教育大臣　　　　　　　　　　　　　　1943 年 11 月 11 日

1.你9月16日有关通过电影学习的报告，我已经收到了，非常感谢。我觉得这份报告非常有意思，又听说你正在亲自主持此事，非常欣喜。

2.学习要是只有读书写字，没有这种直观的教学手段进行辅助，肯定有很多孩子的才能得不到发展，或者至少可以说得不到充分的发展。另外，真正好的影片应该对每个孩子都有帮助。影片录制或许可以分成两类：

（1）目的在于配合或说明正规课程的影片。

（2）向孩子介绍我们绚烂的历史遗产的影片，现在，他们是历史遗产的承接者，未来，他们将是历史遗产的捍卫者。

3.在经济上为你提供帮助，这你不用想了。你在自己的政务报告的附录里要求的有关教育提案的附加费用，实在是一笔巨款。毫无疑问，播放影片的资金和你计划里的其他所有环节都应该算在一起。不过，我发现在德国，通常租影片和放映机的钱由孩子的父母缴纳。我不知道如何才能把这种措施放到你的提案里，尤其是若将电影当作正规课程的一环，所有孩子都得看，就更难办了；但是，若一些电影的观看变成自愿行为，或许能以一定的模式收费。针对这个问题，请你想一个较为具体的措施。

首相致伊斯梅将军，转参谋长委员会　　　　　　　　1943 年 11 月 16 日

我们按照某些重大情况，在福克兰群岛驻有较为强悍的守军。请告诉我，在上边没下达指令减少守军之前，如何按照事情的变化更改守军的人数。要是过来了一艘日本巡洋舰夺取了这些岛屿和岛上我们尚未配备人员新建的防御工事，就太可惜了。这种意外未必会有，可也不是完全没有可能。那一千五百人，你预备怎么用？他们归哪个团所有？

首相致第一海务大臣及伊斯梅将军转参谋长委员会

1943 年 11 月 21 日

1. 眼下我重点考虑的问题是：1 月初占领罗马，1 月末占领罗得岛。前者已经万事俱备，后者还差两个必备条件：一、让土耳其宣战，使用它的据点；二、要有足够运送一个师的登陆艇，因为计划先让一个优秀的英国师登陆，之后再让第十印度师予以支援，且继续登陆。这些师的行进距离有限，八千名德军又将被死死压制在主要据点上，所以不用全给他们配车。需要登陆艇的总量是多少？从哪能拿到这些登陆艇？第一海务大臣的设想是，目前归东南亚司令部掌握的某些登陆艇，派出一部分开赴地中海执行这个任务，之后及时返回东南亚，完成"长炮"战斗计划（夺取苏门答腊）或者此地的其他战斗计划。

2. 蒙巴顿海军上将若是确实已经舍弃"长炮"战斗计划，那就不用如此紧张了。相比于夺取罗得岛，夺取安达曼群岛这个战利品实在不值一提，并且今年后半年什么时候去拿下这个岛都行。在夺取罗得岛和随后夺取的所有岛屿之外，我们还能剿灭八九千名德军，或者使其投降，迄今为止，我们在意大利抓到的德国俘虏的数量不过是这个数的三分之一。

12 月

首相致陆军大臣　　　　　　　　　　　　　　1943 年 12 月 13 日

1. 我在中东时，第四轻骑兵团曾提醒我留心军事参议院 9 月 26 日发布的有关不按规定佩戴军帽事宜的第 1408 号指令。按照这个指令，皇家装甲兵团所有战斗单位（除了第十一轻骑兵团）的正规军帽为"黑色贝雷帽，只要身穿战斗服装和军服，就要戴这种软帽"，不过，在需要换其他种类的军帽之前，军官要是有军便帽，戴军便帽也行。

2. 第四轻骑兵团担心这个指令会一直延伸到战后，那样，他们将和坦克部队一样，没其他军帽可戴，只有黑色贝雷帽了。

3. 我若是这个团的团长，我会要求得到承诺——不管别人，只说第四轻骑兵团，这种举措仅局限于战争时期；等供应充足后，他们仍旧可以购买、佩戴军便帽。

4. 我希望你们可以做此承诺。请提出你的看法。

1944 年 1 月

首相（在马拉喀什）致陆军大臣　　　　　　　　1944 年 1 月 7 日

我们一定要尽可能地想办法削减国民自卫军的担子，与一切其他民防组织相比，他们的任务更重。眼下大多数人都已经熟练了，所以只是因为要凑够一个月四十八小时的任务就强迫他们训练，并不应该。不管有没有警报，国民防空自卫队只要看守一晚，都按值勤十二小时算。不过，一般国民自卫军的训练时间是夜间和每个周末。其中不少人都三年多没什么私人时间了，而且成员必须参加训练，要是不参加，就扣钱，甚至拘留，这种强迫性的体制常常给厂矿企业带来极大的动荡。

在战争的这个阶段，国民自卫军的值勤时间，不该让一个机构的负责人随意确定，而该由政府出面予以缩减。应当将值勤工作和繁忙的训练强度降到最低，至于已经拿到熟练队员徽章的人，训练则应当只局限于武器养护。

首相致海军大臣及第一海务大臣　　　　　　　　　1944 年 1 月 10 日

无线电控制的近炸引信

1. 今年入春之后，美国海军就能获得大批的引信管供给，这种引信管甚至连四英寸口径的大炮都能安装，可如此好用的设施，我们在整个战争阶段都用不上，这种情况你们觉得满意吗？在我看来，此事非常严重，海军部应该想办法予以解决。

2. 能让美国拨一些引信管给我们吗？不然，你们觉得我们的办法已经挺好了？

首相致伊斯梅将军，转参谋长委员会　　　　　　　1944 年 1 月 17 日

1. 我之前持有的意见——日本攻打印度的危险已经消失——得到了这份报告（联合情报参谋处有关日本在东南亚地区的图谋的报告）的印证。在以后的数个月内，东方舰队即将组成，而由于日本海军已经全神贯注于太平洋分身乏术，所以用不了多久它的实力将提高到能够打败任何一支日本觉得有派遣价值的分舰队。除此，印度的空中防御力量也已经非常强悍了。

2. 上述所有情况让我再次得出如下结论：当前存在于印度的大批质素低下的军队，一定要予以裁减。不算在印度和印度边境驻守的英军，还有近两百万人由我们来发放军饷和物资。应该给印度总督和奥金莱克将军下令，本年以内起码要裁掉五十万人。当然，精简任务针对的重点是徒耗粮饷，但应特别注意改进未经精简的部队的质量，与此同时，要尽可能依靠当地尚武的部族。要尽量让印度部队重获战争之前的高效和水准。要将各营原本的将领和技术人员

集结起来，放到这些部队中，以扩充军官主力，尤其是白人军官主力。各地招募新兵的时候，一定要严格按照标准，只招能够切实战斗的新兵。

3.同时，让印度事务部交一份财务报表给我，指明印度部队（英国部队不在统计之中）一年花费如何，还有年均用人情况。

首相致伊斯梅将军   1944 年 1 月 19 日

关于发表演讲的通令，之前曾经给将领和高级指挥官发过，看上去，现在还得再发一次。请将这份通令拿过来看看。将领们最近发表的演讲和接待的访客看上去挺多啊。

首相致伊斯梅将军，转参谋长委员会   1944 年 1 月 19 日

占领达尔马提亚海岸，我们应该绝对能做到。我们的空军在意大利掌握制空权，飞去该海岸不是什么难事。在海军上，我们也很占优势。等打完安齐奥一战，我们应当组建一支含有大概两千名突击队员和十二三辆轻坦克的搜查队，去德军控制过的每个岛屿搜查和清剿，将各个岛上的所有驻军俘获或者斩杀。为了这一目标，应该拟定一个方案，方案由我们想，之后交最高指挥部审核。

这一工作请务必马上启动。敌人既没有制空权，也没有制海权，我们却任由它阻断我们和整个达尔马提亚海岸的接触。我们要是集中兵力发起攻击，这些岛屿，他们还有力量守住吗？

首相致自治领事务大臣   1944 年 1 月 23 日

我之所以一直想让新西兰师参加罗马一战，主要并不是因为我们找不到其他部队，而是想将其变成一种标志。现在，他们有很大机会参战。他们若离开欧洲战场，那就可惜了。

我可以任由这个师减员，直至它的规模只有一个旅。就算如此，它也还可以叫师，还能将其他旅并入这个师中。我希望他们参加此战，将来，他们会因为参加了战斗而感到骄傲的。

我不希望弗雷泽先生因为某些人回国的事而太过烦心。

首相致伊斯梅将军   1944 年 1 月 25 日

蒙哥马利将军说，他要求参与"霸王"战斗计划的突击队是十个，可是只到了七个。我想知道，他的需要能得到满足吗？有关将第二特别空军团的专员调回，担任教练这件事，已经做了哪些部署？我没想调回这个团，不过，我已经答应将一些专员调回任命为教练了。

首相致伊斯梅将军，转参谋长委员会   1944 年 1 月 22 日

我已阅读"英国在中东各国的战略需求"一文。参谋长委员会好像觉得，犹太人会因为分治（巴勒斯坦）而心生不满。实际情况正好相反，让犹太人心生不满的是政府报告里的方针。抵制分治的是阿拉伯人，而犹太人会对抗阿拉伯人的一切武装行动。韦维尔勋爵曾经说过，若对他们放任自流，阿拉伯人不是犹太人的对手，这句话，我们该记住。因此，我们若是和犹太人合作，一起推动内阁报告里有关分治的草案，好像不会有什么大危险。我绝不认同表里罗列的有关维持内部稳定所必需的条件，因为这些条件的假定前提是犹太人和阿拉伯人将会联手对抗我们。我们明显不会推行任何犹太人反对的分治方案。

首相致自治领事务大臣   1944 年 1 月 25 日

在我看来，以 1944 年战胜希特勒为基础拟定计划，极其不明智。我们无法保证他不会在法国获胜。战争是一件风险极大的事。敌人的

机动部队能够极为迅速地自一个基地调往另一个基地。我从德国国内得到的消息显示，德国仍处在希特勒及其政府的绝对控制之下，在受到轰炸之后，德国也不曾出现动乱的迹象。德军的素质、纪律和战斗力，在我们和德军的一切接触中，比如在意大利和德军的交锋，清晰地呈现在我们眼前。

首相致陆军大臣及帝国总参谋长   1944 年 1 月 25 日

1. 我反对以"盟国中地中海军事力量"为名称，并且不该在没和我商议以前就公布这个名称。

2. 将一支由二十多个师构成的部队称为"军事力量"并不合适。这支部队的活动区域和地中海地区也有区别。比如，地中海地区是包括马耳他岛和突尼斯的，科西嘉岛和撒丁岛也属于这一地区。另外，南斯拉夫是特地为最高指挥官留的，也没分给亚历山大将军（除非完全因为战斗原因）。所以，这个名称从各个层面看都不合适。

3. "驻意大利盟军司令"是我委任给亚历山大将军的军衔，他也认可了。这是按照上一次大战的先例，那时"英国远征军"因人数增加发展成"驻法国和弗兰德的英国部队"的时候，便更换了名称。因此这次也应当更换名称，而等罗马战役决出胜负时，若是结果让人满意，那合适的时机就到了。

首相致蒙哥马利将军   1944 年 1 月 27 日

1. 附上制造大臣有关双层甲板坦克的临时回应。这种坦克看上去还行。

2. 用不了多久，我还会看到一份有关防水材料的报告。将二十万辆车配给一支三十个师的部队，好像是太多了，这支三十个师的部队，按照一个师两万人算，总共不过六十万人，而切实参战的只有不到四分之三。一辆车起码要一个半人操作、管理，这就得用三十万人。这一大批车辆，为了不让它们落到敌人手里，有人要求派装备充足的携带步枪和刺刀的步兵予以保护。

首相致霍利斯少将　　　　　　　　　　　　　　　　1944 年 1 月 28 日

将地中海地区的主要指挥部安置在意大利并不妥当。威尔逊将军的辖区包含整条北非战线，不该将他束缚在哪个特定的区域里。亚历山大将军指挥的是意大利战场，因为最高指挥部设立在意大利就影响到他，并不合适。在我看来，大家并没有为将这些指挥部移去突尼斯地区而竭尽所能。研究过马耳他岛吗？阿尔及尔集中了太多的将领，要是没有其他妥当的地点，等对其进行过精简以后，他可以继续留在那里。

首相致内政大臣　　　　　　　　　　　　　　　　　1944 年 1 月 30 日

你在 1 月 24 日交于我的备忘录中，谈到了政府机密工作中的用人问题。

严禁设立陪审团之事外泄，我赞成。在这个问题上，应当专门叮嘱每个陪审员。而对于是否采取行动，这件事应该由任用他的部做最后决定，要知道，这个部的部长是要对议会负责的。

此事涉及三种不同层面的责任。

军事情报局第五处对陪审团拿到的证据负责。陪审团对证据审核，决定用不用联络相关部门负责，而这个部门对如有必要采取哪些措施负责。

陪审团里应该有一个擅长人事问题的财政部高级代表，这我同意，可是逼迫陪审团接受事件部门派来的代表就不应该了。某个案子，陪审团若是不受理，可这个犯罪嫌疑人所在部门的代表还妄图弄清之前起诉的情况，就不合适了。陪审团主席有按照情况给相关部门一个代表席位的权力。

首相致外交大臣   1944 年 1 月 30 日

对于卡廷森林的调查，我认为应该在极为秘密的情况下问一下欧文·奥马利爵士的看法。按照坟墓上桦树的生长时间进行的辩解，符合这种新论调吗？那些桦树，有人去查吗？

首相致海军大臣及第一海务大臣   1944 年 1 月 31 日

1. 我赞成在海军部造舰计划里加入那四艘已完成改造的快速运输舰，不过我认为，前两艘开始修建的时间应该远早于后两艘。如此，就能妥善使用修建过程中的所有改进。再有，"雄狮"号、"冲锋"号、"征服者"号和"雷神"号，这四艘战列舰已在议会获批，不过在战争期间没有动手修建，也不应该剔除到海军造舰计划之外，但须说明，目前只进行设计工作。务必想办法让"先锋"号在 1945 年夏天完工。请告诉我哪些问题会妨碍这一工作的完成。

2. 我不清楚，和我们在战争期间可以生产出来的战列舰相比，你们目前要求的出货量是不是多得多。你们 1943 年的订货量是排水量八十万八千吨，这中间只有四十万两千吨完成建造，完工的有三十三万七千吨。如此，船舰的建造速度要没能远高于 1943 年的，光是完成去年的订货，就得用两年零三个月。截至目前，我们一年起码有两个造舰计划，如此一来，你们手里获批的船舰建造量的数目已经庞大到你们绝对完不成或者绝对消化不了的地步。让喜欢说三道四的人看见这种情况，海军就有的受了。毫无疑问，以上情况还会让整个新造舰计划受到影响。在我看来，应该将订单里一切影响相近船舰完工的船舰，或者它自身无法在 1944 年（或者 1944—1945 财政年度）

动工的船舰从造舰计划中剔除。

3. 我们经常会谈及将在 1945 年和日本战斗的主力舰队。我认为应该用八艘战列舰——其中四艘为"英王乔治五世"号级战列舰、"声威"号、"纳尔逊"号、"伊丽莎白女王"号和"沃斯派特"号——配上一切能够调集到的装甲航空母舰和辅助运输舰，再按照需要，以巡洋舰队和小型舰队进行援助。你们应当针对逐渐推进辅助舰队[①]拟订一份计划。我希望"先锋"号于秋天能加入这一主力舰队。再有，还应当对意大利的"李特利奥"式战舰进行改装，让其加入这次服役。我希望知道需要的时间、劳动力和资金数目。

4. 你们已经组织好的分遣队，美国若是需要，我答应我们在 1944 年 6 月将其交给美国。最要紧的是，我们务必小心别损害到"长炮"战斗计划（苏门答腊），想让我们孟加拉湾地区的大量陆军、空军能在 1944 年到 1945 年对敌人发起有力攻击，只有这一个办法。若能解决"长炮"战斗计划的其他困难，又不引起突发状况，那我们在布置孟加拉湾和太平洋之间的舰队时，着眼点务必放在推进"长炮"战斗计划上。

5. 为了满足在 11 月或 12 月启动"长炮"战斗计划的需要，我们一定要和美国参谋长联席会议要求，借合适数目的登陆艇给我们。又鉴于我们派了舰队去支援他们，所以他们多半会同意我们的要求，不过，此事得等蒙巴顿海军上将派来的将领到了之后再谈。

6. 至于战后舰队，我们应当努力以如下船舰构成：四艘经战火洗礼的"英王乔治五世"号级战列舰里尚在的船舰，现代化的"纳尔逊"号一艘，"先锋"号一艘，配备 16 英寸口径大炮的战列舰四艘（在我们的造舰清单中加上这四艘战列舰，一有机会就动手建造），

---

① 辅助舰队是为舰队提供燃料、物资等的机构。——原注

再有，我们应当要两艘"李特利奥"式战舰，一共大概是十二艘战列舰。当然，这得看战列舰是否因为新的发明而变得陈旧而定。就当前的情况而言，还不至于发生这种事。恰恰相反，战列舰已经能应对大多数由潜艇引发的危机了，至于由飞机引发的危险，目前的应对情况也远好过之前所有时期。由于我们在地中海贡献更大，且为满足紧迫的战争需求而放弃了新的重型船舰的制造，所以我坚信我们完全有理由提出获得"李特利奥"式战舰。我希望你们能按照以上标准，将我们战后舰队的轮廓描画出来，例如1947年的轮廓，如此，整件事我就能考虑得更加周全了。

7. 我同意让"沃斯派特"号加入"霸王"的炮击舰队，而且我希望"罗德尼"号也能加入。另外，为了这一目标，你们还能调来哪些船舰？我猜你们应该正为提供合适的舰上炮手、最新的培训方法和必备的落弹观察员而竭尽所能；武器，攻击人的也好，瓦解混凝土防御工事的也罢，应该都是充足的。炮轰舰队应当能在空军的保护下发挥极大的效力。

8. 随后我会附上我对你们就人力问题的提议的看法。我认为目前你们在培训机构、港口、据点的人员以及流动人员等，起码有十万。在以后两年中，你们可以先从这批人里调，之后再启用我们为数不多的人员储备。这就需要在培训机构和工厂方面进行相当大的精简。

2月

首相致伊斯梅将军，转参谋长委员会　　　　　　　　　1944年2月2日

1. 经验显示，每次发起大举进攻，战线上没受影响的其他环节就表现得黯淡而筹备不足。战场聚集了所有目光，因此，有时候可以用很小的代价，或者不付出任何代价就能在其他地方取得非常珍

贵的收获。

2. 在严守机密的情况下，请研究：

（1）把英国第一装甲师、第六装甲师和南非第六装甲师在3、4、5这三个月里，调去摩洛哥。可以用局势动荡做借口，或者，要是没有其他借口，以支援"霸王"战斗计划的名义也行。

（2）在"进攻发起日"之后大概第二十天或者第三十天，在派出了所有兵力之后，先用突袭拿下波尔多，之后将这些师用非常稀少的登陆艇送往此地。由于敌方空军已经被全部引去了北边，所以这件事应该能够做到。将这么一支部队送到法国中部和南部去行动，将马上引发大范围的起义，这对主要战事的好处，不可限量。

3. 另外，请分析一下，通过陆路暗中将这些部队送去摩洛哥，之后极为隐秘地上船，从海路绕个大圈抵达攻击地点，是否可行。

4. 在推进"铁砧"战斗计划时，原本就用不上这些军队，所以上述行动并不会损害到该计划。

5. 这个计划（可以叫"哈里发"战斗计划）若是成功，随后，美国就能直接让步兵师横渡大西洋登陆新据点。

6. 由以上情况引发的几个问题为：那三个装甲师，要用多少艘船舰来运？例如，要送五千个突击队员去波尔多（这些师团预想的登陆地点自然是正规码头）得用多少登陆艇？如何才能找到需要的船舰，而且还得在不太引人注目的情况下将它们开去卡萨布兰卡？上船、行进，若是一切顺利的话，再加上下船，总共要用多长时间？为了掩护登陆，可能要预备一支航空母舰舰队，不过那时我们若已经建立了北部海岸据点，按理说达成此事难度不大。我们总是这么因循守旧，死抓着一个地方不放，而大有可为的其他好地方不知有多少，却轻易就舍弃了，这太蠢了。

首相致自治领事务大臣 1944 年 2 月 2 日

1. 若有必要，我可以在周五召集一次内阁特别会议，就轴心国外交代表团进驻柏林的问题展开讨论。不然，在周一的内阁全体会议上提请讨论也行。

2. 让人知道英美运兵舰队的活动当然有危险，可是我们的"霸王"战斗计划的筹备情况势必会经某个途径泄露，不是更危险吗？德国和日本大使若继续在柏林停驻，那，从军事角度看，在最近的几个月里，或许需要断绝爱尔兰和欧洲大陆间的所有来往。现在，所有人都能坐爱尔兰的船去往西班牙，将他在英国听到的与英美最近筹备状况相关的消息传出去。即使彻底截断海路，我们也遏制不了德国大使借助无线电送出我们行动起始时间的通知，尽管这是他能发出的最后一次电报。

3. 我正打算致电罗斯福总统，让他留心一些在我看来十分重大的险情；除此，我还会请他将这件事提交参谋长联席会议研究。

首相致外交大臣 1944 年 2 月 5 日

你有关将一些公使馆升级成大使馆的备忘录，我看了。

在我看来，古巴这颗"安的列斯群岛中的明珠"，和其他那些地方一样，也应该享有这种权利。若其他地方的公使馆都已经提升了级别，却就是没给这个辽阔、丰饶、美丽，又盛产烟草的岛国升级，是对它的一种极大的侮辱。古巴自然远比委内瑞拉更有资历。对它漠不关心会让我们和它产生不小的仇怨，可过一阵子，仍要让它和其他国家获得一样的对待。

首相致伊斯梅将军 1944 年 2 月 7 日

"哈里发"战斗计划的报告写好了吗？计划的制订者们若是尚未写好，请你同他们说，为了支援英国装甲兵团登陆"哈里发"，我们打算起码向摩洛哥的集结地点派三个法国师。[1]

首相致爱德华·布瑞奇斯爵士　　　　　　　　　1944 年 2 月 12 日

　　我不想搬离内阁作战间，除非我们起码遭受过和之前截然不同的闪电式轰炸。在我看来，新型轰炸也不过这样。掌玺大臣，你可以为他准备一个合适的住处。其他大臣就不用换住处了。

首相致爱德华·布瑞奇斯爵士　　　　　　　　　1944 年 2 月 19 日

　　塞尔伯恩勋爵信里介绍的有关战后过渡时期住房事宜的准则，我认为并不可行。不顾货币价格的变化，直接将土地价格固定在 1939 年的标准上，那等于是针对某一阶级的财产的没收法令。颁布法令的时候，一定要明确这么一条：应该等同于 1939 年的价值——就是说，实际价值相同。

首相致伊斯梅将军，转参谋长委员会　　　　　　1944 年 2 月 19 日

　　1. 雪季时在挪威战斗是"耕种部队"的使命，这种战斗基本靠飞机送过去的较小的坦克进行。战士靠空运的坦克战斗、行动，在一定程度上，还靠它们躲避风雪。之后，"耕种部队"成了完成普通任务的突击队的代名词。这种空运坦克的措施进展如何？有多少支"耕种部队"？眼下在意大利的"耕种部队"到底在哪儿？它完成任务的情况怎样？

　　2. 在我看来，把"朱庇特"战斗计划从此次战争中抹去并不是明智之举。当然，我们本应当在 1943 年解放挪威，不过这种战略我们的美国盟友当时或许不会答应，而在国内，那时怕也难以赢得相应的支

----

① 参见 2 月 2 日致伊斯梅的备忘录。——原注

持。我们若是没能很好地贯彻"霸王"战斗计划，或者在"霸王"战场上，希特勒聚集的兵力实在太强，以至于我们难以对抗，那在1944—1945年冬，我们或许得在挪威、土耳其和爱琴海从侧翼展开围攻。我之所以想留着这支队伍，就是因为有可能出现此种意外。此外，这支队伍当然还能用在剿灭驻守巴尔干半岛或者达尔马提亚海岸之外的岛屿上的德军。

3. 针对以上各条，你的看法如何？

首相致内政大臣　　　　　　　　　　　　　　　1944年2月22日

给"霸王"战斗计划指定一个国家祈福日简直大错特错。在我看来，眼下不需要再制定一个祈福或者感恩日。

首相致外交大臣　　　　　　　　　　　　　　　1944年2月25日

1. 我们"攻打"我们的对战国。

2. 我们"进驻"那些我们要"解放"的被敌人侵占的盟国的土地。

3. 至于说像意大利这样的国家，我们已经和它签署了停战协议。之前我们是"攻打"，不过之后由于意大利站到了我们这边，因此我们继续在意大利推进就有了"解放"之意。

首相致外交大臣　　　　　　　　　　　　　　　1944年2月27日

1. 我们马上对民间同美军提出的，超过五千美元限度的赔偿进行给付，我们绝对赞成，这件事，美国那边明显没法儿依照宪法予以解决。

2. 莽撞驾驶已经引发了不少问题，想要解决，得让我和艾森豪威尔将军谈谈。我认为若将这个问题同他讲了，他肯定会用自己的权力予以控制。不管怎么样，我们得先和他谈谈再说。

3. 的确不值得在议会里做一个如此长的报告。我认为，若是这么做了，会激起美国的强烈不满，并且，我认为你并不会因为此事而在下院承受重大的压力。我更趋向于让艾森豪威尔多加约束，看看成效再说；与此同时，在跟下院汇报时，你只需说到此种程度：超过五千美元的那个赔偿，将由我们承担，随后英王陛下政府会和美国政府进行深入探讨。

首相致伊斯梅将军及派尔将军   1944 年 2 月 28 日

毫无疑问，德国最近研发的炸弹已经具有了更强的爆炸力。在此种情形下（当然在通常情况下，也应该这样），在敌人发动空袭时，没值勤的空防人员是不是也应该有掩蔽壕，有抵御爆炸气流、弹片的掩体呢？因为敌人使用"窗户"装置，一次空袭所持续的时间或许极短，所以应该下令，让空袭时没有担负其他任务的防空人员（多数由妇女组成）使用掩蔽壕。若是材料充足，高射炮队可以亲自修建大部分掩蔽壕。若需要外界帮忙，那可以尽可能率先在最容易被发现的地方修建掩蔽壕。

3 月

首相致飞机制造大臣   1944 年 3 月 1 日

2 月，飞机完成的制造量超过了预定产量，对此，我向你表示祝贺。请代我向每个完成任务或者超额完成任务的人表示诚挚的谢意。

首相致罗斯福总统   1944 年 3 月 2 日

在制定反潜艇战月报表的时候，我建议你将如下内容加进去（除非有关 1944 年 2 月船舰损失的汇报中的数目出现大幅增多，否则，均如此处理）：

"1944 年 2 月是从美国参加战争到现在成绩最好的月份。盟国在该月被敌人击毁的船舰总量与 1943 年 2 月被击毁的总量比，不到五分之一，而与 1944 年 2 月被击毁的总量比，还不到九分之一。"

英国这边记载的数量：1944 年 2 月是七万吨，1943 年 2 月是三十七万八千吨，而 1942 年 2 月则是六十五万九千五百吨，我们还击毁了大批德国潜艇。

首相致国内安全大臣   1944 年 3 月 2 日

你针对民用防毒面具调研报告所做的分析，我读过了，非常感谢。我看到大概九成的人都有了防毒面具用。目前，我们投向德国的炸弹吨数是投向我们的炸弹吨数的三十多倍，为防敌人发起毒气战，此时拥有这些面具似乎是个有力的保护措施。

首相致艾伦·拉塞尔斯爵士   1944 年 3 月 4 日

内政大臣有关为"霸王"战斗计划指定全国祈福日的备忘录，你应当看看。在我看来这样非常危险，会让人留意到我们将要发起攻击，尤其在尚无人清楚到底何时发动的时候。我们务必尤其小心保持我军斗志。[①]

首相致飞机制造大臣   1944 年 3 月 5 日

听闻目前美国制造飞机不再喷漆。这样不仅节省时间和材料，还能让某些型号的飞机时速提高二十英里。我想知道，英国的飞机是否也打算照此办理。

首相致军需大臣   1944 年 3 月 7 日

在阿默舍姆和阿克斯布里奇之间的大道旁，有个地方名叫查尔方

[①] 参见 2 月 22 日的备忘录。——原注

特－圣贾尔斯，那里有个垃圾堆或者废品站，三年来一直在工作。每次我去契克斯，都会从那里路过。这些年垃圾堆里攒了不少罐头盒和金属制品，现在是不是正在回收呢？是不是正在挑拣或者把它们铺开？我从那儿经过的时候看不清。能够看得出来的是，这项工作总是没完没了，而且明显没什么进展。

首相致波特尔勋爵　　　　　　　　　　　　　　1944 年 3 月 7 日

　　一个残破不堪、向外掉着沙子的口袋；还有一个用沙堆垒成的街垒和其他障碍物，就摆在外交部楼下、圣詹姆斯公园的湖对岸的草地上。这些东西是以前这里的国民自卫军训练所用。这个练兵场好像早就停用了。除非真的有用而又找不到其他方法替代，否则真不该把一个如此惹人注目的地方弄得这样杂乱无章。

首相致财政大臣、海军大臣、陆军大臣及空军大臣　　1944 年 3 月 7 日

　　听闻你们正在寻找最妥当的给三军将士稍微涨一些薪水的方法。在基础薪水的改动上，我的看法没变。但是，眼下战争已经持续了很长时间，又有大量福利较好的美国军人到了我们这里，的确应当给我们自己的队伍一些补助。这件事我还没仔细研究过，但是我相信，若是每年为了发这些补助而多支出两千万镑，并不怎么合理。另外，我认为应该对已婚人士格外关照，特别是其中薪水最少的那部分人。

　　你们在提出建议的时候，请参考一下以上意见，提案拟定完之后，请务必交我批阅。

首相致陆军大臣（送军事运输大臣审阅）　　　　1944 年 3 月 8 日

　　如果不是为了在敌军前方登陆，我们是没办法将完全装备好的车

辉用船送过去的。

据我所知,12月31日大概有二十万辆各式军用车辆在地中海战场,而1月将再从联合王国和北美运大概一千辆过去。按11—12月份的损耗情况看,送去的这些车辆够用四个月吗?

因为其他方面的需求,舱位在以后的三四个月里非常紧张,既然这个战场已有不少车辆,那暂时是不是可以不运车辆去那儿了?

首相致罗斯福总统 　　　　　　　　　　　　　1944年3月9日

关于在美国的英国黄金和美元储备事宜。

1. 12月8日,在开罗,我们曾经就美元收支状况和我曾经给哈里·霍普金斯发的一份备忘录进行过讨论,你应当还有印象。我的确这样理解:你觉得在这些事情上,我们得到的对待并不应该比不上法国或者苏联。法国的储备少说有二十亿,还没有会对其造成影响的外债。苏联也是这样。你在电报中暗示这些富余的美元是我们存在美国的一笔特殊的财富,事实上并非如此,这是我们所有的储备。和这笔存款相对照的另一边是,为了共同事业,我们欠下的起码一百亿美元的债务。

2. 我们谈过之后,哈利法克斯勋爵曾于1月8日和赫尔先生、摩根索先生相见,就你来函第一段提及的需要回应的问题进行了讨论。哈利法克斯勋爵告诉我们,摩根索先生曾经同他说,眼下完全没打算减少英国的美元余额。他个人是如此对哈利法克斯勋爵承诺的,因为相信这一承诺,于是我们答应将某些在政治上有难度的项目从租借物资中抹去。

3. 美元盈余是我们仅有的流动储备金,现在提议将其减至十亿,不仅与盟国一视同仁的准则不符,也与同等承担损失或者同等提供资源的理论不符,我这么说,对吗?并非我们不愿意承担责任或者想悠闲度日。在这场战争中，我们近乎耗尽了我们在国外能够卖掉的所有资产。在同盟国中，还有哪个国家像我们似的，在战争结束时还欠外国一大笔钱？这笔流动储备金是我们为应急准备的最后一笔钱，要是用掉了，我都不知道会遇到什么事。我不知道，我在议会中谈及此事的时候，要怎么做才能让民众的情感不受伤害，特别是眼看着美国人和英国人就要在战场上洒下一样多的血了，此时战争就是少打一个月，省下来的粮饷都会远比这笔储备金多。

4. 我会对你谈起这些意见，是因为我希望你们能对我们的状况有所了解，因为我非常信任你个人与美国民众的正义感。

5. 请看我接着发来的另一封电文。

首相致罗斯福总统   1944 年 3 月 9 日

1. 接上封电文。我们美元的收支状况我已经全都告诉你了，可是我总是觉得，你或许只是想让我们找一些办法，将我们美元的部分收支情况换个不那么显眼的地方。若当真如此，你若是不反对，那我们可以等斯退丁纽斯来了之后，和他认真讨论一下。

2. 在接到你的电报之前，我们一直不知道，克劳利先生已于 3 月 8 日同意美国国会，对我们目前和战争开始时美元的收支数目进行汇报。这造成了极大的危险。我坚信，若能把事情的经过解释明白，就会发现我们的立场并无问题，这件事若是被弄得无人不知，我们自然只能对我们自身正确的立场予以公开申明。除了美国，我们还欠其他国家如此巨大的债务，这个消息一旦泄露出去，肯定会让英镑的地位受到极为恶劣的影响，进而危害到此时盟国的整体实力。所以，这个数字，我们希望你们不会泄露出去，若不得不说，那也要严守机密，并向听到此种情况的人阐明问题的实质。

首相致军需大臣 1944 年 3 月 9 日

获悉迫切需要新杀虫剂滴滴涕，且需求量也日益增大。我想知道，我们的产量能有多少，够不够用。若是不够，能想办法扩大生产，并提高生产的速度吗？应该及早大规模供应，这非常重要，尤其是对东南亚指挥部来说。

请想办法大规模提高滴滴涕的产量。

首相致罗斯福总统 1944 年 3 月 10 日

我为哈里·霍普金斯战死沙场的儿子写了份碑文，今天我让邮差送过去了。请将它送去哈里的疗养地。他做完手术，情况还好吗？

首相致吉罗将军（在阿尔及尔） 1944 年 3 月 10 日

对于你女儿的离世，请接受我沉痛的慰问，她曾经在突尼斯被俘，还和她的四个子女一起被抓到了德国。

首相致达夫·库伯（在阿尔及尔） 1944 年 3 月 10 日

让勒克莱尔将军所御部队和我们共同参加此间的主要战斗，你可以暗中同戴高乐将军说，我对此十分赞成。在和艾森豪威尔谈话的时候，他也流露出了此种意向。所以，为了这个目的，我正想办法解决运输等事宜的相关难题，这些难题，我坚信我肯定能处理好。

首相致海军大臣及第一海务大臣 1944 年 3 月 11 日

请写一份报告给我，告诉我眼下我们从德国潜艇里抓到的俘虏的性格和素质如何，并与在战争其他重要时期抓获的德军潜艇俘虏进行比较。

首相致外交大臣　　　　　　　　　　　　　　　　1944 年 3 月 11 日

在我看来，在现在这个紧要关头，将马利特从斯德哥尔摩调走，太让人可惜了。我素来不赞成只是因为惯例性的升迁，就将一个已经在工作中积攒了很多专业知识，而且还在执行具体任务的军人，调离当前岗位或者当前所在的指挥部。战争时期，个人事业要服从国家利益。没有充足的时间，一个大使是无法落地生根的。头一年他或许没什么效用。第二年开始有些作用了。等到第三年，他却要调走了。马利特必须留在斯德哥尔摩，解决那里的复杂局面。我极希望最终能参与战斗，我认为这并非没有机会。

首相致帝国总参谋长　　　　　　　　　　　　　　1944 年 3 月 13 日

居然有三十个人，因为参与这些激烈的军事演习①而死，究竟发生了什么事？这些部队属于哪个部分？相比于让他们死在演习里，的确应该让这些队伍在某些地方参战。共计有多少人参与演习？

首相致枢密院长、卫生大臣、工程与建筑大臣　　　1944 年 3 月 14 日

比德尔·史密斯将军昨天同我说，美国将领在此间租的平房和小宅院，房租太高，和勒索差不多。他说，租用一所中等规模的平房，一周要用二十八镑，他租住的那所小宅院，一周要用三十五镑。美国人当然应该为自己的住处付出合理的费用，他们也非常愿意掏这笔钱，可不能接受勒索或者大发横财的行径。

我不知道此事由谁负责，不过你们最好查探一下并汇报给我：一、真实情况是怎么样的；二、是否有纠正的方法。

---

① 指在外约旦举行的一些军事演习。——原注

首相致空军参谋长及伊斯梅将军　　　　　　　　1944 年 3 月 18 日

　　用机枪对意大利街区民众进行低空扫射的命令，是驻意大利的哪支空军下达的？对罗马火车货运中转站展开轰炸，我非常理解，可是以上暴行，我坚信不是出自英国飞行员之手。

　　请专门针对此事，发一份报告给我。

首相致罗斯福总统　　　　　　　　　　　　　　1944 年 3 月 19 日

　　1. 在爱尔兰，我们始终以格雷的方法为行事准则；现在就对德·瓦莱拉做出承诺，还不到时候。要是有个医生同自己的病人说，刚刚拿给他的医治神经系统疾病的药，只是上了颜色的水，那么这个医生是不够聪明的。在我看来，让他们猜一段时间，最好不过。

　　2. 我没想中断英国和爱尔兰间必要的经贸活动，或者停止输送物资给爱尔兰。我的确准备在“霸王”之战启动前，严禁船舰自爱尔兰开赴西班牙、葡萄牙和其他外国港口。一艘船出港的时候虽是朝着某个方向开，可是在行进的路上，是能调转方向的。拦下船舶较为容易。以上行动在飞往外国的飞机上，也适用，我们竭尽所能将这些飞机拦下来。之所以这么做，并非想惹恼爱尔兰人，是想保护英国和美国将士的性命，以防德国驻柏林大使从海上或者天空派秘密使者将我们的计划透漏出去。从 1943 年年初到现在，只有十九艘船驶离爱尔兰港口，共计也没航行几次，因此我们采取的行动影响不大。另外，我们还切断了电话线，对通信进行了严密控制，又中断了英国和爱尔兰间的航运。我再说一遍，我们并不是有什么坏心，才采取的这些措施，而是为了自保。

　　3. 不过，爱尔兰若是为了报复我们，做了什么误人误己的事，比如不再在福恩斯航空港方面提供便利，那我相信我就能以切断爱尔兰横渡英吉利海峡的商业活动作为回敬。他们或许已经在玩新花招了，应该想想经济上的报复手段。我会在我们使用这些手段之前，通知你。

4. 德·瓦莱拉这伙人的忧虑，我认为不仅不应予以缓解，反倒应该使其产生好的作用。通过这种好的作用，我们将在幕后持续强化针对爱尔兰的行动，来防范机密外泄。守密工作截至目前做得是不错的。

5. 以上建议，我猜议会多半不会答应，因为赫尔先生曾经在自己的电报里说：“然而，我反倒觉得，起码现在我们不该向报界表态，或者对爱尔兰政府承诺我们没打算进行经济制裁。”我希望你也是这么想的。

首相致伊斯梅将军，转参谋长委员会　　　　　　1944 年 3 月 19 日

战区的参谋长和总司令在表面上看区别很大。可事实上并没有很大区别。

两人均在办公室办公。两人均要按期去前线巡视，两人身边均总是环绕着被敌军空袭的危险。确实，两者相近的状况在多数情形下对集团军群的指挥官，甚至集团军的指挥官身上也是适用的，在使用军事技巧上，现代的条件和以前的已经截然不同了。所以没道理说马歇尔将军不应当拿苏联的勋章。

首相致海军大臣及第一海务大臣　　　　　　　　1944 年 3 月 19 日

这是一场重大灾难。那一千零五十五个溺水身亡的是什么人？是送出去的部队，还是送回来的部队，是英国人，还是美国人？

有这么一支舰队守护，为什么还是死了这么多人？①

---

① 2 月 12 日，“赫迪夫·伊斯梅尔”号英国运输舰在一支护航舰队的保护下从东非驶往锡兰，在靠近阿杜岛的地方，被一艘日本潜艇发射的鱼雷打中，不到两分钟就沉了。在这艘运输舰上有一千九百四十七人，其中有英军、美军和非洲的军队，以及妇女服务团的成员。英国驱逐舰很快就将这艘潜艇打沉了。——原注

首相致陆军情报局局长   1944 年 3 月 19 日

此间你非要用"intensive（强烈的）"一词？正确的用词应该是
"intense（热烈的）"。建议你看看福勒著的《现代英语用法》这本
书里对两个词用法的解释。

首相致外交大臣   1944 年 3 月 19 日

照我看，在战争期间，将一个在本职工作中用处极大、积攒了不
少知识的人调往一个陌生的、所有事都得从零开始的环境中，是目光
短浅的做法。听闻你现在准备调动两位大使。眼下，我们的确正处在
我们人生和历史上的紧要关头；在这个紧要关头，我们应该只有一个
目标，尽全力为民众提供帮助。

那些曾经做出贡献的伟大的大使，没有一个不是在这个职位上做
了很多年的。麦斯基在美国已经干了大概十年。我小时候就知道德·斯
塔埃尔先生，他的名字早就闻名英国。我记得佐韦莱若（葡萄牙大使）
差不多已经出使英国十五年，或者更长时间了。这种例子数不胜数。

外交部明显不赞成大使在原本的职位上待太长时间，"布金斯的
轮流制"原则确实对这个部产生了不小的影响。由于我们要派一个能力
不俗的外交家去意大利驻守，所以让努埃尔·查尔斯离开里约热内卢，
我是赞成的。对于此次调动，巴西那边觉得十分可惜，这话是你自己告
诉我的。我自然不想大使一职让此次调动弄成"一般职务"，让所有大
使都去了他们陌生的环境里。若是如此，那我觉得此种做法让人痛心。
这些年的经验告诉我，大使的常规任期应该是六年，只要他没有做出不
适合出任这项工作的错误或者违背政府方针，就不应该早早将其调回。

首相致下院领袖及陆军大臣　　　　　　　　　1944 年 3 月 29 日

陆军部正在拟定年度提案，我觉得应当趁此机会对我们当前的措施进行以下改进：

1. 应确实规定，为让各军衔的服役军官能被选作选区候选人，应该为他们提供各种方便，只要合乎情理。

2. 一切现役军官（除议员以外），无论所属党派为何，都不能参与政治性的示威或者运动。参加集会是可以的，但在他们没停止服役之前，不能上台发言。

3. 对于参加补选的军人候选人，应该从他发表竞选演讲那天或者正式参与其他竞选行动那天开始给假，一直到公布选举结果之日结束。在这之后，他身为议员的权利就开始生效了。

4. 以后应该将有关严禁正规军官成为选区候选人这一条令的失效期予以延长，直到战争结束为止。除非战争终止，否则正规军官和"只在战时服役"的人员，应当享有同等待遇。

5. 隶属军队的议员，不仅能在自己的选区讲演，在其他一切选区都有这种自由。

请你们针对这一问题展开讨论，并和海军部、空军部协商解决，这两个部也必须如此处理。

4 月

首相致石油大臣杰弗里·劳埃德先生　　　　　　1944 年 4 月 1 日

听闻驱雾装置于 3 月 18 日在菲斯克汤得到了成功应用，能见距离从二百码提高至一千五百码，在这个装置的帮助下，五架轰炸机顺利降落，所有这些事引起了我浓厚的兴趣。此种装置的性能如此优异，我非常开心。珍贵的性命和装置在你们不懈的努力下得以保存，这是对你和你的部门的最好回报。我绝对赞成你对此种装备进行深入开发。

首相致彻韦尔勋爵   1944 年 4 月 1 日

从在意大利本土开战起到现在，我方伤亡人数如何，请告诉我。
要对这个数字进行研究：首先分析投进战区的军队人数，其次分析伤
亡和失踪比例。注意，投降和被抓均算"失踪"。失踪人员占比越小，
我们的名声就越响。

首相致伊斯梅将军，转三军参谋长及副参谋长   1944 年 4 月 2 日

为了支援与"霸王"战斗计划相关的各个港口，请尽全力对必备
的联合王国的防空体系进行整顿。与此同时，为其他地方提供合适的
安全保证，仍由你负责，当然这些地区的防空力量要削弱一些。不用
说也知道，英国民众会尽全力支持我们的一切工作。

首相致伊斯梅将军，转三军参谋长   1944 年 4 月 2 日

在我看来，眼下毒气供给已十分充足，裁掉这方面百分之四十的
相关人员应该问题不大，加上已经裁掉了的百分之十，即再裁百分之
三十的人即可。请与军需部协商之后，将你们的结论告诉我。

首相致陆军部长及空军部长   1944 年 4 月 2 日

听闻新杀虫剂滴滴涕的效果极佳。因为这种杀虫剂还需一段时间
才能投产，因此，你们向军需大臣提出的需求量一定要能真正满足你
们的全部需要，尤其是亚洲战区的需要。

请告诉我眼下情况如何。①

---

① 参见 3 月 9 日致军需大臣的备忘录。——原注

首相致副首相   1944 年 4 月 2 日

  在我看来，若不是租金太高，这件事比德尔·史密斯是不会跟我说的。一套中等规模的公寓房间的租金一周要二十八镑，一所小规模的宅院的租金一周要三十五镑，这好像并不在正常范围内。或者可以让波特尔勋爵亲自调查这些个别事件。无论如何，只要他去和比德尔·史密斯将军谈了，我们就算尽责了。[①]

首相致粮食大臣   1944 年 4 月 2 日

  非常棒。你不受理这种鸡毛蒜皮的举报（举报一个面包商），并且将那些鸡蛋里挑骨头、鸡零狗碎及不可一世的官僚主义条款从规章制度中抹掉，所有这些会让你收获大家的认可。一个声望不俗的大机构最容易受这种官僚主义条款所害。

首相致工程与建筑大臣   1944 年 4 月 2 日

  你就我写的"特殊时期住宅事宜"所阐述的看法，我绝对赞成。请根据你的看法对我的稿件进行修改，之后将修正稿付印。

  另外，相比于"Prefabricated（预制构件的）"，我们肯定有更合适的词，"ready-made（已做好的）"一词会不会更好？

首相致内政大臣   1944 年 4 月 3 日

  现在的法院为什么仍要引用 1735 年的《巫术法案》，请交份报告予以解释。国家得为此次审讯出多少资金？——得从朴次茅斯传唤证人；要保证他在人声鼎沸的伦敦生活两周；法院还得因为这种腐朽

---

  ① 参见 3 月 14 日的备忘录。——原注

愚蠢的事奔走忙碌，进而妨碍法院必须完成的工作。

首相致蒙哥马利将军　　　　　　　　　　　　1944 年 4 月 4 日

　　你前天晚上曾经和我说起过第六警卫集团军坦克旅之事。这件事我曾再三考虑，预备找时间与你和陆军部讨论。与此同时，我已经说了，不打算采取措施解散该旅。

首相致陆军大臣及帝国总参谋长　　　　　　　1944 年 4 月 4 日

　　1. 眼下有个第六警卫集团军坦克旅，配备着最新式的"丘吉尔"坦克。这些人曾因为某个特定的目标共同训练过两年多的时间，我认为，现在解散该旅，将他们分散到一般的军队中，不管是装甲师里，还是步兵警卫队或者常规步兵，都是极大的浪费。任何与此相关的行动都不要做，等我进行过充分的讨论再说。

　　2. 我有个建议，大家可以考虑一下，就是让这三个旅——警卫装甲师里的两个旅和第六警卫集团军坦克旅并肩作战，然后在将士的死伤、车辆的损耗中精简，直至力量减少为一个普通师。如此，我们首先就获得了一支较为强大的力量，它的成员源于从严格受训的精英中挑选，而非使用如下手段获得：白白挥霍掉一些精英，且损坏了辛苦建立的整体性。我深信你肯定会赞成我的这种建议。

首相致陆军大臣及帝国总参谋长　　　　　　　1944 年 4 月 9 日

　　（并请蒙哥马利将军一阅）

　　1. 你问我的那几个问题，我认真地研究了。对于警卫集团军，我们怎么就不能用正规步兵来对其进行填充，却任由它日渐缩水？苏联人就这么做，他们大量设立警卫师。德国人也在强化这块，例如，组建近卫装甲师，事实上这种师用的人没有步兵师多，主体由从飞机场和伞兵里抽出来的勇敢的年轻人组成。他们一定会因为这些特殊的名号生出忠实之心。警卫军的表现确实对得起他们拥有的威信，在这件事上，任何人都不会心存疑虑。

2. 所以为充实警卫集团军，我打算从正规步兵中抽取力量，而为了保持当前的警卫集团军，除了用它自身的新兵补充，若有需要，用正规军的新兵补充也行。不过，在意大利的那两个旅，我已经决议要整合了，这一决定并不会因此发生改变。

3. 在上面说的从正规步兵中抽取力量充实警卫集团军的方法之外，另外还有几条：

（1）赞成对那六个规模稍小的师进行精简，将剩下的人改成两个主力师。

（2）我反对解散第六警卫集团军坦克旅。[①]

（3）我同意解散第十装甲师的司令部及军队，但保留该师的装甲旅。

（4）应尽量把大批的皇家空军团人员从飞机场调出，合并到陆军的步兵队伍中去。其中一部分可直接补充警卫集团军。应当从皇家空军团中至少抽调两万五千人。

首相致国务大臣及亚历山大·卡多根爵士　　　　　1944 年 4 月 13 日

你不要忘了，我们正在肃清所有敌对分子，因为我们清楚他们并不效忠于我们或我们的事业，而且频繁将秘密泄露给苏联，就算我们和苏联合作时，也并无不同。法国委员会中有两名敌对分子，因此我们在向委员会传达机密时，一定要非常谨慎。

---

① 参见 4 月 4 日的备忘录。——原注

首相致空军大臣及陆军大臣　　　　　　　1944 年 4 月 18 日

1. 目前，在组织陆军时，我们遇到了军队人员减少的重大问题，所以我们必须想方设法寻找省人的方法。在我看来，那种专门用来守护机场的特殊队伍，我们已无力维持。皇家空军军团建立时，我们的国家正承受着敌人入侵威胁，而机场的安危影响着我们的生死存亡。后来这个军团的人数已经慢慢变少。可是，眼下为填充陆军战斗部队，需要考虑是不是得从中抽出大部分人力了。请一起探讨这一建议。应当将皇家空军军团的人尽可能并入陆军正规步兵部队中。在我看来，起码要抽两万五千人。①

2. 这件事非常紧急，因此你们有什么切实的看法请及早告诉我。

首相致陆军大臣及帝国总参谋长　　　　　1944 年 4 月 19 日

我觉得我们应该帮马特尔②想个办法。他是没在苏联有所斩获，可不能因为这个就指责他。他们把我们的人当作狗一样对待。在法国阿尔芒蒂埃尔周边，马特尔曾经指挥他的坦克兵团打了一场胜仗，赢得非常漂亮。在战争开始的前两年，他曾经出访苏联，提出的报告很有见地。我在坦克的问题上，和他有些不同见解，可是他在我眼里，的确是个出色的将领。肯定能找个职务给他吧。请告诉我你准备怎么做。

首相致亚历山大·卡多根爵士　　　　　　1944 年 4 月 19 日

关于"无条件投降"

我曾经同内阁说，我们预备正式对德国提出要求（若具体列明

---

① 参见 4 月 9 日的备忘录。——原注

② 吉法德·马特尔爵士，一位陆军中将。——原注

的话），完全没想过要对他们做出承诺。在德黑兰时，罗斯福总统和斯大林元帅均认为应该将德国划分为比我预想的还要小的小块。斯大林曾表示要大规模处死五万余人的德国参谋官和军事权威。无法确定他是不是在说笑。那时的氛围既轻松又紧张。但是，他的确表示要让四百万的德国男性为重建苏联而永远劳作。我们曾经答应波兰，他们能从东普鲁士获得弥补，并且，他们若想，还能用奥迪河做边界。另外，还拟定了很多条款，以便瓦解德国，让德国永远无法卷土重来变成军事强国……

另一边，他们清楚，对意大利人提出的"无条件投降"，我们是以非常宽大的态度做出解释的；现在我们会看见，若罗马尼亚投降，我们会对他们提出什么条件。

首相致外交大臣及亚历山大·卡多根爵士　　　　1944 年 4 月 23 日

让苏联及早对日宣战是我们最重大的目标。斯大林在德黑兰发表的声明，你应该还有印象。从这点看，日本和苏联签署的协议，若显示苏联生怕毁坏 1941 年 4 月的苏日中立协定，那这项协定恐怕对我们不会有什么"好处"。日本预备为这一协定做出重大妥协，他们对这个协定的看法，光是从这个事实里就能看出来，也证明他们指望苏联暂时遵守中立协定。从日本的角度看，这理所当然，可是我们却得不到什么"好处"。

首相致外交大臣　　　　　　　　　　　　　　1944 年 4 月 29 日

1. 我赞成你有关和德国就被占国家的粮食救援事宜展开磋商的备忘录。眼下还影响不到见到敌舰就地击毁的海域一事，海军部因为对战斗有益才慢慢建立这种海域。

2. 不管是与瑞士，还是一切其他政府谈判，我们与之谈判的准则一定是我们所接受的。

3. 需要讲清楚，在救援欧洲时，我们必须让我国民众依照美国已经确定的供给或者粮食制表得到给养。

首相致海军大臣与第一海务大臣　　　　　　　　　1944 年 4 月 29 日

詹姆斯·萨默维尔海军上将在日方主力舰在新加坡时，曾经在沙璜发动了一场精彩的进攻，这件事增强了我们的信心。为什么我们要把他调走？

照我看，他熟知这一战场，能准确把握这一战场，且有勇于行动的气魄。放弃自己指挥战斗的工作去华盛顿，是他的意思吗？

首相致粮食大臣　　　　　　　　　　　　　　　　1944 年 4 月 29 日

你给我的所有报告，都没有提及美国要求了太多肉类的问题。我之所以答应暂时不和罗斯福总统谈，就是因为你说你会说这件事。我认为粮食部采取的原则为：美国若是答应我们的条件，我们就让它提条件给澳大利亚和新西兰。可是美国需要的数，相关政府，也包括我们自身的政府，要真的能拿得出来才行。

目前珍贵的肉类正在被浪费。美国人指责澳大利亚和新西兰正将自己的军队撤出战场，澳大利亚人却轻易驳斥说，他们之所以返回，是因为要给美国陆军生产肉制品。

你的回答若是不能让我满意，我只能给罗斯福总统致电。几周之前，我本该致电于他。

首相致彻韦尔勋爵　　　　　　　　　　　　　　　1944 年 4 月 30 日

海军部的这份文件（有关德国音响引爆鱼雷"蚊虫"）在我审批之前，请告知我，下列想法是否可行：

通过深水炸弹发射管，发射某种名为"鸣响器"的装置。这种装置也许是落在哪里就停在哪里（在水面上浮着或者沉入水里），并且有"鸣叫"声传出；为了拦截"蚊虫"，它或许还能活动。若按照对敌人攻击进行的合理推断，在合适的时候射出十五枚或者二十枚此种装备，那应该能将敌人引过来。

或者，在我们的船舰遇险时，让"鸣响器"环绕我们自己的船舰周边。若撞上船舰，它们不会有什么危害，不过或许能有力地守护舰尾。

不知道以上见解，是否有可取之处？

5月

首相致外交大臣与霍利斯将军，转参谋长委员会　　1944年5月1日

将巴西师及早调去意大利，我非常支持。应当想方设法将该师送去意大利，当然，这得依照战争需求的紧急情况来定。不要认为这支军队只是起到象征的作用。上述方针在空军中队也适用。

首相致外交大臣　　　　　　　　　　　　　　　1944年5月4日

应该为内阁，或许也得为英帝国会议，起草一份文件，对我们和苏联政府因意大利、罗马尼亚、保加利亚、南斯拉夫，特别是希腊而产生的激烈矛盾进行说明，这份文件务必简洁，这非常关键。请尽可能将上述内容整合在一页纸内。

总体来说，分歧的源头在于：我们是否默认巴尔干地区？这件事今天卡廷先生曾经谈到过，不过我的基本意见是：对此事，我们必须给出确切的结论。当然，在这之前，我们得和美国协商。

首相致外交大臣　　　　　　　　　　　　　1944 年 5 月 4 日

若将驻莫斯科的我国大使召回国内进行讨论，妥当吗？请就此研究一下。我们非常希望能和他谈一谈。不过，现在此种行为或许会让我们和苏联人间产生不小的误会。艾夫里尔·哈里曼已经启程回美国了。

首相致伊斯梅将军　　　　　　　　　　　　1944 年 5 月 7 日

我不想在一场重要战事的前夕和记者见面，就算所说内容不会发表也是一样。亚历山大将军所持方针，在战事打响的那一刻，就可以反复告知新闻界，那时，新闻记者也能参战。近日，那不勒斯发的一些新闻——有一篇刊载于"柯里尔"杂志上，透露我们很快会发起攻击，这让我十分担心。需要将发起攻击之事，同敌人说吗？当然，他们或许觉得我们这么做太蠢，所以推测这明显是一种烟幕，可是钻这种空子并不稳妥。

首相致霍利斯将军　　　　　　　　　　　　1944 年 5 月 7 日

因为在直布罗陀开会时听到的某些议论，我确实曾经激烈反对这些派去阿尔及尔的军事代表团。这些人冲进阿尔及尔，在那闲适地生活，可事实上，那里完全用不到他们，这让我非常难过。躲在那儿的人本就不少，再加上他们的涌入，这些人中很大一部分已经彻底离开了战争。为了将这些拿着高额薪水，有着高明的技术和阅历的将领再次召集回来，做一些有用的事，我当然希望此事能得到解决。组建一支含有一千名高级参谋人员的"神圣军团"，让他们在指挥一些非常激烈的攻击上，发挥带头作用，应该是最佳方案。这些军事代表团，无论如何都该解散。

首相致军事情报局局长   1944 年 5 月 7 日

请以国家（德国也在其中）为区分制作一份尽可能准确的报告，告诉我在意大利牺牲、受伤和被捕的人员数量。另外，报表里要尽量在每个分类中指明：牺牲和失踪的人员比例；牺牲、受伤和失踪的人员比例。因为战死、失踪和被俘，我们大概失去了三万八千人；而我们抓到的俘虏有三万五千人，在这个数目之外，大概还有两万人死在了战场上，这样加起来，德国失踪和战死的总人数大概是五万五千人，而我们损失的人员总数是三万八千人，其中有一万九千人牺牲。上述情况所发生的战场，我们的兵力总体上是远高于敌军的。虽然我们这边战死和失踪的人员数量比，没有美国那边让人满意，不过我认为，最后这次统计所得出的数字或许会让人非常满意。

首相致外交大臣   1944 年 5 月 7 日

克拉克·科尔大使在莫斯科采取的行事手段，让人无法理解。显而易见，他总是亲自将电报送给莫洛托夫或者斯大林。这两个人，他看见谁就给谁。若这两个掌权人不在或者不肯见他，有时候，就要等上几天。当然，有些电报必须由他当面送交，可其他电文明明找个官员送去就行。我想知道这些事要怎么处理才妥当。例如，我们让人送一封言辞极为激烈的信过去，我觉得我们的人最好别在那里等着，听对方恐吓，有时候听完了恐吓之后，还得道歉，如此我们所说的话，就没那么有分量了。

首相致掌玺大臣   1944 年 5 月 7 日

等这场仗打完，我们会欠印度一笔巨款，这种非常少见的结果你肯定没考虑过；它得到了我们的守护，可是我们欠它的钱甚至超过了我们在前一次大战结束时欠美国的。这种恐怖的结果，在你的来信中似乎完全没有考虑过。

首相致海军大臣   1944 年 5 月 10 日

多谢你 4 月 5 日针对"蚊虫"的报告。我认为，若是在合适的时机，用深水炸弹发射管或者其他发射管将十五个或者二十个发声装置（可以叫为"鸣响器"）射到水里，"蚊虫"或许就会被引过来，或者找不准方向。

这种装置非常有用，像"猎狐手"装置必须用牵引器等缺点，它都没有。

听闻你正在对这些事展开分析和研究，非常开心。我希望你能及早将"鸣响器"用到战斗里。①

首相致波特尔勋爵   1944 年 5 月 14 日

从我跟你说，请你再建一些预制的样板间到现在，已经过去几个月了。②听说建一栋样板间要用六周的时间；在塔特展览馆展览的样板间之外，又建一个，正运往苏格兰去展览；另外，还有两幢历经种种完善，很快就能建好。虽然所建样品的数量比我期望的少，但听说此种情况，我还是非常开心。你的样板间，应该让劳动妇女和各个阶层的人全都看到。那些正建着的房屋，请你加快建造速度。

首相致空军大臣   1944 年 5 月 20 日

1. 此前曾经让你自皇家空军军团里抽两万五千人出来。③此团

————————

① 参见 4 月 30 日致彻韦尔勋爵的备忘录。——原注

② 参见 4 月 2 日致工程和建筑大臣的备忘录。——原注

③ 参见 4 月 9 日的备忘录。——原注

建立的背景和目前截然不同。新的战斗即将打响，急需这些人过来对陆军进行支援。我非常希望能及早和你就此事进行详谈，可是这周三我要在下院发言，所以在这之前都没有时间。另外，我曾经让你在战士中抽两千精英，以补充警卫队。相比于在臃肿不堪的机场周边游荡，防范已经不再威胁我们的危险，他们在警卫队里会更有用处。这件事请务必完成。否则，为了马上得到结果，就得将此事呈送战时内阁在下周二举办的特别会议了。我必须解释清楚，以调集必要人力为目的，设立的委员会对你提出的更多要求，并不会受此影响。

2. 陆军已经从自己的防空兵团中抽出了大量适合当步兵的人，在战争的这一时期，绝对不该让皇家空军兵团里的众多最出色的人承担毫无希望的工作。

3. 人员调动当然难度不大。去年年末，我们对登陆艇人员有极大的需求时，自陆军和皇家空军兵团抽调兵力给海军，就很好地证明了这一点。不少人都会积极主动地走上新岗位，而且我坚信，最近所有人都已经对此有了足够的认知，即一定要将人放在他们在共同事业中能够发挥最大作用的岗位上。

4. 因此，我有关调集两千人的需求，我想请你帮忙实现，时间有限，所求非常紧急。[①]

首相致帝国总参谋长   1944 年 5 月 21 日

我们得到消息，说因为没有充足的后勤支援，波兰第一装甲师无法战斗，这件事是真的吗？不妨适当地对这个出色的师进行一些整顿，来补充我们欧洲大陆的已经太过脆弱的力量。请向我报告后勤不足的

---

① 1944 年 6 月，完成了这两千人的抽调。——原注

状况。

首相致制大臣　　　　　　　　　　　　　　　　　1944 年 5 月 21 日

　　对于你 5 月 11 日提交的有关盘尼西林的备忘录，表示感谢。当然要尽量想办法从美国那边得到最多的数量，不过任何事都不能影响我们自身来增加产量。看上去，我们今年仍旧无法大规模生产。

首相致桑兹先生　　　　　　　　　　　　　　　　　1944 年 5 月 21 日

　　请看一下这份报告——奥康纳将军关于"克伦威尔"式坦克的装甲护板和逃脱装置的报告，并在明天把你的看法以书面形式交上来。我有这么一个看法：坦克上层隔断中的火药和汽油若是着火，下方隔断中的人将很难跑出去。我的这个疑虑，或许你能帮我消除。

首相致外交大臣　　　　　　　　　　　　　　　　　1944 年 5 月 22 日

　　1. 对于外交部的备忘录，有些人是这么看的：你若是连着看奇数段和偶数段，你就能彻底弄清所说事项的正面和反面。我们若直接告诉美国和苏联："在这个时候，我们反对让意大利拥有同盟国地位"，有何不可？

　　2. 这封电报我看过了，它清楚地阐述了所有办法的每个支持和反对的意见，可却得出了这么一个如此让人难以置信且出乎意料的结论："只要条件允许，就马上和意大利签署部分协定。"似乎表示，就算所有政府共同开会协商，等希特勒倒台了，也不会签协议，仅仅是长时间的停战。

　　3. 我相信，你肯定能发现，简洁清楚地表明我们的态度会更有力，也更易于被顶层领导人知道。请告诉我你是怎么想的，如果你觉得我的看法不对，就更要告诉我了。

首相致外交大臣、军事运输大臣、制造大臣及粮食大臣

1944 年 5 月 23 日

所有这些问题（为了执行"霸王"战斗计划而削减进口量）需由莱瑟斯勋爵和艾森豪威尔将军商议决定，不过我曾经表示，我可以在以后的四个月里，再放弃五十万吨的进口量，不过有个前提，就是在这之后，美国得在两到三个月内将这个数量补上。一年输入两千四百万吨，这个数是我们必不可少的最低标准。

首相致外交大臣   1944 年 5 月 23 日

我看见一份文件，里面说法国临时政府将得到苏联的承认。你在我的同意下发给克拉克·科尔的电报，斯大林可能还没收到，不过这件事关系重大，因为在这个问题上，我必须和罗斯福总统站在一边，不能让别人觉得我和苏联一起反对他。

我们若是非表态不可，这种行为是非常不妥当的，即还没等苏联询问我们的意思，现在就和美国商议起来。可是就算如此，也好过我们和苏联联系，对抗美国。实际上，我们原本可以不管这件事。苏联没权力在不和自己的两个盟国协商的情况下，就采取这一程序的，毕竟这两个国家正承担着西线的所有作战任务。

首相致伊斯梅将军，转参谋长委员会   1944 年 5 月 25 日

1. 英帝国无论如何要派军队去已经收复的领地驻守，这显而易见。"师"这个字意义不明，若用它来表达守军数量，事情解决起来会很麻烦。只要将敌人驱逐出去，我们就可以按照相关地区的特殊情况，适当地派营、装甲车连，偶尔派一些大炮和坦克过去，一点儿问题都

没有。派出大量印度部队，肯定能完成此项工作。

2."师"是可以进行顶级武装行动的活动单元。和它相比，为维持国家稳定而需要的那种固定的或者机动的警察队伍区别极大。这些警察队伍里总是要掺杂一大部分当地人的，并且他们从来不用考虑使用七十门大炮的事。

首相致外交大臣　　　　　　　　　　　　　　1944 年 5 月 25 日

我认为，三个或四个大国，是整个组织中使用军事手段防范战争的负责人或者委员会，而有关经济的问题，我认为应该由远比这个大，并且要能真的发挥效力的机构来处理。你应当讲明这么一点，就是我们没准备让三个或四个大国称霸整个世界。恰恰相反，他们的胜利，使他们担负起了防止战争再次爆发这个神圣的服务于整个世界的使命。由（比如）苏联或者美国拟定的经济、财政和货币制度，我们自然不会遵从。

控制世界所有国家，并不是世界最高会议或者执行委员会的目标。它的目标是让各个国家不再彼此杀戮。我相信，我以危及国家主权的视角为出发点，可以有效地维护以上原则。

首相致粮食大臣　　　　　　　　　　　　　　1944 年 5 月 27 日

听见你就有关改善粮食供应事宜发表的言论，我非常开心，而且觉得你这么做非常明智。无论是在旅馆、小型商店，或是一般人的私人生活中，因为鸡毛蒜皮的日常小事而引发的麻烦，都是应该消除的。不管做什么事都不应该故意让人难做。我国在粮食供应上做出的伟大努力，曾经让我们信心高涨，曾让民众感觉不到阶级差异，那些琐碎细小又无法执行的规定不应该影响这项伟大的工作。对于这件事，你是什么看法，望告知。

首相致外交大臣　　　　　　　　　　　　　　　1944 年 5 月 27 日

　　我已经将一封得到我们两个认可的重要电报给斯大林发过去了。这封电报没能及早送出去，的确让人非常遗憾。大使若是觉得这封电报不合适，总能找到机会提醒我们，并且若情况特殊，他还能随机应变。不过，没必要让电报在莫斯科耽误四五天或者六天这么长时间，等待着斯大林的接见，或者等着他从战场回来。让一个穿军装的军官将电报当成信送过去，还会受到刁难不成。

　　有时会发生误会，是因为人们发出电报后，过了很久都没接到回复。可等他们收到回复后，却发现回答让人非常满意，不过，在他拿到回复之前，却始终在朝不好的方向忖度着对方为何沉默不言，所以信件一定要及早送，千万别延误。[①]

首相致帝国总参谋长　　　　　　　　　　　　　1944 年 5 月 27 日

　　务必让波兰师参与作战。这一方面是因为这支军队在战斗上非常优秀，还因为它辉煌的战绩有利于保持波兰国家的生机不灭，以后很多事都得靠这点。请就这个师缺少的后勤种类列一份名录给我，要在上面标明需要多少车辆、军官和人员等数字。

　　除此，比德尔·史密斯将军表示，他可以帮忙自非洲和美洲空运几支小分队过来给这个师。[②]

首相致飞机制造大臣　　　　　　　　　　　　　1944 年 5 月 27 日

　　对于"德·哈维兰"喷气式飞机创下的一小时五百零六英里飞行

---

　　① 参见 5 月 7 日致外交大臣的备忘录。——原注

　　② 参见 5 月 21 日致帝国总参谋长的备忘录。——原注

记录，请接受我诚挚的祝贺。请将我的祝贺转达给相关人员。

听闻你提议让政府新建立的公司集中展开改进喷气式飞机的工作，这让我觉得有点儿担心。近期有不少针对研究和推进工作的讨论，觉得不该放到一起，应该鼓励各自展开。我非常明白，喷气式飞机的改进在很多方面遭遇的延误，或许使你觉得需要建一个新部门，可是我认为将研制喷气式飞机的工作迁出恩巴勒并非明智之举；据我所知，那里已经做了不少坚实的工作，而且在那儿，引擎和飞机的改进也有利于同时展开。[①]

首相致燃料及动力大臣　　　　　　　　　　　1944 年 5 月 27 日

此类荒谬事（据《约克郡邮报》刊载，因为跟邻居借煤，一户人家曾经被罚了一镑，又交了两枚金币的煤费），我希望你能予以制止。最能让一个机构失去人心的，就是这种琐碎的官僚主义的蠢事了，这种蠢事时常发生。我认为，这只是下层官员或者一些委员会做的众多糊涂案中的一个典型罢了。

为了惩一儆百，你应当处理相关人员。

首相致海军大臣及第一海务大臣　　　　　　　1944 年 5 月 28 日

1. 苏联人要是太蛮横，就完全可以跟他们不客气。相比于切实的言辞，举止上的表态更妥当，因为他们能将前者写进报告；再有，他们的高官若是太过失礼，我们也以故意无礼回应他们。的确应当让他们知道，我们不怕他们。

2. 另一边，在交接船舰时（用英国战舰代替意大利战舰），他们若是想举行某种特殊典礼，那务必郑重其事，给民众留下一个非

---

① 参见 1943 年 7 月 31 日和 10 月 6 日的备忘录。——原注

常好的感觉。我当然不会因为这件事写信给斯大林。对于此事，应当是苏联人对我们表示感谢，而不是我们对他们表示尊敬。应该尽可能让两方下层将士友好相处，他们从未因为交接船舰而对我们表达过谢意，一个字都没有。在他们对船舰的需求上，我们是主要供应国家。一个人若是羞辱了你，你能找到千百种办法让他感受到你对他的怒气。

3. 可是，他们的行为若出现改善，你就得小心，尽可能鼓励他们这种改善。

首相致盟国远征军最高副统帅　　　　　　　　　　1944 年 5 月 29 日

你 5 月 11 日有关梅利－勒－坎普（德国坦克训练营）的备忘录，非常感谢。毫无疑问，攻击这个集中的靶子是一次大胜。我们强烈要求将此种战斗行动的优先级提到最高，看上去是对的，它不会伤害到法国人，却能直接瓦解德国大军。

你们是不是已经超出了（导致法国平民死伤）一万人的限额？

四、因受敌方攻击，英国、盟国和中立国每月损失的船舰总数

月份	英国		盟国		中立国		共计	
	船数	总吨数	船数	总吨数	船数	总吨数	船数	总吨数
1943 年 1 月	19	98,096	24	143,358	7	19,905	50	261,359
1943 年 2 月	29	166,947	39	232.235	5	3,880	73	403,062
1943 年 3 月	62	384,914	53	303,284	5	5,191	120	693,389

月份	英国		盟国		中立国		共计	
	船数	总吨数	船数	总吨数	船数	总吨数	船数	总吨数
1943 年 4 月	33	194,252	27	137,081	4	13,347	64	344,680
1943 年 5 月	31	146,496	26	151,299	1	1,633	58	299,428
1943 年 6 月	12	44,975	13	75,854	3	2,996	28	123,825
1943 年 7 月	30	187,759	26	166,231	5	11,408	61	365,398
1943 年 8 月	14	62,900	9	56,578	2	323	25	119,801
1943 年 9 月	12	60,541	15	94,010	2	1,868	29	156,419
1943 年 10 月	11	57,565	17	81,631	1	665	29	139,861
1943 年 11 月	15	61,593	12	82,696	2	102	29	144,391
1943 年 12 月	10	55,611	21	112,913	—	—	31	168,524
总计	278	1,521,649	282	1,637,170	37	61,318	597	3,220,137
1944 年 1 月	16	67,112	9	62,115	1	1,408	26	130,635
1944 年 2 月	12	63,411	8	53,244	3	200	23	116,855
1944 年 3 月	10	49,637	14	104,964	1	3,359	25	157,960
1944 年 4 月	3	21,439	10	60,933	—	—	13	82,372
1944 年 5 月	5	27,297	—	—	—	—	5	27,297
总计	46	228,896	41	281,256	5	4,967	92	515,119

五、德国和意大利军队部署简况

（1943 年 9 月 8 日）

（从弗朗西斯科·罗西将军所写的《达成停战协定的经过》中摘抄的资料）

	意大利部队		德国部队	
意大利北部	步兵师	5	步兵师	$6\frac{1}{3}$
	＊步兵师[①]	5	摩托装甲师	2
意大利中部	步兵师	3	摩托装甲师	2
	摩托装甲师	2		
	＊步兵师	2		
意大利南部	步兵师	3	步兵师	2
	＊步兵师	1	摩托装甲师	4
撒丁岛	步兵师	4		
法国南部	步兵师（龙德施泰特司令部派出的德国部队接管，不了解实力）	4	摩托师	1
科西嘉岛	步兵师	2	步兵师	$\frac{1}{3}$
斯洛文尼亚、克罗地亚、达尔马提亚	步兵师	8	步兵师	9
			旅	6（克罗地亚阿尔卑斯山部队）
黑塞哥维那门的内哥罗	步兵师	6	步兵师	2
			摩托装甲师	1
			旅	2（克罗地亚阿尔卑斯山部队）

---

① 带＊标记的实力较差或是低级师。——原注

阿尔巴尼亚	步兵师	5	无	（可以依赖在塞尔维亚和马其顿驻守的两个德国师和两个保加利亚师）
	摩托师	1		
希腊	步兵师	7	步兵师	6
			装甲师	1
克里特岛	步兵师	1	步兵师	1
爱琴海	步兵师	2	步兵师	1
			步兵师	1（配备装甲战车）

共计

意大利本土	意大利部队 21 个师（有 8 个师实力较弱或是低级师）	德国部队 16 $\frac{1}{3}$
撒丁岛	4	1
"海外"	36	21 $\frac{1}{3}$
总计：	61 个意大利师（有 8 个师实力较弱或是低级师）	38 $\frac{2}{3}$ 个德国师

德国军队详尽部署情况

（1943 年 9 月 8 日）

集团军群——由隆美尔指挥

意大利北部　第二十四装甲师、希特勒党卫队和装甲师在巴马—
　　　　　　博洛涅驻守
　　　　　　第四十四步兵师、一个步兵旅和第七十一步兵师在上
　　　　　　阿迪杰、塔尔维奇奥、皮耶迪科莱和波斯图米阿驻守
　　　　　　第六十五步兵师、第七十六步兵师、第九十四步兵

师和第三百零五步兵师在塞斯特里·莱万泰、瓦尔塔洛、蓬特雷莫利和艾普安涅驻守

德国南方指挥部——由凯塞林指挥

意大利中部	第三近卫装甲师（摩托装甲）和第二近卫装甲师（伞兵）在博尔塞纳湖—维特尔博驻守
意大利南部	第十五步兵师、戈林装甲师、第十六装甲师和第一伞兵师在福尔米阿、那不勒斯、萨勒诺和普格里亚—巴西里卡塔驻守
撒丁岛和科西嘉岛	第二十六装甲师、第二十九近卫摩托装甲师和第九十步兵师"德国元首"摩托装甲旅在卡拉布里亚驻守

洛尔指挥的德国军队东南指挥部

斯洛文尼亚和克罗地亚和达尔马提亚	第一百一十四步兵师和第三百七十三（德国——克罗地亚）步兵师在比哈奇驻守
	第一百八十七步兵师、第三百六十九（德国——克罗地亚）地步兵师和第一百七十三步兵师在萨瓦河区域驻守
	两个步兵师和一个党卫队师在萨格勒布驻守
	一个（克罗地亚）山地师和六个（克罗地亚）山地旅在几个区域内驻守
墨塞哥维那和门的内哥罗	欧根亲王党卫队和摩托装甲师在莫斯塔尔驻守
	第一百一十八或一百零八步兵师在普里耶波列——普莱夫列驻守
	第二百九十七步兵师在伊巴尔河谷驻守
	两个（克罗地亚）山地旅在几个地区驻守

希腊	一个山地师在亚尼纳驻守
	一个交通线师在萨洛尼卡驻守
	一个步兵师在拉里萨驻守
	第一百零四步兵师在阿格里昂驻守
	第十一步兵师在比雷埃夫斯驻守
	第一百一十七步兵师和一个装甲师在伯罗奔尼撒半岛驻守
克里特岛和罗德岛	第二十二步兵师和第五十五摩托装甲师在伯罗奔尼撒半岛驻守

六、各部大臣名录
1943年6月—1944年5月

[用斜体字表示的人名为战时内阁成员]

首相兼第一财政大臣及国防大臣	*温斯顿·丘吉尔先生*
海军大臣	*A.V. 亚历山大先生*
农业和渔业大臣	R.S. 赫德森先生
空军大臣	*阿齐博尔德·辛克莱爵士*
飞机制造大臣	斯塔福德·克利普斯爵士
缅甸事务大臣	*L.S. 艾默里先生*
兰开斯特公爵郡大臣	（1）达夫·库珀先生 （2）欧内斯特·布朗先生（任命于1943年11月17日）
财政大臣	（1）金斯利·伍德爵士 （2）*约翰·安德森爵士*（任命于1943年9月28日）
殖民地事务大臣	奥利弗·史坦利上校
自治领事务大臣	（1）*克莱门特·艾德礼先生* （2）克兰伯恩子爵（任命于1943年9月28日）

经济作战大臣	塞尔伯恩伯爵
教育委员会主席	R.A. 巴特勒先生（根据 1944 年教育法案这项职务改称教育大臣）
粮食大臣	（1）伍尔顿勋爵 （2）J.J. 卢埃林上校（任命于 1943 年 11 月 12 日）
外交大臣	安东尼·艾登先生
燃料及动力大臣	G. 劳埃德·乔治少校
卫生大臣	（1）欧内斯特·布朗先生 （2）H.U. 威林克先生（任命于 1943 年 9 月 17 日）
内政大臣	赫伯特·莫里森先生
印度事务大臣	L.S. 艾默里先生
新闻大臣	布伦丹·布雷肯先生
劳工与兵役大臣	欧内斯特·贝文先生
司法官 检察总长	唐纳德·萨默维尔爵士
苏格兰检察总长	J.S.C. 里德先生
副检察总长	戴维·马克斯韦尔·法伊夫爵士
苏格兰副检察总长	戴维·金·默里爵士
大法官	西蒙子爵
枢密院长	（1）约翰·安德森爵士 （2）克莱门特·艾德礼先生（任命于 1943 年 9 月 28 日）
掌玺大臣	（1）克兰伯恩子爵 （2）比弗布鲁克勋爵（任命于 1943 年 9 月 28 日）
国务大臣	R.K. 劳先生（任命于 1943 年 9 月 25 日）
不管部大臣	威廉·乔伊特爵士
主计大臣	彻韦尔勋爵
年金大臣	沃尔特·沃默斯利爵士
邮政大臣	H.F.C. 克鲁克香克上尉

制造大臣	奥利弗·利特尔顿先生
建设大臣	伍尔顿勋爵（任命于1943年11月12日）
苏格兰事务大臣	托马斯·约翰斯顿先生
军需大臣	安德鲁·邓肯爵士
城乡计划大臣	W.S.莫里森先生（任命于1943年2月5日）
贸易大臣	休·多尔顿先生
陆军大臣	詹姆斯·格里格爵士
军事运输大臣	莱瑟斯勋爵
工程与建筑大臣	波特尔勋爵

驻海外大臣：

驻中东国务大臣	（1）R.G.凯西先生（任职至1943年12月23日） （2）莫因勋爵（任命于1944年1月29日） （3）爱德华·格里格爵士（任命于1944年11月22日）
驻华盛顿供应大臣	（1）J.J.卢埃林上校 （2）本·史密斯先生（任命于1943年11月12日）
驻地中海盟军总部大臣	哈罗德·麦克米伦先生
驻西非大臣	斯温顿子爵
驻中东副国务大臣	默因勋爵（任职至1944年1月29日该机关撤销为止）
上院领袖	克兰伯恩子爵
下院领袖	安东尼·艾登先生